エミリー・ヘンリー
林 啓恵 訳

本と私と恋人と

二見文庫

Book Lovers
by
Emily Henry

published in agreement with the author,
c/o BAROR INTERNATIONAL, INC.,
Armonk, New York, U.S.A.
through Tuttle-Mori Agency, Inc., Tokyo

ヌーシャ、これはあなたに捧げる本ではありません。

あなた向けにはどんな本がいいか、もうわかっているの。待っていてね。
この本はアマンダ、ダッチュ、ダニエル、ジェシカ、サリー、テイラーに捧げます。あなた方がいなければこの本は存在せず、もし存在しなければ、誰にも読んでもらえませんでした。ありがとう、ありがとう、ありがとう。

本と私と恋人と

登　場　人　物　紹　介

ノーラ・スティーブンズ	文芸エージェント
チャーリー・ラストラ	編集者
リビー	ノーラの妹
ブレンダン	リビーの夫
サリー・グッディ	コテージのオーナー
ダスティ・フィールディング	作家

プロローグ

本が命の人――あるいはわたしのように、本が仕事の人――は、物語の先を読むのがうまい。文章や原型や類型的な筋書き上の工夫などが頭のなかでおのずと整理されて、どんなジャンル、どんな種類の作品なのかが、あきらかになっていく。

夫は人殺し。

地味な女が大変身、眼鏡を外すと、とびきりのいい女。

ある男が女をものにする――あるいは、もうひとりの女が。

ある人物が科学的で複雑な概念を説明し、別の人物が「うーん、英語で話してもらえますかね？」と応じる。

作品によって細部は異なるものの、この世界に手つかずのものなど存在しない。

たとえば田舎町の恋物語。

ニューヨークかロサンゼルスで働いている斜に構えたやり手がアメリカの田舎町に

出かけていく。彼は有象無象の企業を進出させるために、家族経営のクリスマスツリー農園を倒産に追い込むという使命を帯びている。

ところが田舎町にいるうちに、いわゆる都会人である彼はことを計画どおりに運べなくなる。なぜなら、そのクリスマスツリー農園——あるいはベーカリーなど、主人公が標的にできるものならなんでもかまわない——を所有して経営しているのは、お察しのとおり、とてつもなく魅力的で交際を申し込まずにいられない女性だから。

主人公の男性には都会に恋人がいる。それはその地で果たすべき任務をやり遂げろ、犠牲者を何人か出すことになっても大昇進しろとけしかける情け容赦ない女性だ。彼は恋人からの電話を適当にあしらおうとするが、彼女はペロトン社製のフィットネスバイクを漕ぎながらつけつけと無情なアドバイスを送る。

彼女は染めたブロンドを『氷の微笑』のシャロン・ストーン風にオールバックにしていて、クリスマスの飾りつけが大嫌いだ。でも、だからといって彼女を悪く言うことはできない。

一方、魅力的なパン職人だか裁縫師だかクリスマスツリー農園主だかと過ごす時間が長くなったヒーローは……世界がちがって見えてくる。人生の真の意味を学んだからだ！

男は善良な女性の愛によって生まれ変わって、都会に帰る。そして氷の女王のごとき恋人を散歩に誘う。彼女は気色ばむ。**マノロブラニクで？** **きっと楽しいから、**と彼はなおも誘う。歩きながら、彼女に向かって星を見あげてごらんと言うかもしれない。

彼女の返事はにべもない。**いま上を向けないのを知ってるでしょ、ボトックスを打ったばかりなのよ！**

それで男ははたと気がつく。もうぼくは以前の生活に戻れない。いや、戻りたくない。冷えきった不満足な関係にけりをつけて、新しく好きになった人にプロポーズしよう（この際、デートなんかいらないよな？）。

ことここへ至り、わたしは本に向かって叫ぶ。**その女のことなんか、ろくに知りもしないくせに！　ミドルネームはなによ？**　同じ部屋にいた妹のリビーはシーッと言うと、しわくちゃのカバーがかかった図書館の本に目を向けたままポップコーンをわたしの頭に投げつける。

そしてわたしがいまランチミーティングに遅れているのはそのせいなのだ。

なぜならそれがわたしの人生だから。それがわたしの日々を支配する隠喩。その原型にわたしの細部が重ねあわせられる。

わたしは都会人。すてきな農園主に出会うほうのではなく、都会で待つほうの。神経質かつ隙のない文芸エージェント。フィットネスバイクのペロトンを漕ぐときも、画面に映しだされる穏やかなビーチの景色には目もくれず、コンピュータの画面で原稿を読んでいる。

捨てられるのはわたしのほうだ。

この物語を読み、地でいって、また同じことが起きようとしているのを感じつつ、携帯電話を耳にあてがい、午後遅い時間のミッドタウンをほかの歩行者をよけながら進んでいる。

決定打はまだだけれど、うなじの毛が逆立ち、胃にはぽっかり穴が開いている。会話は彼に導かれるまま、漫画みたいに崖から真っ逆さまに墜落する場面へと向かっている。

当初、グラントがテキサスに滞在するのはわずか二週間の予定だった。それだけあれば、彼の会社が手に入れたがっているサンアントニオのブティック・ホテルを買収できるはずだった。わたしは過去に二度、男が出張に行ったあと別れた経験があるので、彼から出張を知らされたときは、これから海軍に入って翌朝出航すると告げられたぐらいの衝撃を受けた。

妹のリビーは大げさだと言ってなだめてくれたが、グラントが三日続けて夜の電話をすっ飛ばし、ようやくかけてきた二度の電話も早々に切りあげたときは、やっぱりと思った。わたしには終わりが見えた。

そして三日後、彼が帰りの飛行機に乗る数時間前、それは起きた。不可抗力（フォース・マジュール）によって、彼は予定より長くサンアントニオに足留めされることになった。彼の盲腸が破裂したのだ。

その気になれば飛行機を予約して、病院にいる彼のもとへ駆けつけることも可能だったが、まずいことに大規模な販促活動の真っ最中だったので、わたしも安定的にＷｉ‐Ｆｉにつながれる環境でつねに電話に出られるようにしている必要があった。クライアントはわたしを頼りにしていた。彼女にとっては人生の岐路となる大チャンスだった。それにグラントも、虫垂切除はよくある手術で、「大騒ぎするまでもない」と、そのとおりの言葉で言ってくれた。

だからわたしは留（とど）まりつつも、そのことでグラントを田舎町ロマンス小説の神々の手にゆだねることになるのを心の奥深い部分で理解していた。

それから三日たったいま、わたしは転ばないのが奇跡のようなヒールの靴で小走りにランチの場所へ向かいながら、携帯電話を握りしめてグラントの声を聞き、わたしたちの関係をおさめた棺（ひつぎ）に釘（くぎ）が打ち込まれる音が全身に響くのを感じている。

「もう一度言って」質問するつもりが、詰問になる。

グラントがため息をつく。「戻らないことにしたよ、ノーラ。この一週間で世界が変わった」小さな声で笑う。「ぼくが変わったんだ」

わたしの冷淡な都会人ゴコロに衝撃が走る。「彼女はパン職人なの？」ぽろっと口をついて出る。

一瞬の間。「なんだって？」

「彼女はパン職人なの？」わたしは重ねて尋ねる。まるで彼氏から電話で別れを告げられたとき、それが真っ先に尋ねるべき質問でもあるみたいに。「わたしと別れる理由になった女のこと」

短い沈黙のあと、彼が屈して答える。「ホテルのオーナー夫妻の娘さんだ。彼らはホテルを売らないと決めた。ぼくはここに残って、経営に手を貸す」

わたしはこらえきれずに笑いだす。悪い知らせを聞かされたときは、いつもこうなる。たぶんそのせいで、実生活で人でなしの悪女の役割をあてがわれるのだ。だって、ほかにどうすればいいの？　往来の多いこの歩道で泣き崩れるとか？　そんなことをして、どうなるというのか。

レストランの前で足を止めて、目元をそっと揉む。「そう、確認のためにまとめさせて」わたしは言う。「あなたはすばらしい仕事と、すばらしいアパートと、わたしを投げだして、テキサスに引っ越すのね。ホテルの所有者夫妻の娘というだけで、とくにキャリアもない女のために」

「人生には金銭やご立派なキャリアより大切なものがあるんだよ、ノーラ」険のある声で彼が言う。

わたしはまたもや笑う。「あなたが本気だとは思えないんだけど」

グラントは巨万の富を誇るホテル業界の大物の息子で、その育ちのよさときたら、〝銀のスプーンを口にくわえていた〟どころか、金箔をトイレットペーパーにして大きくなったようなものだ。

グラントにとっては大学もインターンシップも形式上のものだった。そうよ、パンツをはいてるのだってただの形式！　なにしろ純然たる縁故で仕事を得たのだから。

それでよけいに、彼の最後のひとことの不条理さが際立つ。比喩的な意味でも文字どおりの意味でも、恵まれているにもほどがある。

どうやらわたしはその思いを口に出していたらしく、彼に言われる。「どういう意味だ？」

わたしは窓からレストランの店内をのぞき、携帯電話の時間を見る。遅刻だ。遅刻とは無縁のわたしが。第一印象として好ましくない。

「グラント、あなたは三十四歳の御曹司よ。多くの人にとって、仕事は食べていけるかどうかに直結してる」

「だから？　ぼくにとってはそれはもう過去の世界観だ。ノーラ、きみって人はときにひどく冷淡になるね。チャスティティとぼくは――」

わざとじゃない、痛烈にやり込める意図なんかないのだから。でも気がつくと、わたしは甲高い声で彼女の名前を叫んでいる。最悪なことが起こると、なぜか幽体離脱してしまう。自分の外側からいま起きていることを眺めて、**現実なの？**　と思う。**宇宙が本当にこんなことを選んだの？　あまりに不快なんだけど。**

今回の場合だと、わたしの恋人が宇宙によって導かれたのは、貞操（チャスティティ）なんていう、処女膜を死守する能力にちなんで名づけられた女だった。おもしろすぎる。

電話の向こうで彼が息巻いている。「善良な人たちなんだよ、ノーラ。地の塩だ。そういう人にぼくもなりたい。だから、ノーラ、そんなに興奮しない――」

「興奮させるようなことをしたのはどっちよ？」

「ぼくはきみから必要とされたことがない――」

「あたりまえじゃない！」わたしは自分の人生を成り立たせるため、必死に働いてきた。誰かにプラグを引っこ抜かれたら、宇宙の排水溝に押し流されるような人生などまっぴらごめんだ。

「ぼくのアパートに泊まったこともない――」

「客観的に見て、うちのマットレスのほうがいいから！」買うにあたって調査に九カ月半かけた。もちろん交際相手にも慎重だけれど、それでもいまのこのありさまだ。

「――だから、傷ついたふりなんかしないでくれ」グラントは言う。「きみに傷つくことができるとは、ぼくには思えない」

こんどもまた、笑うしかない。

この点では、彼がまちがっている。真に心を打ち砕かれた経験があれば、こんな電話の一本や二本どうってことない。心にちくり、じゃなきゃ単なるもやもや。まちがっても傷などつかない。

いまやグラントは絶好調。「泣くのだって、一度も見たことがない」

よかったじゃない、と言ってやりたい。泣き笑いする母から何度聞かされたことか。最後につきあっていた彼氏から、**きみは感情的すぎる**、と言われたと。

それが女の置かれた立場。どちらに転んでも立つ瀬がない。気持ちをぶつければヒステリックだと非難され、恋人をわずらわせまいと我慢すれば冷血なビッチ扱い。

「用事があるの、グラント」わたしは言う。

「そうだろうとも」

予定されていた約束を果たそうとしているだけなのに、それがわたしの冷淡さのさらなる証拠にされようとしているのがわかる。百ドル紙幣とダイヤモンドの原石でできたベッド（ほんとならいいのに）で眠る悪のロボットだとでも思っているの？

わたしはさよならも言わずに電話を切り、レストランの日よけの下に入る。深呼吸をくり返しながら、涙が出そうかどうか自分に尋ねる。出ない。こんなことで泣いたことなんか一度もないし、それでいい。

わたしには仕事がある。そしてグラントとちがって、自分とグエン文芸エージェンシーで働くみんなのためにそれをやり遂げる。

髪を撫でつけ胸を張って店内に突入すると、粟立った腕にエアコンの風があたる。ランチにしては遅い時間なので人が少ない。わたしは店の奥にチャーリー・ラストラの姿を認める。出版業界に生息する都会のバンパイアのように全身黒で決めている。

直接会うのははじめてだけれど、〈パブリッシャーズ・ウィークリー〉に掲載されていた彼がウォートン・ハウス・ブックス社の編集主幹になったことを報じる記事を丹念に読んで、彼の写真を記憶に焼きつけてきた。厳めしそうな黒い眉に、明るい茶色の瞳。軽く割れた顎と、その上のふっくらした唇。片頰にほくろがあり、これが女性だったら、モンローよろしく魅力のひとつと見なされていただろう。

年齢は三十なかばを少し過ぎたくらい。少年っぽいと評されそうな顔立ちなのに、ひどく疲れが目立ち、黒髪は全体に白髪が交じって灰色に見える。しかも顔をしかめている。いや、ふくれっ面か。唇を尖らせているから。額にしわを寄せたしかめっ面。しかめふくれっ面。

彼が腕時計をちらりと見る。

雲行きがあやしい。そういえば、会社を出がけに上司のエイミーからチャーリーは短気で有名だから気をつけろと注意されたのに、わたしは適当に聞き流していた。つねに時間厳守だからだ。

だが電話で振られるという突発事が起きた。その時点で六分半遅れている。

「こんにちは！」近づきながら握手を求めて手を差しだす。「ノーラ・スティーブンズです。ようやくお目にかかれて光栄です」

彼が席を立ち、椅子の脚が床にこすれる。黒ずくめの服装、黒い髪に茶色の瞳、それに物腰全体が相まって、室内にブラックホールが出現したようになり、明かりという明かりがすべて吸いよせられてまるごと呑み込まれていく。

専門職のくだけた雰囲気を狙って黒を着る人が多いなか、彼の服装には選び抜かれたものという印象がある。ゆったりしたメリノウールのセーターとズボンとブローグシューズを組みあわせたその姿は、街なかでパパラッチに見つかったセレブのようだ。わたしは気がつくと彼がまとっているアメリカドル紙幣の額を計算している。リビーには〝中産階級の不穏な隠し技〟と言われるけれど、実際は美しいものが好きなだけ、仕事でストレスのかかった日にはオンラインでウィンドウショッピングをして気持ちをなだめたりする。

チャーリーの服装の見積額は、八百ドルから千ドルのあいだ。わたしとほぼ同じ価格帯。ただし、わたしのほうは靴以外すべて中古だけれど。

彼は差しだされた手をしげしげと眺め、おもむろに握手する。「遅刻だ」目も合わせずに椅子に座る。

うるわしい顔と分厚い財布を持って生まれたというだけで、慣習をないがしろにできると思っている男ほど、たちの悪いものはないかもしれない。グラントも日々、尊大なくそ野郎ぶりを発揮して、わたしの忍耐力を試したものだ。だが、このゲームを投げだすことはできない。担当する作家のために。

「そうですね」わたしは申し訳なさそうにほほ笑むものの、謝罪はしない。「待ってくださって、ありがとうございます。電車が止まってしまって。ご存じのとおり」

彼が目を上げて、わたしを見る。さっきより瞳が黒ずんでいるので、瞳孔の周囲にあるはずの虹彩(こうさい)が見えない。彼の表情は知ったことかと言っている。そして電車が止まる理由に関していえば、おぞましいと同時にありきたりだと。

たぶんこの男は地下鉄を使っていない。

たぶんどこへ行くにも艶(つや)やかな黒のリムジンなのだろう。あるいは、クライズデール種の馬たちが引くゴシック様式の馬車だったりして。

わたしはジャケット(イザベルマランの綾(あや)織り)を脱ぎ、彼の向かいに座る。「注文はおすみですか?」

「いや」彼はそれきり黙る。

しぼんでいくわたしの希望。

親睦のためにランチ会を設定したのは数週間前のことだ。だが、先週の金曜日になって、わたしはもっともつきあいの長いクライアントのひとりであるダスティ・フィールディングから預かった新しい作品をチャーリーに送った。そしていま、自分の担当作家のひとりをこの男の手にゆだねていいものかどうか、あやぶんでいる。

わたしは自分のメニューを手に取る。「ここのゴートチーズのサラダは格別です」

チャーリーがメニューを閉じて、わたしを見る。「話を先に進める前に言っておくが」黒くて濃い眉はひそめられ、低い声はもとよりしゃがれている。「率直に言って、フィールディングの新作は読むに値しない」

わたしは口をあんぐり開ける。二の句が継げない。第一に、その本のことを話題にする予定はなかった。チャーリーにしたって、断りたければ、メール一本ですんだはずだ。読むに値しないなどという言葉を使うまでもなく。

仮に持ちだすとしても、礼儀を心得た人間なら少なくともテーブルにパンが出てくるまでは侮蔑の言葉を投げつけずにおくだろう。

わたしはメニューを閉じて、テーブルの上で手を組む。「わたしは彼女の最高傑作だと思ってます」

ダスティの小説はすでに三作刊行されていて、どれもすばらしいできながら、売れ行きはいまひとつだった。三作めの出版社はもはや彼女の作品を出したがっていないので、いまダスティは棚に戻って、次作の新たな引受先を求めている。

そう、わたしにしてもこれが彼女の作品のなかでいちばん好きとは言えないかもしれないが、商業的に成功が望めそうな要素はたっぷりある。優秀な編集者の手が入れば化ける作品だ。それがわたしには見えている。

チャーリーが椅子の背にもたれる。作品を見る目のありそうな彼の重いまなざしを受け、背骨にちくちくとした痛みが走る。わたしのぴかぴかの丁重さの奥に荒削りな激しさがあることを見透かされているような気がする。**その顔から氷のほほ笑みを消せ**、と彼の目つきが語っている。**いい人ぶっても無駄だぞ。**

彼は水の入ったグラスをその場で回転させる。「彼女の最高傑作は『ささやかなるものたちの栄光』だ」彼は三秒のアイコンタクトでわたしの心の奥底を読めるとでもいうように、それをふたりの共通認識として語る。

正直に言うと、『栄光』はここ十年でわたしがもっとも買っている作品だが、だからといって、新作を駄作扱いするのはまちがっている。

わたしは言う。「この作品もひけを取りませんよ。ただ、ちがうだけです。多少抑制は足りないかもしれませんが、かえって映画的な印象があるかと」

「抑制が足りない?」チャーリーが薄目になる。目のなかに明るい茶色が戻り、少なくとも視線で体に穴を開けられそうな感覚はなくなる。「それはチャールズ・マンソンをライフスタイル・グル扱いするようなものだ。事実だとしても、要点はそこじゃない。この本には、動物虐待防止を訴えるサラ・マクラクランのコマーシャルを見ながら、すべての子犬が撮影中に死んだらどうなるの？　と思うような、的外れなところがある」

わたしはいらだった笑い声を放つ。「わかりました。このお茶はあなたの口には合わなかったということですね。でも、後学のために聞かせていただけますか？」わたしはむきになる。「この作品であなたの気に入った部分を。そうすれば、今後あなたにどんな作品をお送りしたらいいかわかりますので」

うそつき、とわたしの脳が言う。彼に本を送るつもりなんかないくせに。

うそつき、とチャーリーの不穏で思慮深そうな瞳が言う。もうぼくに本を送るつもりなんかないくせに。

このランチ、将来性があるはずのこの仕事上の人間関係は、いまや暗礁に乗りあげている。

こいつとは仕事をしたくないと思っているのはお互いさまだが、彼のほうはまだ完全に社会契約上の慣習を投げだしていないらしく、わたしの質問に答えようとしている。

「ぼくの好みからして、感傷的すぎる」彼がついに口を開く。「それに登場人物が戯画化されて――」

「奇抜なんです」わたしは反論する。「程度を抑えることは可能ですが、登場人物の多い作品ですから、奇抜であることによって、人の区別がつきやすくなる」

「それにこの設定――」

「この設定のなにが悪いんでしょう?」設定こそ『人生に一度きり』のうりだ。「サンシャインフォールズは魅力的です」

チャーリーは鼻で笑い、目までぐるりとまわす。「リアリティに欠けること、はなはだしい」

「実在するんですよ」わたしは言い返す。ダスティの描いた山あいの田舎町があまりに牧歌的だったので、ついグーグル検索をかけた。サンシャインフォールズ。ノースカロライナ州のアシュビルから郊外に少し行ったところにある。

チャーリーはかぶりを振る。腹立たしげ。それを言ったら、わたしもだけど。いけ好かない男。わたしが都会人の原型だとしたら、彼は頑固者、筋金入りの偏屈者。うなり声をあげる人嫌い、不満大賞の受賞者、『嵐が丘』第二幕のヒースクリフ、『エマ』に出てくるナイトリー氏の欠点だけを集めた人物。

残念至極。彼には魔術的な能力があると言われている。同じエージェント業に携わる友人のなかには、彼のことをミダスと呼ぶ者までいるくらいだ。〝触れるものをことごとく金に変えてしまう〝という、ギリシア神話に出てくる王さまだ（ただし、彼を〝嵐雲〟呼ばわりする人もいる。〝彼はお金の雨を降らせるが、その代償は？〟というわけだ）。

それはともかく、要はチャーリー・ラストラには成功作を見いだす鑑識眼がある。その彼が『人生に一度きり』を選ばない。彼がどうあろうと、わたしは自分の見る目を信じると決めて、腕組みをする。「いいですか、あなたにはうそっぽく思えるんでしょうが、サンシャインフォールズは実在します」

「実在するにしても」チャーリーは言う。「ダスティ・フィールディングが現地に行ったことがあるとは思えないと言っているんだ」

「それがなんだっていうの？」礼儀そっちのけで、わたしは尋ねる。

感情を爆発させたわたしを見て、チャーリーが口元をゆがめる。「きみはぼくがこの本のなにが気に入らないか知りたがっていた——」

「知りたいのは、あなたが気に入った部分——」わたしは訂正する。

「——ぼくはこの設定が気に入らない」

鋭い怒りが気管を駆けおりて、肺に刺さる。「だったら、どんな本なら扱いたいか教えていただけますか、ミスター・ラストラ？」

　彼は緊張をゆるめ、ゆったりと椅子にもたれる。獲物をもてあそぶジャングルキャットのように優雅な姿勢で、またもや水のグラスを回転させる。おちつかないときの癖かと思ったが、相手にうっすらとした苦痛を与えるやり口なのかもしれない。現にわたしはグラスをテーブルからたたき落としたくなっている。

「ぼくが扱いたいのは」チャーリーが言う。「以前のフィールディング作品、『ささやかなるものたちの栄光』だよ」

「あの作品は売れなかったんですよ」

「出版社が売り方を知らなかったんだ」とチャーリー。「ウォートン・ハウスなら売れていた。ぼくが手がけていれば」

　わたしは吊りあがりたがる眉を本来の位置に留めようとがんばる。

　折しも、給仕係がテーブルにやってくる。「メニューを検討されているあいだになにかお持ちしましょうか？」愛想のいい声で尋ねる。

「ぼくにはゴートチーズのサラダを」チャーリーは給仕係もわたしも見ないで、頼む。耕作不能の大都会でわたしの好きなサラダの名前をいやがらせのように口にする。

「お客さまは、マダム？」給仕係が尋ねる。

　背筋に走る震えを抑える。二十代の子にマダム呼ばわりされると、毎回こうなる。

墓の上を歩かれた幽霊はこんな気分かもしれない。きょうが最悪の一日なのにそれを訴えられる相手がいないから――そして、少なくともあと四十分は組んで仕事をしようとはとても思えない相手と過ごさなければならないから。「それと、ジン・マティーニをダーティで」

チャーリーの眉がわずかに持ちあがる。木曜日の午後三時、ハッピーアワーには早すぎるが、出版業界は夏のあいだ開店休業状態になり、ほとんどの人が金曜休みを取っているので、週末みたいなものだ。

「ひどい日」わたしはぼそっと漏らし、給仕係はわたしたちの注文を携えて遠ざかる。

「ぼくほどじゃない」チャーリーが応じ、続きは口にされないまま宙に浮く。『人生に一度きり』を八十ページ読んだあと、こうやってきみといなきゃならない。

わたしはせせら笑う。「この設定が気に入らないって、本当に?」

「四百ページを費やすのにあそこ以上につまらない場所を、ぼくは知らない」

「言わせてもらいますけど」とわたし。「あなたって、評判にたがわず、どこをとっても感じのいい方ですね」

「自分がどう感じるかをコントロールすることはできない」彼が平然と言い放つ。

わたしは気色ばむ。「チャールズ・マンソンが殺人を犯したのは自分じゃないと言ってるようなものだわ。法的には事実なんでしょうけど、それが要点じゃない」

給仕係がわたしのマティーニをテーブルに置き、チャーリーが不機嫌そうに頼む。「ぼくにもそれをもらえるか？」

その日の夜、わたしの携帯電話がメールの受信を告げる。

やあ、ノーラ。
今後もダスティの作品については知らせてもらってかまわない。
チャーリー

わたしは天を仰がずにいられない。会えてうれしかったも、お元気でもなし。彼はごく基本的な儀礼すら無視する。わたしは奥歯を噛みしめつつ、彼の流儀にならって返信を打つ。

チャーリー

もし彼女がライフスタイル・グルであるチャーリー・マンソンについて書いたら、
真っ先にあなたに知らせます。

ノーラ

スウェットパンツのポケットに携帯電話を突っ込み、バスルームのドアを開けて十ステップからなる（そして四十五分もかかることで有名な）日課のスキンケアに取りかかる。携帯電話が振動したので、ポケットから取りだす。

N

笑えない冗談だ。それなら是非とも読んでみたい。

C

最後はわたしが締めたいという、ただそれだけの理由で、どうも、と書く。
（まともにおやすみなんて言いたくない。）
チャーリーからじゃあと返ってくる。手紙の末尾の言葉みたい。
ヒールのない靴が大嫌いなわたしが、それと同じくらい嫌いなのが負けることだ。

Xと書き送る。

返信はない。チェックメイト。地獄のごとき一日を終えたいま、この小さな勝利のおかげで世界の秩序が戻ったようだ。スキンケアのルーティンを終える。身の毛のよだつようなミステリーを五章分楽しみ、文句のつけようのない自分のマットレスに流れ着く。もうグラントのことも、テキサスでの彼の新生活のことも考えていない。そして赤ん坊のように眠る。

あるいは、氷の女王のように。

1

二年後

オーブンで焼かれる街。アスファルトがジュージューと音を立て、歩道のゴミは悪臭を放つ。すれちがう家族連れが手にしたアイスキャンディは一歩進むごとに縮み、溶けた液が指を伝う。ビルに照り返される日射し(ひざし)は、時代遅れの強盗映画に登場するレーザー光線を使ったセキュリティシステムのよう。かく言うわたしも、暑いさなかに四日ほど出しっぱなしになっているグレーズドドーナツのような気分でいる。

それなのにリビーときたら、この気温で妊娠五カ月だというのに涼しげで、シャンプーのコマーシャルにでも出てきそうだ。

「三度めだよ」リビーはおののくように言う。「どうやったら生き方の全取っ替えを理由に三度も捨てられることができるわけ?」

「運が悪いんだと思うけど」わたしは言う。実際は四度だけれど、ジェイコブとの件についてはどうにもその一部始終を妹に打ち明ける気持ちになれず、もうずいぶんたつのに、自分のなかでもまだ向きあえずにいる。

リビーがため息をつき、わたしの腕に腕をからませてくる。真夏の蒸し暑さでべたつくわたしの肌に対して、かわいいわが妹の肌はうそのようになめらかでさらりとしている。

百八十センチというわたしの長身は母譲りだけれど、それ以外の目鼻立ちはすべて妹に引き継がれた。ストロベリーブロンドも、地中海ブルーの瞳も、鼻のあたりに散ったそばかすも。小作りで丸みのある体つきは父方の遺伝なのだろう。といっても、父はわたしが三歳、リビーが生まれる数カ月前に消えたので、よく知らないのだけれど。わたしの地毛は冴えないアッシュブロンド。瞳のブルーの色合いは氷に閉ざされて死ぬ直前に見る水の色であり、行楽地のすてきな水の色にはほど遠い。

オースティンの『分別と多感』ならわたしが姉のエリナーでリビーが妹のマリアンヌ、俳優にたとえると、わたしがパーカー・ポージーで妹がメグ・ライアンにあたる。

そして妹はこの惑星でわたしが無条件に好きな人でもある。

「ああ、ノーラ」横断歩道に差しかかるとリジーはわたしを引きよせ、ふたりの体が近づく。ときに日々の暮らしや仕事でてんてこ舞いになることはあっても、わたしたち姉妹には互いを同調させる内なるメトロノームがあるように感じている。妹に電話をかけようと携帯電話を手に取ると、かける前に鳴っていたり、妹がランチに誘うメッセージを送ったら、ふたりとも街の同じ地域にいたりする。ところがこの数カ月は、どちらも夜間航行する船のようだった。いや潜水艦か、じゃなきゃそれぞれ別の湖に浮かぶ外輪船か。

妹から電話があると会議中で出られず、こちらがかけなおすと妹が寝ている。妹から久しぶりにディナーの誘いがあったと思うと、その夜にかぎってクライアントと外出の約束がある。なにより悪いのは、やっと会えても、どことなくしっくりこないことだ。妹が心ここにあらずに感じる。ふたりのメトロノームがいよいよ別のリズムを刻みだして、間近にいてもリズムを合わせられなくなってしまったかのようだ。

最初はわたしも妹が出産前でストレスを抱えているせいにしていたけれど、時間がたつにつれて、ますます遠ざかっていくように感じる。わたしには理解できない理由で基本の部分が同調できなくなり、わが極上のマットレスと部屋に噴きまくったラベンダーオイルの香りをもってしても眠りは訪れず、妹と最後に交わしたやりとりを再現して小さな亀裂を探してしまう。

歩行者信号は青に変わっているのに、大量のドライバーが交差点に突っ込んでくる。

すてきなスーツ姿の男が横断歩道を歩きだすと、リビーはわたしを連れてそのあとに続く。

タクシーの運転手が絶対にこういう外見の男に突っかかっていかないことは、万国共通の真実として広く知れ渡っている。男の服装がぼくには弁護士がついている、あるいはぼく自身が弁護士だと語っているからだ。

「アンドリューとはうまくやってるんだと思ってた」リビーは中断などなかったように会話を再開する。元カレの名前はアンドリューじゃなくてアーロンだけどね。「なにがいけなかったの？　仕事関係？」

妹が**仕事関係**の部分でちらりとこちらを見たので、別の記憶がよみがえり、わたしは姪ビーの四歳の誕生パーティの日のアパートに引き戻される。リビーはピクサーのアニメーション映画に出てくる傷ついた子犬のような顔でわたしを見て尋ねたのだ。

仕事の電話？

そのときわたしは謝ったし、妹も深追いせずに流したけれど、遅まきながら、妹とのあいだに距離ができたのはあれからかもという思いが湧いてくる。あの瞬間を機にふたりの歩く道が遠ざかりだし、取り返しのつかないほど離れてしまったのかも。

「原因は」わたしは会話に戻る。「わたしの過去生にある。強大な力を持つ魔女を裏切ったせいで、恋愛生活に呪いをかけられたのよ。彼はプリンスエドワード島に引っ越すって」

わたしたちはつぎの交差点で立ち止まり、車の往来が減るのを待つ。七月なかばの土曜日、みんながこぞって外出し、法律で許されるかぎりの薄着で、〈ビッグゲイ〉で買った溶けてしたたるコーンアイスクリームか、デザートらしからぬ材料でできたアイスキャンディを食べている。

「プリンスエドワード島になにがあるか知ってる?」わたしは尋ねる。

「赤毛のアン?」リビーが答える。

「さすがにもう死んでるって」

「もう」妹が言う。「しらけること言わないでよ」

「どうしたらこの街の住人がカナダジャガイモ博物館が最大のうりである場所に引っ越せるんだか。わたしなら退屈すぎて即死しちゃう」

リビーがため息をつく。「あたしはどうかな。いまなら少し退屈なぐらいがうれしいかも」

横目でちらっと妹を見たわたしの心臓がドキンとして、とんぼ返りを打つ。妹の髪はいまも完璧で頬はうっすら紅潮しているけれど、さっきまで見えなかったこまかな部分が目に飛び込んでくる。

下がった口角。少しこけた頰。疲れが顔に出ていて、いつもより老けて見える。

「ごめん」妹はひとりごとのように言う。「〝ぐったりした哀れなママ〟みたいなこと言っちゃって――ていうか……とにかく眠りたい」

早くもわたしの頭は回転をはじめ、話の取っかかりを探している。ブレンダンとリビーは終始一貫してお金の問題を抱えていながら、こちらがその部分を助けたくても受け入れてくれないので、わたしは独創的な方法を考えだす必要に迫られている。妹をいらだたせたかもしれない電話も、じつは、トロイの木馬方式の誕生日プレゼントだった。〝クライアント〟が〝旅行〟を〝キャンセル〟したのに、予約していた〝セントレジスの部屋〟は〝払い戻ししてもらえない〟ので、週なかばの宿泊客の少ないホテルで娘たちとパーティを〝開くしかない〟と。

「誰が〝ぐったりした哀れなママ〟だって？」妹の腕を握る。「スーパーママがなに言ってんの？　ブルックリン蚤(のみ)の市でジャンプスーツを着たあなたは、知る人ぞ知る美人ママ、五百人のかわいい子を引き連れ、野の花の立派な花束と大きなトマトでいっぱいのバスケットを持ってる。疲れてあたりまえよ、リブ」

妹がいぶかしげにわたしを見る。「うちの子の人数を最後に数えたのはいつ？　ふたりなんだけど」

「うかつな親扱いするつもりはないわよ」わたしは妹のお腹をつつく。「もうひとりここにいるのは、八割方、確実だと思うんだけど」

「わかった、じゃあふたりと半」妹が探るような目になる。「それで、ほんとのところはどうなの？　彼と別れて」

「つきあったっていってもたった四カ月よ。そこまで真剣じゃなかったし」

「真剣かどうかの基準はつきあい方だよ」妹は言う。「三度めのディナーまで漕ぎ着けたんなら、その段階で相手は四百五十もの基準に合致してる。相手の血液型を知ってたら、もう遊びとは言えない」

「血液型なんてどうでもいい」わたしは言う。「欲しいのは詳しい信用報告書とメンタルヘルス調査書、それに血の誓いね」

リビーは天を仰いでげらげら笑う。いつものことだけれど、妹を笑わせるのに成功すると、心臓にセロトニンが流れ込む。いや、脳かな？　たぶん脳。心臓にセロトニンはよくなさそうだから。ともかく、リビーが笑うと世界がわたしの手中に戻り、〝あの状況〟を完全にコントロールできているように感じる。

妹が笑うと、わたしは少しナルシストになるのかも。でなければ、ただの三十二歳の女に。この女は妹が悲しみのせいで何週間もベッドから出られなくなった日々を忘れられずにいる。

「ねえ」リビーはいまいる場所に気づいて、足取りをゆるめる。ふたりしていつしかこちらに向かっていた。「見て！」

　もしわたしたちが目隠しをされて上空から街のなかに降ろされたとしても、やっぱりここにたどり着いて、物欲しげな目つきでフリーマン・ブックスを見つめているだろう。わたしたちはむかし、ウェスト・ビレッジにあるこの店の上階に住んでいた。母はわたしたちに小さなアパートのキッチンを見せてまわり、三人はキッチン用品相手にシュープリームスの『ベイビー・ラブ』を歌った。いったい幾夜、ピンク色とクリーム色の花柄のカウチで丸くなってキャサリン・ヘプバーンの映画を観たことか。とりどりのジャンクフードを広げたコーヒーテーブルは母が外で拾ってきたもので、積みあげたハードカバーが壊れた脚の代わりだった。

　小説でも映画でも、わたしのようなキャラクターの人間はコンクリートの床のロフトに住み、寒々しいモダンアートを飾って、意味不明な理由でぼろぼろの黒い枝をたっぷり生けた大きな花瓶を置いている。

　ところが現実のわたしは、子ども時代に住んでいた部屋に似ているという理由でいまのアパートに住んでいる。古い木の床にやさしい色合いの壁紙、部屋の一隅には音を立てるラジエーターと古本のペーパーバックが詰まった造りつけの本棚がある。塗装をくり返しすぎたクラウンモールディングは輪郭がぼやけ、細長い窓は時の経過によってゆがんでいる。

わたしが地球上でもっとも好きな場所、それがこの小さな書店と上階のアパートだ。十二年前にわたしたちの人生が半分にもぎ取られた場所ではあるけれど、やっぱりここを愛している。

「いやだ！」リビーがわたしの腕をつかみ、書店のウィンドウディスプレイに向かって手を振る。ダスティ・フィールディングの大ヒット作『人生に一度きり』が公開予定の映画の表紙になってピラミッド形に積みあげられている。

リビーが携帯電話を取りだす。「写真を撮っとかなきゃ！」

妹ほどダスティの作品を愛している人間はおらず、それは生半可なことじゃない。この半年ですでに百万冊が売れており、今年の一冊との呼び声も高い。『幸せなひとりぼっち』と『リトル・ライフ』を合わせたような作品。

これでも食らえ、チャーリー・ラストラ。わたしはあの壊滅的なランチを思いだすたびに、そう思う。彼が席を置く会社のぴったりと閉じられたドアの前を通るときもだ（彼が『人生に一度きり』を刊行した出版社に転職して、わたしの成功の証（あかし）である本につねに囲まれていると思うと、ますます気分がいい）。

そのとおり、わたしはしょっちゅう思っている。**これでも食らえ、チャーリー・ラストラ**。同じ業界の人間からプロにあるまじき態度を取るまで追い詰められたのははじめてだっただけに、その記憶を消せないのだ。

「この映画、五百回は観るから」リビーが言う。「立てつづけに」

「おむつをつけなさいよ」わたしは助言する。

「いらないって」妹が言う。「泣きすぎて、体におしっこが残らないもん」

「ちっとも知らなかった、あなたに……そんな科学的な思考ができるなんて」

「最後に読んだときは泣きすぎて、背中の筋肉が痛くなっちゃった」

「もっと運動しなきゃ」

「無理」妹は妊娠中のお腹を手で示し、ジュースバーに向かってふたたび歩きだす。

「それより、姉さんは恋愛しなきゃ。とにかく一歩踏みださないと」

「リブ」わたしは言う。「二十歳で生涯の伴侶に出会ったせいで、あなたにちゃんとした交際経験がないのはわかってる。でも、少しは想像力を働かせてよ。最終的に、テーブルの向かいにいる男の三割が足か肘か膝へのフェティシズムを持ってるとわかるのよ」

風変わりでロマンティストの妹が九つ年上の会計士と恋に落ちたときは、青天の霹靂だった。ただ、鉄道好きのブレンダンは、わたしがいままで会った誰より堅実な男性でもあったので、なにかと引っかかりはしたけれど、ふたりがソウルメイトであることを受け入れてずいぶんになる。

「三割⁉」リビーが悲鳴をあげる。「どんな出会い系アプリを使ってるの、ノーラ？」

「ふつうのやつ！」

裁量権をフルに行使するため、わたしはまずフェティシズムについて率直に尋ねることにしている。三割の男が会って二十分後に偏執的な部分を打ち明けてくれるわけではないにしろ、わたしにとっては重要なポイントだからだ。最近、上司のエイミーが身元調査のすんでいない女に誘われて彼女の自宅に行ってみると、床から天井まで陶磁器製の人形がぎっちりと詰まった専用の人形部屋があったそうだ。

専用の人形部屋を持つ人と恋に落ちたら不都合があるか？ 答えは〝とても〟。

「少し座ってもいいかな？」尋ねるリビーは、軽く息切れしている。わたしたちはドイツ人旅行者のグループをよけて、コーヒーショップの窓の下台に腰をかける。

「だいじょうぶ？」わたしは尋ねる。「なにか飲む？ 水とか？」

リビーはかぶりを振り、髪を耳にかける。「疲れたから、ひと休みしたいだけ」

「スパでも行かない？」わたしは提案する。「優待券をもらった――」

「最初に言っとく」とリビー。「うそだってわかってる。それと……」ピンク色のグロスが塗られた唇を噛む。「考えてることがあって」

「スパを二日にする？」

リビーがおずおずとほほ笑む。「八月の出版業界は休眠状態で、やることがないって、しょっちゅう文句を言ってるけど、姉さん、その自覚ある？」

「やることならたっぷりあるけど」わたしは言い返す。

「街にいなきゃならない用事はないって」リビーが訂正する。「でね、ふたりで出かけるのはどうかと思ったの。何週間か街を離れて、ひたすらのんびりできるとしたら？　あたしは子どもの体液と無縁に一日を過ごし、姉さんはアーロンとのことを忘れる。で、ふたりして……疲れたスーパーママとすてきなキャリアウーマンを休憩するの。一年のうち十一カ月はその役割をやらなきゃならないんだから。姉さんのほうは元カレのやり口を見習って地元の誰かとめくるめくような恋に落ちるのもいいかも。たとえばロブスターハンターとか？」

わたしは妹をじっと見て、まじめな話かどうか見きわめようとする。

「それともフィッシャー？　ロブスターは魚？」

「でも、ふたりで出かけるなんて一度もなかったよね」わたしは指摘する。

「そうだよ」リビーが声に苦々しさを滲ませて、わたしの手をつかみ、爪が肌に刺さる。わたしは唾を呑もうとするのに、万力にかけられたみたいに食道が締めつけられている。なぜなら、そのときふいに、リビーの問題が単なる金銭関係とか睡眠不足とかわたしの働き方ではないと確信したからだ。

半年前は問題を的確に把握できていた。尋ねるまでもなかった。リビーは前触れもなくわたしのアパートに立ちよっては、どさりとソファに腰をおろして「あたしに最近なにがあったか知ってる、姉さん？」と言い、わたしはその頭を自分の膝に引きよせて、辛口の白ワインを飲みながら悩みを吐露する妹の髪を指ですいた。それがいまはちがう。

「どちらにとってもいいチャンスだよ、ノーラ」静かだけれど、切迫した妹の声。「旅行しよう。ふたりきりで。最後にふたりで行ったのはカリフォルニアだったよね」

わたしの胃がずしんと沈んで、跳ねあがる。その旅行は——ジェイコブとの関係と同じで——是が非でも思いだしたくない時期のできごとだ。

実際、わたしの行動の大半は、母亡きあと、わたしとリビーがはまり込んだ暗い隘路(ろ)に二度と戻りたくない一心から出ている。ところが、あらがいがたい現実として、こんなふうにいまにも崩れそうになっているリビーを見るのは、当時以来だ。

わたしはごくりと唾を呑む。「すぐに出かけられるの？」

「娘たちはブレンダンの両親が見てくれるって」リビーはわたしの両手を握りしめ、大きなブルーの瞳を希望に燃えたたせる。「この子が出てきたら、そのあとしばらくは抜け殻になっちゃう。だからその前に、どうしても、絶対に、むかしみたいに姉さんと過ごしたい。それに三日ぐらいろくに寝てないような状態だから、『ゴーン・ガール』まではいかなくても、『バーナデットをさがせ！』ぐらいはやっちゃいそう。だから、失踪する前に行くしかないの」

わたしは胸が締めつけられる。極小の金属製のケージに入れられた心臓のイメージが脳裏に浮かぶ。リビーに言われたらノーと言えない。五歳のリビーがニューヨークでいちばんおいしいといわれているジュニアズ・チーズケーキの最後のひと口を欲しがったときも、十五歳のリビーがわたしのお気に入りのジーンズをはきたがったときも（結局、妹の丸みでお尻の部分が伸びてしまった）、十六歳のリビーが泣きながらここにいたくないと言ったときも。そのときは妹を連れてロサンゼルスに行った。

いずれもリビーから実際に頼まれたわけじゃなかったのにだ。ところがいまはリビーが手のひらを合わせ、下唇を突きだして頼んでいて、わたしは街を出ること以上に妹のそんなようすに息が上がるほど慌てふためいている。「お願い」

疲れているリビーは弱々しくはかなげで、彼女の目にかかった髪を払おうとしたら指が通り抜けそうだ。すぐ隣にいて、こちらがつらくなるほどひどい状態だというのに、それに気づかないほど自分がうかつだったとは。

リビーはここにいる、だいじょうぶ、とわたしは自分に言い聞かせる。**どんな問題があっても、わたしがなんとかしてみせる。**

自分のなかに浮かんできた言い訳や文句や反論をひとつひとつ呑み込む。「旅行しよう」

リビーがにこっとして、窓の下台で腰を動かして後ろのポケットからなにかを取りだす。「やった、よかった。じつはもう買ってあるんだけど、返金してもらえるかどうかわからなくて」その前の一瞬などなかったように、出力された飛行機のチケットをわたしの膝の上に置く。わずか五秒でわたしのもとに楽天的な妹が戻る。わたしたちふたりをこの瞬間に留められるなら、妹が明るく輝いているいまのこの場所で生きていけるなら、いくつ臓器を差しだしてもかまわない。胸の緊張がゆるみ、呼吸が楽になる。

「行き先も見ないの？」リビーがおもしろそうに尋ねる。

彼女に向いていた視線をチケットに向けなおす。「ノースカロライナ州アシュビル？」

リビーが首を振る。「それがサンシャインフォールズのもよりの飛行場なの。今回は……『人生に一度きり』旅行だよ」

うめくわたしに、妹がケラケラ笑いながら抱きついてくる。「ふたりで思いきり楽しもうね、姉さん！　それと、姉さんは木材伐採人と恋に落ちてよ」

「わたしに欲情するものがあるとしたら」わたしは言う。「森林破壊かも」

「倫理的でサステナブルでオーガニックでグルテンフリーの木材伐採人にしてね」リビーは訂正する。

2

飛行機のなかで、リビーはブラディ・メアリーを飲むと言い張る。わたしにはウイスキーのストレートを勧め、自分はブラディ・メアリーを頼む。ただし、お酒抜きのトマトジュースだ。ふだんからあまり飲まないわたしに、昼前の飲酒なんかあり得ない。でも、この十年ではじめての休暇旅行に緊張しているので、フライトがはじまって二十分で飲み干してしまう。

わたしは旅行も仕事を離れるのも、そしてクライアントを不安定な状態にするのも好きではない。離陸前の四十八時間はダスティをなだめたり励ましたりのくり返しだった。

次作の締め切りはすでに半年延ばしてもらっていて、今週のうちに編集者に原稿に目を通す作業をはじめてもらわなければ、出版スケジュール全体が崩れる。草稿段階の進め方にこだわりがあるダスティは、エージェントであるわたしたちにも内容を教えてくれないが、わたしは携帯電話からまた一通、〝あなたならできる〟メールを送る。

リビーが険しい目でわたしを見て、眉を吊りあげる。わたしは〝わたしはここにいる〟という意思表示として、携帯電話を置いて両手を上げる。

「でね」いらだちをおさめてリビーが言い、漫画みたいに大きいハンドバッグを折りたたみテーブルにのせる。「計画を確認するなら、いまだよね」大きなフォルダを取りだして、開く。

「あらまあ、それはなに？」わたしは言う。「銀行破りでもするつもり？」

「強盗って言って、姉さん。銀行破りとか古くさすぎて、つねに三つ揃いのスーツを着てそう」リビーは間髪を容れず、ラミネート加工されたよく似た用紙を二枚取りだす。頭の部分に活字で『人生を変える休暇リスト』とある。

「あなた誰よ？わたしの妹をどこへ埋めたの？」

「姉さんのチェックリスト好きは知ってんだから」リビーが朗らかに言う。「田舎町での冒険を完璧なものにするために、僭越ながらあたしが用意させてもらいました」

わたしは用紙の片方に手を伸ばす。「一番めが〝コヨーテ・アグリー・バーのカウンターで踊る〟であることを願うわ。でもまあ、まともな店主ならいまのあなたにそんなことを許さないでしょうけど」

リビーが機嫌を損ねたふりをする。「そんなにはっきりわかる？」

「ううん」わたしは鼻にかかった声を出す。「まったく」

「姉さんはほんとにうそがへただよね。たくさんの人形遣いに顔の筋肉の半分を操られてるみたい。さあ、バケットリストに戻ろう」

「バケットリスト？　わたしとあなたのどちらが瀕死（ひんし）なの？」

顔を上げたリビーは、目を煌（きら）めかせている。いたずらを企てているときの輝きだが、ふだんから輝いていることが多い。「誕生は死の一種でもある」リビーがお腹を撫でる。「自我の死。睡眠の死。笑ったときに漏らさないでいる能力の死。でも、あたしが言ってるのは映画の『最高の人生の見つけ方』のバケットリストじゃなくて、田舎町ロマンス小説体験をするためのリストだよ。あたしたちはその体験を通じて田舎町の魔法に触れ、よりゆったりとした自分に変貌するの」

わたしはあらためてリストを見る。リビーは第一子を妊娠する前、短期ながら一流のイベントプランナーのもとで働いた経験（あまたある経験のひとつ）がある。妹はもとより衝動性が強いたち（要は無秩序）だけれど、母親になろうとしていた時期にもかかわらず組織のなかで成長を遂げた。だとしても、ここまでの計画を練るとなると……その役回りはいつもならわたしなので、妹が時間をかけて考えてくれたことに異様なほど心を揺さぶられる。

同時に、リストの一番が**フランネルのシャツを着る**であることにショックを受ける。

「フランネルのシャツなんか、持ってないんだけど」わたしは言う。

リビーが肩をすくめる。「あたしもだよ。どっかで調達しなきゃね。なんならカウガール・ブーツもついでに」

ティーンエイジャーのころは、お気に入りの〈グッドウィル〉で何時間もかけて古着の山からお宝探しをしたものだ。わたしはしゃれたブランドもの、リビーはきれいな色、フリンジやラインストーンのついたものに目がなかった。

またもや、わたしは心臓を鷲づかみにされたような衝撃を覚える。リビーがいなくなる、最高の日々は戻ってこないと感じたのだ。そんなことにならないようにこの旅に来たのよ、とわたしは自分をさとす。きっとニューヨークに戻るころにはふたりのあいだにあった隙間もごく小さなものまでことごとく埋められて、絆が結びなおされているはずだ。

「フランネルね」わたしは言う。「わかった」リストの二番が**オーブンを使ってなにかを作る**。お互いに対極をいく傾向そのままに、妹は料理が大好きだけれど、ふだんは三歳児と四歳児の味蕾(みらい)を考慮してやらなければならないので、冒険的なレシピはわたしと過ごす夜用に取ってある。わたしは目でリストをたどる。

三　変身（髪をおろす／前髪を作る）
四　なにかを造る（比喩ではなく）

最初の四つは打ち捨てられたリビーのキャリアの墓場にほぼ直結している。イベント企画の仕事につく前には、リサイクルショップの掘り出し物を集めてオンラインでビンテージストアを経営していたし、その前にはパン職人になりたがっていたし、さらにその前には美容師に憧れていたし、ある夏には、ごく短いあいだだったけれど、〝建築業界には女性が足りない〟という理由で、なるならやっぱり大工だと言っていた。そのときのリビーは八歳だった。

だからすべて理に適(かな)っている。少なくともここまでの全体は（その理屈が通るのが、妹の頭のなかだけにしろ）。だが、そこで五番が目に入る。「えええ、これはなに？」「**少なくとも地元の人ふたりとつきあう**」読みあげたリビーは、傍目(はため)にもわくわくしている。「あたしにはない項目だけど」彼女が持ちあげた用紙では五番が消されている。

「ずるくない？」わたしは言う。

「忘れないで、あたしは結婚してて」妹が言う。「しかも妊娠五兆週なんだよ」

「それを言ったら、わたしはキャリアウーマンで、毎週家事サービスを頼み、靴専用のクローゼットにした予備の寝室と、セフォラのクレジットカードを持つ女なのよ。わたしの夢の男がロブスターハンターだとはおよそ思えないんだけど」

リビーが勢いづいて、身を乗りだす。「そうなの！　あのね、ノーラ、そのデューイ十進分類法並みに整理された頭脳はすばらしいけど、姉さんは車を買うみたいに男とつきあってる」

「言ってくれるじゃない」

「そして、毎回ひどい終わり方をしてる」

「ああ、神よ」わたしは胸をつかむ。「いつその話題が出るかとびくびくしておりました」

リビーが座ったまま体をねじり、わたしの手をつかんであいだの肘掛けにのせる。

「あたしが言いたいのはね、姉さんが自分にそっくりの男たち、同じ優先順位を持った男たちとばかりつきあってきたってこと」

「わたしに見あった男たちってことよ」

「逆だからこそ惹かれることもある」リビーが言う。「歴代の元カレを思い浮かべてみて。ジェイコブとその妻となったカウガールを！」

その名を聞くや冷ややかなものが身内を駆け抜ける。リビーは気づいていない。

「今回の旅行全体でめざすのは、安全圏から踏みだすこと」リビーは力説する。

「チャンスを手に入れるのよ……別の誰かになるチャンスを！　それに、先のことは誰にもわからない。少しはめを外したら、散歩時のボーイフレンドのチェックリストじゃなくて人生を一変させる恋物語が見つかるかも」

「交際相手のチェックリストだと、ありがたいんだけど」わたしは言う。「チェックリストはものごとを単純化してくれる。ほら、母さんのことを考えてみて、リブ」母はしょっちゅう恋に落ち、その相手は誰ひとり母に見あっていなかった。毎回、華々しい終わりを迎え、深く傷ついた母は仕事を休んだり、オーディションをすっぽかしたり、そのどちらも度を超していたせいで首になったり、役をおろされたりした。

「姉さんと母さんは全然ちがう」リビーが軽く言うけれど、胸がちくりとする。母から受け継いだものの少なさは自覚している。母を失ったあと、妹とふたりで溺れまいとしながら、日々、毎分毎秒、自分の至らなさを突きつけられてきた。

リビーがそんなことを言っているのでないのはわかっているのに、記憶にある別れのひとつずつとまったく無関係とは思えない。**ぼくの知るかぎり、きみには感情すらないといったたぐいの言葉で終わる長いモノローグ。**

「つまりね、これまでののんびりできたことある？　自分のささやかで完璧な計画を忘れて？」リビーが続ける。「姉さんにはゆったり楽しさを味わう権利があるし、正直に言って、あたしには姉さんを通じて追体験する権利がある。ゆえに、交際を」

「で、食事がすんだらイヤホンを外していいわけ？　それとも……」

リビーは投げだすように両手を上げる。「わかった、五番は忘れていい！　でも、姉さんのためなんだよ。姉さんが田舎町ロマンス小説体験ができるように、この旅行全体を組み立てたんだから。だって――」

「わかった、わかったから！」わたしは大声で応じる。「木材伐採人とデートするわよ。ただし、ロバート・レッドフォード並みのイケメンにして」

リビーが甲高い悲鳴をあげる。「若いとき、それともおじさんになってから？」

わたしは黙って妹を見つめる。

「だよね」リビーが言う。「わかった。じゃあ、先に行く。六番は**裸になって天然の水場に浸かる**」

「変なバクテリアがいたらどうするの？　赤ちゃんがいるのに」わたしは尋ねる。

「たしかに」リジーはぼそっと言い、眉をひそめる。「考え抜いたつもりだったんだけど、そうでもないね」

「なに言ってんの」わたしは言う。「すばらしいリストよ」

「あたし抜きで水に浸かって」リジーはこちらの話をろくに聞かずに答える。

「三十二の独身女が裸で田舎の水場にいたら、絶好の逮捕の口実になりそうだけど」

「七番」リジーが読みあげる。「**星空のもとで眠る。**八番、**町の催しに参加する。**たとえば地元の人の結婚式とかお祭りみたいなやつね」

わたしはバッグから油性マーカーを出して、**葬式、割礼(ブリス)の儀式、地元ローラースケート場でのレディースナイト**と書き足す。

「救急救命室(ER)ですてきな医師と出会うつもり？」リビーに言われて、わたしはローラースケート場の文字を線で消す。そのとき、九番が目に入る。

馬に乗る
「これも」わたしはリビーのお腹のあたりを手で示し、〝に乗る〟の部分を〝をかわいがる〟に書き換えると、リビーがあきらめのため息をつく。

十　火を熾(おこ)す（水を用意のこと）

十一　ハイキング（やる価値ある？？？？）

リビーは十六歳のとき、夏のあいだ恋人といっしょにイエローストーン国立公園で働くと宣言して、母とわたしから大笑いされた。スティーブンズ家の女たちにひとつ共通点――本と、ビタミンCセラムと、美しい服が好きなのを別にして――があるとしたら、大自然を避けたがることだ。ハイキングらしきことといったら、セントラルパークのランブル（セントラルパーク内でもとくに鬱蒼とした森のようになっているエリア）をきびきびと歩いたことがあるぐらいで、それもフードトラックのワッフルを山盛りにした紙製のボウルやアイスクリームのおまけがついていたからだし、いままでとくにそれで不自由さもなかった。

お察しのとおり、リビーは出発予定の二週間前にその恋人と別れた。

わたしはリストの最終列を指さす。

十二　ローカルビジネスの立てなおしに手を貸す

「わかってる？　一カ月しかいないのよ」しかもふたりで過ごせるのは最初の三週間だけで、その先はブレンダンと姪ふたりが合流する。長期滞在なので宿泊費は大幅に値引きしてもらえたが、わたしは最初の一週間からしてどう乗り越えたらいいかわからずにいる。

最後に旅行したときは、わずか二日で自宅に舞い戻った。たとえ一瞬でもジェイコブとの旅行に思いを馳(は)せるのは、まちがっている。わたしは気持ちをいまに切り替える。今回はあんなことにならない。そうはさせない。リビーのためならできる。

「ローカルビジネスの立てなおしは、田舎町ロマンスに不可欠の要素だよ」リジーが言う。「そしてあたしたちには選択肢がない。ツキに見放された山羊(やぎ)牧場があることを願ってる」

「へええ」わたしは言う。「儀式好きの生贄(いけにえ)共同体と奇跡的に手を結んで、山羊を救えるかもね。それも、とりあえずだけど。山羊たちはいずれ祭壇で死ぬ運命だから」

「そりゃそうだよ」リビーがトマトジュースをごくりと飲む。「商売だもん」

わたしたちが乗ったタクシーの運転手はサンタクロースのよう。赤いTシャツを着て、色褪(あ)せたジーンズをサスペンダーで吊っている。ところが運転のしかたは、ビル・マーレイ主演の『3人のゴースト』に出てくる葉巻をくわえたタクシー運転手並みの荒さだった。

彼が急速度でカーブを曲がるたびリビーの口から小さな悲鳴が漏れ、一度など、お腹に向かってだいじょうぶだからねとささやきかけている声が聞こえる。

「サンシャインフォールズか？」運転手が叫ぶ。彼の勝手な判断で四つの窓すべてが開いているせいだ。わたしは携帯電話から顔を上げるものの、髪が激しく顔に打ちつけているために、バックミラーに映った運転手の涙目がよく見えない。

飛行機から降りて荷物を回収した——小さな空港に着陸したのは、わたしたちの飛行機だけだったのに、たっぷり一時間かかった——ころには、受信箱に入っているメッセージの数が倍になっていた。まるで絶海の孤島から八週間ぶりに帰還した直後のようだ。

毎年めぐってくる出版業界の休眠期ほど、ただでさえ神経症気味の著者たちをさらに追い詰めるものはない。返事が遅れるたびに、**編集者に嫌われてるの？？？？　あなたに嫌われてるの？？　みんながわたしを嫌ってるの？？？**　という問いが、雪崩を打って押しよせてくる。

「そう！」わたしは運転手に叫び返す。リビーは顔を伏せて頭を抱えている。

「家族に会いに行くんだな」風に負けじと、運転手が叫ぶ。

わたしのなかのニューヨーカーの血なのか、女だからなのか、町に知人がいないことを伝えたくなくて、質問を返す。「どうしてそんなことを尋ねるの？」

「ほかにここへ来る理由があるか？」運転手は大笑いしながら、急ハンドルを切る。

数分後、車の速度が落ちて止まると、わたしは乗っていた飛行機がみごと緊急着陸したような気分になって、うっかり拍手喝采しそうになる。

リビーがぐったりと上半身を起こし、艶やかな髪（からまっていないなんて奇跡だ）を撫でつける。

「ここは……どこ？」わたしはきょろきょろとあたりを見る。

未舗装のせまい道の両側には、生い茂って日焼けした草しかない。道の前方はぷつんと途切れて、その先には黄色と紫の野の花がちりばめられたのぼり勾配の草地が広がっている。行き止まりだ。

状況が疑問を提示する。わたしたち、殺されるの？

運転手は頭をかがめて、傾斜地を上目遣いに見る。「丘を越えたらグッディのリリー・コテージがある」

リビーとわたしも頭をかがめて、よく見ようとする。丘の中腹に忽然と階段がある。〝階段〟と呼ぶのは語弊があるかもしれないけれど。草におおわれた斜面に木の板が埋め込まれて、ちょっとした擁壁のようになっている。

リビーが顔をしかめる。「車椅子不可っていう注意書きはなかったけど」

「それにスキーのリフトが必要だって書いてあったっけ？」

さっさと車を降りていたサンタクロースは、トランクからわたしたちの荷物をよっこらしょと降ろしている。わたしもまぶしい日射しのもとに出る。黒ずくめの旅行用の服装が暑苦しくて窮屈に感じる。未舗装の道の行き止まりに、黒い郵便ボックスがあり、丸みのある白い文字で〝グッディのリリー・コテージ〟とある。

「ほかに道はないの？」わたしは尋ねる。「この道はずっとのぼりよね？ 妹は……」妊婦に見せまいと、リビーが息を吸い込む音をたしかに聞く。「あたしならだいじょうぶ」

一瞬、自分がはいている十センチヒールのスエードのパンプスを指さすことを考えたが、ここで陳腐な行動に走って宇宙を満足させるのは癪にさわる。

「悪いが、これ以上は近づけない」運転手は答えながら、車に乗り込む。「一、二エーカー戻るとサリーの地所で、そこに二番めに近い道があるが、それでもかなり歩くぞ」運転手は窓から名刺を差しだす。「車が必要なときは、この番号にかけてくれ」

リビーが名刺を受け取り、わたしは肩越しに読む。〝ハーディ・ウェザービー、タクシーサービスならびに非公式『人生に一度きり』ツアー承ります〟。大笑いする妹の声は、全速力で逆走するハーディ・ウェザービーの車の轟音にかき消される。

「さて」リビーは背を丸める。「靴を脱いだほうがいいかも？」

荷物の多さを考えると、一度ではすみそうにない。とくにリビーにはわたしのパンプスを持つぐらいがせいぜいだろう。

急勾配なうえにうだるような暑さだが、勾配をのぼりきると、眼下に非の打ち所のない景色が広がる。鬱蒼と生い茂った庭のあいだを縫う曲がりくねった小道の先には、マホガニー色の尖った屋根がのった小さな白いコテージがある。窓は鎧戸(よろいど)のない、古びたシングルパネルで、唯一見える壁のアクセントは一階の窓に淡い緑色で描かれた蔓草(つるくさ)のアーチだ。家の裏手にはごつごつとした木々が寄り添うように立ちならび、見渡すかぎり森が広がっている。左手に目をやれば草地に小さな雑木林、そのなかに野生のブドウの木が巻きついた東屋(あずまや)が立っている。枝のあいだで煌めきを放つガラス片のウィンドチャイムと鳥用のかわいらしい餌台が揺れ、花をつけた茂みのあいだを通る小道はカーブを描いて橋へと続き、途中が森のなかに消えたあと、ふたたび反対側に現れる。

童話の世界から飛びだしてきたみたいだ。

ちがう、『人生に一度きり』から飛びだしてきた世界だ。おもむきがあって、魅力的で、文句のつけようがない。

「ああ、もう」リビーは顎を突きだし、つぎの数歩を示す。「まだ行かなきゃだめ？」

わたしは息を切らしつつ、首を振る。「足首にシーツを結びつけて、引っぱりあげてようか？」

「てっぺんまでのぼったら、いいことある？」

「わたしのために食事を作るとか？」わたしは言う。

リビーは笑いながらわたしの腕に腕をからませて頂上までのあと数歩を歩きだし、ぬくもった草の甘くやわらかな匂いを吸い込む。胸がふくらみ、早くもこの数カ月になく、気持ちが軽くなってきている。〝わたしたち〟という感覚がある。わたしは仕事、リビーが家族のことでテンパって別々のリズムを刻むようになる前の感覚が。

バッグのなかで携帯電話がメールの着信を告げたけれど、確認したいという衝動を抑える。

「気づいてる？」リビーがからかう。「立ち止まってバラの香りを嗅いでるよ」

「都会のノーラはもういない。穏やかで、流れに身を任せ――」

ふたたび携帯電話が鳴ったので、ついバッグを見る。それでも同じペースで歩きつづけていると、こんどは二度立てつづけに鳴り、そのあとさらに一度鳴る。

限界だ。立ち止まって、荷物を投げだし、バッグのなかを引っかきまわす。

リビーが非難がましい顔で黙ってこちらを見る。

「明日からね」わたしは言う。「もうひとりのノーラになるのは」

ちがいだらけの姉妹だけれど、荷ほどきをはじめると、疑いようもなくそっくりなことがあらわになる。本と、スキンケア用品と、すてきなランジェリー類。これが母から受け継がれた、スティーブンズ家の女子に伝わる三大贅沢品だ。

「変わらないこともある」リビーがため息をつき、そのゆったりと幸せそうな音が日射しのようにわたしを包む。

女にとって若々しい肌は富をもたらし（俳優としてもウエイトレスとしても）、上等なランジェリーは自信をもたらし（いままでのところ真実）、良質な本は幸せをもたらす（普遍的な真実）というのが母の唱えた説で、その娘たちがいまだその説を信奉しているのはあきらかだ。

二十分もすると、どたばたがおさまる。わたしは顔を洗い、服を着替えて、ノートパソコンを起動する。リビーのほうは荷物を半分放りだし、ふたりで分けあうキングサイズのベッドで気を失う。キルトの上には折り跡だらけの『人生に一度きり』が伏せてある。

どうしようもなく空腹だったわたしは、検索に六分かけて（Ｗｉ‐Ｆｉの速度が遅かったので、携帯電話をホットスポットにした）ここまでデリバリーしてくれるのはピザ店だけだと知る。

料理をするなどもってのほか。自宅では食事の半分を外ですませ、四割はテイクアウトとデリバリーを使っている。

母はよくニューヨークは貧乏人にとって最高の場所だと言っていた。お金をかけなくても芸術や美に触れられるし、安くておいしい食べ物がいくらでもあるから。でも、ニューヨークでお金を持っていたら、それこそ魔法のようなことが起こるわ。そのときリビーとわたしは手袋をはめた母の手につかまって、アッパーイーストサイドをウィンドウショッピングしていた。

そのときの母の口調に苦々しさはなく、むしろ驚きに満ちていた。いまだってこんなにいいのだから、電気代を心配しなくてよかったら、どんなすごいことになっちゃうのかしら？　とでも言うような。

母にとって役者仕事は金銭のためではなかった（楽観的な人ではあったけれど、勘違いはしていなかった）。収入の大半を占めるのは食堂でウエイトレスとしてもらったチップであり、わたしとリビーは母の仕事中は本とクレヨンをあてがわれて店内で過ごした。それにわたしたちの同行を許される場合にかぎり、子守の仕事を受けることもあった。わたしが十一歳ぐらいになると家で留守番してもいいことになったが、日によってはミセス・フリーマンの監督のもとリビーとふたりフリーマン・ブックスで母の帰りを待った。

あのころは、母娘三人、貧乏ながらとても幸せだった。屋台のファラフェルや頭ぐらいの大きさがある一ドルのスライスピザを食べながら街をそぞろ歩き、輝かしい未来に思いを馳せたものだ。

『人生に一度きり』が大売れしたおかげで、わたしの人生はその未来に近づいてきている。

なのにここでは、戸口までパッタイを運んでもらうこともできない。町まで三キロ歩くしかないのだ。

リビーを起こそうと揺すると、なんと妹は寝ぼけた状態でわたしを罵る。

「お腹が空いたのよ、リブ」肩を揺すると、妹は横向きになって、枕に顔をうずめる。

「あたしにもなにか買ってきて」妹はくぐもった声で言う。

「あなたの大好きな田舎町なのよ」わたしは妹をその気にさせようとする。「老ウィッタカーが薬の過剰摂取をしそうになった薬局を見たくないの?」

リビーは顔も上げず、払いのけるように手を振る。

「わかった。あなたにもなにか買ってきたげる」

わたしは髪を適当にくくって小さなポニーテールにし、スニーカーをはく。日射しを浴びる斜面をくだって、両脇の木立もまばらな未舗装の道に出る。

細い道を進んでようやくまともな道路に突きあたったら左に折れ、蛇行する下り道を進む。

コテージがそうだったように、町も忽然と姿を現す。

山裾のでこぼこ道を歩いているかと思いきや、つぎの瞬間には、古い西部劇のセットのようなサンシャインフォールズの町が眼下に広がる。背後には木々におおわれた山の尾根が控え、その上には茫洋(ぼうよう)とした青い空が広がっている。

写真で見るよりも多少くすんでくたびれた印象はあるものの、少なくとも『一度きり』に出てくる石の教会はわかるし、緑と白のストライプ模様の日よけのついた雑貨店と、軽食店の外に立てられたレモンイエローのアンブレラも見える。

外に出ているのはわずか数人で、犬を連れている。金属製の緑のベンチで老人が新聞を読んでいる。金物店の外にはプランターの植物に水をやる女性がいる。窓から客のいない店内が見える。

前方の角に立つ古くて白い石の建物は、『一度きり』のなかでミセス・ワイルダーが長らく営んでいる貸本店の記述にぴたりと一致している。わたしがこの設定をいたく気に入っているのは、母がわたしとリビーをフリーマン・ブックスの中学年向けの棚の前に連れていった雨降る土曜日の午前中を思いだすからだ。母はその足で市街地を抜けてオーディション会場へ急いだものだ。

そして戻ってくると、わたしたちをワシントン・スクエア・パークに連れだし、アイスクリームかピーカンナッツの砂糖がけを食べさせてくれた。わたしとリジーは遊歩道を行き来してベンチの銘板を読み、寄付者の物語をこしらえて遊んだ。

ここ以外の場所に住むなんて想像できる？ というのが、母の口癖だった。

わたしには想像できなかった。

ところが大学に入ると、ごっそり入れ替わったわたしの友人たちは、〝都会では子育てができない〟という意見で一致した。ショックだった。自分がニューヨークで育ってよかったというだけじゃない。子どもたちの集団が眠そうにメトロポリタン美術館をそぞろ歩いていたり、チップ目当てでブレイクダンスを踊るために大型のCDプレイヤーを列車内に持ち込んでいたり、あるいはロックフェラー・センターの下で演奏する世界的に有名なバイオリニストの前に驚嘆の表情で突っ立っていたりするのを見るたびに、わたしは、**自分がこの一部だなんてすごい**、と思う。**この人たちみん**

など同じ場所を共有している。

そしてビーとタラを連れて街を探索し、四歳児となったばかりの元三歳児がなにに魅せられ、どんな街の装飾を当然のものとして脇を素通りしていくかを観察するのは楽しい。

母はノーラ・エフロン(わたしの名前は彼女から取られた)の映画のセットが見たくてニューヨークに来たが、本物のニューヨークは映画よりうんとよかった。そこでは種々雑多な人たちが共存し、空間と人生を共有している。

ことほどさようにニューヨークを愛しているわたしだけれど、それでもサンシャインフォールズには魅了される。

実際、どきどきしながら貸本店に近づく。暗い窓からなかをのぞくと、胸の高鳴りが止まる。白い石のファサードこそダスティの描写どおりだけれど、店内には画面のちらつくテレビとビールのネオンサインぐらいしかない。

まさか夫に先立たれたミセス・ワイルダーが店番しているとは思っていなかったけれど、ダスティの描く貸本店があまりに真に迫っていたので、実在すると思い込んでいた。

興奮の冷めた頭でリビーのことを思い、恐怖で金縛りになる。これではリビーの想像とちがう。わたしは早くも妹の期待の持っていきどころを探しだす。最低でも、慰めとなる楽しみを提供したい。

何件かの空き店舗の前を通って雑貨店の日よけにたどり着く。窓を一瞥したただけで、焼きたてのパンやむかしながらのキャンディが店内にないことがわかる。

ガラスはほこりで汚れ、その向こうに見えるのは、がらくたとしか呼びようのない雑多な品々だ。どの棚もジャンクだらけ。古いパソコン、掃除機、ボックスファン、ばさばさの髪の人形。質店、しかも管理のよくない質店だ。

デスクの奥で背を丸めている眼鏡の男と目が合わないうちにその場を離れて先へ進むと、通りの向こうに、横に黄色いアンブレラが立つテラスがある。

そこには少なくとも生命の兆しがある。人々が出入りし、テーブルのひとつではカップルがコーヒーを飲みながらおしゃべりを楽しんでいる。最高。期待できそう。

左右を見て車が来ていないのを確認してから(一台もない)、走って通りを渡る。ドアの上に掲げられたエンボス加工の金色の看板には〈マグ+ショット〉とあり、カウンターでは人が列を作っている。

わたしが目の上に手をあてがって光を反射するガラスドアの奥をのぞこうとしたちょうどそのとき、向こう側にいた男がドアを開けようとする。

3

男がエメラルドグリーンの目をみはり、「ごめん！」と大声で言う。わたしは横によけたので、ドアにぶつからずにすむ。

わたしが絶句するなんてめったにない。

そのわたしがいま、かつて見たことがないほどすてきな男性を前にして無言で舞いあがっている。

黄金色の髪、角張った顎、むさ苦しくならない程度に刈り込んだ顎ひげ。筋骨隆々――その単語がぽんと浮かぶ。長年かけて母の古いハーレクイン・ロマンスから収集してきた単語のひとつ。シャツ（フランネル）はこざっぱりとして、まくりあげた袖から日焼けした腕が突きだしている。

彼ははにかんだ笑顔で横にずれ、わたしのためにドアを押さえてくれる。

なにか言わないと。

なんでもいいから。

いえ、わたしが悪いの。道を塞いでて。

あるいは声を詰まらせてでも、せめて、**あら、どうも、**とか。

でも残念なことになにも言えないので、あきらめて笑顔をこしらえ、彼の脇を通って店に入り、知っている場所に目的があって来ているように見えることを祈る。

リビーとちがい、わたしは母所有の田舎町ロマンス小説を読んでいいと思ったことは一度もなかったけれど、おもしろがってはいたので、つぎに頭に浮かんだのが、**彼は常緑樹と近づいてくる雨のような匂いがする、**という語句でも、驚くにはあたらない。

そんな匂いのする男はまずいないけど。

ふつうは汗と石鹸（せっけん）と少し強すぎるコロンの匂いがする。

でも、この男は神話的だ。ロマンティックコメディに登場する輝かしき主人公、**こんな筋肉を持った農園主なんているわけないわ、**と叫びたくなるような。

そんな男性に笑いかけられている。

これがはじまり？　片田舎に出かけて、散歩をすると、目を疑うほどの美形に出会うわけ？　元カレたちにもそんな出会いがあったってこと？

男はますますにっこりして（当然ながら、それに見あうえくぼがある）うなずき、ドアから手を離す。

窓越しに歩き去る彼を見送るわたしの心臓は、オーバーヒートしたノートパソコンみたいに大暴走している。

目の輝きが薄れると、自分がオリュンポス山の上ではなくてコーヒーショップにいることがわかってくる。むきだしのレンガの壁、床には木の板、馥郁（ふくいく）と香るエスプレッソ。店の裏手のドアは開き、その先にはテラスがある。店内に射し込んだ日光がペーストリーや包装されたサンドイッチをおさめたガラス製のディスプレイケースに反射し、なんなら天使の歌声まで聞こえてきそうだ。

わたしは列にならんでいる人たちをじっくりと観察する。ストラップのついたハイキング用のサンダルをはいた流行に敏感なアウトドアタイプと、すり切れたジーンズに後ろがメッシュになった野球帽をかぶった人たちの混成軍だ。ところが列を前のほうまでたどると、もうひとり、かっこいい男がいる。

ここへ来て最初の一時間でふたりめとは、驚異的な確率ではないか。

ドアを押さえてくれたアドニスほど圧倒的な美貌ではないものの、ふつうの人間なりに美形で、ごわついた黒い髪に、細身で優美な体つきをしている。背の高さはわたしとほぼ同じ、ちがったとしても毛筋一本ぐらい、袖を押しあげた黒いスウェットシャツに、オリーブ色のズボンと黒い靴を合わせ、これがセクシーでなくてなんだろう。ふっくらした唇、軽く突きだした顎、通った鼻筋、ケーリー・グラントとグルーチョ・マルクスの中間ぐらいの眉。

じつは、チャーリー・ラストラにどことなく似ている。

というか、ものすごく似ている。

その男が横目でディスプレイケースを見るや、ある思いが打ち上げ花火のように立てつづけに浮かぶ。

胃にレンガを結びつけられて、橋から投げ落とされた気分。本人。本人。本人。

あり得ない。わたしがここにいることだって異常なのに、彼までいるなんてあり得ない。

だとしても。

見れば見るほど、自信がなくなる。有名人を見つけたと思ったとする。ぽかんと見とれていると、そのうちにこれまでマシュー・ブロデリックの鼻を本当には見たことがないという思いが強くなってきて、あらためて記憶を探ると、そのうち鼻などなかったような気がしてくる。

あるいはお絵描きゲーム〈ピクショナリー〉で自動車を描こうとして、自動車の形がまったくわからないと気づいたような。

先頭の人が支払いをすませたので列が前に進むが、わたしは列を離れてボードゲームが詰まった本棚の逆側に身を寄せる。

もしチャーリー本人なら、ここに隠れているわたしを見たら屈辱を感じるだろう――丈の短いトップスにフェイクの臍ピアスというスタイルでいるときに、ティーン限定のクラブの外で堅物の先生を見かけるようなものだ（そんな経験があったと言ってるわけじゃない［あったけど］）。でも、もしこれが彼本人でなければ、いまの悩みはたちまち消える。かも。

わたしは携帯電話を取りだして、メールアプリを起動し、彼の名前を探す。最初こそ熱いメールの応酬があったものの、最近届いたメールは一通きりで、六カ月前にウォートン・ハウスからロッジアに総合編集者として移ったことを知らせる一斉メールだった。わたしはそそくさと新しいアドレス宛にメールを送る。

チャーリー
現在準備中の新原稿があります。

想像してみて。言葉を話す動物をどう思います？　ノーラ

どこを旅行中だとか、どのコーヒーショップにいるとか、そういう情報の入った職場外からの返信を期待しているわけではないが、少なくとも職場を離れているかどうかはわかる。

わたしの携帯電話は自動応答メールだとビープ音が鳴らないのだ。

棚から列をうかがう。わたしの職業上の天敵かもしれない男はポケットから携帯電話を取りだし、無感動に口を引き結ぶ。それでも唇がふっくらしているので、唇を突きだしたように見える。彼は一分ほど入力をしてから、携帯電話をしまう。

わたしの手のなかで携帯電話が低く鳴ったときは、まさに冷や汗が背筋を伝う。

偶然だってば。そうに決まってる。

返信を開く。

ノーラ

ぞっとするよ。

チャーリー

また列が前に進む。つぎが彼の番だ。見られずにすむのはもうしばらく、恐怖をますます強めるにしろ、追い散らすにしろ、時間が足りないかもしれない。

チャーリー

猿人（ビッグフット）が出てくるエロティカはどう？

持ち込み原稿のなかに何編か候補があるの。検討の余地はありますか？

ノーラ

送信をタップすると、たちまちわたしは正気に戻る。あまたある言葉のなかから、よりによってなぜこれを選んだの？　わたしがデューイ十進分類法並みに整理された頭脳の持ち主だとしても、いまこの瞬間は棚のすべてに火がついているようだ。メールを開いてチャーリーがたちまち優位に立つイメージがふいに湧いてきて、とまどいが血管を駆けめぐる。

列の男が携帯電話を取りだす。列の前の少年は支払いをすませたところだ。バリスタがチャーリーかもしれない人物を朗らかな笑みで迎えるが、彼は小声でなにかを言って列を離れる。

彼は半分こちらに顔を向けている。きっぱりと首を振り、不機嫌そうに口をゆがめる。やっぱりチャーリーだ、と確信する。でもここでドアに走ったら彼の目を引いてしまう。

それにしても、チャーリーはここでなにをしているの？〝中産階級の不穏な隠し技〟を用いて彼の全身を値踏みすると、五百ドル相当の服装だ。ただ、カモフラージュしているつもりだとしたら、うまくいっていない。白髪まじりの頭を指し示す矢印つきの〝よそ者〟という看板を背負って映画館のひさしの下に立っているようなものだ。

わたしは本棚側を向く。彼に背を向けて、どのゲームがいいか見ているふりをする。

わたしの送ったメールの短さとくだらなさを考えると、返信にやけに時間がかかっている。

もちろん、よそから来たメールが何通かあって、それを読んでいる可能性もあるけれど。

おちつきのないわたしは、つぎのメールを開こうとして、携帯電話を落としかける。

まだなんとも言えないが、猛烈にそそられる。

よければ送って。


肩越しにそっと背後をうかがうと、チャーリーは列に戻っている。

あと何度、彼を列から引き離せるかしら？　わたしはそんなことを想像してわくわくする。重要な仕事関連の案件があれば携帯電話と首っ引きになるのはわかるけれど、ビッグフット・エロティカに関するメールにもすぐに返信すべきだと考える彼の編集者魂には驚かされる。

実際、わたしのメールの受信ボックスにはビッグフット・エロティカが一本入っている。いつか、上司が悲惨な目に遭ってつらがっているときに、『ビッグフットの大足』を芝居気たっぷりに読みあげて元気づけてあげられるようにだ。

社外の人間に原稿を見せるのは倫理的に問題があるかもしれない。とはいえ、著者は自分のサイトにリンクを貼り、自費出版した片手の数ほどの作品を購入できるようにしている。わたしはそのうち一作品のリンクをコピーし、添え書きなしでチャーリーに送りつける。

背後に目をやって、携帯電話の画面をスクロールさせている彼を見る。返信が届いた音がする。

九十九セントかかる……

ええ——ずいぶんお買い得！　わたしは返信する。わたしのプロ意識がジェルマニキュアだとしたら、チャーリー・ラストラのそれは、ジェルマニキュアをいっきに焼ききる工業用レベルの引火剤（アセトン）だ。

わたしは送金アプリ（ベンモ）で彼の名前を探し、九十九セント送る。

すぐにメールが届く。彼から一ドル送られてくる。大人なんでね、ノーラ。あいにく、自分の分のビッグフット・エロティカぐらい購入できる。お気遣い、どうも。

レジ係がふたたび彼に声をかけ、こんどは彼もポケットに携帯電話をしまって、注文しようとレジに近づく。彼の気がそれているあいだに、賭けに出る。

わたしは飢えている。

彼がここでなにをしているのか猛烈に知りたい。

そしてドアに向かって小走りになる。

「よしてよ！」リビーが叫ぶ。わたしたちはコテージで素朴な木のテーブルについて、〈アントニオズ・ピザ〉に注文したグリッシーニとサラダをがっついている。配達員が〝保険の関係〟で階段をのぼることはできないと言うので、配達品を受け取るために郵便ボックスまで駆けおりなければならなかった。

ていよく使われた気もするが、べつにいい。

「ダスティの本をけなした失礼な人だよね？」リビーが確認する。

わたしはうなずき、サラダのなかの目が覚めるほど瑞々しいトマトにフォークを突き立てて、口に放り込む。

「そんな人が、ここでなにしてんの？」妹が尋ねる。

「知らない」

「ねえ。もし彼が『人生に一度きり』の大ファンだったらどうする？」

わたしは鼻を鳴らす。「その可能性だけは消していいと思うけど」

「『一度きり』の老ウィッタカーみたいな人で、自分の本心を表現するのを怖がってるだけかもよ。彼はひそかにこの町を愛してるのかも。『一度きり』を。そして、夫に先立たれたミセス・ワイルダーを」

わたしは実際、好奇心で胸が苦しくなるほどだが、憶測をいくら重ねても謎は解けない。「今夜はなにがしたい？」

「リストを検討してみる？」リジーはバッグからリストを取りだし、テーブルに置く。

「えっと、あたしは疲れちゃったから、どれもできない」

「そんなに疲れてるの？」わたしは言う。「馬をかわいがったり、ローカルビジネスの立てなおしに手を貸したりすることもできないくらい？　昼寝もしたのに？」

「夜中に悪い夢を見たといってビーがあたしたちのベッドに潜り込んでくるのが、三週間も続いたんだよ。たった四十分でそれが解消できると思う？」

わたしはたじろぐ。妹の娘ふたりの体温は少なくとも百度はあるので、隣で眠ろうものなら、汗みずくで目覚めるはめになる。小さな愛らしい足で肋骨を蹴られながら。

「ベッドをもっと大きくしないと」わたしはさっそくベッド探しをしようと携帯電話を取りだす。

「やだ、待って」リビーが言う。「あの部屋じゃ大きなベッドが入らないの。ドレッサーの抽斗を開けたければ」

まさにそのとき、わたしは安堵の閃きに打たれる。なぜならリビーの変化——疲れや、意味不明の妙な距離——がふいに腑に落ちたのだ。それには理由があり、つまり解決策があるということだ。

「もっと広いところに移らないと」まもなく第三子が生まれるのだから、なおさらだ。わたしに言わせれば、五人家族にバスルームひとつなんて煉獄でしかない。

「うちの収入じゃ、ジャージーから四十五分のゴミの運搬船の上でもないかぎり、もっと広い部屋なんて借りられない」リビーが言う。「この前、アパート情報を見たときは、どこも寝室がひとつ、バスタブなし、壁の内側には死体を隠せる空洞があって、設備使用料込み、ただし被害者は自分で調達すること、みたいな物件ばっかりだった！　しかもそんなんでもうちには家賃が高すぎる」

　わたしは手を振る。「お金の心配はしないで。わたしに援助させて」

妹はあきれ顔になる。「姉さんの援助はいらない。れっきとした大人なんだからね。あたしに必要なのは、うちで過ごすひと晩と、それに続くひと月の休息プラス気晴らしなの。わかった？」

　妹はわたしからの金銭援助をよしとしない。でも、わたしがお金を稼ぐ意味は、ふたりの生活を成り立たせることにしかない。妹がお金を受け取ってくれなければ、この先わたしは妹家族が自力でまかなえる家賃のアパートを探さなければならず、それでは半分しか問題が解決しない。

「わかった」わたしは言う。「今夜はここで過ごす。ヘプバーン・ナイトにする?」

妹が心からの笑みを浮かべる。「ヘプバーン・ナイトね」

母はストレス過多のときや、恋に破れたとき、ひと晩だけその感情に浸るのを自分に許した。

そんな夜はヘプバーン・ナイトと呼ばれた。母はヘプバーンが大好きだった。オードリーじゃなくてキャサリンのほうだが、オードリーが嫌いだったわけじゃない。だからわたしはノーラ・キャサリン・スティーブンズという名前になり、リビーは『赤ちゃん教育』に登場するヒョウの名前ベイビーを取って、エリザベス・ベイビー・スティーブンズになった。

ヘプバーン・ナイトのときは、三人とも母が持っていたビンテージのど派手なローブから好きなのを選んではおり、テレビの前で丸くなって、古いモノクロ映画を観た。おともはルートビア・フロートにピザか、デカフェのコーヒーとチョコレートパイ。

母は好きな場面になると涙を流し、リビーやわたしがもらい泣きをすると笑いだして、手の甲で涙をぬぐいながら、わたしってほんとにやわねと言う。

かけがえのない時間だった。そうした夜が、失恋だってほかのあれこれと同じように解決できる困りごとだと教えてくれた。チェックリストは喪失の悲しみを切り抜ける手引きになってくれる。先に進むための行動計画。母さんはそれを習得していたけれど、ろくでなしを排除するという、つぎの段階にはついぞ進めなかった。既婚者。義理の子どもを受け入れられない男。まったくの文無し。あるいはお金持ちではあるけれど、〝その女は金目当てだ〟と耳打ちしたがる親族がたくさんいる男。母が舞台から得ている高揚感を理解できない男、あるいは自分に自信がないせいで母にあたるスポットライトを喜べない男。

母はまだ自分自身が子どもと大差ない年ごろで子どもを抱え、なにかとつらい目に遭ってきたにもかかわらず、人に心を閉ざすことはなかった。楽観的なロマンティストで、そこはリビーがそっくり受け継いだ。だから妹はきっと十回、二十回と恋をして、そのたびに空高く舞いあがりながら十年、二十年と月日を重ねるのだろうとばかり思っていたら、二十歳にしてブレンダンと恋に落ち、そのまま家庭に入った。

一方わたしにも多少はロマンティックな部分があったのだけれど、その部分が一度砕け散って自力で修復をしたあとは、交際相手に対して厳正な審査を課すようになった。というわけで、懐かしのヘプバーン・ナイトはいらなくなったので、いまではただ自堕落に過ごしたいときの口実になっている。そしてなにより母を身近に感じるための。

まだ六時なのに、ふたりともパジャマに着替える——シルクのローブまではおる。ロフトのベッドからブランケットを引きはがして、鉄製の螺旋階段の下にあるカウチに移動し、リビーが持参したキャサリン・ヘプバーンのベストDVDボックスセットの一枚めをセットする。

キャビネットにまだら模様の青いマグカップがふたつあったので、わたしはお茶用の湯を沸かすためヤカンを火にかけ、『フィラデルフィア物語』を観るため妹とならんでカウチに身を沈める。わたしたちの顔は同じ炭のシートマスクでおおわれている。妹はわたしの肩に頭をのせ、幸せそうにため息をつく。「やっぱりこれだよね」

わたしの心が疼く。数時間後、慣れないベッドに横になるが、どこにも眠気が見あたらない。明日、リビーがはじめて活気のない町の中心部を見たら、わたしの気分も変わるかもしれないが、とりあえずいまは、世界のすべてが本来の場所におさまっている。

壊れたものはなおせる。どんな問題も解決は可能だ。

リビーが眠りに落ちると、ローブから携帯電話を取りだして、知っているかぎりの不動産業者と地主とビル管理人宛にBCCで一斉メールを送る。

あなたが要なんだからね、と自分に言い聞かせる。**二度とあの子をひどい目に遭わ**

せないで。

十時ごろ、携帯電話が新たなメールの着信を告げる。

リビーが一時間前、おっくうそうにベッドに起きあがってから、わたしは裏のデッキに座っている。疲れに身を任せて、コテージのオーナーが置いておいてくれた喉越しのいいサリー・グッディ・ピノをちびちびやっている。

自宅でのわたしは宵っ張りだ。そして自宅を離れると、レッドブルにコカインを混ぜて飲んだうえで電動の暴れ牛(ブル)に乗せられた直後みたいに不眠症気味になる。ならばと仕事を取りだしたものの、Ｗｉ‐Ｆｉ環境が悪すぎてノートパソコンが膝の重しにしかならないので、しかたなくデッキの向こうに広がる暗い森に顔を向けて視界を飛び交う蛍を眺める。

わたしはメールした不動産業者のどこかから返信が届くのを待っている。ところが、受信箱のいちばん上にチャーリー・ラストラの名前が躍りでる。そのメールをタップし、思わず噴きだしそうになるのをこらえる。

むしろこの作品を知らずに生涯を終えたかったよ、スティーブンズ。

わたしの耳にも自分の笑い声が意地悪な継母のように響く。

ビッグフット・エロティカを買ったの？

チャーリーの返信、経費で。

会社のクレジットカードで支払ったと言って。

クリスマスの珍事だ、と彼。休暇ごとにこういう事件が一度はある。

わたしはワインをひと口飲み、どう返信したものか悩む。たとえば、最近変わったコーヒーを飲んだ？　とか。

リビーの推察どおりかも。じつはチャーリー・ラストラもほかのアメリカ人同様、ダスティが描きだしたサンシャインフォールズに魅了され、夏の終わりの出版業界休眠期に合わせて訪問したのかも。だが、こちらからその話題を持ちだすわけにはいかない。

そこでこう書き送る。いま何ページなの？

三ページ。早くも悪魔払いを必要としている。

でしょうね、でもそれは本のせいじゃない。送ったはいいが、こんども直後に自分のプロ意識のなさにぎょっとしてパニックを起こしそうになる。わたしは長い年月をかけて精妙なフィルターを作りあげ、みんなに期待される人物を演じてきた。それなのにチャーリーは毎回それを突破してくる。正しいボタンを押してゲートを開き、わたしの思いを恐竜(ベロキラプトル)のように飛びださせる。

たとえばチャーリーが、抜群にテンポがいいのは認めるが、それ以外の点では感心しないと返信してくると、わたしはとっさに、あなたの墓石には〝それ以外の点では感心しない〟と刻まれるんでしょうねと打ち返している。

しかも実際に送るまで、こんなメールを送ってはまずいという思いすら浮かばない。

だったらきみの墓石には、とチャーリー。〝その鑑識眼は非凡にして、ときに不穏でもあった、ノーラ・スティーブンズ、ここに眠る〟と刻まれるな。

クリスマス短編集で判断しないで。それは読んでないの。

ビッグフット・エロティカできみを判断するつもりはない、とチャーリー。きみのことは『ささやかなるものたちの栄光』より『人生に一度きり』を上だと評価した点で判断する。

ワインのせいで隙間だらけになったわたしの脳からジェンガのブロックが一本抜ける。あれは駄作じゃない。

チャーリーの返信。〝あれは駄作じゃない〟——ノーラ・スティーブンズ。あの本の表紙にそんな言葉が載ってなかったか？

あなただって駄作だとは思ってないはず。

あれが彼女の最高傑作ではないときみが認めるなら。

わたしは猛々しい光を放つ画面を凝視する。蛾がその前や森を行き交っている。蟬の声がする。フクロウの鳴き声。木立の向こうに日が沈んでずいぶんになるのに、空気はまだ暑く粘ついている。

ダスティはとてつもない才能の持ち主よ。だから彼女には駄作なんか書けない。わたしは少し考えてから、さらに書き足す。もう何年も彼女を担当してきたけれど、彼女は励まされることで最大の力を発揮するタイプなの。だからわたしは作品の欠点を言挙げするんじゃなくて、すぐれている点に焦点をあてる。ダスティの編集者はそうやって『一度きり』をただの秀作から読者を夢中にさせる傑作へと引きあげた。本を扱う仕事の醍醐味はそこにある。その作品が持っている荒削りな潜在力に注目して、どういう作品になろうとしているかを読み取る。

サメと呼ばれる女が言う、とチャーリーは返信してくる。

わたしは冷笑する。誰にもそんな呼ばれ方はされていない。はずだけど。

嵐雲と呼ばれる男が言う。

そうなのか?

ときどき、とわたし。もちろん、わたしはそんなふうには呼んでないわよ。そんな失礼なことできない。

だろうとも。サメはマナーにうるさいので有名だ。

好奇心が勝って、聞き流せない。ほんとにみんなわたしのことをそう呼んでるの?

編集者はきみを怖がっている。

それにしてはわたしが担当する作家の作品を買ってくれるけど。

その作品にあと少しでも魅力がなかったら買わない程度には、怖がっている。

誇らしさでわたしの頬が赤らむ。わたしがくだんの作品を書いたのではなく、ただ価値を認めただけだ。そして、編集上の提案を行う。また、送りつける編集者を選ぶ。そのうえで、著者の利益を最大にすべく代理人として交渉にあたる。そして編集者からトルストイの小説並みに大部の編集提言が届くと著者の手を握り、著者が泣いて電話をかけてきたらなだめる。などなど。

わたしの目が小さくて特大の灰色の頭をしてるから? わたしはさらに確認のメールを続ける。ニックネームのことだけど。

きみの血に飢えた部分に決まっているじゃないか。

わたしは憤然とする。心外ね。わたしは血を流させて楽しんでるわけじゃない、クライアントのためにしてるの。

たしかにクライアントのなかにはサメのような人たち——出版社からむげにされたと感じると非難のメールを送りつけがちな人たち——もいるが、ほとんどはぺしゃんこにされる側で、不満があっても抱え込み、怒りをたぎらせては最後に華々しく爆発させて自滅する。

自分のあだ名を聞かされたのははじめてだが、上司のエイミーには、仕事のしかたが〝ナイフを携えたほほ笑み〟アプローチだと言われているので、そこまでのショックはない。

きみに担当してもらっている作家は幸運だ、とチャーリー。とくにダスティは。駄作でない程度の作品で打席に立たせるとは、きみは聖人としか思えない。

わたしの身内で怒りがたぎる。そうね、あの作品が持つまぎれもない潜在力を見のがすなんて、無能としか言いようがない。

ここではじめて彼の返信が遅れる。わたしはうめきながら天(驚くばかりの星空。これまで空を見あげたことはある?)を仰いで、引き返し方を——あるいは引き返すべきかどうかを——検討する。

腿がちくりとしたので蚊を追いはらうが、さらに二匹が腕に留まる。いまいましい。ノートパソコンを閉じ、本と携帯電話とほぼ空のワイングラスとともになかに運ぶ。片づけをしていると着信音が鳴って、チャーリーからの返信が届く。

ぼく個人の問題じゃない。追って、さらに一通。ぼくはぶっきらぼうだと言われていて、第一印象がよくないのはわかっている。

わたしは返事を書く。そしてわたしは時間厳守で有名なの。あなたはたまたま悪い日にあたってしまった。

なにが言いたい？

あの日のランチのこと。あれがすべてのはじまりよね？　わたしは遅刻、それで彼は無礼になり、こちらも無礼になって、だから彼はわたしを嫌い、こちらも彼を嫌って、それが延々とくり返された。

わたしが四分の電話で男に捨てられた直後だったことは伝えないにしても、情状酌量の余地があったことは言っていい。直前に悪い知らせがあって、遅刻したの。

それからたっぷり五分は返信が途絶えたので、もやもやする。メールでリアルタイムの会話をする習慣はない。それにもちろん、彼がどこかの段階で返信をやめてベッドに入ることもできるわけで、そうなるとわたしはこの場に留まり、冴えざえとした目で壁を見つめつづけることになるかもしれない。

いまペロトンのフィットネスバイクがあれば、このエネルギーの一部を発散させられるのに。

ようやく返信が届く。きみが遅刻したことに腹を立てていたわけじゃない。

あなたは時計を見た、とわたしは辛辣に指摘する。そしてたしか、〝遅刻だ〟と言った。

飛行機に間に合うかどうかを気にしていた。

間に合ったの？

いや。二杯のジンベースのマティーニとぼくを殺したがっているプラチナブロンドのサメに気を取られていたせいで。

死までは願ってないわ。ちょっと懲らしめてやりたくはあったかもしれないけど、あなたから顔をそむけていたかった。

きみがぼくのファンだとは初耳だな。

活力が背筋を駆けおりて駆けあがる。いちばん上の脊椎骨が電線に触れたよう。恋の駆け引きのつもり？　そういうわたしはどうなの？　退屈してるのは確かだけれど、そこまで暇じゃない。絶対に。

あなたの眉に注目してただけよ、とわたしは話をそらす。眉に変化が生じたら、不穏なむっつり顔ががらっと変わって、新しいあだ名が必要になりそう。

ぼくがこの眉を失っても、新しいあだ名の候補には困らないだろう。きみにもいくつか提案があるにちがいない。

考える時間がいるわね。拙速に決めたくない。

ああ、もちろんだとも。少しして、もう一行送られてくる。このへんできみに夜を返さなければ。

あなたはビッグフット・ロマンスに戻って、とわたしは一度入力してからバックスペースで消し、ぐっとこらえて返信を控える。

首を振り、いらつくチャーリー・ラストラのイメージを消そうとする。近くのホテルの一室で電子リーダーを眺める彼は、眉間のしわが深すぎて官能的なほどだ。

でも、わたしの脳はどうやらそのイメージを堪能したがっている。眠れないままベッドに横たわり、眠っても世界は終わらないと言い聞かせようとするが、幸福感をもたらしてくれるその光景がくり返し浮かんでくる。

4

目を覚ますと動悸がする。肌がひんやりして、じめついている。暗い部屋でぱっちりと目を開き、視線をさっと動かす。見慣れないドア、窓の輪郭、隣で寝息を立てる小山。

リビー。いっきに押しよせた安堵感は鮮烈で、氷の入ったバケツの水を頭からかぶったようだ。大きな音を立てていた心臓が、いつものごとく、悪夢後のクールダウンに入る。

リビーはいる。なんの心配もいらない。

わたしはいまいる場所を確認する。

グッディのリリー・コテージ、サンシャインフォールズ、ノースカロライナ。

あれはただの悪夢。

悪夢とは言えないかもしれない。夢そのものはよかった。最後をのぞいて。

夢はわたしとリビーが古いアパートに入り、鍵とバッグを置く場面からはじまる。ビーとタラがいっしょのこともあるし、際限なくおしゃべりを続けるわたしたちの隣でブレンダンが機嫌よくほほ笑んでいることもある。

今回はふたりきりだ。

ふたりは笑いころげている。理由は――どうやら観たばかりの舞台、『ニュージーズ』（アメリカ合衆国のミュージカル。一八九九年、ニューヨークで起こった新聞販売少年たちのストライキが題材になっている）のようだ。こうした細部はそのときどきで毎回異なり、わたしが起きあがってこの見慣れない部屋の暗がりで息を荒らげだすや、それはそよ風に運ばれる花びらのように散りぢりになる。そして根深い痛みと、ぽっかり開いた亀裂が残される。

夢の中身はこんな具合だ。

リビーがドアのかたわらに置かれたボウルに鍵を投げ、小さなキッチンのテーブルにいた母が顔を上げる。お尻の下に敷いた脚はナイトガウンにくるまれている。

「ただいま、母さん」リビーは母の前を通りすぎて、子ども時代に姉妹で共有していた部屋へと向かう。

「おかえり！」母が大きな声をあげ、わたしは母の頬に軽くキスして冷蔵庫へと歩く。

そのあたりでわたしは寒気を覚える。なにかがおかしい、という感覚。

わたしはふり返って、美しい母を見る。母は読書に戻っているけれど、こちらの視線に気づくと、とまどったようにほほ笑む。「どうかした?」

わたしは目に涙が浮かぶのを感じる。それが夢であることを示す最初の兆候――実人生では泣かないから――だが、夢のなかのわたしは現実との不一致に気づかない。

母は前と同じだ、一日たりとも年を取っていない。長い冬をへた肌がぬくもりを呑み込んだかのようで、春の化身めいている。

わたしたちを見ても驚かず、おもしろがっているようだ。やがて気遣わしげにわたしを呼ぶ。「ノーラ?」

近づいて母に腕をまわし、ぎゅっと抱きしめる。母もわたしを抱き、わたしは母がまとっているレモンとラベンダーの香りにブランケットのように包まれる。後頭部を撫でる母の艶やかに波打つストロベリーブロンドの髪が、わたしの肩に垂れかかる。

「どうしたの、かわいいお嬢ちゃん?」母は言う。「口に出してみて」

母は自分が死んだことを覚えていない。

母がこの世にいないとわかっているのはわたしだけだ。わたしたち姉妹はドアからアパートに入り、母はそこにいる。それがあまりに日常的で自然な光景なので、誰もすぐには気づかない。

「お茶を淹れるわね」母はわたしの涙をぬぐい取ると、立ちあがって横を歩きだす。わたしにはわかる、ふり返ったらもうそこに母はいない。

視界から母が消えるに任せ、それきり母はいなくなる。わたしは毎回ついふり返り、静かで動きのない部屋をまのあたりにし、胸のなかに痛みを放つ空洞があるのを感じる。まるでそこから母が削り取られたかのようだ。

そこで目を覚まし、母のいない夢を見る無意味さを突きつけられたように感じる。ベッドサイドテーブルの目覚まし時計を見る。まだ六時前、眠ったのは三時過ぎだ。ベッドで妹が寝息を立てているとはいえ、家全体が静まり返っている。コオロギの音色。蟬は一定のリズムを刻んで鳴いているけれど、わたしが聞きたいのはいらだつタクシー運転手が一回だけ鳴らすクラクションや、駆け抜ける消防車のサイレンだ。飲み歩いたあと、家路についた酔っぱらいが、通りの向かい側から叫ぶ声すら懐かしい。それでしかたなしに都会の環境音を流すアプリをダウンロードして窓台に携帯電話を置き、眠っているリビーの邪魔にならないようにゆっくりと音量を上げる。一度だけ音量を上げきり、眠りについた。

それなのにまた目を覚ましている。

母への思慕の念はたちまち形を変えて、自宅にあるペロトンへの渇望になる。

わたしはわたし自身のパロディだ。

スポーツブラとレギンスを身につけて階段をおり、スニーカーをはいてまだ暗くてひんやりした朝の空気のなかに踏みだす。

草地には霧がかかり、木立を透かした遠くの地平線に紫がかったピンク色の曙光(しょこう)が射している。濡(ぬ)れた草地を突っ切って橋に向かいながら、走りだす前に両腕を頭上に持ちあげて両体側をストレッチする。

橋を渡って森へ分け入る小道まで来ると、軽いジョギングに切り替える。体じゅうのくぼみが汗で湿りだし、やがて夢を見たあとの痛みがやわらいでくる。ときどき、この先も目を覚ますたびに孤児のような気分を味わわされるのだろうかと思う。

たぶん厳密には、わたしたち姉妹は孤児ではない。リビーは第一子を妊娠したときに夫ブレンダンと相談のうえ、わたしたちの父親を捜すため私立探偵を雇った。父が見つかると、リビーは愛(いと)しの父上殿にベビーシャワーの招待状を送った。返事なんかあるわけがない。わが子の誕生にも姿を現さなかった男に妹がなにを期待していたのか、わたしにはわからない。

父はリビーを身ごもっていた母を書き置き一枚で捨てた。

そうそう、一万ドルの小切手も置いていったが、そのことを語った母の弁によると、父はそれがはした金としか思えないほど大金持ちの家の出だった。

父と母はハイスクールで恋人同士だった。母は社会から切り離されて自宅教育を受けてきた貧乏な家の娘で、ニューヨークに出て役者になることを夢見ていた。父は私立学校に通う裕福な家の子で、十七歳のときに母を妊娠させた。父の両親は母に子どもをあきらめさせたがり、母の両親は結婚を望んだ。どちらもしないことが妥協点になった。ふたりが暮らしはじめると、双方の両親が子どもと縁を切ったものの、父方の両親はその際、相続財産を息子に渡し、父はそのごく一部を手切れ金にして立ち去った。

母はそれを元手にフィラデルフィアからニューヨークに引っ越し、以来、過去をふり返ることはなかった。

わたしは物思いを押しのけ、筋肉が熱を帯びる心地よさと、散り敷いた松の葉を踏みしめる感覚に浸る。わたしにとって考えごとから自由になれる方法はふたつしかない。読書と激しい運動だ。どちらかを行えば、自分の頭を抜けだして、実体のない暗さに入り込める。

蛇行する小道は木立におおわれた斜面をくだり、そこから折れて、縦割りした丸太の柵沿いへと至る。さらにその向こうには朝いちばんの日射しに輝く牧草地が広がり、逆光を浴びる馬たちがそこここで尻尾を揺らして、空気中を金色の土ぼこりのようにちらちらと飛び交うブヨやハエを追いはらっている。

そこに男がひとりいる。彼はわたしを見て、あいさつ代わりに手を上げる。まぶしくて目を細めたわたしは、それがコーヒーショップで見かけたアドニスだと気づいて、胸苦しくなる。田舎町の主演男優。

速度を落とすべき？

彼は近づいてくるだろうか？

こちらから声をかけて、自己紹介する？

わたしはどれもせず、四つめの選択肢を選ぶ。木の根につまずいて泥のなかに倒れ込み、よりによって糞らしきなにかの真上に手をつく。それも大量の。まるで鹿の家族が排泄場としてこの場所を選んでマーキングしたみたいに。

立ちあがると、ロマンス小説のヒーローに視線を投げ、彼がドラマティックな演技を見そこなったことを知る。彼は馬の一頭を見つめている（ひょっとして、話しかけてる？）

声をかけようか、と一瞬迷う。そのファンタジーを頭のなかで展開させ、論理的な結論に至る。神々しいほどハンサムなこの男が握手をしようと手を差し伸べると、こちらの手が鹿の糞にまみれているという。

わたしは身震いし、小道をたどってジョギングをはじめる。

もしそのうち馬にささやきかけるこの驚異的にハンサムな男と再会できたら、リストの五番を実行できるかも……少なくとも、この人が相手なら威厳を失わずにすむ。顔から髪を払い、そのあと糞まみれの手を使ったことに気づく。

威厳なんかどこにあるというのだろう？

「忘れてた、四歳児のいない食品の買い物ってこんなに平和なんだね。床に転がって、タイルをなめるんだもん」ため息をつきながら洗剤の棚の前をのそのそ歩くリビーは、摂政時代のイングランドで庭を散策する哲学者さながらだ。

「そしてこの空間――広々してて」わたしはことさら感情を込めて言う。妹をサンシャインフォールズのしけた中心街から遠ざけるため、ハーディに頼んで数町先の〈パブリックス〉というスーパーマーケットまで運んでもらったが、いまだに先制ダメージコントロール・モードにある。じゃなきゃ、ここへ来る途中、妹の気をそらそうと十五分も木々を指さしていない。

リビーは髪染めの箱の前で立ち止まり、顔いっぱいに明るい笑みを広げる。「ねえねえ、お互いをどう変身させるか決めなきゃね。髪の色とか、髪型とか」

「わたしは髪は切らない」わたしは言う。

「でしょうとも」と妹。「あたしは切る」

「なに言ってるの、あなたも切らない」

リビーが眉をひそめる。「リストにあるんだよ、姉さん。それぐらいしないと新しい自分になれない。やれば楽しいって。うちの娘の髪なんかしょっちゅう切ってる」

「だからか、タラがいまドロシー・ハミル（アメリカの女性フィギュアスケート選手）みたいなショートカット・フェーズにいるのは」

リビーがわたしのお腹を殴る。ずるい。いくら妹でも、妊婦のお腹は殴れない。

「チェックリストにチェックのつかない項目があって平気なの？　それだけの心的レジリエンスはあるわけ？」

わたしのなにかがちくりと痛む。

なにせ無類のチェックリスト好きなのだ。

妹がわたしの脇腹をつつく。「ねえ、もっと人生を謳歌（おうか）しようよ！　きっと楽しいって！　そのためにここに来たんだから」

ちがう、わたしがここに来たのは断じてそんなことのためじゃない。だが、わたしがここに来た理由である人物は目の前で大げさに下唇を突きだし、わたしの頭のなかには、妹の期待を大きく裏切る町で過ごさなければならないこの先一カ月の心配しかない。

問題はほかにもある。過去をふり返ってみるに、リビーの危機は大変身したあとに訪れる傾向がある。子どものころの妹は髪の色を変えたことがなかった。母から波打ったストロベリーブロンドは貴重ですてきだと口を酸っぱくして言われていたからだ。それなのにリビーは自分の結婚式にピクシーカットで現れた――前夜まではちがったのに。何日かしてようやく打ち明けてくれたところによると、強い恐怖で逃げだしたくなり、その衝動を押し戻すには、やはり大胆な（けれど永続的ではない）決断をする必要があったのだと。

わたしならそんなとき色分けしたプラスとマイナスのリストを作るだろうが、人にはそれぞれやり方がある。

問題はリビーの頭にはつぎの子の誕生があり、ただでさえ苦しい経済状態と居住空間に与える影響を気にしていることだ。いまわたしが無理やり話を聞きだそうとすれば、かえって貝のように口を閉ざす。けれど経験を共有すれば、心の準備のできたときに話をしてくれるかもしれない。ふたりを隔ててずきずきと脈打っている空間が閉ざされ、幻肢感覚が消えて、完全体に戻れる。

そのためにわたしはここにいる。それがわたしの望み。そのためなら髪を剃り落とすぐらいなんだというのか（なんならあとで高価なウィッグを注文するまでのこと）。

「わかった」わたしは態度を軟化させる。「変身する」

リビーは喜びの悲鳴をあげ、つま先立って額にキスしてくる。「姉さんに似合う色はわかってるの。向こうを向いてて、見ちゃだめだからね」

ニューヨークに戻った日に美容院の予約を入れること、とわたしは頭の片隅に書き込む。

その日の午後コテージに戻るときは雲ひとつない空の高みに太陽があって、斜面をのぼっているとあらゆる不都合な場所に汗が溜まっていくが、リビーはおかまいなしにしゃべりつづけている。「姉さんがどんな色を選んでくれたか、早く知りたいな」

「色は選んでない」わたしは答える。「あなたの髪を剃り落とすから」

妹はまぶしい日射しに目を細め、そばかすの散った鼻にしわを寄せる。「うそをつくのがへただって、いつになったら学ぶんだか。つくだけ無駄だよ」

コテージに戻ると妹はわたしをキッチンの椅子に座らせ、髪に薬剤を塗りつける。

そのあとわたしも同じようにするが、どちらも相手に手を見せないようにする。選んだときは絶対似合うと思ったのに、妹の頭に塗られた色が目に染みるほどけばけばしいので、自信が揺らいでくる。

それぞれのタイマーをセットし終えると、リビーがブランチの準備に取りかかる。妹は子どものころからベジタリアンで、母亡きあとは、わたしも便宜上そうなった。食材を二種類買うのは不経済だし、肉は高い。純粋に数学的な観点から、二十歳と十六歳で孤児になった娘たちにはベジタリアンになるのが合理的だった。

ブレンダンと結婚したあとも、リビーはベジタリアンでありつづけた。向上心あふれるシェフ・モードだった時期にプラントベース・ダイエットで彼の心をつかんだのだ。だから、ふたりのためのスクランブルエッグの隣で焼かれているのは、ベーコンもどきのテンペだ。少なくとも十年ベーコンを食べていない人間にはじゅうぶんそれらしく感じられる。

タイマーが切れると、リビーは、鏡を見ちゃだめだよと念を押してから、わたしに髪を洗い流しに行かせる。「見たら承知しないからね」

うそをつくのがへたなわたしは言いつけを守り、そのあと妹が髪を洗い流しだすと、冷めないように料理をオーブンに入れる。

妹は頭にタオルを巻いたまま、髪を切るためわたしをデッキに連れだす。そして数秒ごとに「ああ」と不穏な声をあげる。

「いよいよ鬱憤が溜まってきたんだけど、リブ」わたしは訴える。

妹はさらにわたしの顔の前のほうをチョキチョキ切る。「すてきになるよ」姉さんも気に入るはず、とみずからを励ますような口ぶり。そのあとわたしが彼女の髪――おおむね乾いている――を長めのボブにカットしてから、ふたりで室内に戻っていよいよお披露目(ひろめ)だ。

お互いに深々と息をついてエゴを押さえてから、ならんでバスルームの鏡の前に立ち、鏡に映った姿を見る。

妹はわたしの前髪をフリンジとカーテンのあいだぐらいにカットしている。そのおかげで、なぜか、アッシュブラウンの髪が食器洗い機から流れでる汚水ではなくヒッピーの聖地ローレル・キャニオンの自由な精神を表しているように見える。

「ほんと、なにをやらせても器用にこなすわね。自分でわかってる?」わたしは言う。

リビーから返事がない。そちらを見て、体がずしんと重くなる。ペプト・ビスモル（吐き気や胸やけなどの胃や胃腸管の不快感を抑える制酸薬。鮮やかなピンク色の容器に入っている）色のウェーブをじっと見つめる目に涙が浮かんでいる。

やらかした。完全なる大失敗。ふだんのリビーは大胆なスタイルを好むことが多いけれど、妊娠が自己像に与える影響を考慮するのを忘れていた。

「何度か洗えば色が薄れるからね」わたしは言う。「それとも、もう一度店に行って、別の色を買ってこようか？　そうだ、アシュビルで評判のいいサロンを探そう――支払いはわたし持ちで。そうよ、こんなの簡単に修正できるからね、リブ」

妹の目には涙が盛りあがり、いまにもこぼれ落ちそうになっている。

「あなたが九学年のとき、髪をピンク色にしたいと母さんに言ってたのを思いだしたもんだから」わたしは続ける。「覚えてる？　母さんが許してくれないから、あなたはハンガーストライキに突入して、それで毛先だけならって母さんが折れたのよね」

リビーは唇をわななかせながら、わたしを見る。殴られる、と思ったつぎの瞬間、妹が首にかじりついてくる。「すっごくいい、姉さん」妹がつけているレモンとラベンダーの甘い香りに包まれる。

わたしのなかでパニックの嵐が鎮まり、肩のこわばりが溶ける。「よかった」妹を抱き返す。「あなたもいい仕事をしてくれたわ。こんな色を選ぶ人なんているわけないけど、それをすてきに見せてくれてる」

リビーが顔を遠ざけて、眉をひそめる。「なるべく地毛に近い色を選んだんだよ。

子どものころから、ずっとその髪が好きだから」

胸が締めつけられて、鼻の奥がむずむずする。頭蓋のなかになにかが積みあげられて、漏れて出てきそうだ。

「どうしよう」リビーが鏡を見る。「いま気づいたんだけど、ビーとタラからユニコーンの尻尾みたいに髪を染めたいと言われたら、どうしたらいい？　丸坊主にしたいとか？」

「まずはあなたがだめと言う」とわたし。「そのあと、わたしが子守に行ったとき、髪染めとバリカンを渡す。そして将来は、セクシーでかっこよくて話のわかる伯母としてマリファナ煙草の巻き方を教える」

リビーが鼻を鳴らす。「姉さんがそんなことを知ってたらね。ああ、煙草が吸いたくなっちゃった。妊娠出産本をいくら読んだって、煙草を吸いたい気持ちはやわらがない」

「その市場には穴場があるみたいね。目を光らせとかなきゃ」

「マリファナ常用者のための妊娠ガイドブック」リビーが言う。

「マリファナ・ママたち」わたしは続ける。

「そしてその姉妹本として、マリファナ・パパたち」

「ねえ」わたしは言う。「煙草が吸いたいとか、妊娠とか——ほかにもなんだってだけど——愚痴が言いたいときは、わたしがいる。いつだって聞くからね」

「うん」リビーは鏡に目を戻し、ふたたび髪に手をやる。「わかってるよ」

5

メールの着信音が鳴って、携帯電話の画面にチャーリーの名前がくっきりと表示される。わたしの頭のなかで、ジンベースのマティーニ二杯とぼくを殺したがっているプラチナブロンドのサメに気を取られていたせいで、という言葉がカジノのネオンのように明滅して、ぞくぞくしつつも警戒心が高まる。

職務上のメールで捕まりたくはないが、この本には読まずにいられない引用がありすぎる。ぼくはホラー映画のなかにいて、この呪いから解放されるには、ほかの誰かにそれを押しつけるしかない。

事実上、チャーリーはわたしの電話番号を知っている。メールの署名に書き添えてあるからだ。問題はそれを使ってくれとこちらから言うかどうか。

プラス：自然な導入としてわたしがサンシャインフォールズにいることを伝えられるかもしれず、伝えれば、ばったり出会って気まずい思いをする可能性が低くなる。

マイナス：職業上の天敵にビッグフット・エロティカの内容を送られたいか？

ブラス：送られたい。こちらは生まれつき好奇心の塊だし、この方法なら、職業的にでなく私的なレベルで情報交換ができる。

わたしは電話番号を打ち込んで、送信をタップする。

折しも、ダスティにご機嫌うかがいの電話をかける時間だ。二十分にわたって盛りあがる曲をかけ、彼女の周囲をめぐりながらその名を連呼するようなものだ。天才という単語を十回は入れ込み、電話を切るころには、次作の冒頭をある程度の分量――荒削りな状態でいいから――送ってもらう約束を取りつける。これでダスティが書き終わるまでのあいだ、編集者のシャロンも並行して作業を進められる。

電話がすむと、バスルームで身なりを整えているリビーに合流する。妹はピンク色に染まったばかりの髪をやわらかな巻き毛にしている。「夕食には歩いていこう」妹が言う。「さっきタクシーで首が痛くなっちゃったの。それに漏れちゃったし」

「覚えてる」わたしは言う。「わたしまで巻き添えを食ったから」

リビーがわたしの服装をちらりと見る。「ほんとにその靴で行くつもり？」

わたしは背中が大きく開いた細身の黒のドレスに、手持ちの靴のなかではもっともヒールの太い黒いミュールを合わせている。リビーのほうは九〇年代風のデイジー模様のサンドレスに白いサンダルというスタイルだ。

「もう一度クロックスを貸すと言ったら、精神的に痛めつけられたって訴えてやる」リビーがひるむ。「そこまで言う人に貸すクロックスなんかないって」

わたしは悪銭苦闘しているのを隠しながら斜面をくだっているが、リビーがうれしそうなにやけ顔をしているところを見ると、歩くごとにヒールが草地に埋まって、その場に足留めを食らっているのに気づいているにちがいない。

もう日は落ちているものの、いまだうだるように暑く、どんどん蚊の数が増えていく。ネズミなら慣れっこなんだけど。だいたいのネズミは人を見ると逃げだし、そうでないのはピザのおこぼれをくださいと小さな帽子を差しだす。その点、蚊はたちが悪い。タウンスクエアの手前まで来るころには、赤い腫れが新たに六つ増えている。

まったく刺されていないリビーが、目をぱちくりする。「きっとあたしの血は甘すぎるんだね」

「あるいは、あなたがアンチ・キリストを身ごもっていて、蚊たちから女王と認定されてるか」

リビーが厳粛にうなずく。「そんな話も刺激になっていいかも」ひとけのない横断歩道で立ち止まり、やはり閑散としたシティセンターを眺めながら、口をすぼめて考え込んでいる。「ふう」ようやく声が漏れる。「ふうん……思ったより、活気がない」「活気がないって、いいんじゃない？」つい勢い込んで、わたしは言う。「活気がないってことは、リラックスできるってことよね」

「そうだね」リビーの体がぶるっと震えて、笑顔が戻る。「ほんとそう。そのためにここへ来たんだもの」質店となった元雑貨店の前を通るとき、妹はがっかりを通り越して怪訝（けげん）な顔になる。わたしは妹の気をそらそうと、〈マグ＋ショット〉を指さして大騒ぎする。

「抜群にいい匂いだったのよ」わたしは言う。「明日、行かないとね」

わたしの楽天性を動力源とする調光器でもついているみたいに、妹の明るさが増す。もしそうなら、いくらだって楽天的になりましょう。

続いてわたしたちは美容室の前を通る（「そっか、髪を切るならここね」とリビーは言い、わたしは沈黙であらがう。血のしたたるような字体で看板に〈巻き髪と髪染め〉と描いてあるから）。そのあと何件か空き店舗があり、薄汚れた安食堂、あやしげな酒場、書店（ウィンドウディスプレイはほこりっぽくて生彩に欠けるけれど、ここへはあとで来ようと妹と約束する〉と続く。そしてブロックの端に大きな木造建築があり、錆びた金属製の文字で〈ポッパ・スクワット〉とある。謎めいている。

そのときリビーのほうは携帯電話に気を取られ、ブレンダンにメッセージを打ちながら、わたしの隣を歩いている。まだ笑みは残っているが、表情がこわばっていて、いまにも涙がこぼれ落ちそうだ。妹のお腹は空腹で鳴り、顔は暑さに赤らみ、わたしには妹が〝今回の計画全体がまちがいだったかも〟というメッセージを打っているとしか思えない。突如、絶望感がむくむくと湧いてくる。いますぐ状況の改善を図らなければならない。それにはまず食べるものを調達することだ。

わたしは木造建築の隣で急停止して、色つきの窓ガラスのなかをのぞき込む。リビーが携帯電話の画面を見たまま尋ねる。「誰かをスパイしてるの?」

「窓から〈ポッパ・スクワット〉の店のなかを見てるの」

リビーがゆっくり目を上げる。「え……なんなの……〈ポッパ・スクワット〉?」

「ほら……」わたしは看板を指さす。「めちゃ広い公衆トイレか、バー&グリルのどちらかみたいよ」

「どうして?」リビーはうれしさと驚きの両方から悲鳴をあげ、残っていた失望感を吹き飛ばす。「どうしてこんなものが存在するの?」暗い窓に張りついて、店内を見ようとする。

「わたしにもわからない」横に移動して、重い木製のドアのひとつを引き開ける。

「ときに世界は残酷で、謎めいた場所になる。ときに人は道を踏み外してひねくれ、魂のレベルで病み、あげくに食事をする場所におかしな名前――」

「〈ポッパ・スクワット〉にようこそ！」カーリーヘアの宿なし子みたいな女主人に出迎えられる。「何人でご利用ですか？」

「ふたり。でも、あたしは五人分食べる」リビーが言う。

「まあ、おめでとうございます！」女主人が朗らかな声をあげ、わたしたちふたりのお腹を交互に見る。目に見えない算数の問題を解こうとしているみたいだ。

「彼女とは知り合いですらないの」わたしはリビーのほうに頭を傾けて言う。「三ブロック先からつけられちゃって」

「もう、失礼なんだから」妹が言う。「三ブロックどころじゃないわ――あたしのこと、ろくに見てなかったのね」

　女主人がとまどっている。

　わたしは咳払い（せきばら）をする。「ふたりよ」

　女主人がおずおずと手をカウンターに向ける。「カウンターでもお食事していただけますけど、テーブル席がよければ……」

「カウンターで」リビーが応じる。女主人は銘々にメニューを手渡す。およそ……なんと四十ページの超大作。わたしたちは合皮の座面がついたスツールに腰をおろし、べたつくカウンターにハンドバッグを置いて、衝撃と畏れからくる沈黙のうちに店内を眺める。

まるで〈クラッカー・バレル〉（アメリカ東部と中西部の幹線沿いにあるカントリースタイルのレストラン）と安キャバレーが結婚して、そのあいだにできた子どもがろくにシャワーを浴びずスウェットシャツの袖口を嚙んでいるティーンエイジャーになったかのような店だ。

床と壁はどちらも黒っぽい、色味の合わない木製の板張りで、天井はトタン板を張ってある。地元スポーツチームのフレーム入り写真と、〝家庭すなわち食のある場所〟というニードルポイントとクアーズの照明がならんで掲げられている。カウンターはレストランの左側にしつらえられ、店の一隅にはビリヤード台が二台、その反対の一隅には奥行きの浅いステージとジュークボックスがある。これまでサンシャインフォールズで出会った全員以上の人がこのひとつの建物のなかに集まっているが、それでもなお、店内にはがらんとした印象がある。

わたしはメニューを開いて、内容を読む。ならんだメニューの少なくとも三割は各種の揚げ物で占められている。なんでも揚げます、〈ポッパ・スクワット〉。

バーテンダーはあり得ないほど華やかな、ウェーブのかかった豊かな黒っぽい髪の女性で、両腕には星座のタトゥーがいくつも入っている。わたしの前にやってきて、両手をカウンターにつく。「ご注文は？」

コーヒーショップと馬の飼育場で出会った男性もそうだったけれど、この女性もバーテンダーというより、メロドラマのなかでバーテンダーを演じている人のようだ。

ここの水には、なにかが入っていたりして。

「ダーティ・マティーニを」わたしは告げる。「ジンベースで」

「炭酸水にライムをお願い」リビーが言う。

バーテンダーが立ち去ると、わたしはメニューの五ページに戻り、サラダに決める。少なくとも店側はそう呼んでいる。たとえレタスの山の上にこってりしたランチドレッシングとドリトスがのっていようとも、サラダと名づける自由はある。

バーテンダーが戻ってきたので、〝ギリシア風〟を注文してみる。

バーテンダーがひるむ。「本気？」

「やっぱりやめる」

「うちの店のうりはサラダじゃないんです」彼女が説明する。

「うりはなんなの？」

彼女の背中側にあるクアーズの照明に向かって手を振る。

「料理のうりは？」わたしは厳密に尋ねる。

彼女が言う。「うりであることと、評価されることは別です」

「あなたのお薦めは？」リビーが尋ねる。「クアーズ以外で」

「揚げ物はいける」彼女が答える。「バーガーも悪くない」

「ベジ・バーガーはどう？」わたしは尋ねる。

彼女が苦い顔になる。「死ぬことはないですね」

「いけそうね」わたしは言う。「じゃあ、わたしはそれと揚げ物を」

「あたしも」リビーも言う。

死ぬことはないと言ったにもかかわらず、バーテンダーのすくめた肩が、**墓場行きだよ、ばか女！**　と言っている。

リビーはまったく意に介さず、むしろ幸せそうだが、わたしの腹のなかには不安の種があったものだから、料理が来る前にうっかりマティーニを飲み干してしまう。ほろ酔いになったわたしは、なにをするにも時間がかかる。リビーはがつがつとバーガーを食べ終えると元気になってトイレに向かうが、こちらはまだ歯も立てていない。

べたつくカウンターの上で携帯電話が振動する。チャーリーからだととっさに思う。いや、その何兆倍もいい電話だ。

ついにダスティが原稿の一部を送ってきた。これでぎりぎり間に合う——ひと月後には編集者が出産休暇に入るのだ。

みなさんの忍耐に感謝しています。このスケジュールがみなさんにとって最適なものでないことは承知しています。つまり、みなさんはわたしを信じて、わたしの都合を最優先してくれている。すでに初稿は完成していますが、見なおして手を入れられたのはわずかこの部分だけです。これから一週間でさらに何章か終わらせたいと思っていますが、今回送った原稿で作品の雰囲気が伝わることを願っています。

添付された文書をタップする。タイトルは『冷感症1.0』

第一章からはじまっている。これはつねにいい兆候だ。著者が映画『シャイニング』に出てくるジャック・トランスよろしく、タイプライターを持って立てこもるほど追い込まれていない証拠だからだ。わたしはスクロールして最後を読みたいという衝動を抑える。子どものころ、世の中には大量の本があってそれを全部読む時間はないと気づいたときからの癖だ。それをその本を読みたいかどうかのリトマス試験にしてきたとはいえ、これはクライアントから送られてきた原稿なのだから、なにがどうあろうとすべて読むことになる。

だから最初の一行に目を走らせ、腹部にパンチを食らったような衝撃を覚える。

人は彼女をサメと呼んだ。

「ふざけんな」わたしは言う。カウンターの端にいる年配男性が水っぽいスープから顔を上げて、こちらをにらむ。わたしは「ごめんなさい」とささやき、あらためて画面の文字を追う。


人は彼女をサメと呼んだ。だが、彼女は歯牙にもかけなかった。どんぴしゃりのあだ名だ。ひとつには、サメは前方にしか泳ぐことができない。そして原則として、ナディーン・ウィンターズは後ろをふり返らない。彼女の人生はルールによって縛られ、その多くが彼女の良心をなだめるためにある。

もし彼女がふり返れば、そこに見るのは血の跡である。前進するとき、考慮すべきは渇望感のみだ。

そしてナディーン・ウィンターズは飢えていた。

わたしはそれからしばらく、そのうちナディーン・ウィンターズが実際にサメだとわかるのではないかと期待していた。ダスティは、チャーリー・ラストラにとっては悪夢でしかなかったしゃべる動物の物語を書いた。けれど、四行下にあった単語が目に飛び込んでくる。タイムズニューローマンみたいなよくあるフォントではなく、〈巻き髪と髪染め〉に使われていた血がしたたるようなフォントで。

エージェント。

ダスティの新作の主人公であるサメはエージェントだ。

わたしはその言葉を反対方向にたどる。**映画。**

映画エージェント。文芸エージェントではない。差異化されていても胸のわだかまりはほどけず、耳の奥で響いているたぎる血潮の音も消えない。

わたしとちがって、ナディーン・ウィンターズは漆黒の髪で、前髪を切りそろえている。

わたしと同じで、彼女がヒールをはかないのは運動するときだけだ。

わたしとちがって、彼女は毎朝イスラエル発祥の格闘技クラブ・マガのクラスを受け、フィットネスバイクのペロトンを使ったバーチャルクラスには出ていない。

わたしと同じで、クライアントと外で食事をするたびにゴートチーズのサラダを注文して、ジンベースのダーティ・マティーニを飲む——一杯以上は絶対に飲まない。自己抑制を失うことを忌み嫌っているから。

わたしと同じで、外出にはフルメイク必須、月に二度は爪の手入れをしてもらっている。

わたしと同じで、ベッドで寝るときは隣に携帯電話を置き、しかも音量は最大。

わたしと同じで、あいさつ抜きでいきなり会話に入ることが多く、別れのあいさつも省きがち。

わたしと同じで、お金はあるのに使うことを楽しんでいない。ネッタポルテ（イギリス発祥のショッピングサイト。世界じゅうの高級ブランド品をオンラインで購入できる）のページをスクロールしてまわり、何時間もかけてカートをいっぱいにするのに、そのあとは売り切れるまで放置する。

ナディーンには楽しめることがほとんどない。楽しむことが人生の重要事項ではないのだ。彼女にとっての重要事項は生きつづけることであり、それにはお金と生存本能が必要とされる。

ページを繰るごとにわたしの頬は熱を帯びる。

その章の終わりはこうだ。ナディーンがオフィスに入ると、アシスタントふたりがうれしそうにお祝いをしている。彼女はじろりとそちらを見て、「なんなの？」と尋ねる。

アシスタントは妊娠したことを告げる。

ナディーンは彼女らしいサメのような笑顔になってお祝いを述べるが、自分のオフィスに入ると、妊娠したステイシーを解雇する理由をあれこれ列挙しはじめる。仕事の妨げになるものは受け入れられない。妊娠はまさにそれだ。

ナディーンは一度計画を立てたら、そこから逸脱しない。ルールに例外を認めない。厳格な規範に沿って暮らし、それに合致しない人を受け入れる余地はない。

要するに彼女は子犬蹴りの子猫嫌い、つまり意地悪で心の冷たい、お金に乗っ取られたロボットだ（子犬蹴りの部分はいまのところほのめかされているだけだが、あと何章かで正式に認定されるだろう）。

わたしは読み終わるとすぐに最初から読みなおし、ナディーン――彼女に比べたら、『プラダを着た悪魔』のミランダ・プリーストリーが白雪姫に思えてくる――はわたしじゃない証拠を探そうとする。

最悪なことに、三度めを読み終えて、わたしはこの作品のできのよさを認めるしかなくなる。

一章、十ページ分の原稿ながら、よく書けている。

わたしはぼんやりと立ちつくし、トイレがある暗い隅に顔を向けて、さらに原稿を読む。リブ、戻ってきて。わたしという人間を知っていて、愛してくれる人、こんなのは全部たわごとだと言ってくれる人を必要としている。

歩きだすときは前を見るべきだった。

こんな高いハイヒールなんか、はいていなければよかった。空きっ腹にマティーニなんか、飲まなければよかった。現実離れした幽体離脱経験をもたらす原稿なんか、読まなければよかった。

こうした選択ミスが重なったせいで、人とぶつかってしまう。しかも、**あら、肩にぶつかっちゃった――どじでごめんなさい**などという悠長な状況じゃなくて、「やだ！　鼻が！」と叫んでいる。

その声を自分で耳にすると同時に足元がぐらついてバランスを崩し、視線が上向いてほかの誰でもないチャーリー・ラストラの顔が視界に入る。

そしてジャガイモ袋のように崩れ落ちる。

6

完全に倒れる前にチャーリーがわたしの両腕をつかんで助け起こして、とっさに口にする。「どういうことだ?」

わたしは痛みとショックのあとに状況を把握する。たちまち困惑が押しよせる。

「ノーラ・スティーブンズ」彼は呪いでも口にするように言う。

チャーリーがあんぐり口を開けてわたしを見る。こちらも同じ顔を返す。

そしていきなり言う。「休暇中よ!」

彼の困惑はさらに深まる。

「たまたまだから……あなたをストーキングしてるわけじゃないから」

チャーリーの眉間にしわが寄る。「だいじょうぶか?」

「だいじょうぶじゃない」

彼が腕を放す。「きみがなにか言うたび、ますます心配になる」

「妹がここへ来たがって」わたしは言う。「『人生に一度きり』が大好きだから」

彼の目の奥にうごめきがある。鼻を鳴らす。

わたしは腕組みする。「あなたがここにいる理由が謎なんだけど」

「ああ」チャーリーは淡々と言う。「きみをストーキングしてる」わたしが目をみはるのを見て、彼は続ける。「ぼくはここの出身なんだ、スティーブンズ」

わたしがぽかんとした顔でしばらくチャーリーを見つめていると、彼がその顔の前で手を振る。「ハロー？　壊れちゃったのか？」

「あなたが……ここの……出身？　ここって、ここ？」

「この残念な店のカウンターで生まれたわけじゃない」チャーリーは唇をゆがめる。

「念のために言っておくと。でも、そう、この近くではある」

計算してできることじゃない。ひとつには彼が『GQ』のトム・フォードの広告ページから出てきたような服装をしているから、そしてさらには、ここが製作会社が完成なかばで投げだした映画のセットだとは思えないから。「チャーリー・ラストラはサンシャインフォールズ出身」

彼の目つきが悪くなる。「ぼくの鼻がきみの脳をつついたのか？」

「あなたはノースカロライナ州サンシャインフォールズ出身」わたしは言う。「ガソリンスタンド一軒に〈ポッパ・スクワット〉という名のレストランがある町」

「そうだ」

脳が関連する質問をいくつかすっ飛ばす。「〈ポッパ・スクワット〉は人？」

チャーリーが驚いて大笑いする。そのざらついた音がわたしの肋骨をこするように響く。

「ちがうの？　だったら」重ねて尋ねる。「〈ポッパ・スクワット〉はなに？」

彼の口角が下がる。「ぼくも知らない――精神状態かなにかかな？」

「それと、ここのギリシア風サラダはなにが問題なわけ？」

「サラダを頼むつもりだったのか？　町民に干し草用のフォークでつつきまわされたのか？」

「答えになってない」

「アイスバーグレタスの切れ端を盛っただけのサラダだ。料理人が酔っぱらってるときだけは例外で、その場合はサイコロ切りのハムでおおわれている」

「どうして？」

「家庭が不幸なんだろ」チャーリーがまじめくさって答える。「ここで働くことになった裏にある、叶（かな）わなかった夢と関係のあるなにかかもしれない」

「料理人が飲む理由を訊（き）いてるんじゃないの」わたしは言う。「なんでほかの人がサイコロ切りのハムをのせないわけ？」

「もしぼくがその答えを知っていたら、スティーブンズ」チャーリーは言う。「ぼくはいまより高い地平に至っていただろう」

ここへ来て、床になにかが転がっているのに気づいたチャーリーが、横に動いてそれを拾いあげる。「きみのかい？」わたしに携帯電話を手渡そうとする。「おっと」わたしの反応を見て、彼が言う。「この携帯がきみになにをしたのかな？」

「携帯じゃなくて、このなかに住んでる社会病質者（ソシオパス）の最強ビッチにやられたのよ」チャーリーが言う。「世間では彼女のことをＳｉｒｉと呼んでいる」

わたしは携帯電話を彼のほうに押し戻す。ダスティのページが表示されたままだ。彼の眉間にふたたびしわが寄るのを見て、たちまち後悔する。なにやってるの？ わたしは携帯電話を取り戻そうとするが、彼は顔をそむけて読みだす。ふっくらとした下唇の下のしわが深くなり、超高速でページをスクロールするうちにしかめっ面がほくそ笑みに変わっていく。

なんでこんな男に見せたの？　元凶はマティーニ？　それとも頭を打ったばかりだったから？　じゃなきゃ、絶望のせいだろうか？

「ほかにコメントしたいことはないの?」

「いいね」ついにチャーリーが言い、わたしの手に携帯電話を押しつける。

「言いたいことはそれだけ?」わたしは詰めよる。「ほかにコメントしたいことはないの?」

「すばらしい、とてもいい」

「屈辱的だわ」わたしは応じる。

彼はカウンターを見たあと、あらためてわたしの目を見る。「いいかい、スティーブンズ、いまはとびきり不快な日の夜で、とびきり不快なレストランにいる。この話を続けるなら、せめてクアーズの一杯ぐらい飲ませてもらえないか?」

「クアーズを飲むタイプには見えないけど」

「ああ、ちがう。ただ、ここのバーテンダーから容赦なく嘲笑されているせいで、マンハッタンでの楽しみに水を差された」

わたしはテレビに出てきそうなセクシー・バーテンダーを見る。「あの人も敵なの?」

彼の目が暗くなり、口元が引きつる。「つまりぼくたちが敵同士だってことか? きみはすべての敵にビッグフット・エロティカを送りつけるのか? それとも、特別な相手にだけ?」

「あら」申し訳なさそうなふりをする。「あなたを傷つけちゃった、チャーリー？」

「ずいぶんご機嫌だな。クルエラ・デ・ビル（アニメーション映画『101匹わんちゃん』に登場する冷酷非道な悪女）の造形にインスピレーションを与えた女性だとわかった直後にしては」

わたしがにらみつけると、彼は天を仰ぐ。「かんべんしてくれ。マティーニをおごるよ。じゃなきゃ、子犬革のコートを」

マティーニときたか。それこそナディーン・ウィンターズがバージンの血にありつけないとき好んで飲むとされるカクテルだ。

腹立たしいことに、元カレ、ジェイコブの姿が脳裏をかすめる。裏のポーチで缶のままビールを飲む彼の腕には妻が抱えられ、彼女もビールを飲んでいる。

四人も子どもがいるのになぜか彼女はゆったりしていて、むかつくほどきれいで、けれど〝ふつうの人〟でもある。

アンチ・ノーラ。

わたしが捨てられる原因となった女は、みんなそう。〝ふつうの人〟になるのは恐ろしくむずかしい。なにせ生育時に出会った男性が、(一)母親を泣かせていたか、(二)母の友人の、ボールチェンジダンスを教えてくれたダンサーのどちらかなのだから。もしそれが『レ・ミゼラブル』のなかに大好きな楽曲があるような男性だったら、わたしだってふつうになれたかもしれないが、いまさらそんなことを言ってもしかたがない。

「わたしもビール」チャーリーのそばを通りすぎる。「あなたにおごってもらう」

「えっと……そんなこと言ったっけ?」彼はぶつくさ言いながら、わたしについてピーナッツの殻の散らばるカウンターに近づく。

彼がバーテンダーと軽口を交わしているので(敵対的でないのは確か。そこには心の交流があって、つまりふだんより無礼さが十五パーセント引きになっている)、わたしはちらちらトイレを見ているものの、リビーはまだ出てこない。

いつしかふたたび原稿を読んでいたわたしは、チャーリーから携帯電話を奪われる。

「こだわるな」

「こだわってない」

わたしのようすをうかがう黒い淵(ふち)のような瞳を見て、購買契約を結びたくなる。こんな瞳にならたまに見つめられたい。「きみがそんなに気に病むとは、意外だな」

「あなたの人工知能チップに驚きが感じられるとは、びっくりだわ」

「どうも」リビーの声にぎくっとしてふり向くと、妹がいる。口にたくさんのカナリアを詰め込んだ猫のようにほくそ笑んでいる。

「リブ」わたしは言う。「こちらは——」

彼を紹介しようとすると、リビーが先に言う。「いちおう知らせておきたかっただけ、タクシーを呼んだから。気分がよくないの」

「どうしたの？」立ちあがろうとするが、リビーに強く肩を押されて戻される。

「疲れただけ！」とてもそれだけとは思えない。「姉さんはいて——まだバーガーも食べ終わってないんだし」

「リブ、あなたをひとりで——」

「あ！」リビーが携帯電話を見る。「ハーディが着いたって。支払いは任せていい、ノーラ？」

赤面癖はないのだけれど、火がついたように顔が熱いのは妹の誤解に気づいたからだ。それはつまりチャーリーだってたぶん気づいているということで、早くも退却しだしているリビーは、わたしにベジ・バーガーの半分と未払いの勘定書とまるごと地球に呑み込まれたいという強い願望を残して先に帰ろうとしている。

リビーは顔だけふり返り、大声で言い置く。「幸運を祈ってる。五番を達成してね、姉さん！」

「五番？」チャーリーが尋ねたときには、ドアは閉まり、妹は夜の闇に消えている。

妹があの階段をひとりでのぼると思うと、気が気でない。わたしは携帯電話を奪い返してメッセージを打つ。コテージに着いたらすぐに連絡して、絶対だからね！！！

リビーから、ミスター・アツアツと三塁に達したらすぐに知らせて、と返信が来る。

肩の上でチャーリーが鼻を鳴らしたので、わたしは携帯電話を遠ざけて、肩を怒らせる。「妹のリビーよ。あの子の言うことは全部無視して。妊娠すると欲情するタイプなの。毎回そうなんだから」

彼の（真に奇跡的な）眉が持ちあがり、重たげなまぶたの下の目がわたしの顔に向けられる。「その文章には……かなり含みがありそうだ」

「いまは時間がないの」彼の顔以外のなにかに集中したくて、バーガーにかぶりつく。「妹のもとへ急がないと」

「じゃあ、ビールの時間はないんだな」やっぱりなと言わんばかりの、挑むような口調だ。眉は吊りあがり、片方の口角ににやにや笑いの片鱗がうかがえる。それでいてふくれっ面も消えていないので、ふくれっ面ににやにや笑いになっている。

そのときはじめて、まばゆいばかりの彼女の笑顔を見る。「どういたしまして」バーテンダーが汗をかいたガラス瓶を持って戻り、チャーリーがお礼を言う。このときはじめて、バーテンダーが言う。「用があったら言ってね」

彼女が立ち去ると、チャーリーはこちらを向き、喉を鳴らしてビールを飲む。

「どうしたら笑顔をもらえるの？」わたしは詰問する。「わたしなんかチップ三割派なのに」

「うーん、そうだな、彼女と結婚しかけるぐらい親しくなったら、なんとかなるかも」そう言われて呆気(あっけ)に取られたわたしは、ふたたび口をあんぐり開ける。

「あなたの発言は含みだらけだわ」

「きみが忙しいのはわかってる」チャーリーは言う。「きみに刃物を研いだり毒薬キャビネットの整理をしたりする時間を確保してやらないとな、ナディーン・ウィンターズ」

彼の口調があまりになめらかなので、まぎれ込まされた冗談をうっかり聞き流しそうになる。けれど、今回はあきらかにおだてるような調子があり、それで丸め込まれそうになるが、結局は怒りで毛が逆立つ。

「まず第一に」わたしは言う。「毒薬をしまうのはパントリーでキャビネットじゃない。第二に、ビールはもう手元にあって、勤務時間外なんだから、飲んだも同然よ」

わたしはナディーン・ウィンターズでない証拠にビール瓶をつかんで勢いよく飲みだす。チャーリーの賢(さか)しらな視線をありありと感じる。

彼が言う。「すばらしいだろう?」こんどばかりは声に多少はずみがあって、頭蓋から稲光が放たれたように目がきらりと光る。

「猫のおしっことガソリンが好きならね」

「原稿だよ、ノーラ」

わたしは口を閉じてうなずく。

これまで見たかぎりでは、チャーリーの眉には三つのモードがある。曇らせているか、険悪そうか、あるいは気遣いと困惑の両方が入りまじっているか。いまは三つめのモードだ。「だが、きみはまだその件で動揺してる」

「動揺?」わたしはすっとんきょうな声を出す。「もっともつきあいの長いクライアントがわたしのことを妊娠を理由に人を解雇すると思ってるだけで? ばかを言わないで」

チャーリーがスツールの足置きに片方の足をかけ、その拍子にふたりの膝がぶつかる。「彼女はそんなふうに思っていない」彼は頭を後ろに傾けて、またビールを飲む。ビールが水滴となって首の前を伝ってシャツの襟元へ転がるのを見て、わたしは一瞬くらっとする。

「仮に彼女がそう思っていたとしても、それが事実になるわけじゃない」

「全編通してその調子で書いたら」わたしは言い返す。「読んだ人は事実だと思うかもしれない」

「誰が気にするんだ？」

「この人」わたしは自分を指さす。「仕事をするにはいっしょに働いてくれる人がいるのよ」

「ダスティのエージェントを引き受けて何年になる？」

「七年だけど」

「きみがすばらしいエージェントじゃなかったら、七年も続かない」

「優秀なエージェントなのは自覚してる」そういうことではなく、問題はわたしが当惑して恥辱を感じていること、そしてちょっぴり傷ついてもいることだ。なぜなら、これでわかったけれど、わたしにも感情はある。「だいじょうぶ、気にしないで」

チャーリーがわたしを見ている。

「だいじょうぶ！」わたしはくり返す。

「あきらかに」

「あなたは笑ってるけど――」

「笑ってない」彼がさえぎる。「いつぼくが笑った？」

「いいとこ突いてくるわね。たしかにそんなのあり得ない。でも、いまに見てなさい。あなたが担当してる作家のひとりが琥珀色の瞳をしたろくでなしの編集者について本を書くから」

「琥珀色の瞳？」

「ろくでなしの部分を無視したわね」わたしはさらにビールを飲む。またもやわたしのフィルターが溶けたのはあきらかだけれど、皮肉にもこれで作品に登場する女がわたしでないことが証明される。

「他人からろくでなし呼ばわりされるのには慣れている」彼が堅苦しい声で言う。

「むしろ瞳の色を〝琥珀色〟と表現されることに慣れていない」

「あなたの瞳はその色よ。客観的事実。褒めてるわけじゃない」

「だったら、いい気にならないように気をつけるまでだ。で、きみの瞳は何色？」彼が好奇心のままに、屈託なく前かがみになったので、温かな吐息に顎をくすぐられる。

彼のことをすてきだと思っているのを自覚したせいで、その感覚に圧倒されそうだ。〈マグ＋ショット〉では誰とは知らずに彼をすてきだと思ったけれど、今回は彼を――チャーリー・ラストラに似た誰かではなく、本人を――すてきだと思っているのに気づく。

わたしはさらにビールを飲む。「赤よ」

「裂けた尻尾と角の色を持ちだしてくるとは」

「あなたってかわいいのね」

「こんどはそうきたか」チャーリーが言う。「そんな非難のされようははじめてだ」

「あり得ない」

彼が片方の眉を吊りあげ、黒い淵のような瞳孔を囲む蜂蜜色の輪がきらりと光る。

「で、きみのかわいさに十四行詩を捧げようとする人が列をなすとか？」

わたしはあざ笑う。「かわいいのは妹のほうよ。妹が外でおしっこしたら、そこには花が咲き乱れるくらい」

「いいか」チャーリーが言う。「サンシャインフォールズは大都会ではないにしろ、屋内にトイレがあることを妹さんに伝えてくれ。ダスティの本で正しいのはそれぐらいだ」

「いけない！」わたしは携帯電話をつかむ。ダスティのことを忘れていた。いまの彼女は不安定で、つねにわたしと連絡がつく状態にあることを当然だと思っている。たとえ作品内でバートリー伯爵夫人（史上名高い連続殺人者、吸血鬼伝説のモデルともなったハンガリー王国の貴族）扱いされようと、わたしにはダスティのために働く義務がある。わたしは返信の入力をはじめる。珍しく感嘆符を使って。

チャーリーが腕時計を見る。「夜の九時、休暇で旅行に来た先の酒場できみはまだ働いている。ナディーン・ウィンターズの覚えめでたいだろうよ」

「好きなように言えばいい」わたしは言う。「たまたま知ったんだけど、今週、ロッジア・パブリッシングのあなたのメールアカウントには活発な動きがあったみたいね」

「ああ、でもぼくはナディーン・ウィンターズなら問題ないね。むしろ、彼女には魅了されている」

わたしの目が入力中の単語に引っかかる。「あら、ソシオパスのなにがおもしろいの?」

「パトリシア・ハイスミス(サスペンス小説作家)ならその点に異論があるかもしれないが」彼が答える。「それより気になるのは、ノーラ、このキャラクターに対するきみの評価は厳しすぎるんじゃないか? まだ十ページだぞ」

わたしがメールに署名を入れて送信し、彼のほうに体を回転させると、両膝が彼の両膝のあいだにはさまる。「ご存じのとおり、批評家は女性キャラクターに対してご親切なことで有名だからよ」

「そうか、ぼくは彼女が好きだよ。彼女の話を読みたいと思う読者がいれば、それ以外の人がどう思おうと関係ないだろう?」

「人って自動車事故でも速度を落として見たがるものよ、チャーリー。あなたはわたしを自動車事故扱いしてるの?」

「きみの話などしていない。ナディーン・ウィンターズのことを話しているんだ。ぼくが好きになった創作上の人物のことをね」

焼けるほど熱くてとろりとしたものが身内をくだっていくような感じがする。「漆黒の髪とクラブ・マガにやられたわね?」

チャーリーが顔を近づけてきて、真顔になって小さな声で言う。「ぼくが気に入ったのは、むしろ牙からしたたる血のほうだ」

どう答えればいいの? わたしが迷ったのは、血なまぐさい話だからではない。彼がわざとサメの部分を引きあいに出したのはまちがいなく、それが恋の駆け引きのようであやうく感じたからだ。

そしてわたしにとっての彼は断じて恋の駆け引きなどしていい相手ではない。たぶん彼にはパートナーがいるし——あるいは専用の人形部屋があるか——それに現実問題として、出版業界は小さな池なので、身の処し方をひとつまちがうとたちまちその池を濁らせてしまう。

ああ、もう。心のなかのモノローグまでナディーンのようだ。わたしは咳払いをしてビールで喉を潤し、自分に厳命する。両膝を彼の脚のあいだにはさまれて座っていることや、彼の唇の下のしわから目が離せないことぐらいで、大騒ぎしないで。たいしたことじゃないんだから。自分を完璧にコントロールする必要なんかないのよ。

「じゃあ、この町の話を聞かせて」わたしは言う。「ここで興味深いものといったら？」

「草は好き？」とチャーリー。

「それはもう」

「ここにはたくさんある」

「ほかには？」わたしは尋ねる。

「アメリカでもっとも不快な名前のレストラン・トップ10で〈バズフィード〉のリスト入りを果たした」

「行くべき場所や」わたしはどこと特定せずに周囲を指し示す。「すべきことは？」

チャーリーが顎を突きだす。「だったら聞かせてくれ、ノーラ。ここを興味深い場所だと思うか？」

「ひとつ確実なのは……」言葉を探す。「平穏ってこと」

彼が笑い声をあげる。耳障りなかすれ声に似合うのは、混みあったブルックリンのバーだ。雨が伝う窓の向こうには街灯があり、その明かりのせいで黄金色の彼の肌が赤みがかって見える。ここではない場所の声。

「それは質問なのか?」チャーリーが言う。

「平穏だってば」力説する。

「だとしたら、きみは〝平穏〟を嫌ってる」彼はふくれっ面のまま、にやにや笑いする。ふくれっ面にやにや笑い。「もっと騒々しくて混雑したところへ行くべきだ。競いあわないと存在すらできない場所に」

わたしは自分のことをずっと内気だと思ってきたが、実際は、周囲に人がいることに慣れている。つねに話を聞いてくれる人がいる暮らしがあたりまえで、そこに心地よさを感じている。

母がよく言っていた。地下鉄で人目をはばからずに泣いた日に自分はニューヨーカーになったと。母がオーディションの最終ラウンドで落とされて泣いていると、車両の向かいに座っていた年配の女性が読んでいた本から顔も上げずにティッシュペーパーを差しだしてくれたのだという。

なにかというと気持ちがニューヨークに引き戻されるところを見ると、彼の言うとおりかもしれない。チャーリー・ラストラには、念入りに固めたいちばん外側の層も見透かされてしまう気がして、その感覚に気持ちが萎える。

「平穏と静けさがあれば、なんの文句もないんだけど」わたしは強弁する。

「かもしれない」チャーリーは体をねじってビール瓶をつかみ、その動きで彼の膝の外側がわたしの膝に押しつけられる。その状態はビールを飲んでいるあいだ続き、飲み終わると彼はふたたびわたしの顔を見る。「あるいは、ノーラ・スティーブンズ、ぼくには本を読むようにきみを読み取れるか」

わたしはあざ笑う。「あなたは社会的知性が高いから」

「きみがぼくに似ているからだ」

彼とわたしの膝が触れた部分から熱気が立ちのぼる。「全然似てない」

「きみはぼくにこう言っている」チャーリーが言う。「飛行機を降りた瞬間から、宇宙空間に出た宇宙飛行士の気分で、そのあいだも地球はいつものごとく回転し、そしてきみが戻ると、人生がまるごと失われているとか？　きみがニューヨークを必要としているほどには、ニューヨークはきみを必要としていないというか？」

そのとおり。わたしはこの四十五分、一分ごとに愕然（がくぜん）としている。

わたしは髪を撫でつける。そんなことをしても、さらけだされた秘密をしまい込むことはできないのに。「あら、この二日間はいい気分転換になってる。モノトーンの服を着た無愛想なニューヨーク文芸タイプから離れられて」

チャーリーが目を細めて、小首をかしげる。「気づいてるか？」

「なにに？」

彼が指先でわたしの口の右端に触れる。「うそをつくと、ここにえくぼができる」

わたしは彼の手を払いのけるが、そのときにはもう、全身の血が触れられた箇所に集まっている。「それはうそつきえくぼじゃなくて」と言って、うそをつく。「いらいらえくぼよ」

「だとしたら」彼がさらりと言う。「賭け金の高いポーカーをしたときはどうなる？」

「わかったわよ！」わたしはビールをあおる。「これはうそつきえくぼ。訴えたきゃ訴えなさいよ。ニューヨークが恋しいし、ここは静かすぎて熟睡もできないし、雑貨店だと思った店が質店でがっかりしてる。あなたが聞きたかったのはそういうこと、チャーリー？　わたしの休暇が幸先(さいさき)のいいスタートを切れなかったって話？」

「ぼくはいつだって真実のファンなんでね」

「つねに真実のファンなんて人、いるかしら」わたしは言う。「ときに真実は悲惨すぎるわ」

「いつだって欺かれるよりは真実を突きつけられるほうがいい」

「にしたって、社会慣習上、しかたがないこともある」

「ああ」彼がしたり顔でうなずき、きらりと目を光らせる。「たとえば、相手方のクライアントの本が大嫌いだと言うのは、食事がすむまで待つとかね」

「死ぬわけじゃないんだから」わたしは言う。

「そうともかぎらない」彼が言う。「老ウィッタカーを見ればわかるとおり、秘密はときに劇薬となる」

なにかを感じて、わたしは背筋を伸ばす。「それが、あなたがあの作品を嫌った理由ね。ここがあなたの出身地だったから」

彼が居心地悪そうに身じろぎをする。弱点を見つけた。チャーリー・ラストラのもっとも外側の層の一枚が透けて見え、力関係の秤がわずかにわたしの側に傾く。すてき――最高。

「わたしが思うに」下唇を突きだす。「いやな思い出があるからなのね」

「あるいは」彼はのんびりと言い、身を乗りだす。「ダスティ・フィールディングがこの二十年、サンシャインフォールズを訪ねたことがないばかりか、グーグル検索すらしていないという事実と関係があるのかもな」

たしかにチャーリーの言うことには一理あるが、強情そうにこわばった顎とやけに官能的なのに不機嫌に結ばれた唇を眺めながら、わたしは自分の笑みが尖っていくのを感じる。そう、わたしには見える、彼の発言のうち真実は半分しかない。わたしのほうもチャーリーを読むことができるとわかり、みずからに内在していた強大な力を発見した気分になる。

「ねえ、チャーリー」そこでわたしは突っつく。「つねに真実のファンなら、口に出してみて」

彼の目つきが悪くなる（口元もまだ不機嫌そうだから、にらみ不機嫌？）。「ああ、ぼくはこの土地の大ファンってわけじゃない」

「へえええええ」わたしは節をつけて言う。「あなたはあの本が嫌いなんだとずっと思ってたけど、実際は、あなたのほうが暗くて深い秘密を抱えてて、そのせいで愛と喜びと笑いから切り離されてたってわけか――ああ、そういうこと、あなたが老ウィッタカーなのね！」

「わかった、マエストロ」チャーリーはわたしが振りまわしていたビール瓶を取りあげ、カウンターの安全な場所に置く。「ぞっとするな。〝すべてにおいて田舎町のほうがすてき〟という物語をいいと思ったことは一度もない。ぼくの秘密のなかで〝最高に暗い〟のは、十二歳までサンタクロースを信じていたことだ」

「脅迫材料にはならないと思ってるような口ぶりね」

「破滅するときはきみもいっしょだ」彼はわたしの携帯電話をつつき、暗に『冷感症』のことを示す。「ぼくはこの原稿を読んだきみのために、立場が互角になるようにしただけだ」

「ご立派だこと。さあ、こんどはきょうなにがいやだったのか聞かせて」

チャーリーはしばらくわたしを見ていたが、やがて首を振る。「いや……話さないほうがいい。きみがここにいる本当の理由を話してくれるまでは」

「言ったとおりよ。休暇で来たの」

彼がふたたび身を乗りだし、わたしの顎をつかむ。口角のえくぼを親指で押さえる。息が止まりそうだ。低いかすれ声でチャーリーが言う。「うそつき」

彼は手を遠ざけると、バーテンダーにさらにビール二本を頼む。

わたしは止めない。

だって、ナディーン・ウィンターズではないから。

7

「どうかな」チャーリーが言う。「ビリヤードをするのは。ぼくが勝ったらきみがここにいる本当の理由を言う、きみが勝ったらぼくがどんな一日を過ごしたかを話す」

わたしは鼻を鳴らして、顔をそむける。うそつきえくぼを隠しつつ、リビーが無事たどり着いたことを確認して携帯電話をバッグに入れる。「ビリヤードはやらない」

最後にプレイしたのは大学生のときだ。ルームメイトとふたりで毎週、友愛会の男子学生を食い物にしていた。

「だったら、ダーツはどう？」チャーリーが提案する。

わたしは片方の眉を吊りあげる。「わたしの夜を奪っておいて、そのあとわたしに武器を与えたいわけ？」

彼の顔が近づき、薄暗いカウンターの明かりに目が煌めく。「ぼくは左手でプレイする」

「あなたに矢を持たせるのはいやかも」

彼の目がかすかに動く。顔の主立った筋肉が引きつったというか。「じゃあ、左手でビリヤードだ」

わたしは彼を見る。どちらもまばたきをせず、子どもがにらめっこをしているようだ。時間がたつにつれて、形而上的に積みあげられたエネルギーで空気が震えるように感じる。

わたしは腰をくねらせてスツールをおり、二本めのビールを飲み干す。「いいわよ」

わたしたちは店の奥にある空いていたビリヤード台に移動する。奥は照明が暗く、こぼれた酒のせいで床がべたつき、壁までビールくさい。チャーリーはキューとラックを手に取り、フェルトの台の中央に球を集める。

「ルールは知ってる？」尋ねる彼は緑色の台にかがみ込み、上目遣いにわたしを見る。

「片方がストライプで、もう一方がソリッド？」

彼は台の端に置いてあった青いキューブ状のチョークを手に取り、キューにチョークを塗りつける。「きみが先攻するか？」

「やり方を見せてもらっていい？」わたしはなに食わぬ顔で言う。まつげをはためかせているときのリビーのように。

チャーリーがわたしを見つめる。「きみがいま自分がどんな顔をしているつもりなのか気になってしかたがないよ、スティーブンズ」

わたしは目を細める。彼もことさら目を細めて返す。

「なんでわたしがここにいる理由が気になるの?」

「病的に好奇心が旺盛でね。きみはなぜぼくの悪い一日が気になる?」

「敵の弱点を知っておくのはいいことよ」

彼がキューを差しだす。「きみが先攻だ」

わたしはキューをテーブルの端に置き、顔だけ背後に向ける。「ここであなたがわたしに腕をまわして、やり方を教えるんじゃないの?」

彼が口元をゆるめる。「状況によるね。武器を持ってるんじゃないのか?」

「わたしが持ってるいちばん鋭い武器は歯よ」キューの上に身を乗りだし、自分の手がわかるかどうかもおぼつかないビリヤード未経験者を装って構える。

チャーリーの匂い――ぬくもりがあって、ぞっとするほど懐かしい匂い――が鼻腔(びこう)に忍び込んできたのは、彼がわたしの背後で構えたからだ。むきだしの背筋にセーターの前身頃が触れ、摩擦で肌がむずむずする。彼の腕がわたしにまわされ、耳元には口がある。

「握りしめないで」彼の低音が体に響き、吐息が顎にあたる。彼はわたしの指をキューから引きはがして、位置を調整する。「前の手で狙いを定める。動かさないで。動かすのは――」彼の手がわたしの肘から下を移動して手首をつかみ、キューもろともわたしの腰まで引く。「ここから。押しだすときはキューをまっすぐに保とうとするだけでいい。そして撞きたい球と完璧に一直線になるように狙う」

「了解」

彼の手がするりとわたしの腕を離れ、わたしは意志の力で肌がぞくぞくするのを抑えつつ、狙いを定める。

「ひとつ、言うのを忘れてたんだけど――」球を撞き、ソリッドの青い球をテーブル奥のポケットに送る。「むかしはよくやってたの」

つぎのショットのため、チャーリーのそばを通りすぎる。

「そしてぼくは自分が優秀な指導者だと思ってた」彼は力なく言う。

わたしはつぎに緑の球を沈め、つぎに赤を外す。彼をちらりと見ると、驚いていないばかりか、どう見ても悦に入った顔をしている。わたしが彼の正しさを証明したと思っているようだ。

彼はわたしの手からキューを奪ってテーブルをめぐり、最初のショットの候補をいくつか検討してから、緑のストライプを的球に選んでキューを構える。「ぼくも先に言っておくべきだったかもしれないんだが――」彼が球を撞くと、緑のストライプがポケットに送られ、紫のストライプがすぐあとに続く。「ぼくは左利きなんだ」

ぎゅっと口を結んだわたしを見ながら彼がつぎのショットのために移動する。こんどはオレンジのストライプをポケットに入れ、つぎに赤、そのつぎでかろうじて外す。

彼は、わたしがいやな思い出でもあるのかとからかったときのように、唇を突きだす。「もう一本ビールをおごったら、腹立ちがやわらぐかい？」

わたしは彼の手からキューを取る。「マティーニにして。あなたも一杯頼んだらどう？　きっと飲みたくなるわ」

チャーリーが最初のゲームに勝ったので、一ゲームのはずが二ゲームになる。二ゲームめはわたしが勝ち、彼が引き分けをいやがったので、三ゲームめを行う。これに勝った彼は、わたしの手からキューを奪って遠ざけ、四ゲームめを要求させない。

「ノーラ」チャーリーが言う。「約束だぞ」

「同意した覚えはないけど」

「きみはゲームをした」

　わたしは天を仰いでうめく。

「なんなら」彼はいつもどおりの乾いた口調で言う。「喜んで守秘義務契約に署名しよう。どんなに暗くて深くてよこしまな妄想がきみをここに導いたかを話してもらう前に」

　わたしは目を線のように細める。

　彼はカクテルナプキンにのっていたグラスをどけ、ポケットを探ってパイロットG2を取りだす。わたしが愛用しているペンと同じだ。わたしはインクが黒で、彼は編集者の伝統にのっとって赤だけれど。彼がかがんで、ペンを走らせる。

わたし、健全なる精神の持ち主であるチャールズ・ラストラは、ノーラ・スティーブンズの暗く汚れたよこしまな秘密を外部に漏らさないことをここに誓う。破った場合は法の定める処罰を受けるか、五百万ドルを支払うかの、いずれかに応じる。

「あなたが契約書を見たことがないのはまちがいないわね」わたしは言う。「近くから見たことすらないかも」

　彼は署名を終えるとペンを置く。「れっきとした契約書だぞ」

「かわいそうに、契約の結び方もろくに知らない無知な書籍の編集者ってわけか」彼の頭をぽんぽんと軽くたたく。

チャーリーがその手を払いのける。「なにがそう問題なんだ、ノーラ？　きみは逃亡中なのか？　銀行強盗でもしたのか？」薄暗いなか、大きくなった彼の瞳孔を縁取る金環がやけに明るく見える。「妊娠したアシスタントを首にしたとか？」低い声でわたしをからかう。わたしはそんなほのめかしにショックを受け、頭からつま先に電流が流れる。

なんたること、ダスティの原稿のことを忘れていた。ここでふたたびナディーンが登場して、わたしをさいなむ。

「そもそもコントロールすることのなにが悪いの？」わたしは世間一般に向かって尋ねる。

「さあね」

「それに、わたしが子どもがいらないと思ってるからっていう理由で、自分とちがう決断をした妊婦を罰すると決めてかかるのは、どうなの？　わたしが大好きな人は、いま妊娠中なのよ！　それにわたしは姪に夢中なの。ある女性の決断がいちいちほかの女性たちの人生を攻撃してるわけじゃないんだから」

「ノーラ」チャーリーが言う。「あれは小説だ。ただのフィクションだぞ」

「あなたにはわからない。あなたは……そう、あなただから」彼に向かって手を振る。

「ぼくだから?」と彼。

「あなたが不機嫌になっても辛辣になっても、周囲の人はそのことであなたを高く評価する。女性にはそのルールは適用されない。まじめに取りあってもらいつつ、いやな女に見えないよう、絶妙なバランスが求められる。つねにその努力を強いられる。サメのような女と仕事をしたがる人はいない——」

「ぼくはしたいが」

「そして同類の男ですら、わたしたちとはつきあいたがらない。そうなの、そんなことはないと思ってる人もいるけど、つぎの瞬間にはたった四分の電話で相手を捨てるのよ。泣いたのを見たことがないっていう理由で。そして都会を離れてクリスマスツリー農園の跡取り娘と結婚するのよ!」

ふっくらしたチャーリーの唇が小さく結ばれ、目が細められる。「……なんだって?」

「べつに」わたしはぼそっと言う。

「ずいぶん意味深な〝べつに〟だな」

「忘れて」

「あり得ない」チャーリーは言う。「きょうは徹夜しないと。きみの言ったことを整理して理解するために図式化してみよう」

「わたしは呪われてる。それだけのことよ」

「そう」彼は言う。「そうだろうとも。わかった」

「そうなんだってば」

「ぼくは編集者だ、スティーブンズ。その物語を評価するには、もっと詳しく話を聞く必要がある」

「これはわたしにとってお決まりのキャラクターなの」わたしは言う。「わたしは都会にこだわる野心満々の冷血漢で、善良な女性の引き立て役として存在する。わたしは捨てられ、スッピンでもわたしよりきれいな女子、バーベキューが好きで、カラオケの定番曲を台無しにしてでもかわいらしく見せるすべを持った女子が選ばれる！」

わたしの話は、ある事情（アルコール耐性が弱い）によりそこで終わらない。口からこぼれる。人目もはばからず、みっともない歴史をピーナッツの殻が散らばる床に吐き散らす。

アーロンはわたしを捨ててプリンスエドワード島（そしてSNSでちょっと調べたらアデリーンという名の赤毛がいたことがわかった）の女に走った。グラントはわたしと別れて、チャスティティとその両親が営む小さなホテルを取った。ルカとその妻とミシガンにある彼らのサクランボ農園。

わたしの忍耐力がゼロになったとき、ジェイコブが小説家から牧場主に転身し、わたしは彼と切れた。彼とのあいだのことはリストに書き加えていない。別れたときのまま放置し、わたしの人生を根底から変えたクレーターとしていまも煙を上げている。

「なんとなくわかるでしょ」

彼が眉根を寄せ、おもしろがっているように唇をゆがめる。「……ぼくがどう思ったか？」

「修辞とか常套句（じょうとうく）とかは、どこかに出典があるわけよね？」わたしは言う。「わたしみたいな女はまちがいなくずっと存在してきた。だから、きわめて特殊な自己破壊行為か、古代の呪いなのよ。そうね、ひょっとしたら起源はリリスかもしれない。不気味すぎて偶然とは思えない」ユダヤの伝承で男児を害するとされるリリスを持ちだす。

「いいか」チャーリーが言う。「ぼくに言わせれば、ダスティがぼくの故郷を舞台にくだらない本を書き、そのあと彼女のエージェントとくだんの町でばったり再会したことこそ、不気味すぎて偶然とは思えないが、すでにその点は確認がすんでいるとおり、きみはぼくを〝ストーキング〟してきたわけじゃないんだから、偶然はときに起こるものなんだ、ノーラ」

「でも、わたしの場合は？　元カレ四人そろって都会には戻らずに原野で生きると決めたせいで関係が終わったのよ」

彼の顔には隠しようもなくにやけ笑いが浮かぶ。

「笑えるようなばかげたことは言ってないんだけど！」口とは裏腹にわたしも思わず笑ってしまう。そう、自然と。

「ばかげたことを言わない人物が言いそうな発言だけどね」チャーリーはうなずく。

「それよりぼくとしては、きみがここにいることと、〝ジャック・ロンドン（アメリカの自然主義作家）に心酔している元カレたちがいた〟ことが、どう関係しているのか知りたいが」

「妹が……」少し考えて、続ける。「この数カ月、わたしたち姉妹のあいだでやりとりが途絶えてたのと、妹がしばらく日常を離れたがってたのと。加えて、田舎町ロマンス小説をたくさん読んでる妹は、わたしたちの問題に対する答えが自分を変えるような経験をすることにあると信じきってる。わたしの元カレたちと同じようにね。こういう場所で」

「きみの元カレたち」チャーリーがしれっと言う。「仕事を投げだして、原野に乗りだした男たち」

「そう、そいつら」

「だから？」彼が尋ねる。「きみはここで幸せを見つけて、ニューヨークを捨てる予定なのか？　出版業から足を洗って？」

「まさか」わたしは言う。「妹はただ楽しみたいだけ。出産を控えてるから、ふだんの生活をいったん棚上げして、新しいことをしようって。リストがあるのよ」

「リスト？」

「本から拾いあげた項目がならんでる」わたしがマティーニをお代わりしない理由はそこにある。五時から十一時の飲酒でもアルコールを処理しきれず、その証拠にリストの項目を列挙しだす。「フランネルのシャツを着て、一からお菓子を焼き、田舎町の発展に手を貸し、なにかを造って、地元の誰かとデート――」

チャーリーがぶしつけに笑う。「妹さんはきみを養豚業者と結婚させるつもりなのかい、スティーブンズ？」

「それはないけど」

「きみから聞くかぎり、妹さんはきみに田舎町ロマンスを経験させたがっているようだが」茶化すような口ぶり。「そういう作品がどんな結末を迎えるか知っているだろう、ノーラ？　納屋を会場にした大がかりな結婚式とか、赤ん坊が登場するエピローグとか」

わたしは鼻で笑う。もちろん結末は知っている。元カレたちの生き方を見てきたし、リビーと同居していたころは、妹が持っている本の結末部分を読まずにいられなかった。最後を読んでみて、最初から読みたいと思わせる本は、一冊もなかったが。

「ねえ、ラストラ」わたしは言う。「妹とわたしは時間を共有するためにここまで来たの。あなたがどこで生まれ落ちたにしろ、あなたにはわからないでしょうけど、愛する人との休暇旅行は結びつきを確認して、くつろぐには、うってつけなのよ」

「そうだな、きみみたいな人をくつろがせようと思ったら、気楽にドレスバーン(女性らしくエレガントなアイテムをリーズナブルに提供する日本未上陸のアメリカのブランド)で買い物できるような街がいいんだろうが」

「言っとくけど、あなたやダスティが考えてるほど、わたしは徹底したコントロール・フリークじゃないわ。養豚業者とデートして、すてきな時間を過ごすことだってできる。あなたになにがわかるの？　これぞ名案かもしれない。ニューヨーカーとは縁がなかったのかもしれない。まちがった池で釣りをしてたのかも。そうよ、原子力発電所の排水が流れ込む川だったのかも」

「きみはぼくが思っていたより、うんと変わっている」

「そうね、こんなことを言って慰めになるかどうかわからないけど、わたしはあなたのこと、仕事モード以外のときは省エネモードになって掃除道具入れにいるんだと思ってたから、驚いてるのはお互いさまだけど」

「ばかげてる」チャーリーが言う。「仕事以外のときのぼくは、ビクトリア朝様式の邸宅の地下に置かれた棺のなかにいる」

わたしはグラスに口をつけたまま鼻を鳴らし、それで彼の顔に人間らしい本物の笑みが浮かぶ。**生きた笑顔。**

「スティーブンズ」チャーリーの声がまたもや皮肉っぽくなる。「きみがほかの誰かの恋物語のなかで敵役を演じさせられてるとしたら、ぼくなんか、さしずめ悪魔だ」

「あなたが自分で言ったのよ」

彼の片方の眉が吊りあがる。「今夜はやけに突っかかるな」

「突っかかるのはいつものことよ」わたしは言う。「今夜は隠す手間を省いてるの」

「なら、よかった」チャーリーが前かがみになって声を落とす。電流がわたしの体を駆け抜ける。「ぼくはつねに隠しごとがないほうを好む。サンシャインフォールズの養豚業者が同意見とは思えないが」

チャーリーが横目でわたしを見る。彼はほんのりスパイシーで懐かしい匂いがする。やっかいな重みが脚のあいだに溜まる。顎のくぼみに欲情の印が表れないことを本気で祈る。

「さっきも言ったけど」わたしは言う。「わたしがここに来たのは妹のためよ」そして家から離れていることに不安はあるものの、正直なところ、どのみちリビーの妊娠期間中のわたしは軽いパニック状態が続くし、曲がりなりにもいまは妹を見守っていられる。

自分の子どもが欲しいと思ったことはないが、リビーがはじめて妊娠したときに感じたあれこれで腹が決まった。妊娠中はなにが起こるかわからず、無事出産に至らない可能性は無数にある。

わたしはカウンターの端のスツールに腰かけようとして、転がりかける。

チャーリーが腕をつかんで、しげしげとわたしを見る。「水を飲むかい？」彼は空いていた隣のスツールに腰かけ、にやにや笑いとも不機嫌とも判断のつかない表情を浮かべたふっくらした唇を片側に寄せて、バーテンダーに合図をする。

わたしは肩を怒らせて、威厳を保とうとする。「気をそらさないで」

彼の眉が持ちあがる。「なにから？」

「わたしも一ゲーム勝った。わたしにもあなたのことを聞かせて」うっかり多くのことを明かしてしまったのだから、なおさらだ。

彼が小首をかしげ、こちらを見おろす。「なにが知りたい？」

二年前のランチがぽんと頭に浮かぶ。彼はあのとき仏頂面で腕時計を見ていた。「あなたは初対面のとき、飛行機の時間に間に合わせたかったのだとメールで言ってた。なんだったの？」

彼が眉をひそめて、首元をかく。緊張に顎がひくついている。「いまここにいるのと同じ理由だ」

「そそられるわ」

「そういうんじゃない」水のグラスがふたつ、いつしかカウンターに置かれている。彼は片方をその場で回転させ、顎をこわばらせる。「父が発作を起こした。二年前に一度、そして数カ月前にまたあった。手を貸すために帰ってきた」

「そんな。わたし――ああ」たちまち曇りの晴れた目で、ひたと彼を見る。電流が途切れる。「あのとき、あなたはとても……冷静だった」

「ぼくはきみに会うと約束していた」弁解がましい口調。「それに、父のことを話すのが生産的だとは思えなかった」

「そういう意味で言ったんじゃない――じつは、わたしはあの四十六秒くらい前に捨てられて、それでもマティーニとサラダを前にはじめての人と座ってたの。これでわかったわ」

チャーリーに目を見られ、その目つきの鋭さにたじろいで顔をそむける。

「それで――お父さんはだいじょうぶなの？」

彼はまたもやグラスを回転させる。「ランチのときには、危機を脱したのがわかっていた。妹から発作の話を聞かされたのは直前だったんだが、実際に発作があったのは前の週だったんだ」彼の顔がこわばる。「父がぼくに知らせないと決めていたんで、それでそういうことになった」スツールの上で身じろぎする。多くを語りすぎたと判断した人の居心地の悪さが出ている。

ジンとビールが体内をへめぐっているにしても、わたしは自分がしゃべりだしたことにショックを受ける。「わたしの父は母が妊娠中にわたしたちを捨てたから、父のことはろくに覚えてないの。そのあとも母がつきあったのはろくでもない連中ばかりだったから、父親っていうものがよくわからなくて」

チャーリーが眉根を寄せ、濡れたグラスに置いた手を止める。「苦労したな」

「そうでもない」わたしは言う。「ひどい目に遭わないよう、母がわたしたちを守ってくれてたから。そういうのがじょうずな人だった」自分のグラスに手を伸ばし、彼の癖を真似て、水滴の輪の上でグラスを回転させる。「でもある日、母は雲に乗ったみたいにふわふわしてて、大好きな『ハロー・ドーリー！』を歌いながら、刺繍のある安物の枕の中身を出してニューヨークの街に舞う雪みたいにして、それから――」

だんだんに声を小さくするのではなく、いきなり言葉を切る。

自分の育ちを恥じてはいないが、こちらの手の内を見せれば、それだけ相手に力を与えることになる。とくに母のことについては、他人に話さずにきた。母の思い出は新聞の切り抜き記事のようなもの、取りだすたびに少しずつかすれてしわが増えるように感じる。

チャーリーがぼんやりわたしの手首に親指をすべらせる。「スティーブンズ？」

「哀れんでもらわなくてけっこうよ」

彼の瞳孔が広がる。「まさか」その言葉どおりの口調で言う。

いつしかわたしたちは引きよせられている。またもや両脚が彼の脚のあいだに入り、触れあう部分のことごとくで際限のない感覚のフィードバック・ループが起きている。わたしに注がれる彼の目は、虹彩が見えないほど瞳孔が広がり、暗く深い淵に蜂蜜色の輝く輪がはめられている。

脚のあいだに熱を感じるわたしは、脚を組んだりほどいたりする。チャーリーは視線を下に向けてその動きを追う。上の空で動いているのか、彼の水のグラスが下唇にあたる。その瞬間のチャーリーは、百パーセント読み取り可能な存在だ。

まるで鏡を見ているみたい。

彼のほうに身を乗りだすのもありかも。

チャーリーの脚のあいだのさらに奥に膝をすべり込ませてもいいし、腕に触れてもいいし、わたしの顎をそびやかせてもいい。こうした仮のシナリオのどれを行っても、最後はキスに向かう。彼のことをそこまで好きじゃないにしても、わたしのなかのごく一部が彼の下唇の感触を死ぬほど知りたがっている。手首に置かれた彼の手がどんなふうにわたしに触れるかも。

そのとき雨が降りだす――ざっと。そしてトタン屋根がけたたましい音を立てだす。

わたしはチャーリーの手から腕を引き抜いて、立ちあがる。「帰らなきゃ」

「タクシーに乗りあわせるか？」低いしゃがれ声で彼が尋ねる。

この時間にこの町で二台のタクシーを見つけられる可能性は高くない。ハーディの車以外の車を見つけるのもほぼ不可能だろう。「歩くわ」

「この雨のなかを？　その靴でか？」

わたしはバッグをつかむ。「溶けることはないから」たぶんだけど。

チャーリーが立ちあがる。「傘があるから、いっしょに行こう」

8

わたしたちは彼の傘の下で身を寄せ、〈ポッパ・スクワット〉をあとにする（わたしは彼が傘を持っていたのは偶然だと思ったが、じつは彼が天気予報アプリを熱心にチェックしていたのが判明して、わたし以上に頼りがいのある人が見つかったことがわかる）。

牧草と野の花の匂いをたっぷりと含む湿った空気が、かなり冷えてきている。

彼が尋ねる。「どこに泊まってるんだ？」

「グッディのリリー・コテージってとこ」

チャーリーがつぶやく。「異様だな」

彼の吐息があたった部分から首をたどって熱がせりあがってくる。「なによ、わたしはシャンデリアのある黒大理石造りのペントハウス以外の場所じゃ幸せになれないとでも言いたいの？」

「まさにそのとおり」彼がこちらに視線を投げる。頭上にある棒状の街灯が雨を銀色の紙吹雪のように煌めかせている。「そして、そこはうちの両親の貸しコテージでもある」

わたしの頬が赤らむ。「あなたの——サリー・グッディはあなたのお母さん？　馬の飼育場の隣で育ったわけ？」

「なに？」チャーリーは言う。「ぼくがシャンデリアのある黒大理石造りのペントハウス以外の場所で育ったはずがないとでも言いたいのか？」

「この町のどこかにあなたの居場所があるとは、想像しにくいのよ。しかも堆肥のピラミッドの近くだなんて」

「居場所うんぬんは大げさだろ」彼の口調が辛辣になる。

「それで、いまはどこに泊まってるの？」

「いや、いつもならコテージに泊まるんだが」チャーリーは言う。暗がりのなかで、またもや横目でわたしを見る。「今回はその選択肢がなかった」

彼の匂いは不気味なほど懐かしいのに、まだ理由がわからない。ぬくもりに少しぴりっとしたスパイシーさがあるけれど、かすかなので、気がつくと胸いっぱいに吸い込もうとしている。「それでどこに？」わたしは尋ねる。「子どものころ使ってた寝室？」

わたしたちはコテージのある行き止まりの道で足を止め、チャーリーがため息をつく。「子ども用のレーシングカー型ベッドだよ、ノーラ。これで満足かい？」

満足なんてものじゃない。厳めしげに眉をひそめた洗練の極みのようなチャーリーがプラスティック製のコルベットのなかでキンドルをにらみつけている図を想像すると、激しい笑いが湧いてきて、まっすぐ立っているのがむずかしい。たぶんわたしにとって、彼はレーシングカー型のベッドにいるのを想像するのがもっとも困難な人物だ。わたし自身を別にすればだけれど。

チャーリーは卒倒しそうなわたしのウエストに腕をまわす。「ちょっとした思い出の品なんだ」彼は言いながら、わたしを導いて砂利道を進む。「今夜ふたりがしゃべったなかじゃ、桁外れに赤面物の話さ」

わたしはつい尋ねる。「あなたって、改造車好きの子だったの？」

「いいや」彼は答える。「でも、父親はずっとそうなってもらいたがっていた」

わたしはまたもや笑いの発作を起こし、そのせいでひっくり返りそうになる。

チャーリーがわたしを脇に引きよせる。「交互に足を前に出せよ、スティーブンズ」

「交互に破滅が保証されてるみたい」わたしは悲鳴をあげる。

彼はわたしを連れて斜面をのぼろうとする。だがたちまちヒールが泥に沈んで、地面に留めつけられる。つぎの一歩を出すと、そちらのヒールも泥に埋まる。怒りがなかば悲鳴となって口から放たれる。

チャーリーが立ち止まり、わたしの足元を見て重いため息をつく。「ぼくが運んでやるしかないのか？」

「あなたにおんぶしてもらうつもりはありませんけど、ラストラ」

「そしてぼくは」彼が応じる。「その罪のない哀れな靴をだめにさせたくない。ぼくの主義に反する」

自分のミュールを見たわたしの口から、こらえ性なく惨めな金切り声が漏れる。

「わかったわよ」

「さあ、どうぞ」彼がこちらに背を向けて腰をかがめ、ドレスの裾をたくしあげたわたしは、最後に残っていた威厳にそっと別れを告げてから、彼の肩に腕をかけて背中に飛び乗る。

「問題ないかい？」

「あなたにおんぶされてるわ」わたしは傘をふたりの頭上にさしかける。「質問の答えになってる？」

「かわいそうなノーラ」彼はからかうと、わたしの腿に腕をかけて階段をのぼりはじめる。「きみがどんな目に遭っているか、ぼくには想像することしかできない」

ある事実が教会の鐘のように混沌（こんとん）としつつも断固とした調子で体に響く。彼の匂いが懐かしい理由がわかったのだ。わたしが愛用しているジェンダーレスなコロンと同じかすかな香り。シーダーウッドにアンバーがブレンドされていて、日射しを浴びる本棚とすり切れたページのイメージを呼び起こすこのコロンは、〈ブック〉と名づけられている。販売会社が潰れると知ったとき、わたしは備蓄用に大量注文した。

もっと早くに気づいてもよかったのに、彼がつけると匂いがちがう。母が愛用していたレモンとラベンダーの香りもリビーだと匂い方が異なり、以前は感じたことのないバニラの香りが引きだされる。チャーリーがまとった〈ブック〉は、よりスパイシーでぬくもりがある。

「後部がやけに静かなようだが、ステイーブンズ」彼が言う。「旅を快適にするため、ぼくにできることはないかな？　ネックピローは？　デルタ航空の小さいクッキーを食べるかい？」

「拍車と乗馬用の鞭（むち）をいただけるかしら」わたしは応じる。

「そうきたか」彼がぼそっと言う。

「この件については今後いっさい口にしないという宣誓供述書も受けつけるわよ」

「最後に結んだ契約をきみにないがしろにされたのにか？　やめておこう」

玄関前の階段までたどり着くと、わたしは彼の背中からすべりおりてドレスの裾を引っぱろうとするものの、それが大仕事になる。傘をふたりの上に掲げておくという驚異的な仕事がうまく達成できなかったせいでドレスが腿に張りつき、前髪が目にかかっている。

チャーリーが手を伸ばして、わたしの髪を払う。「ところで、いい髪型だ」

「ストレートの男は前髪が好き」わたしは言う。「親しみやすくなるから」

「額ぐらい威圧的なものはない。とはいえ、ブロンドが懐かしくもある」

すると案の定、わたしの腹部に欲望がキノコ雲となって現れ、脚のあいだが疼く。

「地の色じゃないのよ」わたしは公表する。

「だろうね。だとしても、きみには似合っている」

「そこはかとなく悪そうに見えるから？」

彼の顔に珍しく満面の笑みが浮かぶが、一瞬にして消える。それでもわたしの胃はぎゅっと締めつけられる。「さっきから考えていることがあるんだ」

「急いで報道関係者を呼ばないと」

「五番は消去すべきだ」

「五番？」

「リストの」

わたしは手で顔をおおう。「なんであなたに話しちゃったんだろ？」

「それを実行する前に誰かに止めてもらいたかったからだろう。ここの住人の誰かとかかわりを持つなど、絶対にやめたほうがいい」

わたしは手をおろし、陰険な目で彼を見る。「よそ者を食べるの？」

「もっと悪い。永遠にここにつなぎ止める」

わたしはあざ笑う。「長期的なつながりね。おぞましい」

「ノーラ」彼が低い声でたしなめる。「きみがその手のエピローグを望んでいないのは、ぼくにもきみにもわかっている。きみのような人は——そういう靴を好む人は——ここじゃ幸せになれない。哀れな養豚業者に無用な希望を抱かせるな」

「わかった、不作法よね」

「不作法？」チャーリーが一歩近づくと、ドアの上に設置されたまぶしいばかりの蛍光灯が彼をくっきりと浮かびあがらせ、頬骨の下をくぼませて、目を光らせる。「それを言ったら、きみがよりによってろくでもない男を四人連続で選びだしたというだけの理由で、ニューヨーク市の交際相手候補全員を色眼鏡で見ることのほうが不作法なんじゃないか？」

わたしの喉が熱を帯び、溶岩の塊がすべり落ちていく。「わたしの発言で傷ついたなんて言わないでよ」ぼそぼそ言う。

「きみのような人こそ、知っておくべきだ」彼がわたしの口元を見る。「ぼくたち〝モノトーンの服を着たニューヨーク文芸タイプ〟には、そういう感情がない」

わたしの頭のなかでナディーン・ウィンターズが絶叫している。**それ以上はだめ、だめ！　そんなの計画にないから！**　それなのにその言葉と張りあうように、血がどくどく流れて、肌がちりちりする。

気がつくとわたしの指は彼の腹部に押しつけられ、その下の筋肉がこわばる。**やめておくのが身のためよ。**つぎの瞬間、チャーリーがわたしのお尻を引きよせる。言葉がスープに入れたアルファベットの文字をかたどったパスタみたいにばらけて四方八方に飛び散り、いっさいの意味を失う。彼は荒々しく唇を重ね、わたしの背をコテージのドアに押しつけておいかぶさってくる。

その圧になかばうめき声が漏れる。ウエストにかかった彼の手に力が入る。わたしは唇を開いて舌を受け入れ、ビールの苦みとジンのハーブの風味が口のなかで心地よくからまる。

輪郭が溶けそう。液体化するというか。彼の口がわたしの顎をくだり、喉へと移る。わたしが雨を吸ったチャーリーの硬い髪を両手で探ると、彼が低いうめき声を漏らして胸に手を伸ばし、指で先端をかすめる。

いつしか傘が地面に転がっている。チャーリーのシャツは体に張りついている。彼にドレスの上から撫でられて、ぞくぞくする。こすれあうふたつの唇。

わたしの血流からビールとジンの最後のおりが消え、解像度が上がる。両手を彼のシャツの背中にすべらせ、なめらかで温かな肌に爪を食い込ませて、さらに抱きよせようとする。彼の手がドレスの下のほうに伸び、裾を持ちあげる。腿を上へと移動して肌にさざ波を起こさせる。そのとき、**待って**、と言ったのかなんなのか、口から心の声のようなものが飛びだす。

それがどうやって彼の耳に届いたかわからないが、チャーリーが飛びのく。夢うつつを脱した直後みたいな顔で髪を逆立たせ、唇は蜂に刺されたよう、黒ずんだ瞳をせわしげにまたたかせている。「くそっ！」かすれ声で言い、さらに後ろに下がる。「そんなつもりじゃ……」

わたしのほうも、冷水を浴びせられたように、明晰（めいせき）な意識が戻る。

ほんと、くそっ!

そうだ、食事をする場所ではくそが御法度、働く場所ではキスが御法度。この一年半いっしょに仕事をしてきた人たちみんなから、ナディーン・ウィンターズと見なされそうなだけでもうんざりなのに――火葬用の薪であるわたしの評判に、これ以上の燃料を投入したくない。

彼が言う。「ぼくは人とつきあえる状態じゃ――」

「説明しないで!」わたしはさえぎり、ドレスの裾をおろす。「うっかりなんだから!」

「そうとも!」チャーリーはどことなく傷ついたように言う。

「ええ、そうよ!」

「よかった! 意見が一致して!」

「ほんと!」わたしは声を張りあげ、有史以来、もっとも奇妙で生産性のないやりとりを続ける。

チャーリーは動かない。わたしもだ。彼の瞳はいまだ欲望を宿したままの漆黒で、ドアの上の明かりのせいで、大きくなった性器は扇情物陳列博物館の展示ケースに飾られているも同然だ。

わたしは息をつく。「だったら、なにもなかった――」

同時にチャーリーが言う。「お互い、なにも起きなかったことにしよう」

わたしはうなずく。

彼がうなずく。

これで決まり。

チャーリーは転がっていた傘を拾いあげ、どちらもおやすみを言わない。彼は短くうなずき、背を向けて歩きだす。

なにもなかったのよ。わたしは自分に言い聞かせる。

それでいい。これまで衝動に屈した先には破滅しかなかったのだから。

9

わたしが十二歳のときのことだ。犯罪物のドラマで母に役がついた。母は製作総指揮者と親しくなり、ほどなく彼と夜ごと会うようになった。

第四話の収録が終わったころ、彼が仲たがいしていた妻と和解をした。母が演じていた若くて勇敢な刑事はたちまち殺され、その死体が肉用の冷蔵室で発見されることになった。

あそこまで悲しみで半狂乱になった母を見たのは、あれが最初で最後だった。その後は街のあちこちを避けることになった。ばったり彼に会いそうな場所や、彼や失った仕事を思いだす場所には近寄らなかったのだ。

そのあと、わたしが恋なんか絶対にしないと誓ったのは、自然な成り行きと言える。

数年はその誓いを守った。そして、ジェイコブに出会った。

彼はわたしの目を開かせた。世界にそれまで見えていなかった色が戻ったようで、想像したことのなかったレベルの幸福感があった。

彼といっしょに住むと告げたとき、母は天にものぼる喜びようだった。なんだかんだあったにもかかわらず、母はロマンティストのままだったのだ。

きっとあなたを大切にしてくれるわ、と母は言った。わたしよりふたつ年上のジェイコブはバーテンダーとして高給を取り、アップタウンにこぢんまりとしたアパートを持っていた。

それから一週間後、わたしは母とリビーに別れのあいさつをして、自分の荷物を彼のアパートへ運んだ。そしてその二週間後に母が亡くなった。

もろもろの支払いがいっぺんに押しよせた。家賃、光熱費、家計が厳しいときにわたしの名義で作ったクレジットカードの支払い。母のクレジットカードが使えなくなったので、家族の一員として助けになりたかったのだ。

わたしは十六歳からフリーマン・ブックスで働いていたけれど、最低賃金だったし、大学時代はパートタイムでしか働けず、もらっていた奨学金もいずれは重荷になる運命だった。

母の俳優仲間はわたしたち姉妹のために資金集めをしてくれた。葬儀のあとに告知して一万五千ドルが集まり、リビーはうれしくて涙を流した。妹はその額ではわずかな穴埋めにしかならないのを知らなかった。

当時のリビーはファッションに興味があり、デザインを学ぶためパーソンズ美術大学に行きたがっていた。わたしはその学費を捻出すべく自分が受けていた英語のプログラムの中断を考えたものの、すでに何万ドルも投資していた。

わたしはジェイコブのアパートを出て、リビーのもとへ戻った。

そして家計を預かった。

インターネットで最安値を探しまわり、なるべく腹持ちのいいものを食べた。

ほかにも仕事を請けた。家庭教師、ウエイトレス、クラスメイトのレポートの書きなおしなど。

ワイオミング州でライティングの実習生に選ばれたことがわかったジェイコブは、ニューヨークを離れ、そのあと別れがあって、わたしはまったき孤独のなかで、数年前に誓いを立てた理由はいまだ有効だとの思いを新たにした。

わたしは男性との交際をほぼやめた。最初のデートは行ってよい（ただし、食事にかぎる）ことにしたのは、誰にも理由を話さなかったけれど、一食分の食費が浮くからだった。リビーに残りを持ち帰れるほどの量を注文できれば、二食分になる。

二度めのデートの誘いには乗らない。行けば罪悪感が頭をもたげるから。あるいは、相手に対する愛情が。

リビーには、二度めのデートにたどり着ける人がいないのはどういうことかとふざけ半分にからかわれたものだ。

反論しなかった。妹が真実を知って、その思いを聞かされたら、わたしは壊れてしまっただろう。

妹も働いていた。母の稼ぎがないので財布の紐を締めるしかなかったが、リビーが自分のためにお金を使いたがったことは一度もなかった。

ただ、わたしがたまに最悪だったデートの愚痴をこぼしたりしたときなどは、大学や家庭教師の仕事から妹が自室（妹に独立した寝室を与えるため、わたしは母が寝ていたリビングに移っていた）で眠るアパートに戻ってくると、リビングのソファベッドのかたわらにヒマワリの花束が生けてあった。

ふつうの状態なら泣いていただろうが、わたしはその場に座り込んで花瓶を抱きしめ、ただ震えていた。深く押し込められた感情の上に何層もの灰が降り積もっていたせいで、地層のきしむ音しか漏らせなくなっているかのようだった。

わたしの足には感覚のない部分がある。ガラスの破片を踏んだために神経が死んでしまったのだ。医師にはそのうち戻ると言われたが、それから数年たつのにいまだ麻痺したままだ。

わたしの心も長年そういう状態にあった。すべての割れ目が厚くなった皮膚でおおわれているようだった。

反面、そのおかげで大切なことに集中できた。わたしとリビーの生活を築き、ふたりの家庭を銀行にも元恋人にも奪われないようにすることだ。

わたしは恋人のいる友人たちが妥協に妥協を重ね、わが身を削って、最後には全体の一部になってしまうのを見てきた。過去しか語ることがなくなり、個人として持っていた職業上の志や友人やアパートは、カップルとしての志や友人やアパートに置き換えられた。そうなったら、いつ人生の半分を奪われてもおかしくない。

そのころになると、わたしは初デートで最大限の情報を把握するすべを会得していた。どういう点を警戒すべきで、なにを尋ねたらいいか。友人や同僚や仕事仲間が前触れもなく捨てられたり、だまされたり、関係に飽きられたり、あるいはパートナーが既婚だったり、ギャンブルの問題があったり、慢性的に失業していたりすることがわかって、いやおうなく覚醒させられるのを見てきた。気楽なつきあいだったはずが、恐ろしく複雑で偏りのある関係になることも多かった。

わたしには自分なりの基準と人生があって、つまらない男にそれを破壊させるつもりはなかった。その男が入場することで破かれる運命にある紙製の横断幕ではないのだから。

だから仕事が軌道に乗ってデートを再開させると、こんどはうまくやった。用心を忘れず、チェックリストを作り、決めるときは慎重を期した。

同僚とはキスをしなかった。知らないに等しい人ともキスをしなかった。デートする気のない男とも、相容れない男ともキスをしなかった。つまり気まぐれな欲望に采配を振るわせなかった。

チャーリー・ラストラが現れるまでは。

一度としてそんなことはなかった。

わたしの不手際をリビーはおもしろがると思っていた。ところが、わたしと同じぐらいそれをよくないことだと考えた。

「ニューヨークからやってきた職業上の天敵じゃあ、五番の要件を満たしてないよね、姉さん」妹は言う。「黄金色の心を持ったロデオ・クラウン（ロデオ競技中、乗り手が雄牛から振り落とされたときや、乗り手が競技後に牛からおりるときに、乗り手の安全のために雄牛の注意を引く役目の人）とか、そういう人となんとかならないの？」

「それには、わたしがはいている靴じゃだめみたい」

「チャーリーみたいなキスの相手ならニューヨークにもたくさんいる。ここでは新しいことを試さないと。あたしたちどちらも」彼女は卵のついたスパチュラをわたしのほうに振る。子どものころのアパートでは朝食といえばヨーグルトかグラノーラバーだったが、いまやフルイングリッシュ・ブレックファスト派に鞍替えしたリビーは、すでにパンケーキとベジ・ソーセージをエッグパンの隣に積みあげている。

寝つけない夜をまたひと晩過ごしたわたしは、九時にベッドから転がりでて、ひと走りしてから、手早くシャワーを浴び、そのあと朝食の席についた。リビーは何時間も前から起きている。彼女は思春期のころ寝るのが大好きだった以上に、いまは朝を愛し、平日でも七時には起きている。モルヒネを飲んで五キロ離れたところにいようと、ビーの甲高い悲鳴やタラの小さな足が蹴りつける音が聞こえるというのがその理由の一部ではあるけれど。

リビーはビーとタラは自分たちだと口癖のように言っている。ただし、体つきは反対だけど。

長女のビーはチェリーパイのようにスイートでリビーそっくりだけれど、ほっそりした体とアッシュブラウンの髪はわたしに似ている。タラは母親譲りのストロベリーブロンドで身長は百六十センチがやっとの運命だが、ノーノ伯母ちゃんに似て、容赦がない。意地っ張りで断固としていて、納得のいく説明がないかぎり指示には決して従わない。

「わたしを罠にかけて彼とふたりきりにさせたのはあなたなんだけど」わたしは指摘すると、スパチュラを奪ってリビーを椅子に追いやる。「あなたが見捨ててかなければ、こんなことにならなかったのよ」

「あのね、ノーラ、ときには母親にもひとりになる時間が必要なの」リビーはゆっくりと言う。「だいたい、姉さんはあの男が大嫌いなはずだったじゃない」

「べつに嫌ってはないけど」わたしは言う。「彼とわたしは磁石のN極とS極みたいなもんなの」

「N極とS極なら引きあうよね」

「わかった、だったら磁石の同じ極」

「同じ極の磁石ならドアにもたれていちゃつかないんですけど」とリビー。

「ほかの磁石はいざ知らず、この磁石はそうなるの」わたしは料理を盛った皿二枚を運び、妹と向かい合わせの席につく。早くもうだるような暑さだ。窓を開け放ってファンをまわしているが、安手のサウナのなかにいるようにもやがかかっている。

「一瞬、隙ができたのよ」ウエストに置かれたチャーリーの手と、わたしをドアに押しつけた彼の胸の感触がよみがえって、全身がカッと熱くなる。

リビーが片方の眉を吊りあげる。毛先を切りそろえたピンク色のボブのリビーは、わたしの凶眼をマスターしつつあるけれど、惜しいかなやわらかな頬があだになる。

「忘れないでよ、姉さん、そのタイプの男はこれまでうまくいかなかったんだからね」

わたしとしては、チャーリーを元カレと同列に扱うつもりはない。第一に、外でわたしに破壊行為を加えようとした男はこれまでいなかった。それに、赤く熱された火かき棒をパンツのなかに突っ込まれたみたいにキスしてきた男もはじめてだった。

「でも、とっさに反応してえらかったね――あたしだってラストラ伯爵による熱烈な愛撫（あいぶ）は願い下げだもん」

屈辱感を新たにして、わたしは腕に顔を伏せる。「なにもかもナディーン・ウィンターズのせいよ」

リビーが眉根を寄せる。「誰？」

「あ、そっか」わたしは顔を上げる。「あなたはわたしが家庭におさまって妊娠するのを見たいばっかりに飛びだしてっちゃったから、話す時間がなかったんだった」携帯電話のロックを解除してダスティからのメールを表示し、リビーの視界内にすべらせる。妹は前のめりになって読み、わたしはせっせと食べ物を口に運ぶ。早く仕事をはじめたい。

リビーはとくに読むのは速くない。泡風呂に浸かるようにじっくりと本を吸収するのだ。それに対してわたしは、仕事柄、熱くて手軽なシャワーを浴びるように読まざるを得ない。

読むうちにリビーの口がすぼまって結び目になり、けれど最後には、どっと笑いだす。「なにこれ！」大声を出す。「ノーラ・スティーブンズのファン・フィクションじゃない！」

「作家があきらかに対象のファンじゃない場合でも、ファン・フィクションって言える？」わたしは尋ねる。

「続きも送られてきてるの？　いかがわしい展開になる？　ファン・フィクションってだいたいそうなんだけど」

「くり返すけど」わたしは言う。「ファン・フィクションじゃないから」

リビーがからからと笑う。「ダスティは恋してるのかもね」

「こうして話してるあいだにも、殺し屋を雇ってたりして」

「いかがわしい展開になるといいな」

「リブ、あなたの願いを聞いてたら、全部の本が大地を揺るがせるオーガズムで終わることになっちゃう」

「え、なんで最後まで待つの？　あ、そっか、姉さんは終わりから読むもんね」吐き気もないのに吐くふりをする。

皿を洗うためわたしは立ちあがる。「おもしろい話の最中に申し訳ないけど、わたしは出かけるわ。壁を頭で突き破りたくならないＷｉ-Ｆｉを探さなきゃ」

「じゃあ、あとでね」リビーが言う。「あたしはまず、裸で何時間か歩きまわってから、悪態を吐きまくって、そのあとたぶん家に電話する。ブレンダンによろしく言ってほしい？」

「それ誰？」

リビーは中指を立てて怒りを表し、わたしは妹のこめかみにキスしがてらノートパソコンの入ったバッグを持ってドアに向かう。「『人生に一度きり』に関係のある場所には、ひとりで行かないでね！」リビーが叫ぶ。

そんな場所はないかもよ、とうっかり口をすべらさないように口をつぐむ。この数カ月ではじめて、いつもとはちがう時間で姉妹の絆を感じている。いまという時間に根ざして、完璧につながっている。コントロール不能な変数でこの状態を台無しにすることだけは避けたい。「約束するわ」

10

〈マグ＋ショット〉でアイス・アメリカーノの支払いをすませたわたしは、鼻輪のようなピアスをした元気なバリスタにWi‐Fiのパスワードを尋ねる。

「ああ！」彼女は背後にかかった木製の板を指さす。〝プラグを抜いて！〟とある。

「Wi‐Fiはないの。悪いけど」

「ちょっと待って」わたしは言う。「ほんとに？」

彼女が満面の笑みになる。「ええ」

わたしは店内を見まわす。どこにもノートパソコンが見あたらない。ここにいる人はみんな、エベレスト登山から戻った直後の人か、コーチェラ・フェスティバル（カリフォルニア州の砂漠地帯コーチェラにて行われている野外音楽フェスティバル）のテントでドラッグをやっていそうな人に見える。

「図書館かなにかある？」わたしは尋ねる。

彼女がうなずく。「数ブロック先に。でも、やっぱりWi‐Fiはまだ導入されてなくて――秋にはその予定なんだけど。いまは利用者向けのデスクトップが置いてあるわ」

「この町でＷｉ‐Ｆｉを使える場所は？」

「最近、書店で使えるようになったけど」彼女の声が低くなる。そのひとことで、ほんとはプラグを抜きたくない客たちが逃げだすのを恐れているかのようだ。

わたしはお礼を言って外に出る。べたつくような暑さのなか、脇の下や胸元に汗が溜まるのを感じながら、書店までとことこ歩く。店内に入ると、迷路に入り込んだような気分になる。そよ風と、ウィンドチャイムの音と、鳥のさえずりがいっぺんに消えて、シーダーと日光にさらされた紙の匂いにふんわりと包まれる。

わたしは氷入りの冷たいコーヒーを飲み、血中を駆けめぐる強力なセロトニンに浸る。この世に、晴れた日のアイスコーヒーと書店に勝るものなどあるだろうか？　そうよ、雨の日のホットコーヒーと書店をのぞいては。

てんでばらばらな角度に立つ本棚のせいで、惑星の端からすべり落ちそうな感じがする。子どもなら、この気まぐれな自由さに興奮するだろう。本でできたびっくりハウス。大人のわたしは、おもにまっすぐ立っていられるかどうかに気を取られている。

左側の本棚のひとつが、背の低いアーチ型に切り取られて出入口になり、枠の部分に〝子どもの本〟と彫ってある。

かがんで奥をのぞくと、マドレーヌ（ルドウィッヒ・ベーメルマンスによるシリーズ作品の主人公。パリの全寮制の学校に通う少女マドレーヌほか十一人の少女たちの冒険を扱う）の世界を思わせる、青みがかった緑の壁画に言葉が描いてある。〝新しい世界を見つけよう！〟メインルームの反対側には、ふつうの大きさの出入口があり、こちらの奥は、〝古本と稀覯本の部屋〟になっている。

メインルームにしても、ならんでいるのは新刊書だけではない。ざっと見たところ、この書店の本のならべ方には規則性というものがほとんど感じられない。新刊本と古本がごっちゃになり、ペーパーバックとハードカバーも分けられていない。ファンタジーの隣にノンフィクションがあり、大半の本の上に決して薄くないほこりが積もっている。

おそらくかつては町のほまれとされていた店で、祝日のプレゼントを買ったり、思春期に入ったばかりの年ごろの子どもたちがフラペチーノの話をしたりする場所だったのだろう。それがいまや個人商店の墓場と化している。

本棚の迷路を奥へと進みながら、あるドアを抜けると、世界一憂鬱な〝カフェ〟（カードテーブルふたつに折りたたみの椅子がいくつか）があり、角を曲がったところで一瞬、持ちあげた足が中空に浮いたままになる。

レジの奥にノートパソコンに向かっている男がいる。不機嫌そうにしかめられた眉からして、崖から転げ落ちたところで悪夢から目覚めたか、睡眠中にトルネードで家が巻きあげられたのに気づいた直後かのようだ。

これだから小さな町は困る。ほんのわずかな判断ミスでも、少し歩くとその事実に向きあわされる。

本音を言えば背を向けて逃げ帰りたいけれど、それはできない。たった一度のあやまちで、相手が誰であろう、自分が決めたことを左右させてはならない。仕事がらみの恋愛を避けているのはひとえに、そういう成り行きから身を守るためだ。いままでのところ、恋愛関係は避けられている。完璧にとは言えないまでも。

わたしは肩を怒らせ、顎をそびやかせる。そのとき、うそ偽りなくはじめて、自分には守護天使がついているのではないかと思う。わたしの前方、真正面の位置に地元にちなんだベストセラー本の棚があり、『人生に一度きり』が平台に積んである。

それを一冊つかんで、のしのしとカウンターに向かう。

パソコンの画面から目を離さないチャーリーをよそに、わたしは彫り模様が入ったマホガニーの上に本を置く。

金色がかった茶色の瞳がゆっくりと上を向く。「これはこれは。ぼくを〝ストーキングしていない〟女性じゃないか」

わたしは反撃する。「あら、〝ハリケーンのさなかにわたしを襲おうとした〟男性じゃないの」

彼はいったん口に入れたコーヒーをマグカップに噴きだし、哀れなカフェをちらりと見る。「ハイスクールの校長が聞く気満々でいてくれたことを祈るばかりだ」

わたしは体を傾けて、出入口から向こうを見る。背中の丸まったグレイヘアの女性がカードテーブルのひとつで片方だけイヤホンをはめてタブレットで『ザ・ソプラノズ　哀愁のマフィア』を観ている。「あの人も元カノ？」

チャーリーの口角が下側に引っぱられる。「そうやってなんでも自分の都合のいいように考えられたら、さぞかし気持ちがいいだろうな」

「唇をひくつかせてるときの、あなたもね」

「それを笑みというんだ、スティーブンズ。ここじゃふつうに行われている」

「〝ここ〟って、サンシャインフォールズのことよね。電気柵に囲まれた半径百五十センチのことじゃないのは確かだから」

「地元民を遠ざけておかなきゃならない」彼はパソコンに目を戻す。「ついに苦労を乗り越えて全部読んだのか？」冷ややかに言う。

「ねえ……」わたしは本をつかんで、胸の前に掲げる。「わたしはこの本をベストセラーの棚で見つけたんだけど」

「わかってる。『ノースカロライナ州の自転車旅ガイド』の隣に置いてある。ちなみに、むかしぼくが世話になってた歯医者が去年自費出版した本だがね」チャーリーは言う。「きみも一冊欲しかった？」

「この本は百万部以上売れたのよ」

「知ってるさ」彼が本を取りあげる。「ただ、気になるのはきみが何冊買ったかだ」

わたしは顔をしかめる。チャーリーはそれを受けてにやけ笑いになりかけ、その顔を見てはじめて、わたしは上司から〝ナイフを携えたほほ笑み〟と称された笑みの実体を知る。

わたしは彼の顔から目をそむけ、黄金色の喉元から真っ白なTシャツを通って腕へと視線を移動させる。すてきな腕。といっても、筋骨隆々ではなくて、きれいに引き締まっている。

そう、あれはただの腕。冷静になるのよ、ノーラ。相手がストレートの男だとつい点数が甘くなる。異性愛の女は生物学上、ただなんの変哲もなく性的でもない付属物を見ているだけなのに、**ちょっと来て、この四千年にわたる進化を鑑みるに、人類の**

存続に寄与すべきときが来た、と思いがちだ。

彼はパソコンを押しやると、ペンやパンフレットやほかのデスク上の文具をならべなおしだす。ひょっとすると、わたしは彼という人よりその服装や整理整頓の技術に欲情しているのかも。「じつはさっききみにメールしたところなんだ」

わたしは会話に引き戻され、ゴムバンドをはじいたみたいに振動する。「そうなの？」

うなずく彼の口元がこわばり、目元が暗く険しくなる。「まだシャロンから聞いていないのか？」

「ダスティの担当編集者の？」

チャーリーがうなずく。「彼女が休暇に入った——赤ん坊が生まれてね」

この発言によって、細く引き締まった腕やすてきな指、きちんと瓶に立てられたペンや蛍光ペンなど、この世の中にあるありとあらゆるものがわたしの注意を引けなくなる。

「でも、予定は一カ月先よ」わたしはおちつきを失っている。「そのひと月でダスティの原稿を編集することになってる」

彼の口元がふたたび小さく引きつる。「ぼくから彼女に電話でそう伝えるか？

ひょっとしたらなにか手があるかもしれない――待てよ、きみがマウント・サイナイ病院にコネを持ってたりして？」

「気はすんだ？」わたしは尋ねる。「それとも、その愉快なジョークにはもうひとつオチがあるの？」

チャーリーがカウンターに両手をつき、身を乗りだす。声がかすれ、目が内側からの奇妙な光で煌めく。

「ぼくが担当したい」

わたしは階段を一段踏み外したように感じる。「え、なに？」

「ダスティの本、『冷感症』のことだ。ぼくが担当したい」

ああ、神さま、話の行き先が見えません。そしてもちろん、答えはノー、とんでもない。

「刊行日を動かしたくないのなら」チャーリーが続ける。「シャロンが戻ってきて編集をするのは無理だ。ロッジアとしては誰かに割り振ることになり、ぼくが名乗りを上げた」

わたしは目がまわるというより、火のついた十五枚の皿をまわしているような気分だ。「担当する作家はダスティなのよ。内気でおとなしいダスティは、楽天的なシャロンから慰めてもらうのに慣れてるの。そしてあなたは――気を悪くしないでね――アンティークのつるはしほどのデリケートさも持ちあわせてない」

彼の顎の筋肉がひくつく。「患者に対する医者としてのぼくの態度は最高とは言えないが、有能ではある。ぼくにならできる。きみはダスティと協働できる。出版社は刊行日を遅らせたがらない。だから遅れないですむよう、みんなで後押しするんだ」

「わたしに決められることじゃないわ」

「きみの意見ならダスティも聞く」チャーリーは言う。「きみならインチキなセールスマンにインチキな商品を売りつけることもできる」

「そんな諺（ことわざ）あったっけ？」

「きみの優秀さを表すためにぼくが作った」

頬がほてる。お世辞のせいではなく、チャーリーの唇の記憶が突如、鮮やかによみがえったからだ。それに続いて、彼がわたしに撃たれたみたいに後ずさりをする場面を思いだして、唾を呑む。「わたしから彼女に話すわ。わたしにできるのはそれだけだから」いつもの癖で、なんの気なしに『人生に一度きり』の最後のページを開き、謝辞のページに自分の名前を見つけて緊張をゆるめる。これは証――わたしが有能で、すべてをコントロールすることはできなくとも、力業で形にできることがたくさんあることの。

わたしは咳払いをする。

「ところで、ここでなにをしてるの？　それと、あなたはどのくらい日光を浴びたら、燃えあがるわけ？」

チャーリーがカウンターの上で腕を組む。「秘密を守れるか、スティーブンズ？」

「ジョン・F・ケネディを狙撃したのが誰か、わたしに訊いてみて」にべもない彼の口調を真似て応じる。

チャーリーの目元がきつくなる。「その答えをどこから得たのかのほうが、はるかに興味深い」

「スティーヴン・キングの作品のひとつよ」わたしは答える。「それで、誰から秘密を守ったらいいの？」

彼がふっくらした下唇を歯で嚙みながら考えている。わいせつ一歩手前だけれど、わたしの体のなかで起きていることはもっとわいせつだ。

「ロッジア・パブリッシング」チャーリーが言う。

「わかった」考えて言う。「ロッジアには秘密にする。ただし、おいしい話ならね」

彼が身を乗りだし、わたしもそれにならう。彼があまりに小声で話すので、その口元に耳をくっつけるようにする。「ぼくはここで働いている」

「あなたが……ここで……働いてる？」わたしは体を起こすと、まばたきをくり返してぬくもりのある彼の匂いのもやから抜けだそうとする。

「ぼくはここで働いている」彼はもう一度言い、パソコンの向きを変えて原稿のPDFファイルを見せる。「そして実質的にはあちらの仕事をしている」

「法的に問題ないの？」わたしは尋ねる。フルタイムの仕事ふたつを同時にこなすのは、詰まるところ、パートタイムの仕事をふたつ行うのと変わらないような気もする。

チャーリーは片手で顔を撫でおろし、深いため息をつく。「褒められたことじゃない。ただ、ぼくの両親がこの書店を経営していて、人手が必要だったんで、店番をしながらリモートで編集作業をしている」

彼がカウンターの本をさっと手に取る。「ほんとにこれを買うのか？」

「地元の商店にお金を落としたいから」

「グッディ・ブックスは地元商店というより金を吸い取る蟻地獄みたいなもんだが、地中のトンネルがきみの払った金を感謝するのはまちがいない」

「ちょっと待って」わたしは言う。「いまこの店のことグッディ・ブックスって言った？　あなたのお母さんの名字から取ったの？　それともよい本の意味のグッド・

ブックから？」

「都会の連中は」チャーリーが舌打ちする。「バラの花が咲いていても立ち止まって匂いを嗅がず、地元の店が高々と看板を掲げていてもそれを見ようとしない」

わたしは手をひらひらさせる。「あら、看板を見る時間はあったのよ。ただ、首に打ったボトックスのせいで顎をそこまで上げられなくて」

「きみほど虚栄心が強くて実務的な人間には会ったことがない」彼は畏れおののいているような口ぶりになる。

「わたしの墓石にはそのとおりの文言が刻まれるでしょうね」

「なんという損失。そのすべてが養豚業者に捧げられるとは」

「養豚業者にやけにこだわるわね」わたしは言う。「リビーはわたしがカントリー歌手になる夢をあきらめて民宿を経営する、妻に先立たれた子持ちの男性とデートしないかぎり、納得しないわ」

チャーリーが言う。「そうか、ランディにはもう会ったんだな」

わたしは思わず笑い声をあげ、彼の口角がぴくりと動く。

しまった、やられた。これは笑みだ。わたしを笑わせることができて喜んでいる。

そのことがわたしの血液をメイプルシロップに変える。メイプルシロップなんて、大嫌いだ。

わたしは半歩下がる。物理的な境界を設定することが、わたしが打ち立てたいと願っている心理的な境界につながるはずだ。「ところで、町のインターネット環境をここが独占してるって噂（うわさ）で聞いたんだけど」

「田舎町の噂なんか信じるもんじゃないぞ、ノーラ」彼がたしなめる。

「それで……」

「パスワードはｇｏｏｄｅｂｏｏｋｓ。すべて小文字の一語で。最後にｅがつくｇｏｏｄｅだ」彼は顎でカフェを示し、眉を吊りあげる。「シュローダー校長にあいさつしろよ」

顔がちくちくする。カフェの代わりに、顔だけふり向いて通路の奥に置いてある木の椅子を見る。「やっぱり、あそこで作業する」

彼が身を乗りだし、こんども声を落とす。「臆病者」

挑戦的な声を聞いて、背筋がぞくぞくする。

たちまち元来の負けず嫌いが頭をもたげ、ヒールでくるりと向きを変えると、カフェに突進して、人のいるテーブルの隣で立ち止まる。

「シュローダー校長ですね」と話しかけ、意味深長につけ加える。「先生のことはチャーリーからたっぷり聞かされてます」

　彼女は慌てふためき、わたしと握手をしようと焦ったせいで、お茶のカップをひっくり返しそうになる。「彼の恋人なのね？」

　ハリケーンのさなかに襲ううんぬんの話を聞いていたにちがいない。

「いえ、まさか」わたしは言う。「きのう会ったばかりなんですよ。でも、先生とはいろいろあったんですよね」

　背後のチャーリーをふり返ったわたしは、その顔を見て、このラウンドの勝敗を知る。わたしの勝ちだ。


「ニューヨークの天敵から三メートルの距離で一日パソコンをいじることを称して、〝新しいことを試す〟とは言わないから」リビーは古くてほこりっぽい店舗に心をはずませながらも、その店のレジ係には手厳しい。「休暇をまるごと仕事に使うなんて、いちばんやっちゃいけないことだよ」

　わたしはカフェ（デカフェとレギュラーコーヒーしかない）から出入口をこそっとうかがって、チャーリーには聞こえていないことを確かめる。「一カ月まるごと仕事から離れるわけにはいかないの。五日働いたら、週末はあなたのしもべになるから」

「そうしてよね」妹は言う。「片づけなきゃならないリストがあるんだから。それに、あれは——」頭を傾けて、チャーリーのいるほうをそれとなく示す。「気を散らす邪魔者よ」

「わたしがいつ男にうつつを抜かした?」わたしはひそひそ応じる。「わたしを見てたの? ここでWi‐Fiを使ってるだけで、腰のひとつも振ってないわよ」

「いずれわかるわ」リビーがぴしりと言う(二十分もあったら、わたしが地元の独立系書店で腰を振って踊りだすとでも?)。

リビーはいま一度、周囲を見まわし、重苦しいため息をつく。「空っぽの書店なんて、見てられない」妊娠期のホルモンの影響もあるのか、文字どおり涙ぐんでいる。

「こういう店を維持するには大金がかかる」わたしは言う。とりわけAmazonや、大幅値引きが行われる店舗に人が流れるこのご時世では。こういう店は誰かの夢が実現した結果であり、そうした夢の多くは痛みを伴いながらゆっくりと死に向かう運命にある。

「へえ」リビーが言う。「十二番はどう?」わたしがぽかんとした目で見返すと、妹は目をきらきらさせて言い足す。「ローカルビジネスの立てなおしに手を貸す。この書店を盛りたてるのよ!」

「で、生贄の山羊を育てさせるとか?」

リビーがわたしをたたく。「こっちはまじめに話してるのに」

わたしはもう一度、それとなくチャーリーのほうを見る。「助けなんていらないかもよ」あるいは、助けてほしくないか。

リビーが鼻を鳴らす。「『みんなうんち』のすぐ隣に『チョコレートのデザート1001種』がならべてあるのを見たんだけど」

「トラウマになりそう」わたしは肩をすくめて同意する。

「きっと楽しいよ」リビーが言う。「もうアイディアがあるの」バッグからメモ帳を取りだし、唇を噛みしめてさっそくペンを走らせはじめる。

わたしはわくわくしない。昨夜、ささやかとはいえ恥ずかしいやりとりがあったチャーリーの近くでこの先も過ごすことになるから。それでもリビーの思いが本気なら、たった一度のキス――申し立てによって〝なかったこと〟になっているけれど――ごときで尻尾を巻いて逃げるわけにはいかない。

きょうだって、どんな邪魔が入ろうとある程度は仕事を片づけるつもりでいる。区分（コンパートメント）化と聞くと悪いことのように思う人が多いけれど、わたしは気に入っている。働いているあいだ、わたしが抱えているほかのもろもろはきちんとたたんで抽斗にしまわれたようになる一方で、扱っている書籍が大きくふくらんで前面に押しだされ、子どものころ好きな本を読んでいたときのようにわたしを没頭させてくれる。計画も嘆きも解決法も、なにひとつ心配しなくていい境地になれる。

仕事に夢中だったので、リビーがアイディア出しの作業を中断して店を出たのに気づかず、つぎに気づいたのはリビーが戻ってきたときだ。向かいの店で買った淹れたてのアイスコーヒーと、グッディ・ブックスの書棚から選びだしてきた山積みの田舎町ロマンス小説を抱えて。

「もう何カ月も座って五分以上読書してないの」リビーはうきうきしたようすで言う。わたしとちがって、リビーは最後のページを最初に読んだりしない。表紙の売り文句すら読まず、いっさいの前情報を排除して物語に飛び込むのが好きだ。たぶんそのへんが本を投げつける原因になっているのだろう。

「リビカ・ウィザースプーンの小説を持ってバスルームにこもったことがあるんだけど」リビーは言う。「たった数分で、ビーがお漏らししちゃった」

「ふたつめのバスルームが必要ね」

「必要なのはふたりめのあたし」リビーは本を開き、わたしは新しいブラウザーに移って、新たな賃貸物件をチェックする。リビーとブレンダンが希望する価格帯だと、ない。

『LAW ＆ ORDER：性犯罪特捜班』に出てくる犯罪現場のようなアパートしか

　そのときシャロンからメールが届き、わたしはそれをタップする。

母子ともに元気ながら早産だったので、しばらく入院することになりそうだと書いてある。小さなニット帽をかぶった小さなピンク色の顔の写真が何枚か添付されている。正直言って、わたしには新生児などどの子もほぼ同じにしか見えないけれど、自分と親しい人から生まれた子だと思うと、それだけで胸がいっぱいになる。

　そして彼女が『冷感症』を褒め称えてくれている部分に来ると、胸が締めつけられる。それで一瞬、わたしと働いたことのある人全員がこれから一年ぐらいのうちにナディーン・ウィンターズの物語を読むことを忘れかける。下着姿で登校する悪夢が百回はくり返されるわけだ。

　だとしても、すでにわたしが知っていることをシャロンが認めてくれているのがわかって誇らしさが押しよせる。この本はいける。原稿のなかに無数の煌めきがあり、明晰な感覚と意図がある。

　世の中には最初からそれを持っている本があり、読めば既視感を覚える。その先どうなるかわからないのに、避けがたく傑作になることは決まっている。

シャロンのメールの残りの部分も似たような調子だ。

当社としては、ダスティ作品の最初の編集作業に才能豊かな新しい総合編集者チャーリー・ラストラを投入したいと考えています。近いうちに、わたしのほうから双方を紹介するメールをお送りしますが、その前にあなたにお伝えしたのは、あなたにいわゆるてこ入れをお願いしたいからです。

チャーリーは凄腕（すごうで）の編集者、『冷感症』は有能な手にゆだねられることになります。

優秀なチャーリーの手が一瞬、焼けつくような映像となって脳裏をよぎる。メールを閉じるわたしは獰猛（どうもう）そのもの、ドアをたたきつけながら、**ほんとのパパじゃないくせに！**　とどなりつけるティーンエイジャーのようだ。

自分を彷彿（ほうふつ）とさせる小説が出版されるだけでもばつが悪いのに、雷雨のなかで自分を愛撫した男にその本を編集させることになるとは。

ルールが必要な理由はここにある。まさに（いや、おおよそ）こういう成り行きから身を守るためだ。

この状況に対処する方法はひとつしかない。サメになれ、ノーラ。

わたしは立ちあがって胸を張り、レジに向かう。

「彼女、何冊かは買ってくれるのか？」チャーリーはもったりとしゃべり、積みあげたリビーの本の山を顎で指し示す。「それとも、そこらじゅうにコーヒーのしみをつけておしまいか？」

「天性の客あしらいじょうずだって、人に言われたことある？」

「いいや」

「よかった。あなたはうそつきが嫌いだもんね」

彼は口を開くが、反撃される前にわたしは言う。「わたしがダスティを説得する――でもそれには条件がある」

チャーリーの口がぴたりと閉じ、目が冷静になる。「聞かせてもらおう」

「あなたからの指摘はわたしを通してもらう」わたしは言う。「ダスティは最初の編集者に大打撃を与えられて、やっと自信を取り戻しつつあるところなの。彼女の自尊感情をブルドーザーで乱暴に踏み荒らすような真似だけはさせたくない」彼が反論しようと口を開けるが、わたしはさらにつけ加える。「悪いことは言わないわ。先に進めるにはこれしかない。先に進めるとしたらだけど」

熟慮の末、彼はデスク越しに手を伸ばす。「わかった、スティーブンズ、それで手を打とう」

わたしは首を振る。チャーリー・ラストラにふたたび触れるというあやまちは犯さない。「わたしが彼女に話すまでは、まだなにも決められないわ」

彼がうなずく。「きみに署名してもらえるよう、カクテルナプキンとペンを用意しておく」

「まあ、チャーリーったら」わたしは言う。「かわいらしいこと。わたしが人のペンで契約書に署名すると思う?」

彼の口角が引きつる。「たしかに。気がつかないぼくがばかだった」

11

「でも、彼女の出産予定は来月だったのよね」ダスティが言う。

「そうなのよ。わたしもそう言ったんだけど」東屋にいるわたしは、福々しいマルハナバチが花壇のなかを酔っぱらいのように円を描いて飛ぶのを見ながら、はがれかけた塗装の破片をつまみあげる。森にはドアがきしむような蟬の声が満ち、空は青痣(あざ)のような紫色に染まって、暑さはいまだ引く気配がない。「でも、チャーリーは今回の作品をすごく気に入ってて、わたしが聞くかぎりでは、とても優秀らしいの」

ダスティが言う。「彼に『一度きり』を渡したのよね？ それで断ってきたんでしょう？」

わたしは携帯電話を肩と耳のあいだにはさみ、こまかく縮れた前髪を横に流す。

「そのとおりよ。でも、チャーリーは当時からあなたの将来の作品に興味を示してて、喜んで見せてもらうと言われてたの」

長い沈黙。「でも、あなたは彼と仕事をしたことがないのよね。なにが言いたいかっていうと、彼の編集上の好みを知らないってこと」

「ダスティ、チャーリーはあなたが送ってくれた原稿に夢中よ。うそじゃない。それに、チャーリーが担当したほかの書籍を見てみたんだけど……彼なら『冷感症』に適任だと思う」

彼女がため息をつく。「わたしには実質断れないのよね？　気むずかしく見られずにっていう意味だけど」

「いい？」わたしは言う。「わたしたちはすでに一度、締め切りを延ばしてもらってるわ。必要なら、もう一度延ばしてもらうけど、タイミング的に見て『一度きり』の映画が公開されようとしてる時期の刊行は、あり得ないほど理想的よ。それに、わたしが併走して、随所で介入する——あなたが納得のいく作品になるように、必要なことはなんだってする。なにより大切なのはそこだもの」

「それはそうだけど」ダスティは言う。「『一度きり』のときは時間がたっぷりあって、本を出版社に売る前にあなたから意見をもらえた。今回は一度にすべてが進んでて、でもシャロンがいればうまくいくのがわかってたんだけど——それで、パニックを起こしそうなの」

「それに必要とあらば、わたしも提案を書き込んで渡す」わたしは約束する。「それにチャーリーを合わせれば、ふた組の目が原稿を見たことになる。あなたに必要なことは、ダスティ、なんだってさせてもらう」

ダスティが息を吐く。「考えさせてもらっていい？　一日か二日」

「もちろん」わたしは言う。「時間をかけて考えて」

チャーリー・ラストラを不安に陥れられるのなら、なんの文句があろうか。

わたしが抱えている作家の四人が同時に崩壊を決め込む。熱心すぎる編集者の指摘から、ぱっとしない販促計画まで、原因はさまざまだ。さらにふたりの作家が、最後の作品を読んでからまだ数週間しかたっていないのに、藪から棒につぎの原稿を送りつけてくる。

わたしはリビーとの約束を尊ぶため最善を尽くし、毎日夕方五時以降はずっといっしょにいる。とはいっても、それは仕事をしている昼間はほとんど息抜きができないことの裏返しでもある。

ちがいの多い姉妹だけれど、どちらも習慣を重んじるたちなので、ほどなく一定のリズムができあがる。

リビーは早起きしてシャワーを浴び、湯気の立つデカフェのマグカップを持ってデッキで読書をする。わたしは起きると外に出て、息が絶えだえになるまで走り、熱々のシャワーを浴び、朝食のテーブルでリビーと顔を合わせ、テーブルにはリビーが作ったハッシュブラウンやリコッタパンケーキやベジ・キッシュがならぶ。

それから十五分はリビーに捧げ、妹がことこまかに披露する前夜の夢（とても怖いか、不穏か、いやらしいか、あるいはそのすべて）の話に耳を傾ける。そのあとFaceTimeでブレンダンの母親の家にいるビーとタラと顔を合わせ、ビーが夢の話をするあいだ、タラは物を倒しそうな勢いでそのへんを走りまわって、絶叫する。**ねえ、ノーノ！　恐竜だよ！**

そのあとわたしはグッディ・ブックスに向かい、ひとりになったリビーはブレンダンに電話をかけて、貴重なひとりきりの時間を好きに使う。

チャーリーとわたしは辛辣なあいさつの言葉を交わし、わたしはコーヒー代を払う。そしてカフェの定位置に腰をおちつけ、彼を喜ばせたくないので、いくら彼の視線を感じてもこちらからは見ないという姿勢を貫く。

三日めの朝のこと、彼はレジでわたしのためにコーヒーを準備して待っている。

「驚いたな。八時五十二分、きのうも、おとといも同じ時刻だった」

わたしはマグカップをつかみ、皮肉を聞き流す。「ところで、ダスティが今夜、返事をくれるわ。コーヒーをおごってくれても、なにかが変わるわけじゃないけど」

彼は声を落とし、カウンターに身を乗りだす。「きみが大きな小切手を希望してるからか？」

「いいえ」わたしは言う。「小切手の大きさはふつうでいいのよ、ゼロの数さえ多ければ」

「ぼくはなにかが欲しいとなったら、ノーラ、簡単にはあきらめない」

わたしの外側はいっさい影響を受けていないけれど、内側では心臓が鎖骨に打ちつけている。近くにある彼の肉体や、声、はたまた発言に反応して。わたしの携帯電話が振動してメールの着信を知らせ、わたしはこれでひと息つけると喜んで取りだす。けれどそれもダスティのメッセージを読むまでのこと。乗るわ。

咳払いしたいのをこらえ、冷ややかに彼の目を見る。「小切手の話は忘れていいみたいよ。今週末にはあなたに原稿の一部が届く」

チャーリーの目が悪さでも企てているようにきらりと光る。

「勝ち誇った顔をしないで」わたしは言う。「彼女から随時介入してくれと言われてるの。あなたからの提案はすべてわたしを通してもらう」

「ぼくを怖がらせたいのか？」

「怖がったほうがいいわよ。実際、怖いから」

彼がさらに身を乗りだす。二頭筋が引き締まり、突きだした唇が官能的だ。「その前髪じゃ無理だ。ものすごく親しみやすいからな」

だいたいの日は仕事が終わるまでリビーに会わない。妹より先にコテージに帰ることもある。妹は妬ましくなるほどひとりきりの時間を大切にしていて、どうやって九時間を過ごしているのか尋ねるたびに、ますますふざけた答えを返してくる（ハードドラッグ、掃除機の戸別販売員との熱烈な情事、カルトに加入するための事務手続きの開始）。けれど金曜日の昼には、〈マグ＋ショット〉で買ってきた八割がケールからなるベジ・サンドイッチをわたしといっしょに食べる。リビーは口いっぱいにサンドイッチを頬ばりながら言う。「このサンドイッチだけど、恐ろしくぱっとしない味」

「いま土を嚙んじゃった」わたしは言う。

「いいな」リビーが言う。「あたしはまだケールしか食べてない」

食べ終わると、わたしは仕事に戻り、リビーはマイリ・マクファーレンの小説に意識を集中して、息を吞んだり声をあげて笑ったりをにぎやかにくり返し、ついに別の部屋からチャーリーの不機嫌な声が飛ぶ。「もうちょっと声を落としてもらえないか？　きみが息を呑むたびに、心臓発作を起こしそうだ」

「へええ、このカフェの椅子のせいであたしは痔になりそうだから、おあいこね」リビーが言い返す。

一分ほどするとチャーリーがやってきて、ベルベット地のクッションふたつを差しだす。「陛下、これを」彼はしかめふくれっ面で言って、定位置に戻る。

リビーが目を輝かせてわたしのほうへ身を乗りだし、聞こえよがしに言う。「いま彼があたしたちにクッションを持ってきてくれた？」

「そうみたいね」わたしは相づちを打つ。

「ラストラ伯爵の心臓にも血が通ってるってこと」

「聞こえてるぞ」彼が声をあげる。

「ほらね、アンデッドは五感が鋭いのよ」わたしはリビーに言う。

週の終わりに近づくにつれて、リビーの目の周辺の黒ずみは薄れ、顔色がよくなって、頬がふっくらしてくる。あまりに急激な変化なので、緊迫していた日々が夢だったように感じる。

対照的に、チャーリーの目の周辺の黒ずみは濃くなっている。わたしが思うに、彼も睡眠に問題を抱えているのかもしれない――いまだわたしも真っ暗で静まり返ったコテージでは午前三時前に眠れず、少なくとも一度はハッとして目を覚ます。そんなときは動悸がして、肌が冷えきっている。

五時ぴったりになるとわたしはパソコンを閉じ、リビーは本を片づけて、外に出る。妹がサンシャインフォールズに失望するのではというわたしの心配は、おおむね杞憂(きゆう)に終わる。リビーはそのへんをぶらつき、カビくさいアンティーク店をのぞいたり、タウンスクエアで立ち止まってキックボクシング・クラスを受けているびっくりするほど猛々しい高齢者を見物したりすることで、まずまず満足している。

町を歩いていると、『一度きり』の重要場面だと伝える掲示にしょっちゅう出くわす。三つの異なる建物を薬局の場所とするのはご愛敬(あいきょう)としても、なんとそのうちの空き家の窓には、〝ベストセラー『人生に一度きり』の薬局(プリモ)を借りよう！　最高級のロケーション！〟という貼り紙がある。

「プリモとか、最後に聞いたのは八〇年代かも」リビーが言う。

「八〇年代には生まれてないでしょ」わたしは指摘する。

「そうだけど」

コテージに戻ると、リビーが大がかりな夕食を準備する。スイートコーンとクリーミーなポテトに新鮮なチャイブを散らしたサラダ、薄切りにしたスイカときつね色のゴマがのったサラダ、ブリオッシュにグリルしたテンペと厚切りのトマトとレッドオニオンをのせ、そこにたっぷりとアボカドのソースをかけたバーガー。

わたしはリビーに言われた食材を刻み、そのあと彼女が好みに合わせて刻みなおすのを見る。あの幼かった妹がわたしにはついぞ手の届かなかったことを習得しているのだから、奇妙な逆転劇だ。ひょっとすると、これが大人になったわが子に対する世の親たちの感慨なのかもしれない。子どもの一部が根本的に理解不能になってしまったような。

「料理人になりたがってたときのこと、覚えてる？」わたしはある夜、リビーが作ろうとしているピザ用のバジルとトマトを刻みながら尋ねる。

リビーは当たり障りのない相づちを打つ。まるで覚えていないとも受け取れる。

妹はなにをやらせても器用で、創造的だ。なんだってできただろうし、妹が母親であることを愛しているのも知っているけれど、ふたたび新生児を抱え込む前にひとりになる時間を切実に求めていた気持ちも理解できる。

ここへ来てから夜はずっとそうしていたように、今夜もデッキで夕食をとり、そのあとわたしが洗い物と片づけをすますと、ふたりでトランクに詰まったボードゲームを引っかきまわし、連なった裸電球の明かりだけを頼りにデッキでドミノをする。

十時をまわるとリビーは重い足取りでベッドに移り、わたしは食卓に戻って、オンラインで賃貸情報に目を通す。ほどなくインターネット環境が不安定だという現実に直面してあきらめるものの、まだまったく疲れていないので、リビーのクロックスをはいてふらっとコテージ前の草地に出る。煌々と明るい月と星々が、草を銀色に染めている。湿度が日中の暑さを抱え込み、甘い草の匂いを濃密にはらんでいる。

まったくのひとりきりという感覚は、夜の海を見ているときや、雷雲が発生するのを見ているときに通じる心許なさをもたらす。ニューヨークにいると、群衆のひとりだという感覚、巨大な有機体の神経の末端になったような感覚が、まぬがれがたくある。ところがここだと、いともたやすく地上最後のひとりになった気分に陥る。

ベッドに入るのは二時ごろ、一時間かそこら天井を眺めてから、眠りに落ちる。

土曜日の朝、わたしとリビーはいつもどおりのスケジュールで動くが、書店に入ったわたしは、ふいに足を止める。

「あら、いらっしゃい!」レジの奥にいた小柄な女性が笑顔で立ちあがり、ジャスミンと草の匂いがふっと彼女から香る。「なにかご入り用かしら?」

人生の大半を野外で過ごしてきた人らしく、オリーブ色の肌にはもはや消えないそばかすが散り、まくりあげたデニムのシャツからきゃしゃな腕がのぞいている。ごわついた黒っぽい髪は肩の長さ。丸顔の美しい人で、黒っぽい目の端には、笑みをたたえるべくしわが寄っている。そして唇の下のしわが彼女の正体を語っている。サリー・グッディ、コテージのオーナーにしてチャーリーの母親だ。

「あの」わたしは自然な笑みになっていることを願う。自分の顔がどうなっているか気になるのは、本当にいやなものだ。ちゃんと表情が作れている確信がない。ここへは長居するつもりはなく、一時間ほどでメールに目を通してからリビーとランチの予定なのだけれど、こうなるとただでＷｉ‐Ｆｉを使うことに後ろめたさが湧いてくる。

それで最初に目についた『マルコーニ一族』の本をつかむ。リビーが壁に投げつけて、あとでわたしが拾うタイプの本だ。リビーとちがって最後のページが大好きなわたしは、そこを十回は読んでから、最初に戻ったものだ。「これを!」

「これね、うちの息子が編集したのよ」サリー・グッディが誇らしげに言う。「それが息子の仕事なの」

「あら」大変、誰かわたしに話術のトロフィーを渡して。この一週間、リビーとチャーリーとしか話していないせいで、職業人ノーラに移行する力があきらかに落ちている。

サリーから代金を聞いてカードを差しだすと、彼女が名前を確認する。「そうじゃないかと思ってたのよ！ ここで知らない顔を見かけるなんて、めったにないもの。わたしはサリー、あなたがわたしのコテージに泊まってくださってるのね」

「あら、すごい、こんにちは！」わたしはいま一度、自分が人間に育てられた人間に見えることを願う。「お目にかかれてうれしいです」

「こちらこそ、よろしくね。コテージの住み心地はいかが？ 本を袋に入れましょうか？」

わたしは首を振って本とカードを受け取る。「すばらしい、最高です！」

「でしょう？」サリーが言う。「この店ともども、先祖から受け継いだのよ。四代にわたって。わたしたちも子どもがいなければ、ずっとあそこに住んでたんだけど。いい思い出がたくさんあるのよ」

「お化けとか？」わたしは尋ねる。

「わたしは見たことなくて。でも、もし見かけたら、サリーがよろしく言ってたと伝えてね。それと、うちのゲストを怖がらせないでって」カウンターを軽くたたたく。

「コテージまで上げてもらいたいものはない？ 薪とか？ マシュマロを焼くための串はどう？ 念のために、息子に薪を運ばせましょうね」

うーん、困った。「いえ、お気遣いなく」

「どうせ暇にしてるのよ」

チャーリーにはフルタイムの仕事がふたつ、そのうちひとつはサリーがさっき指摘した編集業だ。

「必要ありません」わたしは言い張る。

しかし彼女も譲らない。そのとおりの言葉で。「そこは譲れないわ」

「そうですか」わたしは言う。「では、ありがたく」カフェで何分か仕事をしたあと、サリーにお礼を言って、目がくらみそうな日射しのなかに出ると、〈マグ＋ショット〉に向かって通りを渡る。

わたしの携帯電話がピクッと短く振動する。知らない番号からのメッセージだ。

なんでうちの母親がきみのすてきさを書いてよこすんだ？

こんなことを書いてくるのはひとりしかいない。

妙ね、とわたしは書く。ついさっきわたしがエナメル革のトレンチコート一枚で書店に行ったのと関係があるのかしら？

チャーリーの返信には彼と彼の母親のあいだで交わされたやりとりのスクリーンショットが添えられている。

コテージのゲストがほんとすてきで、とサリー。指輪なし、とも書いてある。

チャーリーの返信。へえ？ 父さんを捨てるの？

サリーはそのコメントを無視する。長身なのよ。あなたはむかしっから背の高い子が好きだったわよね。

なにを言ってるんだか、とチャーリーは疑問符なしで書き送る。

ホームカミングのときのお相手を覚えてる？ ライラック・ワルター＝ヒクソンだったかしら？ 大きな子だったわよね。

それは八学年のフォーマルパーティ、ぼくが急成長する前だ。

ともかく、今回の彼女はとってもきれいで、背が高いけど高すぎない。

わたしは笑いをこらえる。

背が高いけど高すぎない、とわたしはチャーリーに書き送る。これもわたしの墓石に刻んでもらおうかしら。

記録しておこう、と彼。

あなたにコテージまで薪を運ばせるって、お母さんが言ってたわよ。

〝いまさら〟みたいな冗談を言わなかっただろうな。

言うもんですか。でも、シュローダー校長はカフェにいて、ここでは噂の広がるのが速いそうだから、時間の問題かもね。

きみには母もがっかりさせられそうだ。

わたしが？　メインストリートの放蕩男たる彼女の息子さんはどうなの？

ぼくに対する失望という名の母は船は、とうのむかしに出航してる。母をさらにがっかりさせるには、そうとう不品行なことをしなきゃならない。

ビッグフット・エロティカがレーシングカー型のベッドの下にあるのを見つけたら、遠ざかっていた船が方向転換して戻ってくるかもよ。

わたしは〈マグ＋ショット〉の店外で、日射しにぬくもった窓にもたれる。細い道沿いに植わった街路樹に葉擦れの音を立てさせているそよ風が、エスプレッソの匂いもかき立ててくれる。

またメッセージが届く。ビッグフットのクリスマスブックの一ページが添付され、そのページには〝飾りのひいらぎ〟の独創的な使い方や、〝貪欲なイエティ〟――およそ解剖学的に可能とは思えないのだけれど――と銘打たれたセックスの動きが取りあげられている。

リビーが歩いてきて視界の隅に入る。「Ｗｉ‐Ｆｉはもういいの？」

「すっかりすんだ」わたしは答える。「〝貪欲なイエティ〟って聞いたことある？」

「子どもの本かなにか？」

「そう」

「調べてみないと」

また携帯電話が振動して着信を伝える。貪欲なイエティは眉唾らしい。

わたしはいつしか笑みを浮かべている。ナイフを携えた笑みではあっても。残念。基本はリアリズムの大傑作なのに、その部分で読者をしらけさせちゃうわね。

12

わたしは起きあがる。息が上がり、体が冷えて、パニックを起こしている。

リビー。

リビーはどこ？

せわしく視線を動かして室内を眺め、心を安定させてくれるものを探す。窓から曙光が射している。鍋やフライパンがぶつかる音がする。コーヒーを淹れる匂いがドアの隙間から漂ってくる。

ここはコテージよ。

だいじょうぶ。リビーはここにいる。心配いらない。

自宅で不安になったとき、わたしはフィットネスバイクのペロトンを漕ぐ。そしてエネルギーを高めたいとき、自分を気絶させたいとき、集中できないときも、ペロトンを漕ぐ。

ここでの選択肢は走ることだ。

静かに着替えをすませ、泥だらけのスニーカーをはくと、そっと階段をおりて涼しい朝の大気のなかに出る。霧のかかった草地を横切りながらぶるっと身を震わせ、木立まで来るとペースを上げる。

盛りあがった木の根を飛び越し、小川にかかる橋をどかどかと音を立てて渡る。喉が熱くなってきても、まだ恐怖が追ってくる。ひょっとしたら母から遠く離れているのを感じているせいかもしれない。あるいはリビーと長時間いっしょにいるのに、なにかが引き金になっていつも考えないようにしていることが呼び戻されているのかもしれない。

自分の身内に毒があるように感じる。必死に走っても、それを焼きつくすことができない。一度でいい、涙を流せたらと思うが、出ないものはしかたがない。葬儀の日の朝に泣いたのが最後だった。

わたしは速度を上げる。

「見つけちゃった！」リビーが金切り声とともにバスルームに飛び込んできたとき、わたしは一貫した湿度の高さをありありと示しているカーテンのような前髪に言うことを聞かせようと悪銭苦闘している。

リビーが携帯電話を突きだし、わたしは目を細くしてチョコレート色の短い髪と灰色の目をした魅力的な男の顔写真を見る。男はチェック柄のシャツにダウンのベストを重ね、霧にけぶる湖を眺めている。写真の上には、〝ブレイク、三十六歳〟とある。

「リブ！」どういうことだか気づいて、わたしは甲高い声で叫ぶ。「なぜあなたがデートアプリに登録してるの？」

「あたしじゃないよ」リビーが言う。「姉さんだよ」

「わたしはそんなの絶対にしてない」わたしは言う。

「あたしが姉さんのアカウントを作ったの」妹が言う。「これね、新しいアプリなんだけど、結婚希望者が中心で。その名もマリッジ・オブ・マインズ」

「MOM？」とわたし。「略称は〝母親〟ってこと？　あなたの頭には、警告音を発するベルが決定的に欠けてるんじゃないかって心配になるわ、リブ」

「ブレイクは熱心な釣り人にして、子どもが欲しいかどうかはわからずにいる」リビーが説明する。「職業は教師、宵っ張り――姉さんといっしょだね――そして身体的にはきわめて活動的」

わたしは携帯電話を奪い取り、みずから読む。「リブ、ここに書いてあるんだけど。

彼が探しているのは地に足のついた女性で、土曜日は〈タール・ヒールズ〉を応援して過ごすのがいやでない人って」

「自分とそっくり同じタイプの人でなくていいんだよ、姉さん」リビーがやさしく言う。「姉さんを評価してくれる人であれば。そりゃね、姉さんが人を必要としてないのは確かだけど、姉さんの特別さを理解してくれる人はいなきゃ！　せめて、夜、気楽に出かけられる相手くらいは」

リビーは、彼女らしい希望に満ちた表情でこちらを見ている。言うなれば、自分がつかまえてきたネズミを人の足元に落とす猫と、母親に母の日の絵を手渡そうとする子どもの中間ぐらいの表情だ。幸いにもその子は、自分の描いた母の〝雪帽子〟が巨大なペニスにしか見えないことに気づいていない。

そのたとえで言うと、ブレイクはペニスにしか見えない帽子に該当する。

「夜、気楽に出かけられる相手なら、わたしたちどちらも手に入れたばかりじゃないの？」わたしは尋ねる。

リビーは申し訳なさそうに顔をゆがめて、視線をそらす。「でもブレイクはもう〈ポッパ・スクワット〉のカラオケナイトで姉さんと会えるものと思ってる」

「突っ込みどころ満載の発言なんだけど」

リビーがしょげる。「姉さんも変化を喜んでくれると思ったから。まさかそんなに……」

ナディーン・ウィンターズ、と頭のなかで声がする。つぎの瞬間には、そのからかうようなかすれ声がチャーリーの声だと気づき、またもやため息をつきそうになる。たったひと晩のことだ。リビーがこのおかしな贈り物のためにどれほど時間を費やしたか。

「事前に〝かかとにタールがついている（タール・ヒール）〟で検索をかけとかないとね」わたしは言う。

リビーの顔がぱっと明るくなる。春のようだった母の笑顔に対して、リビーのそれは真夏のようだ。「必要ないって。そういうのが会話の糸口になるんだから」

リビー（わたしのふりをした）はブレイクにわたしたちの滞在場所を打ち明けることなく、わたしのほうが（じつはリビーもいっしょに）七時ごろ彼に会うため〈ポッパ・スクワット〉に出向くことにしてあった。自前のラップドレスをまとい、すてきに乱した髪にピンク色のグロスを塗ったリビーをまのあたりにすると、ライムソーダを抱えて離れたところからわたしを見守るだけではもったいない気がしてくるが、リビーはどう考えてもぱっとしない夜を前にして興奮しきりのようだ。

ふだんデートには早めに行くわたしだけれど、今回はリビーの行動指針に従っているので、十分遅れで店に到着する。表のドアの外でリビーがわたしの肘をつかんで立ち止まらせる。「別々に入らなきゃ。彼はあたしがいっしょなのを知らないのよ」

「ええ」とわたし。「そのほうが彼を気絶させて、ポケットを空にしやすい。で、合図はどうする？」

リビーがあきれ顔でぐるっと目をまわす。「あたしが先に入って彼を点検する。剣を携帯してないことを確かめなきゃ。ピンストライプのベストを着てないことや、赤の他人相手に至近距離でマジックをやってないことも大事なポイントだね」

「念のために言っておくけど、彼は黙示録に出てくる四騎士（白、赤、黒、青白い馬に乗った四人の騎士。それぞれ悪疫、戦争、飢饉、死の象徴）じゃないんだからね」

「安全が確認できたら知らせる」

リビーが入店して四十秒後、彼女から入店許可のメッセージが届き、わたしも続く。

おそらく混んでいるせいで、〈ポッパ・スクワット〉の店内は外より暑い。

店の奥にあるカラオケ用のステージならびに店内にいる客たちが、酔いに任せて『スウィート・ホーム・アラバマ』を歌い、店じゅうに汗とこぼれたビールの匂いが充満している。

ブレイク、三十六歳は、入ってすぐのテーブルでドアのほうを向いて腕組みしている。まるで人事部のルースを連れてわたしに首を伝えに来たみたいだ。

「ブレイク?」わたしは手を差しだす。

「ノーラ?」彼は椅子から立たない。

「ええ」

「写真と印象がちがうな」

「髪を切ったの」わたしは握手をしないまま、席につく。

「きみのプロフィールには身長が書いてなかった」彼は言う。世間には百八十五センチと称しながら、実際のところ、シークレットブーツをはいていないと百七十五センチに満たない男の言い草だ。

つまりサンシャインフォールズだろうとニューヨークだろうと、男はちっとも変わらないということだ。

「身長が問題になると思わなかった」

「何センチあるの?」

「そうね」わたしは言い淀み、彼に初デートする相手を再検討する時間を与える。ところが、思ったようにはいかない。「百八十センチよ」

「モデルなの？」期待に満ちた声。わたしがそうだと言えば、高身長にかかわるもろもろの罪が帳消しになると思っているらしい。

世間にはストレートの男は細身で背の高い女を好むというあやまった認識がある。そういう女のひとりであるわたしには、その欺瞞を暴くことができる。

男の多くは自信がなさすぎて長身の女とつきあえないし、そうでない男たちは、トロフィーを求めるろくでなしにすぎない。そのとき重要なのは魅力があるかどうかより、ステータスのほうだ。長身の場合はモデルにかぎって価値がある。自分より背の高い女でもモデルなら、男は興味を持って夢中になれる。自分より背の高い女で文芸エージェントなら、彼女に睾丸を奪われて銀のネックレスにぶら下げられそうだと冗談を飛ばす。

ただし、ブレイク、三十六歳は、少なくとも――

「靴のサイズは？」痛みでもあるように、彼が顔をしかめる。おまえもか、ブレイク。男はみんな同じ。

「なにを飲んでるの？」わたしは尋ねる。「アルコール？　そうね、飲みたい気分」

ウエイトレスが近づいてくる。なにか言われる前にわたしは言う。「うんと大きなジン・マティーニを二杯、お願い」わたしが初デートで惨めな思いをしているのを察したらしく、彼女は来店のあいさつをすっ飛ばしてうなずき、注文に応えるべく文字どおり飛ぶようにその場を離れる。

「ぼくは飲まないよ」ブレイクが言う。

「心配しないで。あなたの分はわたしが飲むから」

奥のビリヤード台のかたわらで、リビーがにかっと笑って両手の親指を立てる。

13

ここまですれば彼も見切りをつけるはずだった。見込みなし、と。

ところがブレイクはMOMのお気楽ユーザーではない。真剣に妻探しをしているので、わたしがばかでかくて、巨大足で、ジン好きなのにもかかわらず、彼の好きな食べ物を作れるかどうかをひとつずつ確認せずにいられない。

「ほんとに料理はしないの」わたしは言う。スーパーボウルを観ながら食べるパーティ・スナックがひととおり終わり、いまは各種魚のフライに移っている。

「ティラピアも？」彼が尋ねる。

わたしは首を振る。

「サーモンは？」

「いいえ」

「ナマズとか？」

「テレビの料理番組じゃあるまいし」わたしは言う。

彼の質問が途絶えたとき、表のドアが開いてチャーリー・ラストラが入ってくる。わたしは身をかがめてメニューの後ろに隠れたくなるが、隠れたって無駄だ。表から入ってきた人は、いきなりいまわたしがいるテーブルの人と顔を合わせる形になる。案の定チャーリーの目もわたしに留まり、その表情は驚きから嫌悪、さらには意地悪な喜びへと大きく変化する。まるで激化する嵐のタイムラプス動画を撮影しているようで、最高潮の部分で稲妻が光る。

彼はわたしに会釈してカウンターに向かい、ブレイクはくだらない質問を再開してわたしの人生からさらに十五分を奪う。

写真のブレイクはハンサムだったけれど、会ってみるとひどくたちが悪い。

わたしはテーブルをぽんとたたいて、立ちあがる。「カウンターでなにか買ってくるけど、あなたもいる？」

「ぼくは飲まない」そう言うブレイクは、この三十分、十七回にわたって懲りることなく、**わたしは料理しない**、と聞かされつづけるのに耐えた人物にしては、いらだっている。

わたしも実際はもうお酒を注文できない。たぶん三杯めを飲んだら、ブレイクと背中合わせに立ってウエイトレスに身長を比べさせてしまう。じゃなきゃ、ほんとに彼を気絶させて、財布からお金をくすねるかもしれない。

とはいえ、酒うんぬんより、リビーを見つけるというミッションがある。ただ、店内はごった返している。わたしは人をかき分けてカウンターにたどり着き、携帯電話を取りだすと、この間にダスティから二本の電話があったこと、そのあと電話をかけたことを詫びるメッセージが届いていたことを知る。わたしはダスティに、だいじょうぶかどうか、そして二十分のうちに電話を返していいかどうかを尋ねる返信を送り、続いてリビー宛にメッセージを打つ。**どこにいるの？**　送信ボタンをタップすると、つま先立ちで混みあった店内を眺める。

「みずからの尊厳を探しているのなら」人の話し声が反響するなか（さらには女の子たちが店の奥で『ライク・ア・バージン』を絶叫するなか）、誰かが言う。「ここじゃ見つからないぞ」

チャーリーがカウンターの角の席で、クアーズの瓶を煌めかせて座っている。

「カラオケナイトに尊厳がないとでも？」わたしは尋ねる。「そういうあなたも、来てるじゃない」

誰かが注文のため、わたしたちのあいだに体を割り込ませる。チャーリーはその女の背後から身を乗りだして会話を続け、わたしも応じる。「ああ、でもぼくはブレイク・カーライルといっしょじゃない」

わたしは肩越しに背後を見る。ブレイクは物欲しげな目つきで百四十センチぐらいの黒髪の女性を見ている。

「幼なじみなの？」わたしは尋ねる。

「ここで生まれた人間の大半は、逃れがたくそうなる」賢人ぶった言い草。

「サンシャインフォールズの観光課はあなたのことを知ってるの？」

あいだにはさまってどくつもりのない女も女だが、わたしたちのほうも、彼女の姿勢によって体の前側だったり後ろ側だったりに身を乗りだして話を続ける。

「いいや。だが、きみがブレイクの家から朝帰りしたら、きみから推薦の言葉をもらいたがるだろう。彼の家のバスルームはカーペット敷きだと確かな筋から聞いている」

「その冗談は裏目に出たわね。この十年、男の家に泊まったことはないの」

チャーリーの目がきらりと光り、重苦しい曇り空のような顔にまたもや稲妻が走る。

「夜は決まった手順でスキンケアをするの。やらない日があるのはいやだし、全部をハンドバッグに入れるのは無理だし」母が口癖のように言っていた、時が流れるのは止められないけれど、顔に対する影響をやわらげることはできるのよ、と。

チャーリーが小首をかしげて、半分はほんとのわたしの返事を検討している。

「だったら、どうしてブレイクとここへ来てる？　電話帳に向かってダーツでも投げたのか？」

「MOM（マム）って聞いたことある？」

「書店で働いてる女性のことか？」チャーリーがまじめくさって答える。「それなら聞いたことあるが、それがなにか？」

「デートアプリよ」あることが閃いて、わたしはカウンターをひとたたきする。「それでそんな名前にしたのかも？　**お母さん（マム）、お膳立てしてくれるか？**　っていう」

チャーリーがひるむ。「ぼくなら母親のお膳立てで誰かと出かけたりしない」

「あなたのお母さんはわたしのことをすばらしいと思ってくれてるけど」わたしは指摘する。

「知ってる」

「でも、わたしたちはつきあえないってことで、お互い意見が一致したわ」

彼の眉が持ちあがり、片方の口角がぴくりとする。「へえ、それをいましようとしてるわけか?」彼は不機嫌なにやけ顔をビール瓶の陰に隠しそびれる。ビールをぐいとやると、唇の下のしわが深まり、わたしの内側に浮き立った感覚がある。

「なんのこと?」

「ぼくがきみを拒絶したことにしたとき、ぼくたちがしてたこと」

「だって、実際、わたしを拒絶したじゃない」

「きみが、待って、と言ったんだぞ」

「ええ、テーザー銃で股間を狙ってやる、とわたしが言うのが聞こえたはずよ」

「きみはうっかりだと言った。強い口調で」

「先に言ったのはそっちよ!」わたしは言う。

彼が鼻を鳴らす。「お互いわかっていることだ――」あいだにいた女がついにいなくなり、チャーリーは空いた席に腰をおろす。「すべてはきみの憂鬱なリストの項目を消化するためだし、ぼくはそのゲームに興味がないんだ、ノーラ」

「誤解しないで。あなたじゃリストのために項目を消化できない。都会の人だから」言う端から、わたしは後悔する。リストのために計算尽くでキスしたことにしておくこともできたのに、これで、わたしが望んでしたのがばれてしまった。

彼の口にくわえられたまま、ビール瓶の動きが止まる。言った甲斐(かい)があったらしく、不意をつけたようだ。ふたりのあいだでどんなゲームが繰り広げられているにしろ、このラウンドもわたしの勝ち。賞品は彼の無念そうな顔。

彼は瓶を置き、眉をかく。「きみをデート相手に返さないとな」

わたしが携帯電話をチェックすると、リビーから返事がある。先に帰ってる。姉さんの帰りは待たないから。ウインクする顔の絵文字入りという図太さ。

顔を上げると、チャーリーがこちらを見ている。「ここから出る方法はある？」わたしは尋ねる。「ブレイクに気づかれずに」

彼はわたしをつと見据えてから、淡々と言う。「ノーラ・スティーブンズ、それはMOMが喜ばないんじゃないか？」そして、手を差しだす。「裏口だ」

チャーリーはわたしの手を引いて人込みを抜け、カウンターを離れる。小さなドアの先はキッチンで、そこに踏み込むといきなり足留めされる。

「ちょっと！　ここは通れ――」きれいなバーテンダーは大声で言い、両腕を広げる。そしてチャーリーを小突いて、顔を赤らめる。なぜかそのせいでますますきれいに見える。

「アマヤ」チャーリーが言う。少し緊張している。忘れていた自分の肉体に気づいた拍子に、すべての筋肉がぴくりと反応したみたいだ。

わたしはアマヤの笑み——そしてチャーリーに対する口調——に、彼に対する好意を感じ取っていたが、ふたりの過去を知ったいま彼女の笑みから読み取るのは、痛みとためらいの翳り、さらにはそれでもなおよりを戻したいという一縷の希望だ。

チャーリーは咳払いをする。わたしの手を握る彼の手がぴくりとしたので、アマヤの視線がそちらへ動き、わたしの顔は火がついたようになる。

「裏口を使いたいんだ」チャーリーが申し訳なさそうに言う。「ブレイク・カーライルがこの女性とデート中だと思い込んでてね」

アマヤの視線がふたたびわたしたちのあいだを行き来する。彼女は選択肢を天秤にかけ、ため息まじりに道を譲る。「今回だけよ。誰にも裏を通しちゃいけないことになってるの」

「ありがとう」チャーリーはうなずきつつも、すぐには動かない。たぶん、アマヤのまぶしいほどの期待に満ちたまだ愛してるわ笑顔に毒気を抜かれたのだろう。「ありがとう」彼は再度言い、先に立って裏口に向かう。路地に出ると、ひんやりと乾いた空気が肌に触れ、いっきに酸素が脳に流れ込んでくる。わたしは急いで彼の手から自分の手を引き抜く。「ああ、気まずかった」

「なにが？」

ちらっとチャーリーを見る。「あなたに捨てられた元恋人と、その透視眼が」

「彼女は捨てられちゃいないし、ぼくが知るかぎり、超能力も持っていない」

「そうね、捨てられたんじゃないにしろ」わたしは言う。「しこりが残ってる」

「きみの思いちがいだ」

「あなたはわけがわからない」

「うそじゃない」彼は交差路にわたしを導く。「しこりが残るような別れ方じゃなかった」

「彼女、むずかしい顔をしてたけど」

「ブレイク・カーライルの名前を聞いたからだ」チャーリーが答える。「それ以外にそんな顔をする理由がないだろ？」

「じゃあ、ブレイクはよく知られてるのね」

「小さな町だからね」チャーリーは言う。「ひとりずつがよく知られてる」

「あなたはどう思われてるの？」

彼がじろっとこちらを見て、眉を吊りあげる。顎がひくついている。「たぶんきみの思っているとおりだ」

わたしはその目に呑み込まれるといけないので、急いで目をそらす。〈ポッパ・スクワット〉の外では数人が煙草を吸い、さらに二、三人がツタのからまる赤レンガ造りのイタリアン・レストラン〈ジャコモ〉に向かっている。この店が開いているのを見るのははじめてだ。

今夜は窓が明るく、日よけが煌めいて、白いドレスシャツに黒タイ姿の給仕係がワイングラスとパスタがのったトレイを持って店内を歩きまわっている。

わたしは顎で〈ジャコモ〉を示す。「閉店したのかと思ってた」

「土日の夜だけ開いてる」チャーリーが言う。「あの店を経営してる夫婦はとうに引退したんだが、みんなに頼まれて、今後も週末だけ開くことにしたんだ」

「町民が一致団結して愛すべき店舗を救ったってこと?」わたしは茶化す。「お定まりの展開っていうか?」

「そうだ」彼は冷静に言う。「じゃなきゃ、干し草用のフォークを手に集まって、毎週カチョ・エ・ペペを食べさせろと迫ったか」

「おいしいの?」

「ものすごくうまい」チャーリーが口ごもる。「いまお腹は?」

わたしのお腹が鳴る音を聞いて、彼の口がひくつく。「ぼくと食事しないか、ノーラ？」わたしの返事を制して続ける。「仕事仲間として。お互い、相手のチェックリストを満たせない者同士」

「あなたにもチェックリストがあるなんて、知らなかった」

「もちろんあるさ」暗がりで彼の目が光る。「ぼくをなんだと思ってるんだ？　動物じゃないいんだぞ」

14

「まあ、若きチャールズ・ラストラじゃないの！」こちらに向かってくる年配女性は、シルバーグレイの髪を頭頂で結いあげ、ドレスのネックラインに顎がついている。「しかも、デート相手を連れてくるなんて！　なんてうれしいんでしょう！」

彼女ははしばみ色の瞳を煌めかせながら、チャーリーとわたしの腕をぎゅっと握る。チャーリーの基準に照らすと、いまの彼はまぎれもなく愛情深い顔をしている。アマヤでもここまでの笑みは向けてもらっていない。「お元気ですか、ミセス・ストラザーズ？」

彼女は両手を差しだし、ざわめく店内を指し示す。「おかげさまで。ふたりきり？」チャーリーがうなずくと、彼女は白いクロスのかかった窓際のテーブルに案内してくれる。窓には籐細工に入ったワインボトルがならび、キャンドルが蝋を垂らしながら炎を揺らめかせている。

「楽しんでいってね」彼女はウインクとともにテーブルを指でトントンとたたいてから、客を出迎える位置に戻る。

馥郁と香る焼きたてのパンの香りに心がはずむ。そして三十秒としないうちに赤ワインのボトルがテーブルに現れる。

「あら、わたしたちは注文してないけど」わたしが給仕係に言うと、彼はミセス・ストラザーズのほうに頭を傾けて、さっさと立ち去る。

チャーリーはわたしのためにワインを注ぎながら、顔を上げる。「彼女がオーナーでね。そしてぼくの大好きな臨時教師でもあった。彼女がくれたオクタビア・バトラー（アフリカ系アメリカ人の女性SF作家）の本がぼくの人生を変えた」

その話に心が躍る。顎を突きだしてワインを示す。「あなたに全部飲んでもらわなきゃ。わたしはもう二杯飲んでて、お酒に弱いの」

「おっと、そうだったね」彼はわたしのほうにグラスをすべらせて、からかう。「でも、これはワインだよ。アルコール入りのブドウジュースだ」

テーブルに身を乗りだしたわたしは、ボトルをつかんで彼のグラスの上で傾け、グラスの縁ぎりぎりまでワインを注ぐ。いつもどおり、彼はなにごともなかったように淡々と背を丸め、置いたままのグラスからワインを飲む。

わたしは思わず笑いだし、彼が見るからにそれを喜んでいるので、誇らしさで全身がぞくぞくする。この人はわたしを笑わせたがっている。

「どの程度、反省すべき？」わたしは尋ねる。「ブレイクを置き去りにしたことに対して」

チャーリーは椅子の背にもたれ、両脚を投げだして、わたしの足に軽く触れる。

「そうだな。あいつはハイスクール時代、ジムのロッカーからぼくの教科書を奪っては、トイレのタンクに入れた。だから、全体が十だとしたら三ってところか」

「ひどい」わたしは込みあげる笑いを抑えようとするが、逃亡がもたらしたアドレナリンハイのせいで、有頂天になっている。

「あと何人交際相手が残ってる？」彼が尋ねる。「人生をだめにするきみの休暇リストには」

「状況次第かな」わたしはワインを口に含む。「ハイスクール時代のいじめっ子はあと何人いる？」

チャーリーの笑い声は低くてかすれている。テニスのラケットで球を完璧にリターンできたときの気持ちのいい音を思いだす。

彼の声、笑い声には、ざらっとした感触がある。わたしはもうひと口ワインを飲んで思考を鈍らせてから、水に切り替える。

「ぼくをいじめた連中とデートしたいのか？　それともへこましたいのかな？」彼はテーブルのバスケットからパンを取り、それをちぎって、唇のあいだに押し込む。

わたしは視線を外す。熱が首をせりあがってくる。「そのへんはすべて会って五分としないうちにわたしの足のサイズを尋ねるかどうかで決まるわね」

チャーリーはパンを喉に詰まらせる。「それってフェティシズムなのか？」

「というより、〝おやおや、きみは放射性廃棄物の奈落にでも落ちて、そこまで背が高くなったのか？〟ってたぐいの質問だと思うけど」

「ブレイクには確固たる自分がなかった」チャーリーが考えながら言う。

そこへ注文を取ろうと、髪を残念なボウルカットにしたティーンエイジャーの給仕係が来たので、話が途切れる。ゴートチーズのサラダとカチョ・エ・ペペをふたつず つ。

給仕係が遠ざかるや、わたしは言う。「ブレイクを選んだのはリビーよ。わたしに成り代わってアプリに登録してたの」

「そうか」彼がなるほどと眉を吊りあげる。「ＭＯＭだったな」

「リストではデートすべき相手はふたり。ブレイクがひとりめよ」

チャーリーがうんざりした目になり、その目を意味深長にぐるりとまわす。「面倒なことに巻き込まれるだけだ、これをふたつめのデートってことにすればいい」

「言ったでしょ、あなたは数に入らない」

「すべての男が聞きたがる夢の言葉」

「あなたはデートにおけるブドウジュースってこと」

「とすると、きみはリストの五番として、きみにはおよそ住めない町で、絶対に興味を持てそうにない相手と悲惨なデートを二回するわけだ」チャーリーが言う。「で、六番はなんだっけ？　自主的なロボトミー手術だっけ？」

わたしはなみなみとワインの入ったグラスを彼のほうに押しやる。「まだあなたから秘密を聞かせてもらってないんだけど、ラストラ」

彼がグラスをテーブルの中央まで押し戻す。「きみはぼくの秘密をもう知っている。ぼくは招かれざる放蕩息子で、急速に衰退の一途をたどる書店を経営するため戻ってきた。父親が理学療法で忙しく、母親は父親が屋根にのぼって雨樋(あまどい)の掃除をしないよう見張ってなきゃならないからだ」

「それは……大変ね」わたしは言う。

「どうってことない」彼の口調がこの話題はこれでおしまいだと言っている。

「そして、ロッジアはあなたにリモートワークを許可してくれた」わたしは言う。

「当面は」ふと合った彼の目はぎょっとするほど暗く、それを見たわたしは、危険ななにかに向かって転がり落ちるような感覚を覚える。なお悪いことに粘つく蜂蜜にからめとられたようで、崖っぷちから引き返すことができない。

「それより、ブレイクとデートさせられるとは、リビーにどんな弱みを握られてるんだ？」チャーリーが尋ねる。「国家機密を売りはらったのか？　それとも殺人？」

「そういえば、あなたにも妹さんがいるのよね」

チャーリーがくつろいで椅子にもたれる。「カリーナ、二十二だ」

彼のお母さんに会っているにもかかわらず、家族といるチャーリーを想像するのはむずかしい。彼はあまりに……自己完結している。そこでふたたびわが身をふり返る。たぶんわたしも人からはそう思われているだろう。

「それで、カリーナはあなたに言うことを聞かせられないの？」わたしは尋ねる。あるいは、何カ月も秘密を抱えてあなたを避けておきながら、まるで牽引されていた列車から解き放たれたばかりみたいな顔をすることで。

チャーリーはすぐには答えない。「ぼくがここにいるのはカリーナが理由だ」

身を乗りだしたわたしの肋骨にテーブルの端があたる。ミステリーを読んでいるような、なにかがあきらかにされようとしている感覚があり、先を急ごうとする衝動にあらがう。

「妹は大学を卒業したら、戻ってきて書店を継ぐ予定だった。ところが、帰国直前になってしばらくイタリアに残ることにした。フィレンツェだ。絵描きでね」

「ワオ」わたしは言う。「そんな人が実在するのね。絵を描くためにイタリアへ行くなんて」

チャーリーは眉をひそめ、その場で水のグラスを回転させると、カトラリーを几帳面にならべなおす。見ているわたしまで、すっきりした気分になる。誰かに肩甲骨のあいだをかいてもらうような心地よさ。「わが家の女性陣はそうだ。母も二十歳のとき、二週間の予定でイタリアに絵を描きに行き、結局、一年滞在した」

「自由でむら気な精神がすべての人の人生に魔法を呼び込む」わたしは言う。「おなじみの展開よ」

「それを魔法と呼ぶ人もいるが、ぼくは〝荒れくるうストレスのじんましん〟と考えるのを好む。カリーナはぼくが新しい場所を予約するまで、文字どおりドラッグの売人がやっているAirbnbに住んでいた」

わたしはぶるっと身を震わせる。「パラレル宇宙でリビーがしてたこととまったく同じだわ」

「妹ってのは」彼は言う。唇をゆがめたせいで、下唇の下のしわが深まる。

わたしはいっときそのしわに見とれ、脳が会話のつながりを探す。「お父さんはどうなの？ どんな人？」

チャーリーが天を仰ぐ。「物静かで力強い。田舎町の請負業者。母の心を奪って、彼女にここで生きていこうと思わせた」

納得顔のわたしを見て、彼も身を乗りだす。「ああ、そうなんだ、ふたりは田舎町ロマンス小説の典型を地でいった」ふたりの膝が突きあわされ、彼の目が煌めく。わたしたちはテーブルの下で度胸試しを行っている。どちらが先にびびるか？

一秒一秒が引き延ばされて、重くて濃厚な糖蜜のようになるけれど、お互い一歩も引かない。

「いいだろう、スティーブンズ」ついにチャーリーが言う。「きみの家族のことを聞かせてくれ。二次元の風刺画のように描いたらどんな感じになる？」

「簡単よ」わたしは言う。「リビーはどたばたしていて魅力的な、九〇年代のロマンティックコメディのヒロインね。いつも時間に遅れて走ってるけど、風に髪をなびかせるようすがかわいくてセクシーなの。父親はろくでなし。〝子どもを持つ心構えができてなかった〝不在の父親で、でも私立探偵によると、いまや三人の息子と妻を連れて毎週末エリー湖に船を浮かべてるって」

「きみのお母さんは？」

「母は……」わたしは自分のカトラリーをならべなおす。これから話す文章の語句をならべなおすように。「母は魔法だった」チャーリーの目を見る。そこには思っていたような嘲笑やにやにや笑いや嵐雲はなく、ただ眉根が軽く寄っているだけだ。「母は夢を追ってニューヨークに出てきた売れない役者だった。お金には無縁の暮らしだったけど、母の手にかかると不思議とすべてが楽しくてね。わたしにとっては最高の友人だったわ。年齢が上がってからだけじゃないの。物心ついてからずっと、母はわたしたちをどこへでも連れていった。ほら、ニューヨークに越してきた人の多くは、二年もすると街に魅力を感じなくなるでしょう？　でも、母にとっては毎日が最初の一日と同じだった。

そしてニューヨークにいることを幸運だと思ってた。みんなに好かれてたわ。ロマンティックな人だった。そのへんはリビーが受け継いだ。まだ小さいころから母の古いロマンス小説を読んでたから」

「近しかったんだな」チャーリーが感想と質問が相半ばする調子で、静かに言う。

「お母さんと？」

　わたしはうなずく。「母には状況を好転させる力があった」鼻腔に残る、母愛用のレモンとラベンダーの香り。体にまわされた母の腕を感じ、母の声が聞こえる――**口に出してみて、かわいいお嬢ちゃん。**母から顔を見てそう言われると、それだけですべてが口からこぼれでた。わたしもリビーのために最大限の努力をしているつもりだけれど、いかんせん、妹の防御をすり抜けられる種類のやさしさに欠けている。

　顔を上げると、チャーリーがわたしを見るというより、読んでいる。まるで線や影のひとつずつを言葉に置き換えようとするように、わたしの顔の上を視線を行き来させている。彼にならわたしがいますぐ話題を変えたがっているのがわかるかもしれない。

　チャーリーは咳払いをして、さっそくひとつ提供してくれる。「ぼくも子どものころ、ロマンス小説を読んだ」

　話題が変わったことへの安堵は、たちまち別のなにかに変わり、彼が声をあげて笑う。「いまのきみはあり得ないぐらい悪辣な顔をしているぞ、スティーブンズ」

「これがわたしの喜んだ顔なの」わたしは言い返す。「なにか有用な教えはあった？」

　彼が小声で言う。「仕事仲間とはその手の情報を共有しないことにしている」

わたしは目をぐるっとまわす。「つまりノーってことね」

「きみが本の世界に足を踏み入れたのはそれがきっかけか？　母親が読んでいたロマンス小説が？」

わたしは首を振る。「わたしの場合は書店ね。フリーマン・ブックスっていう」

チャーリーがうなずく。「その書店なら知っている」

「家族であの上に住んでたの」わたしは説明する。「ミセス・フリーマンがいろんなプログラムをやってて、本を買うとただで参加できたのよ。母にしてみたら、お金を使ういい口実になった。それに、あそこならいらいらとも無縁でいられたわ。なにもかも忘れられたの。好きなところへ行けて、なんでもできると感じられた」

「いい書店は」チャーリーは言う。「靴を脱ぐ必要のない空港のようなものだ」

「実際、あれにはうんざりよ」

「グッディ・ブックスでもそんな掲示が使えるかもしれないな」彼が応じる。「だからぼくは客に自宅のようにくつろいでとは言わない」

「そうね。そんなことをしたら靴とブラジャーが乱れ飛んで、マービン・ゲイが大音量で流れだしちゃう」

「きみから提供された情報を骨子として、スティーブンズ」チャーリーが言う。「新たな疑問が百は生まれた。それにまだきみがどうしてエージェントになったかを教えてもらっていない」

「ミセス・フリーマンはわたしたちに書店の棚に飾るポップを描かせてくれた」わたしは説明する。「〝本好きさんからの推薦本〟ってね。ミセス・フリーマンはわたしたち姉妹を小さな本好きさんと呼んでたの。たぶんそれがきっかけで本のことをより批評的に考えるようになったんだと思う」

チャーリーの唇の下のしわがくっきりと深くなる。「それで、きみは辛辣な批評を残すようになったのか？」

「わたしは推薦する作品を絞り込んだ」わたしは答える。「そして、そのうち読みながら内容を変えるようになった。リビーが物語の展開を嫌えば結末を変えたし、主要な登場人物がすべて少年のときはストロベリーブロンドの少女を加えた」

「きみは子どもながらに編集者だったわけだ」チャーリーが言う。

「それがわたしのやりたいことだった。ハイスクールに入ると書店で働くようになり、学部時代もずっと続けてエマーソン大学の出版プログラムの費用を貯めたわ。そしたら母が死んで、わたしは法的にリビーの後見人になり、計画を先送りにするしかなくなった。二年後、こんどはミセス・フリーマンが亡くなり、跡を継いだ息子さんは収支を合わせるためにスタッフの半分を解雇しなきゃならなかった。わたしはなんとか文芸エージェンシーで管理の職を得て、あとはご存じのとおりよ」

もちろん、ほかにも紆余曲折があった。ふたつの仕事をかけ持ちしていた時期は、シフトの合間に昼寝した。担当エージェントがオフィスにいないときに発見した、パニックに陥った作家をなだめるわたしなりのコツ。持ち込み原稿の山からわたしが読んでいずれベストセラーになると見込んだ作品は、上司に渡した。

やがてジュニア・エージェントにならないかと打診があったとき、わたしはマイナス面を一覧にして書きだした。ウエイトレスの腰かけ仕事をやめなければならない。委託の形式で働くのにはリスクがある。母の死後、必死の思いで抜けだしてきたまさにその穴にふたたび落ち込む可能性がある。

続いて、プラス面とマイナス面の両方を書いた。本にかかわる仕事の楽しさを知ったいま、それ以外のことで幸せになれるのか？

「わたしは三年の猶予を設定した」わたしは彼に話す。「そして必要な収入を算出して、その額に達しなかったら、エージェント業をやめて安定した雇われ仕事を探すと誓った」

「期限のどれぐらい前に目標に達した？」

自然とわたしの唇が笑みの形になる。「八カ月」

チャーリーの唇も孤を描く。ナイフを携えたほほ笑み。「きみならそうだろうな」彼がささやく。ふたりの目が一瞬かちっと合う。「編集のほうは？」

うそをつく前からえくぼができるのを感じる。最初の数年は強迫神経症的に求人広告をチェックした。一度は面接にも行った。だが、エージェントとして成果を上げつつあった当時のわたしは、見習いレベルの地位で安い給料に固定されるのが怖かった。結局、二度めの面接の三日前に断った。

「エージェント業ならうまくやれる」わたしは言う。「あなたはどうなの？　どういう経緯で出版業界に？」

彼は片方の手で白髪まじりの後頭部をこする。「小さいころ、学童期のぼくはたくさんの問題を抱えていた。集中できなくてね。わけがわからなくて、留年した」

わたしは驚きを押し込めようとする。

「そんなことはしなくていい」チャーリーが笑いを含んだ声で言う。

「そんなことって？」

「お行儀のいい輝けるノーラらしくふるまうこと。ぼくの失敗にぎょっとしたんなら、ぎょっとしていい。それぐらい耐えられる」

「そういうことじゃないの」わたしは言う。「あなたには……アカデミックな雰囲気がある。たとえばローズ奨学生かなんかで、お尻にボドリアン図書館（オクスフォード大学の伝統ある図書館。大英博物館に次ぐ規模）のタトゥーを入れてるみたいな」

「そしたら猫のガーフィールドのタトゥーを入れる場所がないだろ？」彼があんまりしれっと言うので、わたしはワインをグラスに戻してしまう。「一対一だな」彼がかすかな笑みとともに言う。

「なにが？」

「吐き戻した回数」

わたしはにやけ笑いを消そうとして、失敗する。顔に張りついている。真実に対するチャーリーのこだわりにはまちがいなく伝染性があり、正直に言うと、わたしはそれを楽しんでいる。「それで、そのあとは？　留年したあと？」

彼はため息をついて、カトラリーをならべなおす。「ぼくの母親は――そう、きみはもう会っているね。母は自由な精神の持ち主だからね、ぼくに学校をやめさせ、〝ホームスクーリング〟と称してマリファナ栽培の手伝いをさせるつもりでいた。父のほうは……母に比べたら安定した人だ」甘くはかなげなチャーリーの笑み。

「なんにしろ、ぼくが学校でうまくやれないのなら、得意なことを見つけてやろうと父は考えた。ぼくでも集中できるなにかを。ぼくといっしょに何百と趣味を試して、ぼくが八歳のとき、ついに、CDプレイヤーを買ってくれた。たぶん、父はつぎのジャクソン・ブラウンかなんかになるのを夢見ていたんだろう。だが、ぼくはたちまちそのCDプレイヤーをばらばらにした」

わたしは粛々とうなずく。「それでお父さんは、あなたに連続殺人に対する情熱があるのを知ったわけね」

チャーリーが目を煌めかせて、大笑いする。「父はそれでぼくがなにかを組み立てたがっていることに気づいたんだ。ぼくは世界が意味をなしたと思ったし、意味を見いだしたいとも思った。父はそのとき手がけていた車の修理をぼくに手伝ってくれと言うようになった。ぼくはその作業に熱中した」

「八歳で？」わたしは叫ぶ。

「そのときわかったんだが、ぼくは興味を持ったものに対しては抜群の集中力を発揮する」

無邪気な発言にもかかわらず、溶岩が足先から脚、胴体へとせりあがってきて、呑み込まれそうになる。

わたしは自分のグラスに視線を向ける。「それで、レーシングカー型のベッドにたどり着いたのね？」

「車と修復に関する大量の本とともに。最終的には読書にはまり込んで、機械いじりはぴたりとやんだ」

「お父さん、がっかりしたんじゃない？」わたしは尋ねる。

チャーリーが目を伏せ、目元に不穏な嵐雲がかかる。「父はぼくに好きなことを見つけてやりたかっただけだ」それがなんであろうと気にしなかった。わたしにとって、父親という概念は日常生活に関係のないもの、宇宙飛行士のようなものだった。存在を知ってはいても、考えることはほとんどない。けれど、そのときふいに父親というものが想像でき、一度も手にしたことのないそれを懐かしむような気持ちになった。

「ほんとにすてき」そんな表現では足りないと感じる。もっと広大で手に負えないものなのに、それを全然とらえられていない。

「やさしい人でね」チャーリーが静かに言う。「それはともかく、父は車のことを忘れて、ガレージセールで本を見かけたり、母親の書店に新しい寄贈本があったりすると、ぼくにペーパーバックを選んできてくれるようになった。そこにどれだけエロティカがまぎれ込んでいたか、知りもしないで」

「それであなたは実際に読んだのね」

チャーリーはじっとわたしを見つめながら、ワイングラスを百八十度回転させる。

「ぼくはものごとの仕組みに興味があった」

「その結果、どうなったの?」

彼が椅子の前に移動する。「最初のちゃんとしたガールフレンドが三度続けていかなかったときは少しがっかりしたけど、あとはだいじょうぶだった」

わたしの口から笑いがほとばしりでる。

「どうやらノーラ・スティーブンズがおもしろがるツボを見つけたらしい」彼が言う。

「ぼくが性的に恥辱を感じた話だ」

「恥辱とは思わないけど。楽観ではあっても」

彼の唇が結ばれる。「本人は現実主義者のつもりなんだが、知らず知らずのうちに現実主義から離れてて、しかもそのことに気がつけない」

「それで、なぜニューヨークに逃げたの?」

「逃げちゃいない」チャーリーは言う。「引っ越したんだ」

「なにがちがうの?」

「人に追われていたわけじゃないとかかな? それに〝逃げる〟にはスピード感があ

る。ぼくはここのコミュニティカレッジに二年通って、三学年で転学できるように父親の建築業を手伝って金を貯めた」

「保護用ヘルメットをかぶるタイプには見えない」

「そもそも、帽子もかぶらない。ただ、先立つものがないとニューヨークには出られないし、ぼくは作家はひとり残らずそこに住んでいると思っていた」

「あら」わたしは言う。「本音が出た。なりたかったのは作家だったのね」わたしの思いは一足飛びにジェイコブに飛ぶ。背表紙の折れ目のせいで、自然とお気に入りのページが開いてしまう本のように。

「自分ではそのつもりだった」チャーリーは言う。「だが、大学時代にほかの人の物語をいじるほうがもっと好きだと気づいた。謎めいているのがいいんだ。すべてのピースを眺めて、なにがどうなろうとしているかを見きわめ、そこにたどり着く道筋を考える」

切望感が胸を刺す。「わたしも仕事でいちばん好きなのはその部分」

彼はふとわたしを見る。「だとしたら、きみはつく仕事をまちがえている」

編集者になることが夢ではあっても、それでは食べたり飲んだりはできず、夢はベッドにもならない。それでわたしはつぎに好きなことで手を打った。誰しもいずれは夢を手放さなければならない。「わたしがなにを考えてるかわかる？」

チャーリーの目はわたしを見据え、瞳孔が部屋じゅうの影を吸収したみたいに広がっている。「いや、だが猛烈に知りたい」無表情のまま言う。

「わたしはあなたがここから逃げたと思ってる」

彼は目をぐるりとまわし、ジャングルキャットのようにゆったりと椅子の背にもたれる。「ぼくは静かにこの町を出た。そうしなかったら、一週間のうちに町境まで叫びながら走って、もよりのベーグル店まで乗せていってくれと、セミトレーラー・トラックが通るたびにその運転手に頼んでいただろう」

「じつは」わたしは挑むような彼の口調に乗っかる。「わたしはここにひと月いるの」

チャーリーが口元を結ぶ。「そうなのか？」

「ええ」わたしは言う。「リビーと楽しいことをたくさん計画してるの。でも、もうあなたは知ってるわね。リストを見てるから」

なぜならわたしはナディーンじゃないから。のびのび過ごすこともできるし、フランネルのシャツに怖じ気（おけ）づいて逃げだしたりもしない。あのリストの項目をやりきるのだ。

彼が不審げに目を細くする。「〝星空のもとで眠る〟つもりか？　みずから蚊の餌食になると?」

「防虫スプレーがある」

「〝馬に乗る〟のは?」彼が言う。「馬が怖いと言ってただろう?」

「わたし、そんなこと、言ったっけ?」

「この前、ぐでんぐでんに酔っぱらってた夜だ。きみはグラウンドホッグより大きいものはすべて怖いと言った。そのあとその発言を撤回して、グラウンドホッグでも不安になる、予測がつかないからと言っていた。そんなやつが馬に乗れるものか」

すでに〝馬をかわいがる〟に変えてあるけれど、ここで引きさがるのは癪にさわる。

「だったら賭ける?」

「きみが〝死にかけのローカルビジネス〟を一カ月以内に救わないほうにか?」チャーリーが言う。「それこそギャンブルじゃないか?」

「わたしが勝ったらなにをくれる?」

「なにが欲しい?」彼が尋ねる。「重要な臓器? それとも家賃制限(レントコントロール)のかかったぼくのアパート?」

わたしは卓上にある彼の手をたたく。「レントコントロールのかかったアパートを持ってるの?」

彼が手を引き戻す。「大学時代からね。貧乏時代はほかふたりとシェアしていた」

「バスルームの数は？」

「ふたつだ」

「絵はかかってる？」

彼は携帯電話を取りだすと、画面をスクロールして、差しだす。適当に撮った写真だろうと思いきや、不動産専門のフォトグラファーが写したとおぼしき写真だ。華やかで、風通しがよさそうな、趣味のいいミニマリストのアパート。しかもとびきり清潔そう。すばらしい。

せまいながらも寝室は三室、メインのバスルームには巨大なダブルの洗面台がある。これぞニューヨークの夢のアパート。

「どうして……こんな写真を持ってるの？」わたしは尋ねる。「これがあなたにとってのポルノ？」

「ぼくにとってのポルノは赤字入りの原稿だ。この写真を持っているのは、ぼくがここにいるあいだ貸そうかと思っていたからさ」

「リビーとその家族に」わたしは言う。「もしわたしが賭けに勝ったら、妹家族をこのアパートに住まわせて」

チャーリーはせせら笑う。「まさか本気じゃないよな」

「わたしはもっとささいな見返りのために、もっと不快なこともしてきた。ブレイクを忘れたの？」

彼はしばし考える。「いいだろう、ノーラ。きみがリストの全項目を達成したら、アパートはきみのものだ」

「無期限で？」わたしは確認する。「妹たちが住みたがってるあいだは又貸しを続けて、あなたはニューヨークに戻ったらほかに住む場所を探してくれる？」

彼がうなるように鼻を鳴らす。「わかった。でも、そうはならない」

「ところで、いま正気よね？」わたしは尋ねる。「ここで同意の握手をしたら、実現するわよ」

チャーリーがわたしの目をとらえて、テーブル上に手を伸ばす。わたしは手を握り、その摩擦で手が燃えあがりそうになる。肩甲骨のあいだに震えが走る。

彼の手を放せたのは、ちょうどそのとき、想像を絶するほどおいしそうなサラダとカチョ・エ・ペペがボウルカットの給仕係によって運ばれてきたからだ。チャーリーとわたしは悪さをしているところを見つかったように、ハッとして手を引っ込める。

その後十分は、おしゃべりを控えて手打ちパスタを口に運びつづける。

わたしたちが食べ終わるころには、大人数のグループに対応すべく、ふたり用のテーブルの多くがくっつけられ、おおぜいが集まって座れるよう椅子が動かされている。低音量で流されているイタリアの音楽やワイングラスを触れあわせる音を圧して笑い声が響き、パンやバターを使ったソースの匂いもさっきより強くなっている。

「いまブレイクはどこかしら」わたしは言う。「とびきり小柄な案内係の女性と幸せを見つけてくれることを祈るわ」

「あんなやつ、指名手配犯にまちがえられて、連邦捜査局に連行されればいいんだ」

「四十八時間で釈放されるわ」わたしは補足する。「でも、それまでは楽しく過ごせないでしょうね」チャーリーは正真正銘の笑顔になり、わたしはさらに言葉を足す。「彼の取調官がわたしほど長身じゃないといいんだけど。話としてできすぎだから」

「だったら教えるが」テーブルに身を乗りだして言うチャーリーの声は吐息ほどにかすれ、彼のくるぶしがわたしのくるぶしをかすめたせいで、肌がちりちりする。

わたしも身を乗りだし、ふたりの膝がテーブルの下で触れあう。こんどは組んだ指のように、彼の膝、わたしの膝、彼の膝、わたしの膝と交互に。

チャーリーがささやく。「きみの身長はたいしたことない」

わたしはささやき返す。「あなたと同じぐらいだけど」

「ぼくはたいして高くない」

わたしの体はその発言に、**抱きあおう**、の声を聞く。

「ええ、でも男性の場合」わたしは言う。「身長はいくら高くても高すぎない」

ちっとも深刻でない会話にしては、やけに深刻な彼の目をわたしはとらえる。肌がぞわぞわする。わたしの血液が砂鉄でできていて、その体を磁石でできた彼の目が這(は)いまわっているみたいだ。

「女性だって高すぎるなどということはない。ただ背が高いというだけで」チャーリーは言う。「そんな女性たちとデートをする自信のない男がいるだけのことだ」

15

わたしたちはほぼ無言でのんびり夜道を歩いているが、ふたりのあいだの空気は帯電して張り詰めている。

「コテージまで送る必要ないから」ついにわたしは口を開く。

「帰り道の途中なんだ」チャーリーが言う。

わたしは疑いの目を向ける。

傾いた彼の顔に街灯が斜めにあたっている。この惑星にこれほど美しい眉を持つ男がいるだろうか。これまで男の眉に注目したことがあるかと言われたら自信がないし、刺激の足りない出版業界の休眠期に新たな興味の対象を求めた可能性もある。「わかったよ」彼は言う。「たいして遠回りじゃないんだ」

町外れまで来ると歩道が消えて、草の生えた路肩に変わるが、今夜のわたしは適切な靴をはいている。そしてわたしたちの右手に、茂みに分け入る小道がある。「あの道の先にはなにがあるの？」

「森」

「森ならたくさんあるけど」わたしは言う。「その先は？」

チャーリーが顔を撫でる。「コテージに出る」

「ちょっと待ってよ、近道ってこと？」

「多少は」

「その道を使わない理由があるの？」

彼が片方の眉を吊りあげる。「真夜中にハイキングに誘うようなタイプに見えるか？」

わたしは彼を押しのけて進む。

「スティーブンズ」チャーリーが言う。「無理する必要はないんだ」彼がわたしに追いつくより先に、うっすらスパイシーな彼の匂いが鼻腔をつく。嗅ぎ慣れた匂いなのにハッとするのは、チャーリーだとシナモンとオレンジが強く香るからだ。「さあ引き返して、道を行こう」頭上でフクロウが鳴く。チャーリーは首をすくめ、頭を守るように両手を上げる。

「ひょっとして」わたしは彼に視線を投げて、立ち止まる。「あなた……暗がりが怖いの？」

「まさか」彼はぼそっと言って、ふたたび歩きはじめる。「きみが田舎町での人格変容計画に入れ込んでいるのがわかって、驚いただけだ。それと、この際だから言っておくが、前髪を作ったぐらいできみは親しみやすくならない。高級なウィッグをかぶった、いけてる暗殺者に見えるだけだ」

「わたしの耳に届いたのは」わたしは言う。「〝高級〟と〝いけてる〟の部分だけ」

「そんなきみなら、ぼくがロールシャッハテストの用紙を見せても、そこに〝高級〟と〝いけてる〟を発見するんだろうな」

わたしの目が彼の背後をとらえる。小道の向こうに、小川がすぼまってできた小さな滝が見える。両側を歯のように突きだした巨大な岩で囲われて、スイミングプールのようになっている。その中央に枝の天蓋の隙間から月光が射し込み、泡立つ水をちらちらと煌めく銀色の渦に変えている。

「リストの六番」わたしは言う。

チャーリーはわたしの視線をたどり、眉根を寄せる。「絶対にあり得ない」

彼の鼻を明かしたいという衝動が高波のように押しよせる。けれど、それだけではないなにかがある。大学時代のわたしはつねにパーティ・マムの役割を担い、誰かが階段から転げ落ちないよう、あるいは誰が注いだかわからないなにかを飲まないよう、目を配ったものだ。リビーといるときは、〝溺愛／心配〟役の姉。クライアントにとっては、意見、圧力、交渉担当の冷血漢だ。

ところがここへ来て、突如、わたしは自分がそのどれでもないことに気づく。強迫神経症で有能で責任感の強いチャーリー・ラストラがいっしょなら、そうである必要がないからだ。だからいちばん近くにあった大きな丸石にのぼり、靴を脱ぎ捨てる。

「ノーラ」彼がうめく。「ふざけないでくれ」

わたしは頭からドレスを脱ぐ。「なにが悪いの？　ワニでもいるの？」

ふり返ると、チャーリーがわたしのショーツから目を上げて一瞬ブラジャーをとらえるのがわかる。彼は奥歯を噛みしめて、わたしの顔を見る。

「それともサメ？」わたしは尋ねる。

「それはきみだけだ」

「ヒルとか？　じゃなきゃ、放射性廃棄物？」

「ふつうのゴミでもじゅうぶん不快だろう？」

「あなたに入れとは言ってないんですけど」わたしは言う。

「きみが溺れかけたら、入るしかなくなる」

わたしは岩に腰かけ、冷たい水に脚を垂らす。肩甲骨のあいだに震えが走る。「泳ぎは大得意なの」流れに身を浸し、息を呑む。

「冷たいだろう」チャーリーの声が満足げに響く。

「ぬるんでる」わたしは水のなかに入り、胸の高さまで浸かる。「ここで溺れるとなったら、そうとうの努力がいるわ」

彼が水の縁に近づく。「だとしても、細菌感染症は避けられないかもしれない」

「これはサンシャインフォールズにおける通過儀礼のようなものじゃないの？」

「ぼくが地元の通過儀礼を重んじるタイプに見えるか？」

「そうね、あなたのブーツはサンドロだし、少なくとも三度は贅沢なカシミヤを着てるのを見てる」わたしは言う。「だから、ちがうかも」

「カプセルワードローブだ」それで万事説明がつくとでも思っているような口ぶり。

「すでに持っている服すべてと合わせられて、何年も飽きずに着られる服だけを買う。これも投資だ」

「さすが都会人」わたしは称える。

チャーリーがぐるっと目をまわす。「それじゃ六番めを満たせないのは、わかっているよな？　マンハッタンならこれを裸で泳ぐと称するのかもしれないが、サンシャインフォールズだと、そのいでたちは〝れっきとした水着〟扱いされる」

新たな難問。

わたしは動じない女。水に潜ってブラジャーを外し、彼に向かって投げる。彼の胸にあたる。「惜しかったな」チャーリーは認めたうえで、繊細な黒のレースのブラジャーを月光に掲げる。「それもこれも」まじめくさった声。「ブレイク・カーライルには無駄になった」

「ランジェリーはすてきなのしか持ってないの」わたしは言う。「だからしょっちゅう無駄になってる」

「贅沢になじんだ真のレディみたいなことを言うじゃないか」

わたしは後ろ向きに流される。膝を曲げて、川底のつるつるした丸石につま先を引きずる。「これで証明できたと思うんだけど。わたしたちふたりのあいだだと、あなたのほうが貴族趣味よ。わたしは裸で水に浸かってる。地元の天然の水場に。それに引き換えあなたは、泳ぐことさえできない」

彼が天を仰ぐ。「泳げる」

「チャーリー」とわたし。「いいのよ。真実を恥じる必要なんてないんだから」

「最後に礼儀正しいふりをしたのはいつか、思いだせるか？」

「懐かしい？」

「まったく」チャーリーは頭からシャツを引っぱり、岩場に投げ捨てる。「こういうときのきみはうんとおもしろいな」わたしはどうにか彼のズボンが完全におろされる前に顔をそむけ、つぎの瞬間、バシャッという水音でふり返る。チャーリーは腹にかかった冷水にたじろいでいる。

「くそっ！」彼があえぐ。「くそったれ！」

「さすが言葉のプロ」わたしは泳いでチャーリーに近づく。「そこまでひどくないと思うけど」

「痛覚受容器がないんじゃないか？」彼が金切り声で言う。

「冗談じゃなく、たぶんね」わたしは答える。「不感症だって言われてるの」

チャーリーが顔をしかめる。「職業人としてのノーラにしか会ったことのないやつの言い草だな」

「ほとんどの人はそうだけど」

「気の毒なまぬけどもめ」愛情がこもっているような声音だ。設定した期限の八カ月前に目標を達成したとわたしから聞かされて、**きみならそうだろうな**、と答えたときと同じ。

近くまで行くと、チャーリーの肌が粟立っているのがわかる。彼の首筋と顎についた水滴が月光を浴びているのを見て、胸と太腿がむずむずする。

近づいてくるチャーリーと距離を保って、わたしは後ろ向きに移動する。「ほかにはどんな通過儀礼を無視したの？」

彼が考え込み、顎の筋肉がこわばる。「このあたりの連中はボルダリングに熱中してる」

「あてさせて」わたしは言う。「山のいただきで敵のひとりが通りかかるのを待って、崖から石を落とすためね」

「近い。巨大な岩をのぼるためだ」

「それって……なんのためなの？」

「いただきに立つため、だろ」

「そのあとは？」

黄金色の彼の肩が持ちあがり、胸板を水がしたたり落ちる。「またつぎの巨大な岩があって、それも上までのぼるんだろう。人間は謎めいた種だからね、ノーラ。前に一度、配達中の自転車が車に撥ねられるのを見たことがある。配達人はむくっと起きあがって、おれは神になったとでかい声で叫んでから、また自転車に乗って逆方向に走り去った」

「それのどこが謎めいてるの？」わたしは尋ねる。「その人は自分の不滅さの限界を試し、それがないことを知ったのよ」

突きだされたチャーリーの唇が片側に寄って、にやけ笑いのようになる。「それがニューヨークの好きなところさ」

「神さまコンプレックスを持ったたくさんの自転車配達人がいる街」

「どこにいても、その場でいちばんの変人にはならない」

「体をシルバーにペイントした人がどこにでもいる」わたしは賛同する。「そしてUFOの修繕費の名目で寄付を求められる」

「地下鉄のQ系統でいちばんのお気に入りが彼だ」チャーリーが言う。

わたしの肌が温かくなる。ふと、ふたりの住む大都会で彼と何度すれちがっただろうと思う。

「あそこだと無名の何者かでいられるのがいい」彼が続ける。「自分でなりたいと思った人物でいられる。こういうところだと、一度こうだと思われた人物像はくつがえせない」

わたしは泳いで近づく。彼は遠ざからない。「あなたはどんな人物だと思われてるの？」

「大ファンがたくさんいるとは言えない」

「ミセス・ストラザーズはあなたの大ファンだけど」わたしは指摘する。「それに――元カノも」チャーリーに鋭い視線を投げてから、彼のまなざしを浴びて輝く体を水に潜って隠す。

ここまでチャーリーが近くにいると、自分をナディーン・ウィンターズだとは感じない。トーチランプで溶かされる砂糖、血液をキャラメルにされているみたいだ。

「ぼくは学校が大好きだったから、それでミセス・ストラザーズもかわいがってくれた。そうなんだ、本の読み方がわかってからは。ただし、ほかの子たちを喜ばせていたとは言えないが。ハイスクールに入るころには、前ほどひどい状態じゃなくなって、そのうち……」

「すてきになった」わたしは粛々と述べる。

彼の笑い声がわたしの肌をこする。「続きは〝ニューヨークに引っ越した〟だよ」

ふたりの動きが止まる。熱が螺旋となって肋骨に巻きつき、円を描くにつれてきつくなっていく。

わたしは咳払いをして、冗談めかす。「そのあとすてきになった」

「実際は」チャーリーが言う。「ほんの四、五週間前からさ。大きな流星群があって、願いをかけたんだ……」チャーリーが両腕を差し伸べて、近づいてくる。

胸のなかで心臓がそわそわし、逆に四肢は重くなる。「じゃあ、アマヤの表情は未練じゃなくて、あなたの新しい顔に対する純粋なショックだってことね」

「アマヤの表情がどうのって、ぼくにはよくわからないが」

わたしは口の乾きを覚え、脚のあいだには重苦しさが溜まる。彼がわたしの上唇の上を伝う水滴に指を伸ばす。わたしは唇を開き、彼の指は下唇に居残る。

ふたりのあいだの空間が、はかなくて不安定で、その気になればなくせる有限のものであることを強く意識する。人が旅行するのは、こういう理由からかもしれない。実生活が溶ける感覚、旅先でなにをしようと、慎重に作りあげてきた世界のほかの部分が引きずられることはないという感覚がある。

本当によい本を読むのに似ていなくもない。心を根こそぎ持っていかれ、心配がぬぐい去られる。

ふだんはチェスで四手先を読むように暮らしているのに、いまは五分後のことも考えられそうにない。「あなたは家に帰りたいのよね」そう言うのに、ひどく苦労する。

彼が首を振る。「いや、でもきみが……」

わたしも首を振る。

空白があって、なにも起きない。ふたりのあいだで無言のうちに交渉が行われているように感じる。水のなかでチャーリーがわたしの手をつかむ。一拍置いて、彼がわたしを引きよせる。ゆっくりと——どちらもその気なら身を引く時間はたっぷりある。けれどわたしの手は彼の腰をかすめ、脳内のチェスボードが消え去る。

チャーリーのもう一方の手がわたしのウエストにたどり着き、ふたりの隙間を埋める。彼に抱きよせられる感覚は、至福と拷問のあいだのどこかに位置し、小さなため息が音を立てて口から漏れる。チャーリーはそれをからかうことなく、両手でゆっくりと体の側面を撫でおろし、わたしを少しずつ抱きしめる。胸が、腹部が、腰がさらに密着して、わたしのやわらかな部分のすべてと彼の硬い部分のすべてが出会い、わたしの太腿が彼の腰のあたりに寄り添う。彼が腰の丸みをつかみ、体を震わせながらしゃがれた野太い声を出す。

硬くなった先端が彼の胸にあたり、背後にまわされた彼の腕に力がこもる。

どちらも沈黙を守っている。なにか言えば銀色の月光の魔法が解けてしまう。

ふたりの唇が軽く出会い、一度離れて、さっきより少し深く重ねあわされる。彼は両手でわたしの背中を下へとたどり、わたしの腰に巻きつけて引きよせておいてから、腰をくねらせて押しつけてくる。

　重ねあわされた唇が溶けてしまいそう。わたしはまるでチャーリーを芯とするキャンドルになったようだ。彼が片手をわたしの顎、もう一方を乳房に添え、わたしは両方の太腿を彼の太腿に巻きつける。親指で胸の先を転がされ、彼の口のなかで息を切らして吐息を漏らす。チャーリーに抱きあげられ、臍から上のすべてが水面上に持ちあげられる。彼は月光にさらされた体を眺め、愛でて、味わう。

　作動不能に陥った体をコントロールしようと、脳があがいている。「この件について考えたほうがいい？」

「考える？」チャーリーははじめて聞く言葉のような口ぶりで言う。荒々しくキスされて胃がひっくり返りそうになると、わたしからもその語彙が消え去り、チャーリーの髪を両手でつかむ。彼は唇で首の側面をくだり、鎖骨に歯を立てる。

　この状況でも思考を保とうとするわたし。けれど、自分のことを欲情した体に乗る乗客のように感じる。

　チャーリーが耳元でからかう。「きみは服を着ないほうがいい、ノーラ」わたしの笑い声は放たれずに喉で消える。水辺の端にある岩のひとつに押さえつけられたから。ふたりの腰が重なり、摩擦による衝動が炎となって腿を内側から燃えあがらせる。下着に妨げられたまま、彼の下腹部と猛ったものが押しつけられて位置を変えていく。チャーリーのキスは誰ともちがう。時間をかけてわたしの仕組みを探ろうとしているみたいだ。

わたしの腰の傾き、背中のアーチ、浅い呼吸といった反応のひとつひとつが彼を導き、それが目印となって、彼の頭のなかに作られつつある地図に書き込まれていく。

チャーリーがわたしの名を吐息にしてささやく。〈ポッパ・スクワット〉で彼と衝突したとき聞かされた罵り言葉にも似た音が内側に響いて、わたしはたたかれた音叉のようになる。

彼の唇が喉から胸へくだり、切れぎれの息を漏らしながらわたしをついばむ。手はわたしの手首を岩に押さえつけ、ふたつの腰が性急なリズムを刻んでいる。

「くそっ」引きつった声で言うも、少なくとも今回のチャーリーは飛びのかず、そこらじゅうに触れている。唇も体につけたままだ。「やめたくない」

わたしの頭はいやいやながらもまだコントロールを求めている。それなのに体が一方的に決断をくだして、結果を口にする。「だったらやめないで」

「その前に話をしなきゃならない」チャーリーが言う。「いまぼくはややこしい状況に置かれている」それでもなおわたしたちはしきりに互いを求めている。チャーリーの手が腿をこすり、青痣になりそうなほど握りしめる。わたしは彼の背中に爪を立て、きつく抱きよせようとする。わたしの肩を温かな口が行き来し、歯と舌で首の付け根の脈動を探っている。

わたしはうなずく。「話して」

チャーリーは鋭くキスする。彼の歯が唇にあたり、手はわたしのお尻をぎゅっと握っている。「こんな状態じゃ言葉にできない、ノーラ」

チャーリーは浅く苦しげな息をくり返しながら、両手でわたしの髪に触れ、口角に口をすりつけてくる。わたしが腰を持ちあげると、彼が片方の手を背中に強く巻きつけてうめく。それがたくさんの稲光となって、わたしの中心へと落下する。

一瞬、ほかのすべてが跡形もなく消える。彼に体をすりつけると、向こうもすりつけてきて、摩擦で電気が走ったようになる。

「まずい、ノーラ」チャーリーがうめく。

わたしは、わかってるというような意味の言葉を彼の口のなかにささやく。彼の指が腰の両側にあるレースの下に差し入れられ、肌が押される。他人のじれったさをこれほどはっきり感じるのも、自分がここまでじれったくなるのも、はじめてだ。視界に点がちらつき、すべてが要求の壁の背後に消える。

そのとき岩場でわたしの携帯電話が鳴る。

四方八方から、現実のもろもろいっさいが押しよせ、欲望によって押しとどめられていた思考の岩が雪崩落ちる。わたしはチャーリーを押しやり、声をあげる。「ダスティ！」

暗がりの向こうで、彼が胸を波打たせながらこちらを見てまばたきしている。「なに？」

「大変、もう、なにやってんだか！」呼び出し音を聞きながら、岩場まで泳ぐ。

「どうしたんだ？」チャーリーがすぐ後ろで尋ねる。

「ダスティに電話する約束をしてたの。数時間前に」水場から出て、携帯電話に走る。

最後の呼び出し音にあと一歩で間に合わず、かけなおすと、ボイスメールにつながる。

「もう！」

なんでこんなことに？　もっともつきあいの長い、誰よりも繊細な稼ぎ頭のクライアントをどうやったら忘れられるの？　どうしたらここまでうかつになれるのよ？

もう一度電話をかけ、ボイスメールにつながる。「ハイ、ダスティ！」ビープ音のあとに明るく言う。「ごめんなさい。じつは……」

こんな夜遅くにじつはなにがあるの？　体裁のいいミーティングなど、もちろんない。「急な用事があって」わたしは言う。「でも、もう手が空いたから、電話して！」

電話を切ったらそのあとは、立てつづけに届いていたリビーからのメッセージに目を通す。ブレイクがわたしを粉砕機に投げ入れていないことを確認したいから連絡してくれと、時間の経過とともに切迫感を増している。心臓が喉元までせりあがり、恥ずかしさが浮かびあがってきて熱を帯びた肌がちくちくする。わたしは、いま帰る、とリビーに送る。

「もろもろだいじょうぶか？」

ふり返るとチャーリーがズボンをはき、片手にシャツを持っている。「なにがあったんだい？」

わたしが留守になってたの、とわたしは思う。**彼女たちがわたしを必要としていたときに、そこにいなかった。まったく同じ**——当時に気持ちが引き戻される前に、自分を切り離す。「わたしはこういうことはしない」

チャーリーの眉が吊りあがる。「こういうこととは？」

「いま起きたあれこれ」わたしは言う。「そのすべて。これはわたしの流儀じゃない」

彼は半笑いする。「それで、きみはこれがぼくに対するパターンだと？」

「いいえ」わたしは言う。「いえ、そうかも。大事なのはそこ！　どうしたらわたしにわかるの?」チャーリーの笑みが消えて、胸がちくりとする。わたしは首を振る。

「大切なのは本、『冷感症』と、この旅行――このまま行けるかもしれないと思いはじめてたんだけど……」わたしはそれで万事説明がつくというように、携帯電話を横に掲げる。リビーの出産前クライシスに、ダスティの強烈なまでの自信のなさ、そしてほかにもクライアントがいて、その全員から頼りにされている。「いまはうかつになってる余裕がない」

「うかつか」彼はぼんやりとくり返す。まるでその概念になじみがないみたいな言い方。実際、そうかも。わたしもきっちり十年そうだった。

優先順位付け。区分化。限定。こうした手法をずっと役立ててきたのに、いまほんの一瞬、無鉄砲な行為に走っただけで、妹と大切なクライアントの両方が頭から抜け落ちてしまった。ジェイコブとあんなことがあったのだから、自分が信用できない人間であることを肝に銘じておくべきなのに。

喉を塞いでいる塊をぐっと呑み込む。「集中してなきゃいけないの」わたしは言う。「ダスティに対してその義務がある」

わたしはよそに気持ちが向いていると、大切なことを落とす。大切なことを落とすと、悪いことが起きる。

チャーリーはしばらくわたしを眺めている。「それがきみの望みなら」

「そうよ」わたしは言う。

彼の眉がかすかに持ちあがり、その目はへたなうそを見抜いている。かまうもんか。欲望はものごとを決めるのに適した方法とは言えない。

「それに」わたしはつけ加える。「あなたのほうはなにかとややこしいことになってるのよね？」

一拍置いて、彼がため息をつく。「時間の経過とともにますます」

それでもまだ、ふたりとも動かない。沈黙のまま行き詰まり、ふたりのあいだの圧力が高まり、彼の視線を浴びてわたしの全細胞が振動していても、ダムが決壊せずに持ちこたえるかどうかを見きわめようとしている。

チャーリーが先に顔をそむけ、顎の脇をかく。「きみの言うとおりだ。たいしたことじゃないのに、それを受け入れるのがなぜこんなにむずかしいのか、自分でもわからない」岩の上にあったドレスを拾いあげ、差しだす。

わたしは胃が重く沈み込むのを感じながら、ドレスを受け取る。「ありがと」

彼は目をそむけたまま淡々と言う。「なんのための仕事仲間だと？」

16

わたしは九時にベッドを出る。頭はガンガン、胃は半分壊れた難破船のよう。ほろ酔いを通り越して、毒になるまで飲んでしまった。三十二歳、こんなこともあまたある特権のひとつだ。

リビーは朝っぱらからハミングしながら階下で動きまわっている。そんなものだと思う――昨夜は慌てふためいたメッセージを送ってきた一方で、わたしが帰り着くと高いびきでぐっすり眠っていた。そのころダスティもようやく電話をくれたので、わたしは一時間ほど湿った草地を行きつ戻りつしながら、『冷感症』の二度めに届いた部分も彼女が思っているほど悪いはずがないと力説した。かすむ目で携帯電話をチェックすると、受信箱にはたしかに新しい原稿が届いている。

この状態ではまだ読めない。レギンスとスポーツブラを身につけたわたしは、よろよろと外に出ると、腕をこすって温めながら草地を横切る。ふらふらと木立を抜けながら、胃をつかんでむかつきがおさまるのを待って、走りだす。

　だいじょうぶ、いける、とわたしは思う。観察の結果というより、ポジティブな確認として。わたしは傾斜する小道をたどって森から柵まで行き、そこで三歩も行くと、**だいじょうぶ、いけるが、だめ、無理**に変わる。体をふたつ折りにして吐いたとき、朝の大気にある声が響く。「だいじょうぶですか、マダム？」

　わたしは柵側にふり向き、手の甲で口をぬぐう。

　ブロンドの半神半人が柵の向こう側にもたれている。身長ほども離れていない。

　こんなときにかぎって現れるんだから。

「ええ」わたしは苦しげに答える。咳払いをして、口に残った味に顔をしかめる。

「きのうの夜、バスタブ一杯ぐらいのアルコールを飲んじゃって」

　彼が笑い声を立てる。晴れやかな笑い声。この声なら恐怖の悲鳴も耳に心地よいかもしれない。「ぼくもあの場にいたよ」

　あら、なんて背が高いの。

「ぼくはシェパード」彼は言う。

「えっと……羊飼いの意味のシェパード？」

「そしてぼくの家には厩舎（きゅうしゃ）がある。遠慮なく笑ってくれていいよ」

「まさか」わたしは言う。「ユーモアのセンスには自信がないの」手を差しだしてから、ついさっきそこでなにをしたか（吐瀉物をぬぐった）を思いだして、手をおろす。「ノーラよ」

シェパードがまた笑い、銀色の鈴を転がしたような涼やかな音を響かせる。「宿泊先はグッディのリリー・コテージ？」

わたしはうなずく。「妹とふたりでニューヨークから来たの」

「へえ、大都会の住人か」彼が目を煌めかせて、からかう。

「わかってる、最悪の人種よね」調子を合わせる。「でも、サンシャインフォールズが更正させてくれるかもしれない」

シェパードの目尻にしわが寄る。「まちがいなく」

「このあたりの出身なの？」

「生まれてからずっと」彼は言う。「ただし、一時期シカゴにいたけど」

「都会暮らしは合わなかった？」

彼の巨大な肩が持ちあがる。「北部の冬が合わなかったのは確かだね」

「でしょうね」わたし個人としては冬も好きだけれど、これは一般的に口にされる不平だ。

ニューヨークを去る理由としてよく挙げられるのは、寒いこと、せま苦しいこと、疲れること、お金がかかりすぎること。大学時代の友人にしても長い年月のうちに少しずつ生活費がかさまない中西部の街や、白い柵に囲まれた広大な芝生の庭が手に入る郊外、あるいは数冬ごとに発生する大量移動の波に乗ってロサンゼルスに引っ越していった。

住みやすい場所ならほかにもあるが、ニューヨークは飢えた人たちの街であり、その人たちが共有する欲望がエネルギーとなって充(み)ち満ちている。

シェパードが柵をたたく。「さあ、これ以上引き留めないできみに……」誓ってもいい、彼は吐瀉物の山をちらりと見る。「走らせないと」そつなく言い終え、くるりと背を向ける。「ただ、ここにいるあいだにツアーガイドが必要なら、ニューヨークから来たノーラ、喜んで引き受けさせてもらうよ」

わたしは彼の背中に叫ぶ。「でも、どうやって……あなたに連絡したらいいの?」

彼がふり返って、にやりとする。「ここは小さな町だよ、いずれまた出くわすさ」

それとない断りだと思ったものの、つぎの瞬間、彼がウインクする。実世界ではじめて見る誘惑的なウインクだった。

わたしが前夜体験したことを話し終えると、リビーはしばらく黙ってわたしの顔を見ている。

「あなたの頭のなかでいまなにが起きてるの？」わたしは尋ねる。

「迷ってる。姉さんが裸で水に入ったことに感動したらいいのか、チャーリーと出かけたことを心配したらいいのか、おぞましいデートを設定したことをひたすら申し訳なく思ったらいいのか」

「そんなに自分を責めないで」わたしは言う。「テーブルに座っているあいだにわたしの脚を二十センチぐらい切ったら、彼もうんと感じがよかっただろうから」

「ごめんね」リビーが大声で言う。「やりとりしてるときは、まともだと思ったんだけど」

「ブレイクのせいじゃない。でっかい肉袋なのはわたしなんだし」

「ほんと、やなやつ！」リビーが首を振る。「ごめん、五番はもう忘れて。いいアイディアじゃなかった」

「だめ！」わたしはすかさず応じる。

「だめ？」リビーは困惑顔だ。

昨夜のことを考えたらタオルを投げ入れたくなるが、チャーリーのアパートの件を無視できない。ここで引いたら、ここまでの苦労が水の泡になる。挑戦を続ければ、いいものが手に入る可能性は残る。

「投げだしてたまるもんですか」わたしは言う。「チェックリストがあるんだから」

「ほんとに?」リビーが顔を輝かせて、手を握りあわせる。「姉さん、すごい、自分の殻を破ろうとしてる、尊敬しちゃう！　それで思いだした！　リストの十二番のことを話して、グッディ・ブックスの片づけを手伝わせてほしいと言ったら、サリーが乗り気になってくれて」

「いつのまに彼女と話したの?」

「メールを何度かやりとりしたから」リビーは肩をすくめる。「子どもの本の部屋にある壁画を描いたのが彼女だって、知ってた?」毎年十二月になると、グルテン不耐性の郵便配達人のために特別なパイを焼いてあげるリビーのことなのだから、Ａｉｒｂｎｂのホストと親密なメールのやりとりをしていることぐらい驚くにあたらない。

携帯電話の着信音で心拍数が上がる。ありがたいことに、チャーリーからではない。差出人はブレンダン。珍しい。彼とのやりとりをさかのぼると、誕生日おめでとう！の行き来があって、その合間にビーとタラのかわいい写真がはさまっている。

やあ、ノーラ！　旅行を楽しめてるといいけど。リビーは元気かな?

「これはどういうこと?」わたしは携帯電話を差しだし、かがんで画面を読んだリビーは、唇を結ぶ。

「あとで電話するって返事しといて」

「承りました、奥さま。それで、どのお電話をオフィスに転送いたしましょう?」

リビーがあきれ顔で天を仰ぐ。「二階まで電話を取りに行くのが面倒なだけ。あたしから二十五分おきにブレンダンに電話しなくたって、世界は滅亡しない」

いらだった彼女の声に不意をつかれる。妹夫婦が言い争うのは見たことがあるけれど、どちらも相手のほうに羽根で風を送るようなものだった。けれど、いまのいらだちは本物だ。

夫婦ゲンカ? 原因はアパートとか、旅行とか?

ひょっとしたら、そもそもケンカが原因で旅行になったとか?

そう考えるなり吐き気がして、頭からその考えを追いだしにかかる。リビーとブレンダンは愛しあっている。この数カ月のあいだのなにかを見落とした可能性もあるけれど、その手の重大事ならさすがに気づいたはずだ。

それに、妹は毎日ブレンダンに電話を入れている。

彼に電話をかけるのを見たことはないけれど。離れている午後の九時間のどこかで話をしているものと思ってきた。

わたしのうなじに冷や汗が噴きだし、喉がねじれてせばまるが、リビーは気づいていないようす。涼やかな笑顔でアディロンダック・チェアから立ちあがる。

考えすぎよ。リビーは携帯電話を二階に置いてきただけ。

「それより、出かけよ」リビーが言う。「グッディ・ブックスは自力じゃ立ちなおれない。それはわかってる」

わたしは急いでブレンダンに返信する。万事順調よ。あとで電話するって。笑顔と親指を立てた絵文字の返事がすぐに届く。

すべてだいじょうぶ。わたしはここにいて、集中している。わたしがなんとかする。

この旅行にすべてが懸かっているのを自覚したいま、チャーリー・ラストラの魔法はたちまち解けた、と言いたいものだ。できることなら。ところが実際は、彼の目がリビーからわたしに移るたび虹彩がきらりと光るので、その目でわたしの服を脱がせるのにどれぐらい時間がかかるだろうと思わずにいられない。

「きみが望むのは」チャーリーは妹に目を戻して、のんびりした口調で尋ねる。「グッディ・ブックスの模様替え?」

「あたしたちの手で隅々まで活力を吹き込みたいの」リビーは昂ぶって、両手を突きあわせる。彼女の肌は太陽のキスを浴び、目の下のクマはあらかた消えている。しっかり休息を取ってゆったり過ごしているうえに、書店のほこりを払う機会が与えられたことで、見るからに気力をみなぎらせている。

チャーリーがカウンターに身を乗りだす。「リストのためかい？」ちらっとわたしを見て、また目を輝かせる。彼から触れられたように、こちらの体が反応する。ふたりの目が合い、彼の口角が持ちあがる。**きみの考えていることはお見とおしだよ**、と言っているみたい。

「この人、リストのことを知ってるの？」リビーがわたしに尋ね、そのあとチャーリーに言う。「リストのこと知ってるの？」

彼はリビーを見て、顎を撫でる。「〝活力を吹き込む〟予算はないんだ」

「調度品はすべて中古にする」リビーが言う。「あたしはリサイクルショップの品物に魔法をかけられるの。その実験室で育ったんだから。あなたは掃除道具のある場所を指し示してくれるだけでいいのよ」

チャーリーの視線がわたしに戻り、その瞳が燃えあがる。いま自分の体を見おろしたら、着ていた服が足元で灰になっているにちがいない。「わたしたちがここにいることにも気づかないわ」わたしはなんとか言い添える。

「それはどうだろう」彼が言う。


おかしなもので、なにかを考えまいとすると、それしか考えられなくなる。これもまた、オースティンが『高慢と偏見』の冒頭に使えたであろう普遍の真理のひとつだ。そういうわけで、わたしはリビーからこき使われてグッディ・ブックスの掃除に励み、床に残った黒ずみを消しながら、チャーリーとのキスを考えている。そして新たに割りあてられたノンフィクションコーナーに伝記をならべなおしているあいだは、彼がどこから何度わたしを見たかを指折り数えている。

奥のカフェで新たに送られてきた『冷感症』の原稿を熟読し、プロットの糸を引っぱったり、落とし戸をつついたりしているあいだも、頭は一貫してチャーリーから岩に押さえつけられた場面に戻り、耳にかすれ声がよみがえる。**こんな状態じゃ言葉にできない、ノーラ。**

考えられない、それに尽きる。考えられるのは、考えてはいけないことだけだ。

リビーが計画した〝秘密のサプライズ〟を味わうべくふたりで町の中心に戻っているいまも、わたしの三分の一は上の空になっている。その三分の一を服従させるためにわたしは尋ねる。「こんな服装でだいじょうぶ？」

リビーは歩調をゆるめることなく、わたしの腕を握る。「完璧。死すべき運命にある生者たちの女神みたい」

わたしはジーンズとシルク地の黄色いタンクトップを見おろし、なにが〝完璧〟なのか探ろうとする。

視界の隅で、もう一度、妹のボディランゲージをすばやくとらえる。ブレンダンから意味不明なメッセージが届いて以来、注意深く妹を観察しているけれど、おかしな点は見つかっていない。

子どものころ、リビーはミセス・フリーマンに頼んで本をならべなおさせてもらっていた。そしていまはグッディ・ブックスの改善を企てることで『美女と野獣』に出てくるベラもどきになり、箒の柄に向かって「朝の風景」の歌を聞かせ、そのせいでわたしはチャーリーからやめさせろと目配せされている。

「わたしは力になれない」わたしは業を煮やして彼に告げる。「その権限がないの」

それに対して、リビーが向こうから叫ぶ。「あたしは野生の種馬よ、ベイビー！」

ようやくその日の作業を終えて書店を出ると、リビーの指示でわたしはハーディのタクシーを呼んだ。アシュビル全域でリサイクルショップをまわって調度品を集めるためだ。そしてグッディ・ブックス・カフェにぴったりの品を見つけるたび、リビーは、(一)値引き交渉を行い、(二)文字どおり誰彼かまわず話しかけ、あらゆることを話題にした。

仕事を通じて勢いづいたリビーに対して、わたしのほうは、その夜のサプライズ外出がサンシャインフォールズ唯一のスパで終わることを熱望している。ただし、スパではなく〈スパアーーーー〉と呼ばれている点が引っかかる。ため息をつくように読んだらいいのか、絶叫するように読んだらいいのか、判然としない。〈マグ＋ショット〉ならびに〈巻き髪と髪染め〉と同じ変わり者がスパの持ち主なのか、でなければ、サンシャインフォールズで供給されている飲料水にはだじゃれ成分がふんだんに含まれているのだろう。

リビーが〈スパアーーーー〉を通りすぎ、角を曲がると、ピンク色のレンガで造られた幅広の二階建てがある。アーチ型の窓に切り妻屋根、鐘楼がついていて、片側には半分埋まった駐車場、反対側には、黒ずんだ膝小僧をした子どもが何人か雑草の生い茂った野球場のダイヤモンドの内側でキックボールに興じ、ホームベース背後のフェンスにブヨがたかっている。

「大きな試合でもあるの？」わたしはリビーに尋ねる。

リビーに引っぱられて建物に入ると、そこはカビくさいロビーだ。バレエのタイツをはいた十代の子たちがにぎやかにしゃべったり笑ったりしながら走りすぎ、右手にある階段を駆けのぼっていく。それよりは小さな、カラフルなレオタードを着た五、六人の子たちは手足を投げだして床に寝転び、青いジム用マットに体をこすりつけている。

リビーが言う。「この先のはずなんだけど」小さな体操選手をまたいだりよけたりして、両開きのドアをもうひとつくぐり抜けると、その先は人の声が反響する、折りたたみ椅子の詰まった広い空間になっている。わたしはレオタードを着た人がいないのを見て、妊婦向けの体操クラスではなさそうだとほっとする。いかにもリビーが申し込みそうなクラスだからだ。

見ると、前のほうにサリーがいる。サリーより年上らしいブロンドの男性の肩をつかんで笑っている（そしてわたしの目にまちがいがなければ、電子煙草をくわえている）。そこから何列か手前には、〈マグ＋ショット〉のかっこいい鼻輪バリスタと、チャーリーの元カノであるバーテンダーのアマヤがいる。

リビーに引っぱられて最後列まで行き、ふたりで座ると同時に、誰かが部屋の前で小槌（こづち）を打ち鳴らす。

いちおうステージはあるものの、演壇は椅子と同じ床に置いてある。演壇を前にして立つ女性はいままで見た誰よりも大きくふくらませた赤い髪をしていて、その彼女を、点灯している数少ない明かりが拡散するスポットライトのように照らしている。

「はじめますよ、みなさん！」彼女が声を張りあげると、話し声がやみ、上の階からピアノの音が忍び込んでくる。

わたしはリビーに身を寄せて、ささやく。「魔女裁判に連れてきたの？」

「最初に検討する案件は」赤毛が言う。「メインストリート一四八〇番地にある、いま現在は〈マグ・アンド・ショット〉の名で知られている商店に対する申し立てです」

「ちょっと待って」わたしは言う。「これって――」

リビーがシーッとわたしを黙らせるや、バリスタが椅子から飛びだし、少し離れたところに座るはげかかった男を見る。「うちの名前は二度と変えないからね、デイブ！」

「その名前は」デイブの太い声がとどろく。「放浪者と犯罪者の巣窟のようだ！」

「あなたは〈ビーン・トゥー・ビー・ワイルド〉が気に入らなくて――」

「だじゃれとしてお粗末すぎる」デイブが理由を述べる。

「〈お熱いのがお好き〉のときは、怒りまくったし」

「それじゃまるでポルノだろう！」

赤毛が小槌を打つ。アマヤがバリスタを椅子に引っぱり戻す。「この案件について投票を行います。〈マグ・アンド・ショット〉の改名に賛成の方」デイブを含む数人が手を上げる。赤毛はここでもう一度小槌を打つ。「申し立ては却下されました」

「裁判所でこんな案件が取りあげられるなんて、聞いたことない」わたしは目を丸くして、ささやく。

「おもしろい場面を見のがさなかったかな？」

隣の席にチャーリーが来て、わたしはびくりとする。「たいしたことないわ。デイブが色情を刺激しない名前への改名を求める申し立てを行っただけ」

「まだ誰も泣いてないか？」チャーリーが尋ねる。

「泣くの？」わたしはささやく。

彼がわたしの耳に口を寄せる。「次回は人の不幸に対して興奮をあらわにしないようにすると、もっと溶け込めるぞ」

「このへんにいるのは変わり者ばかりみたいだから、浮く心配は全然してないけど」わたしはささやき返す。「ここでなにをしてるの？」

「住民の義務を果たしに来た」

わたしは彼をじっと見る。

「母が入れ込んでる動議がある。ぼくは単なる賛成票要員だ。でも、いまは来てよかったと思ってる。新しく届いた原稿を読み終わった。メモ書きをしてある」

わたしがチャーリーのほうを向いた拍子に、暗がりでふたりの鼻先が触れそうになる。「もう？」

「ぼくが思うに、ナディーンの事故は冒頭に持ってくるべきだ」彼が小声で言う。

わたしは笑う。前列の数人がわたしをにらむ。リビーから胸をたたかれたので、謝る代わりに笑みを向ける。参加者が部屋の前で行われている新たな動議――ふたりの年齢を合わせると二百歳にならんとする男女間の争い――に関心を戻すと、わたしはふたたびにやついているチャーリーを見る。「やっぱりきみが溶け込むには助けがいるみたいだな」

「事故の記述までに五十ページあるのよ」ひそひそと言い返す。「背景がいっさい失われるわ」

「ぼくにはそうは思えない」彼が首を振る。「少なくともダスティに提案して、検討してもらうべきだ」

わたしは首を振る。「彼女はきっと、自分がこれまでに送った百ページのうち最初の五十ページをあなたが気に入らなかったんだと思う」

「ご存じのとおり、ぼくはこの作品に夢中だ。最初の十ページを読んだだけでね。最高の作品にしたい。その思いはきみもダスティも同じだ。ところで、猫についてはどう思う？」

わたしは唇を噛み、それを見る彼のまなざしに混じりけのない純粋な満足感を覚える。沈黙を不自然に引き延ばす。「『一度きり』の犬と似ていると思われないか心配」

チャーリーがまばたきする。彼が会話をどこから再開すべきか気づいた瞬間がわかる。「まったく同感だ」

「彼女がどう組み込むか、お手並み拝見ね」

「似ていることだけ指摘して、あとは彼女に決めてもらおう」チャーリーが同意する。

赤毛が小槌を打つが、前に立つ高齢の男女はさらに二十秒ほど罵倒合戦を続ける。ようやく赤毛が黙らせると、ふたりは――冗談ではなく――うなずきあい、互いの手を取って、ともに席に戻る。「『マクベス』の一場面みたい」わたしは驚嘆する。

「祝日のイベントの計画がどう決まるかを見せたいよ。まるで大虐殺だ。一年で最高の一日になる」

わたしは手の甲で笑いを抑える。彼の顔がひくつき、そこに浮かんだとびきりうれしそうな表情に心がときめく。わたしは頭のなかで彼が言うのを聞いている。**こういうときのきみはうんとおもしろいな。**

その表情が体に染みて血管に入り込むといけないので、顔をそむける。

「ナディーンの動機についてはどう考える?」チャーリーがささやくと、それが性的な発言のように響いて、体の四カ所がうずうずしてくる。

集中するのよ。「どの部分?」

「歩行者信号が青に変わる前に通りを走って渡る場面だ」彼は説明する。その決断によって、ナディーンは病院送りになる。バスに撥ねられるのだ。

そのとおり。作品内のわたしの代理人は話がはじまって五十ページほどで死にかける。チャーリーの修正案が通れば、最初のページで。

「正当な理由があって急いでいることにしたら、ダスティの表現を弱めることにならないかしら」わたしは小声で言う。「この女性は冷淡で、身勝手なサメでなければならない。だとしたら、理由なく急いでいるべきなのかもしれない。なぜなら、それが彼女だから」

暗がりでもチャーリーの目が光るのがわかる。「きみならいい編集者になれるよ、スティーブンズ」

「それって」わたしは言う。「わたしの意見に賛成ってことね」

「ぼくたちは世間がナディーンを見るように、彼女を見なければならない。幕を開けてお披露目する前に」

わたしはチャーリーを見つめる。彼の言うことは核心を突いている。毎度のことながら、作品の一部だけを相手に仕事をすることには、奇妙な感覚がある。先の展開の読めないまま作業を進めなければならないのだ。だがダスティがわたしの心臓と同じリズムを刻んで筆を進めてくれることはわかっているし、この本にはチャーリーが適任だという感覚もある。

「それで」彼がひそひそ言う。「最初の五十ページについてはきみから助言する?」

「わたしから頼んでみる」わたしはかわす。意見が一致していても、彼との会話は交互に先導するというより、卓球をしているようだ。それも、燃えさかる台で。

チャーリーが握手を求めて手を差しだす。わたしはためらいつつも、その手に手をすべり込ませる。そっと触れた感触で、フィルムを巻き戻すようにこの前の夜のことが脳裏をよぎる。彼の瞳孔が広がり、黄金色の円環がくすぶって、首元で大きく脈が打っている。

お互いの反応が手に取るようにわかるからこそ、〝仕事上の関係〟がむずかしくなっている。

触れてもいない彼の太腿が、バターに突き立てられた熱いナイフのように感じる。

前のほうの列に座る誰かの聞こえよがしな空咳で、物思いの泡がはじける。周囲を見まわすと、手という手が空中に突きだされている——リビーの手もだ。サリーが椅子に腰かけたままふり向き、頭上に手を上げたまま、わたしたちに向かって咳をする。

チャーリーは握手の手をほどいて挙手する。サリーは続いてわたしを見て懇願するような目つきになり、わたしが手を上げると、満面の笑みで正面に向きなおる。

赤毛の女性が数を数えだし、わたしはリビーに身を寄せる。「で、なんの投票？」

「聞いてなかったの？　タウンスクエアに銅像を建てようとしてて」

「なんの？」

チャーリーが鼻を鳴らし、リビーが顔を輝かせる。「決まってるでしょ」リビーが言う。「犬を連れた老ウィッタカーよ！」

『人生に一度きり』の登場人物だ。

わたしはからかってやろうとチャーリーを見るが、彼は目を合わせていたずらっぽい笑顔になる。「どうとでも言えよ、スティーブンズ。なにを言われたって、ぼくの夜は台無しにならない」

挑発されていっきにアドレナリンが放出されるけれど、彼とのゲームは危険すぎる。ただでさえ自分をコントロールできなくなっている。そこで無理やり職業上の穏やかな笑みを返し、部屋の正面側に向きなおる。

その先ミーティングが終わるまで、自分自身との闘いという最悪な時間を過ごす。

チャーリーの手に触れようなんて考えるな。チャーリーの目のなかの稲光のことも考えるな。なにもかも考えちゃだめ。集中あるのみ。

17

意外にもダスティは原稿のカットに応じる。わたしは彼女に一時間以内にちゃんとした提言を送ると約束し、チャーリーは『冷感症』の導入部に関して五ページにわたる文書をわたしに送ってくる。

わたしはカフェで内容を検討し、リビーは子どもの本の部屋を片づけながら、調子っぱずれの「わたしのお気に入り（マイ・フェーバリット・シングス）」を歌っているものの、そこに登場する好きなものは妹の好みに変えてある。**隅を折ってない本、新しいぴかぴかの表紙、掃除すること、棚にならべること、恋人たちの本を読むこと！**

わたしは六十四カ所の変更を求める文書をチャーリーに戻し、数分後に返信を受け取る。彼はレジ、わたしはカフェにいるので、十メートルと離れていないが、その距離すらないかのようだ。

きみのたちの悪さは筋金入りだな、スティーブンズ。

わたしは返す。わたしには守るべき評判がある。

低い笑い声が隣の部屋から聞こえてくる。わたしのお腹に唇をつけて笑っているみたいに、はっきり響く。

古本と稀覯本の部屋で、リビーが歌っている。窓には店番猫、それとカフェインたっぷりのアイスコーヒー。

ここまで褒めるのはやりすぎじゃないか？ チャーリーが書いてよこす。彼の文書にわたしが追加した四十いくつの賛辞のことのようだ。

あなたはこの原稿を気に入ってる。それを具体的に指摘したまでよ。

修正不要な箇所にここまでの時間を費やすのは、非効率的で卑屈ではないか。

ダスティに一部のカットを求めておいて、いい点を明確に指摘しなければ、いいところまで失う可能性がある。

双方納得がいくまで文書をやりとりしたうえで、ダスティに送る。数日後だろうと思っていたダスティからの返事が、二時間後に届く。

すばらしいアイディアの宝庫です。熟慮して、変更を組み込ませてもらいます。ひとつだけ、猫は残さなければなりません。とりあえず、つぎの百ページの清書が終わったので送ります（添付）。

彼女から個人的なメールが届く。〝まじめな話〟という件名で、永遠にわたしの共同編集者になってもらえないかしら？　いまわくわくしながら原稿に着手しているわ。Xという内容が送られてくる。

わたしは灯った電球のように、誇らしさで熱くなって輝く。またチャーリーから熱のこもったメールが届く。もう一度飛ばすべく、ばねになった蛇のおもちゃを缶に詰めなおしたようだ。

ぼくたちは協力すると力を発揮できるようだ、スティーブンズ。ちっちゃな星がわたしの横隔膜に宿る。ほんと、ふたりを合わせると感情を伴った人間ひとり分になるんだから、本物の偉業よ、と返信し、彼の野太い笑い声を聞く。

だが、窓から別の音がしてそちらに意識を持っていかれる。リビーの声だ。ガラスのせいでくぐもっているが、半分叫んでいる声の調子からして、怒っているのはまちがいない。わたしは本棚の迷路をくぐり抜けて店の玄関まで行く。窓の向こうの歩道にいるリビーは携帯電話を耳にあてがい、片手で顔にあたる日射しをさえぎっている。

体をこわばらせて肩を持ちあげ、肘を脇に寄せている。憤慨しながらなにかを言って、電話を切る。わたしはドアに向かうが、リビーはバッグを肩にかけなおして通りを渡ると、右に曲がって大股で遠ざかる。

わたしはぴたりと立ち止まる。胃の底が抜けたみたいだ。

これってどういうこと?

携帯電話から放たれた着信音にびくりとする。リビーからのメッセージだ。片づけなきゃならない用事ができちゃった! 八時ごろ戻るね。

わたしはこぶし大の緊張を呑み込んで、返事を書く。わたしにしてもらいたいことがあったら言ってね。きょうはたいして仕事がないみたいだから。大うそだけれど、ここにいない妹にはわたしの顔は見えない。

ないよ! 自分の時間を楽しんで――悪く思わないでね。じゃ、あとで!

わたしはくらくらとした感覚を抱えてパソコンまで戻る。裏切られたように感じているが、現時点でできることがあるとは思えず、旅がはじまってだいぶたつのにちっとも答えに近づけていない。わたしはブレンダンにメッセージを送る。

ハイ、そっちはどう? リビーからは連絡がある?

すぐに返信がある。うまくやってるよ。ああ、連絡しあってる! そっちはどう?

わたしは頭のなかで、〝妹になにかあったのでは〟という疑問を十四とおりに言い換える。それでやっと、そんなことをブレンダンに尋ねたとわかったらリビーが怒りくるうという事実を受け入れる。こんなときに家族内の力学を支配している規則にこだわるなど無意味だけれど、それは厳正なものでもある。母は娘たちに心を開かせるすべを心得ていた。それに引き換えわたしは、自分が罠のしかけられた洞窟にいて、その中央にリビーの心臓をのせた台座があるように感じてくる。わたしのやることなすことが悪化をもたらす危険性がある。

万事順調！　ブレンダンに書き送り、仕事に集中する。いや、集中しようとする。午後のあいだに客数人が出入りしたとはいえ、だいたいの時間はチャーリーとふたりきりで、わたしの作業効率はいつになく悪い。

しばらくすると、レジのチャーリーからメッセージが届く。ジュリー・アンドリュースはどこに行ったんだ？

女子修道院に戻ったわ、と返す。あきらめたのよ、あなたは救いようがないから。よく言われる。

ダスティはちがう、あなたを愛してる。

彼女が愛しているのは、ぼくたちふたりだ、とチャーリーが訂正する。言っただろう、ぼくたちは協力すると力を発揮できる。

わたしは返事を考えるけれど、なにも出てこない。いま頭にあるのはこわばった妹の顔と、突然出かけていったことだけだ。リビーには秘密の計画があったみたい、と彼に書き送る。

ふたつ先の町で〈ダンキンドーナツ〉がグランドオープンしたから、それかもな。

一分ほどで、もう一通届く。だいじょうぶか？ ふたりは別々の部屋にいて、あいだには画面をはさんでいるのに、彼にはわたしの気分が読める。そう思うと、腕と脚に奇妙な鈍い痛みが走る。寂しさのようなもの。『クリスマス・キャロル』でエベネーザ・スクルージが霜でおおわれたガラス窓越しに甥フレッドのクリスマスパーティをのぞいているような。内側があらわになることで、その外側にいることがより明確になる。

本当はチャーリーのデスクの端に腰かけて、すべてを打ち明けたい。彼を笑わせ、わたしも笑わせてもらって、この圧迫から解放されたい。だいじょうぶ、と返す。そのあとは、気がつくと何度かメールを読み込みなおしていたので、無理やり原稿に戻る。気を散らすまいとすることに気を散らされて、つぎに時計を見たときには五時を八分まわっている。

静まり返った店内で、空きっ腹のライオンの思いあがりを刺激しないように荷物をしまう。肩にバッグをかけて小走りにカフェから出ながら、この際のライオンがチャーリーなのか自分なのかがわからずにいる。

そんなことをつらつら考えながら玄関を抜けたせいか、外にいたチャーリーと衝突しそうになったとき、うっかり「ライオン！」と口走ってしまう。

彼は目を丸くして、両手を顔の前に突きだす（わたしが、ほらライオンだよ、つかまえて！と言っていると思ったのかも）。そして奇跡中の奇跡、両者とも急ブレーキをかけ、歩道上でつま先とつま先が触れそうになりながらも、まったく触れずに止まる。

わたしの胸が高鳴る。

「まだいると思わなかった」チャーリーが言う。

「いたの」

「いつもは五時に帰る」彼は左手に持っていたじょうろを右手に持ち替える。背後にある店のウィンドウボックスでは、オレンジとピンクの花びらについた大きな水滴が煌めきを放ち、夕方の日射しのなかで生き生きと輝いている。「五時ちょうどに」彼が言い足す。

「忙しかったの」うそをつく。

彼の視線がわたしの口元に向かい、肌の温度が何度か上がる。チャーリーが小声で尋ねる。「すべて問題ないのか？　どうもきみのようすを――」

「やあ、チャーリー！」低くなめらかな声がチャーリーをさえぎる。通りの向こうで、ふたつのえくぼと宝石のような瞳を持つ天使めいた大男が泥だらけのピックアップトラックから降りてくる。

「シェパード」チャーリーはいくらか堅苦しい口調で応じ、顎を引いて会釈する。その目に敵意はないけれど、シェパードに会えて喜んでいるようにも見えない。いきさつ、事情、しがらみ――呼び名はさまざまあれど、このふたりのあいだにはなにかがある。

「サリーからこれを届けてくれと言われてね」シェパードはチャーリーのほうにトートバッグを突きだしながら、通りを渡って近づいてくる。

チャーリーはお礼を言うが、シェパードはもう顔をわたしに向け、満面の笑みになっている。「やあ、ニューヨークから来たノーラ。ほら、出くわしただろ？」

ヒマワリはつねに太陽を仰ぎ見るとなにかで読んだことがある。チャーリー・ラストラの近くにいると、わたしもそんな状態になる。燃えさかる野火が西から近づいてきても、チャーリーのぬくもりがある東側に引っぱられてしまう。

だからシェパードがわたしに気のあるそぶりを見せているのはほぼ確実なのに、わたしは当然のようにチャーリーのほうを見ている。というか、彼が閉めたあとの揺れるドアを。

「やあ」シェパードが言う。「いま時間があったりしないかい？　よかったらこの前話したガイドツアーをするけど？」

「そうねえ」わたしは携帯電話をチェックするが、リビーからはまだ新しいメッセージが届いていない。一瞬、不安が四方八方にふくらみ、わたしの心のドアを百ものこぶしがどんどんとたたいて、自由に走りまわれと要求する。わたしは携帯電話をバッグに突っ込む。自分にコントロールできることに集中しよう。リストの五番。

書店の窓をふり返りたかったけれど、それをこらえてシェパードと目を合わせ、笑顔になって心にもない返事をする。「是非、お願いするわ」

走る車の窓を開けているので、松と汗と日に焼けた土が入りまじった匂いが風に運ばれてくる。ブルーリッジ・パークウェイのような道は、はじめてだ。山の斜面にゆるやかなカーブを描いて刻まれているせいで、片側には生い茂った木々がそびえ、もう一方は下に向かって開かれている。珍しい光景といえばシェパードもで、彼は小説家が数ページにわたって記述したくなるような腕——厚い筋肉のうえに細くて明るい金色の毛が生えている——をしている。そしてラジオから流れるカントリーソングに合わせて鼻歌を歌いながら、指先でハンドルとクラッチを小刻みにたたいてリズムを取っている。

気まぐれな行動がもたらす最初のスリルが去ると、神経がおさまってくる。最後に未審査の男と出かけたのは、いつだっただろう。彼がレイプ犯や、人殺しや、食人鬼である可能性はさておくとしても、なにも知らない男となにを話したらいいかわからず、長くつきあうことは考えていない。

勇気を出して、ノーラ。彼にとってはナディーンじゃないんだから、誰にだってなれるのよ。なにかしゃべりなさい。

彼がついにわたしを責め苦から救いだす。「で、ノーラ、きみはなにをしてるの?」

「出版業界で働いてる」わたしは言う。「文芸エージェントなの」

「うそだろ!」グリーンの瞳が道路から一瞬、わたしに向かう。「じゃあ、ここに来る前からチャーリーのことを知ってたの?」

胃が一回沈んでから、また胸まで上がってくる。「知ってたとまでは言えないけど」わたしはあいまいに答える。

シェパードが大きくて澄んだ笑い声をとどろかせる。「ふうん。その顔つき、なにが言いたいかわかるぞ——彼を基準にぼくたちを判断しないでくれよ」

チャーリーをかばいたいという気持ちが頭をもたげる。わたしも他人から同様の言われようをしているかもしれないという推測からくる、同情かもしれない。ただ同時に、深宇宙の脱出ポッドかなにかのように知らない人の車に乗り込んでしまったことにいらだちつつ、まだチャーリーの亡霊がそこにいるように感じている。

「彼はああ見えて、そこまでいやなやつじゃない」シェパードが続ける。「ほら、サリーとクリントを助けようと戻ってくるぐらいだからね。本人はとにかくここから離れてたいのに……」彼は孤を描くように手を振り、日射しがまだらに落ちる前方の道路を指し示す。脇道に入り、いまのぼってきた山麓の丘へとさらにのぼる。

「それで、あなたはなにをしてるの?」

「建築業界にいる。時間のあるときには、その片手間で大工仕事もする」

「やっぱり」わたしは思わず大きな声を出す。

「どういうこと?」彼が瞳を明るく照らされたエメラルドのように煌めかせる。

「あなたが大工に見えるってこと」

「そう」

わたしは説明する。「大工にはいい男が多いっていう通説があるの」

シェパードがにっこりして、眉がうねる。「そうなの？」

「わたしが言いたいのは、大工を恋愛対象にする本や映画がたくさんあるってこと。お決まりのパターンなのよ。地に足がついていて、我慢強くて、軽くはないのに刺激的な人物を表す方法になってる」

彼が笑う。「悪くないみたいだね」

「ごめんなさい、わたし、長いこと……」デートをしてないと言いかけて口をつぐみ――なぜなら、これは断じてデートでないから――さらに悲惨な「出かけてないから」と続ける。

シェパードはにっこりする。わたしが何年もほとんど社会性を身につける機会のない日々を送った末に地面に取りつけられた脱出口から逃げだしてきたかもしれないとは、みじんも思っていないようだ。「だったら、ニューヨークから来たノーラ、きみにうってつけの場所がある」

わたしは感動をあらわにするタイプではない。声を伴うドラマティックなリアクションはリビーの得意分野だ。だが、トラックから降りると、思わず声をあげる。

「こんな景色はニューヨークにはないはずだよ」シェパードは誇らしげだ。

景色に感動したのではないと彼に告げる勇気はない。それにしても、すばらしい。わたしは実際、眼下に谷間を望む崖の上に立つ、四分の三ほどできあがっている家屋を見て、声をあげるほどびっくりした。家の向こうにある太陽は地平線に迫りつつあり、すべてをミツバチの巣のような黄金色に染めている。これからはこの色がお気に入りになりそうだ。

けれど、彼の家――広大で現代的なランチハウスで、裏側がすべてガラス張りになっている――は、夕日を浴びて燃えたつようだ。「あなたがこれを建てたの？」顔を背後にめぐらせると、シェパードがトラックの荷台からクーラーとムービングブランケットを引っぱりおろしている。

「まだ途中だよ」彼は訂正して、テールゲートを閉める。「自分の住む家だから、金になる仕事の合間に建ててるんだ。もう何年にもなる」

「信じられない」

彼はクーラーを置き、ブランケットを広げる。「十歳のときから、ここに住みたかった」身ぶりでわたしに座るよううながす。

「むかしから建築業に興味があったの？」わたしがスカートの後ろを押さえて地面に

腰を近づけるのと同時に、シェパードはクーラーから缶ビールをふたつ取りだし、隣に腰をおろす。

「構造工学技術者だけどね、実際は」

「わかったけど、構造工学技術者になりたがる十歳児なんていない」わたしは言う。

「わたしにはそれがなにかすらわからないわ。はっきり言って、そういう仕事があるのもいま知ったぐらいよ」

耳に心地よい低音の笑い声が地面に響く。人を笑いに導くアドレナリンが放出されるのは感じるが、あいにく酔っぱらった蝶（ちょう）が腹部で舞うような感覚は欠如している。わたしは脚を彼の脚に少し近づけ、ビールを受け取るとき指先を触れあわせる。なにも起きない。

「ああ、そうだね。十歳のときはスタジアムを建設したかった。でも、コーネル大学に進学するころには、なにになったらいいかわかってた」

わたしはビールを喉に詰まらせる。ビールの味のせいではない。

「だいじょうぶかい？」シェパードが尋ね、びくつく馬をなだめるようにわたしの背中を軽くたたく。

わたしはうなずく。「コーネル大学とは、また華々しいわね」

彼の目尻にすてきなしわが寄る。「意外だった？」

「ええ」わたしは言う。「でも、コーネル大学の卒業生であることをこんなに長く言わないコーネル大学の卒業生にこれまで会ったことがなかったからだけど」

シェパードは天を仰いで大笑いし、顎ひげを撫でる。「たしかに。故郷に戻るまではもう少し早くに持ちだしてたんだろうけど、ぼくがどこの大学の出身だろうが、この人たちはいまだぼくがクォーターバックだったことのほうに感心する」

「こんどはなに？」

「クォーターバック。ええっと、ポジションのひとつ……」わたしの表情に気づいて声が細くなり、口角がゆるむ。「からかってるんだな」

「ごめんなさい」わたしは言う。「悪い癖ね」

「そう悪くもないよ」男女間の駆け引きを楽しんでいるのが口調に出ている。

わたしは膝でシェパードの膝を押す。「それで、どうしてここに戻ることになったの？　シカゴにもしばらく住んでたと言ってたけど？」

「卒業してすぐ、シカゴで職についた。でも、故郷が恋しくてしかたなくてね。このすべてから離れていたくなかったんだ」

わたしは彼の視線をたどってふたたび谷間を見る。水平線に影が映しだされるにつれて紫とピンクが流れ込んでくる。何兆という羽虫と蚊が薄れゆく光のなかで舞い踊り、自然によるバレエが展開されている。「美しいわ」

ここまで高度の高いところだと、静けさも不気味というよりおちつきに感じられる。彼が難なく高い湿度を身にまとっているおかげで、わたしも（どうしてか）自分が水浸しの愛玩犬のように見えていないと思うことができる。蒸し暑さすら心地よく、草の匂いが心を鎮めてくれる。急がなければならないことはひとつもない。

わたしの頭の奥で、聞き慣れたかすれ声が言っている。**もっと騒々しくて混雑したところへ行くべきだ。競いあわないと存在すらできない場所に。**

視線を感じ、横を見て、びっくりしてまごつく。ほかの誰かさんがいると思い込んでいたらしい。

「それで、きみがここへ来たのはどうして？」シェパードが尋ねる。

太陽はほぼ沈み、ようやく空気が冷えてくる。「妹」

彼は無理に情報を聞きだそうとせず、わたしが自分のペースを保てる余地を残してくれる。けれどリビーに関することはすべて漠としているので、知りあって間もない人にひとことで説明するのは不可能だ。

「ちょっとここで待ってて」シェパードははずみをつけて立ちあがる。歩いてトラックに戻り、運転席のあたりをいじる。やがてスピーカーからカントリーミュージックが流れだす。やさしくゆったりとしていて、鼻にかかった声が多用されている。彼はドアを開けたまま戻ると、わたしに手を差し伸べ、はにかんだような笑みを浮かべる。

「踊らないか？」

ふだんのわたしにしたら、こんなことは屈辱でしかないので、本当に田舎町の魔法というのはあるのかもしれない。さもなければ、ナディーンとリビーとチャーリーの組み合わせによって、わたしのなにかがゆるんだのかもしれない。それでなんのためらいもなく、ビール缶をかたわらに置いて、彼の手を取る。

18

わたしにはその場面が他人ごとのように見える。まるで本を読んでいるようだ。頭の裏側では、こんなことあり得ない、と思いつづけている。ところがそれが厳然と起きている。どこからともなく、修辞的な表現が流れ込んでくる。なんだかんだ言っても、女たちは太古のむかしから活気のないカントリーミュージックに合わせてスローなダンスを踊り、お相手はすてきな建築家兼大工、絵のように美しい谷間には濃い影が広がり、コオロギはバイオリンのような音色を響かせている。

シェパードは記憶にあるとおりの匂いがする。常緑樹と皮革とお日さま。すべてがすばらしく感じる。なにもかもを正しいしかたで解放して、そのどれかからもしっぺ返しを受けそうにないという感覚。

見てよ、ナディーン。わたしはここにいる。汗まみれになっている。自分以外の人のリードに身を任せて、シェパードに導かれるまま外や内に回転している。こわばってもいないし、ぎこちなくもないし、冷淡でもない。彼はわたしの体を沈ませ、薄暗がりのなかで映画スターのような笑みを輝かせると、ふたたびわたしを引きあげる。

「で」彼は言う。「効果はある？」

「効果ってどんな？」

「ぼくたちはきみを魅了できてる？　サンシャインフォールズは？」

きみのような人は——そういう靴を好む人は——ここじゃ幸せになれない。哀れな養豚業者に無用な希望を抱かせるなよ。

わたしはステップをまちがえるが、シェパードは優雅にさりげなく受け止めてくれる。わたしの体重を支えて四分の一回転させ、それで問題はすべて回避されるはずだったけれど、困りごととしてヒールだけが残る。泥まみれになり、草に染まって、そのことに気づく自分にむしゃくしゃする。

森のなかで水に入ったあの夜、チャーリーに斜面を運んでもらったことを思いだす。外側から見れば、シェパードとわたしはいま胸がきゅんとするほど完璧なシーンを演じているけれど、わたしはまたもや外側にいる感覚に陥る。彼の腕のなかにいるのが本当の自分でないというような。でなければ、いまだに窓の向こう側にいるような。

そのイメージは直接的なだけに強烈だ。うちの古い窓。わたしたちが住んでいたアパート。床がべたつくキッチンと、水浸しになりがちな合板のカウンタートップ。わたしとリビーはそこにちょこんと座り、母はもたれかかっている。ストロベリーアイスクリームのカートンにスプーン三つ。

ホラー映画で観客を跳びあがらせる恐怖場面のように、その場面が突然襲いかかってくる。角を曲がったら崖があったようなものだ。

つないだシェパードの手を強く握り、彼に引きよせられて、心臓がどきどきする。記憶をたどって彼の質問を思いだし、どぎまぎと答える。「とても印象づけられたわ」

わたしの変化に気づいたにしろ、シェパードはそのそぶりを見せない。にっこり笑って、わたしの髪を耳にかける。いよいよだ、とわたしは思う。ハンサムですてきな男性と不慣れな場所で無計画にデートして、キスしようとしている。物語のあるべき姿がついに実現しようとしている。

彼の額が近づいてきたとき、わたしの携帯電話がバッグのなかで鳴る。

たちまち頭のなかでさっきとは別の窓が明るくなる。別のアパート。わたしのだ。花柄のふかふかカウチ、無限にある本の山、マントルピースではお気に入りのジョーマローンのキャンドルが燃えている。アンティークのローブをまとったわたしは、シートマスクを顔に張り、ぴかぴかの新しい原稿を手にしている。カウチの反対側の端には眉をひそめて口を結び、手に本を持った男が座っている。

そのチャーリーの姿が鎮痛解熱剤（アルカセルツァー）の錠剤を呑んだみたいに頭にがつんときて、四方八方に飛び散る。

それでわたしはとっさに顔を横にそむける。シェパードはすんでのところで動きを止め、わたしの頬のすぐ近くに唇が浮かんでいる。「妹のところに戻らなきゃ！」なんの計算もなく言葉が口から飛びだす。しかも、自分が思っていたよりざっと六十倍は大きな声で。それでもこのまま進めるわけにはいかない。脳がぐちゃぐちゃすぎる。

シェパードはうっすらとまどいを滲ませながら身を引き、穏やかにほほ笑む。「そうか、もしまたツアーガイドが必要になったら……」シャツのポケットに手を伸ばし、紙片とBicの青色のペンを取りだすと、手のひらを下敷きにしてペンを走らせる。「遠慮しないで」番号を書いた紙片を差しだし、少し迷ってから続ける。「ツアーガイドでなくても」

「ええ」わたしはもごもご答える。「電話するわ」頭のなかでなにが起きているかわかったらね。

チャーリーがカウンターの上でわたしのコーヒーを押しやる。「ぴったり時間どおりだ。どうやらシェパードにもきみの都会人の呪いは解けなかったようだな」

こうしてチャーリーは前日わたしがトラックに乗り込むのを見ていたと認め、それがなぜか、腹立たしい。彼がわたしの思考のなかにわざと侵入してきた証拠のような気がする。

わたしはサングラスを頭にかけ、デスクで立ち止まる。「とってもすてきな時間を過ごしたのよ。尋ねてくれてありがとう」チャーリーにむかつく。自分にむかつく。とにかくむかついてしかたがない。

チャーリーの顎の筋肉がひくつく。「どこに連れていかれた？　隣町の〈クリーミー・ホイップ〉か？　それとも〈ウォルマート〉の駐車場でトラックの荷台に寝転がって星空でも眺めたか？」

「チャーリー、気をつけたほうがいいわよ。それじゃまるで嫉妬してるみたい」

「ほっとしたよ」チャーリーは言う。「きみがきょう、デニムのショートパンツにお下げ髪で現れるんじゃないかとはらはらしてた。お尻にフォードのタトゥーとか入れてさ」

わたしは腕をデスクにすべらせて、前のめりになる。銀の大皿にわたしの胸の谷間をのせて差しだすようなかっこうだ。睡眠不足がひどくこたえている。チャーリーが頭に取り憑いたようになっているので、彼にも責め苦を与えてやろうと決める。

「そうね――」声を落とす。「わたしがデニムのショートパンツをはいてお下げ髪にしたらさぞかしかわいらしいでしょうね」

　チャーリーが紅潮して、わたしの顔に目を戻す。しかめっ面とふくれっ面を合わせた例の顔――雷鳴と稲光と同じくらいぴったりな組み合わせ――で、口元を引きつらせている。「ぼくならその形容詞は使わない」

　なるほどという思いが背骨をくだる。わたしはさらに身を乗りだす。「魅力的？」

　彼の目はわたしの顔に据えられている。「それもちがう」

「きれい」

「ちがう」

「器量よし？」わたしは尋ねる。

「器量よし？　いつの時代だ、スティーブンズ？」

「お隣の女の子？」わたしは受け流す。

　チャーリーが鼻を鳴らす。「どこの隣？」

　わたしは体を起こす。「そのうちわかるわ」

「無理だ」彼がぼそっと言う。

その満足感も、カフェで仕事の準備をしてきょうの仕事のチェックリストを表示するまでしか続かない。きのうのうちに片づけるべきだった提案や、遅れている支払いに対する問い合わせのメール、出版業界の休眠期間が終わる前に固めておくべき依頼リストなどがならんでいる。

またもや仕事に全神経を集中しなければならなくなり、またもやそれを実行できるほど強固に区分化ができない。リビーとの前夜の夕食が火のついた蝶のようになって頭のなかを舞っている。妹はどこといって悪いようすはなく、至って元気だったが、わたしが内緒の用事について尋ねると、エネルギーが弱まって目つきが厳しくなった。

「あたしだって大人の女なのよ、少しもひとりの時間を持たせてもらえないわけ？」リビーは言う。「多少のプライバシーを持つ権利はあると思うんだけど」この話はそれでおしまい。わたしたちは気まずさをなきものとして扱ったが、夜のあいだずっと、妹の目にはくり返しよそよそしさが現れ、ふたりのあいだにはガラスの壁や氷のブロックのように、見えないけれど確かな実体を伴って秘密がそびえ立っていた。

わたしはダスティの原稿を開くと、潜水艦に乗り込んだ自分を思い描き、作品にどっぷり浸って、周囲の世界を遠ざけようとする。いつもなら難なくできる――それが理由で本を読むことに恋をしたのだから。たちまち浮遊感に包まれ、現実世界の問題が解消して、心配ごとのすべてが反対側の抽象面にまわって気にならなくなる。ところがきょうは勝手がちがう。

書店の入口でベルが鳴り、聞き覚えのある女らしい声がチャーリーに向けられる。彼はやさしく応じ、彼女は艶っぽい笑い声をあげる。なにを言っているのかすべては聞き取れないが、彼女が少ししゃべるごとに同じ野太い声がはさまる。

アマヤだ。そのことにわたしが気づいたのは、彼女が「金曜日のことだけど、予定どおりでいい？」と尋ねたときだ。

「ぼくのほうは問題ない」とかなんとか、チャーリーは言っている。

それに対して、わたしの脳は言っている。**わたしのほうは問題ある。大ありよ。**

わたしの肩に止まっているキャリアウーマンの天使が答える。**ぶつぶつ言わないで、自分の仕事に集中しなさい。脳内地所を彼に占領させるなんてまちがってる。**

わたしはヘッドフォンをつけ、都会の環境音で自分に聞き耳を立てるのをやめさせたが、ニューヨーク市のタクシードライバーが互いに放つ心地よい悪態でも神経を鎮めることはできない。

アマヤは捨てられていないとチャーリーは言っていたから、彼女から別れを切りだした可能性が高い。この思考をたどって論理的な結論へと進むのはいやなのに、暴走列車と化した脳が、速度を落とすことなくつぎつぎと駅を突っ切っていく。

チャーリーは別れたくなかった。

アマヤはむかしの決断をいま悔やんでいる。

チャーリーはややこしい状況に置かれている。彼とわたしのあいだになにが起きていようと、それは〝たいしたことじゃない〟。

アマヤはいま彼に外出の確認をした。

この思考の流れはひとつの可能性でしかないが、わたしの脳がこの筋書きを編みだす。

だから人を好きになるのは怖いのだ。ゆっくりとめぐればいい平らな道のように感じていた人生が、絶え間なく斜面にいるような、あるいは胃を喉に詰まらせて落下するような無重力状態に引きずり込まれる。笑顔できれいな巻き毛に口紅を塗ってタクシーを拾おうと外に駆けだした母が、滲んだマスカラで顔を汚して帰ってくるようなものだ。上下だけがあって、中間が抜けている。

やっとリビーが現れる。ありがたいことに、妹からリストの十二番に関する仕事が割り振られる。ほこりを払ったり、汚れをこすり落としたり、ごたごたを片づけたりする雑用ばかりだけれどかまうものか。

チャーリーはほぼ事務室にこもりっきりだ。彼が接客のために出てくると、わたしはそちらを見ないようにしつつ、存在を感じ取る。

ランチ休憩のあと、リビーは客に書いてもらえるよう、レジの横に〈本好きさんからの推薦本〉カードと、記入したカードの回収用としてデコパージュした靴箱を置く。リビーから「最初に書いて」とカード三枚を持たされたわたしは、店内をそぞろ歩いて、閃きが訪れるのを待つ。まず最初の週末にここで買ったジャニュアリー・アンドリュースのサーカス本を見る。サリーからチャーリーが編集したと聞かされた本だ。本棚にカードを立てかけて、何行か走り書きする。つぎに選んだのは、去年リビーから借りたアリッサ・コールのロマンス小説だ。うっかり携帯電話で開くというまちがいを犯したばかりに、冷蔵庫の前で二時間半、立ちっぱなしで読むはめになった。

続いてわたしはかがんで子どもの本の部屋に入り、腰を起こした拍子にチャーリーと鼻と鼻を突きあわせるかっこうになる。**磁石みたい**。彼はぶつかる前にわたしの肘をつかんで遠ざけたけれど、わたしのなかではたちまち熱が湧きあがり、そのせいでお互いの唇から太腿までが衝突したと感じている。

「あなたがここにいるなんて知らなかった！」急いで言う。ライオン！　からしたら、格段の進歩だ。

チャーリーの脳裏に完璧な応答が浮かんだ瞬間、わたしにはカラメル色をした彼の瞳に火花が散るのが見え、そのあと彼がひどくがっかりするのを感じる。「棚卸しだ」彼は無難な答えに切り替える。わたしを放して、棚に置いてあったクリップボードを持つ。ふたりのあいだには十センチというとてつもない距離があり、彼から放たれる電気が血管に流れ込んでくる。「邪魔するつもりはないの……」

それでもまだどちらも動かない。

「あなたはアマヤと出かけるんだから」わたしはつい口をすべらせる。「盗み聞きする気はなかったんだけど――静かな店だから」

チャーリーの眉がぴくりと動く。「〝盗み聞きじゃない〟」小声でからかう。「〝ストーキングじゃない〟。どうやらパターンがあるようだ」

「嫉妬じゃない」わたしは挑むように言い、前に出る。「かわいらしいじゃない」

彼はわたしの唇に視線を向け、わずかに目をみはってから、視線を上に戻す。

「ノーラ……」重々しい声でささやく。謝罪のような、中途半端な懇願のような。

ふたりの腹部が触れあうと喉が締めつけられ、すべての神経末端がとてつもなく敏感になる。「え？」

チャーリーは両手をそっとわたしの肩に置く。「行かなきゃならない」わたしの視線を避けて、小声で言う。脇によけて、部屋を抜けだす。

『冷感症』のつぎの原稿は金曜日、わたしたちの受信箱に送り届けられる。最初の数時間で原稿を読み、再読して、わたしの考えをまとめて文書にし、別の部屋にいるチャーリーにそのままメールで送りつけたいのをぐっとこらえる。リビーはランチタイムから三時ぐらいまでしかおらず、出かけるとき、今夜びっくりさせることがあると言い置いていく。

前回出かけたのも同じ件だとわたしは自分を納得させようとするけれど、ブレンダンに関係のあるなにかだという思いから逃れられない。この間、何度となくブレンダンとビデオ通話をしようと妹に持ちかけたものの、そのたびなにかしら口実をつけて断られている。

五時になると、荷物をまとめて、妹に会いに行く。またもやチャーリーはレジにおらず、今回のわたしは不満でいらだつだけでなく、悲しくなる。

彼の不在が寂しくて、お互いに隠れていることにうんざりする。

そこで気を強く持って事務室に乗り込む。彼が顔を上げ、びっくりしている。彼は部屋の右側に置かれたマホガニーの巨大なデスクにもたれてなにかを読んでいた。その目つき、姿勢、なにもかもがジャングルキャットみたい。むかしむかし、奇妙な呪いによって一匹のジャガーが人間に変えられたとしたら、その人間はチャーリー・ラストラにちがいない。長すぎるにらめっこのあと、彼がわれに返って、尋ねる。「なにか必要なものでもあるのか？」

去年のわたしなら、そんなことを言うチャーリーを気取っていると思っただろう。いまは単刀直入なだけだとわかる。

「つぎの数百ページについていつ話すか決めましょう」

チャーリーがあんまりじっと見るので、やがてわたしの肌から煙が上がる。わたしは彼という日射しを受ける虫眼鏡の下に置かれた蟻だ。やっと彼が顔をそむける。

「メールですまそう。きみがリビーからこき使われているのはわかっている」

「直接やりとりしないと」もはやふたりのあいだの緊張感に耐えられない。彼を避けたところで事態は悪くなるばかり、自分がこそこそしているような感覚も気に入らない。リビーに関しては、障害物競走のようにゆっくり慎重にしか核心に迫れないかもしれないが、いまの相手はチャーリーだ。チャーリーはわたしに似ている。ふたりでブルドーザーでならすように、気まずさを強引に押しつぶす必要がある。彼が恋しい。からかわれること、異議を申し立てられること、挑まれること、高すぎる靴を気遣われること、匂い、そして——

ああいやだ。彼のリストがこんなに長くなるなんて。自分で思っている以上に深みにはまっている。「あまりに忙しいなら別だけど！」わたしはつけ加える。

チャーリーはこの週で最初のふくれっ面ににやにや笑いになる。「ぼくがなにでそう忙しくなれるんだ？」

彼とアマヤの計画が脳の前面に躍りでる。チャーリーが水溜まりで靴が汚れないようにアマヤをさっと抱きあげ、彼女の髪が乱れないように傘を開いてさしかける場面が浮かぶ。

「〈ダンキンドーナツ〉のグランドオープンとか。じゃなきゃ、タウンホールでやりあってた夫婦の離婚手続きとか」

「いや、あのふたりが別れるなんてあり得ない」まじめな口調。「キャシディ夫妻にとっては前戯みたいなものだ」

前戯。わたしならこの会話に持ち込まない単語だ。

「明日の都合は？」わたしは尋ねる。「午前の遅い時間とか？」

チャーリーはわたしを見ている。「部屋を予約しておくよ」わたしの表情を見て、笑う。「図書館のだ、スティーブンズ。学習室がある。おかしな誤解をするなって」

わかってる、そう心がけてるんだけど。

19

リビーはハーディのタクシーから人の声のするほうへとわたしを引っぱりだし、最高の見世物を披露する場所へ連れていく。「ジャジャジャジャーン！」

妹につけさせられたスカーフの目隠しを外すと、ピンク色とオレンジ色の夕焼けが目に飛び込んできて、思わずまばたきする。目の前には小学校の入口の看板がある。

今夜七時

サンシャインフォールズ・コミュニティ劇場主催

『人生に一度きり』

「え」わたしは声を漏らす。「なにこれ」

リビーは不明瞭な興奮の声を発する。「ね？　地元の劇場！　ニューヨークにあるものはなんだってここにもあるってわけ！」

「だいぶ……かけ離れてるけど」

リビーはわたしの肩に腕をまわして忍び笑いを漏らす。「来て。全席自由席だよ。ポップコーンも欲しいし、いい席に座りたいし」

学校の体育館にならべられた折りたたみ椅子から席を選ぶのに、果たして〝いい席〟なるものがあるのかどうか。舞台は一段高くなっているので、芝居のあいだずっと首を長く伸ばすことになりそうだが、客席の照明が落ちると、客席の仕様などこの出し物が抱えるもっともささやかな問題であることがわかる。

「ちょっと」舞台の背景に描かれた薬局の前に役者が現れるのを見て、リビーがわたしの腕をつかんでささやく。役者は仮設のカウンターに歩みより、その上に置かれたフレームの写真を物思わしげに見つめる。

「うそ」わたしは小声で言う。

「ほんと！」リビーが声を殺して鋭く言い返してくる。

子どもが老ウィッタカーを演じている。

「麻薬の濫用はどうするの⁉」とリビー。

「過剰摂取は⁉」とわたし。

「あの子、十三歳にもなってないんじゃない？」リビーがささやく。

「十歳の聖歌隊の声なんだけど！」

近くの誰かに咳払いをされて、リビーとわたしはおとなしく椅子に身を沈める。少なくともミセス・ワイルダー――貸本店の主――が舞台に登場するまでは。わたしは思わず噴きだし、咳をするふりをしなければならなくなる。

リビーは横であえぐような声を漏らしている。「うそ、うそ、うそ！」そう言って舞台には目を向けず、ひたすら足元を見つめて笑いをこらえている。

そんな妹に声をひそめて耳打ちする。「あのふたりの年齢差、どのぐらいだと思う？　六十八歳ぐらい？」

リビーは咳払いをしてどうにか笑い声を抑える。

ミセス・ワイルダー役の女性は、老ウィッタカーを演じている子どもの祖母と言ってもいい年齢だ。

実際そうだったりして。「きっと幼いデリラ・タイラーを演じるのは飼い犬のロットワイラーよ」わたしはささやく。リビーは身を折り曲げて顔を隠すが、声を殺して笑っているせいで肩が震えている。

右手に座っている女性からもじろりと見られる。ごめんなさい、とわたしは口だけ動かして言う。アレルギーなの。女性は目をぐるりとまわしてそらす。

わたしはリビーに耳打ちする。「ちょっと、ウィッタカーのママが怒ってるわよ」

リビーは声を漏らすまいとするようにわたしの肩に歯を立てる。舞台の上では小さな男の子の演じるウィッタカーが背中をつかみ、慢性神経痛が痛むふりをして顔をしかめ、Fではじまる汚い言葉の台詞を口から押しだしている。

リビーに骨が折れそうなほどきつく手をつかまれる。

「これだけは、はっきりしてる」リビーは震える声でささやく。「あのひげをつけた坊やは体の痛みなんて経験したこともないよね」

「まだ睾丸も降りてきてないだろうし」わたしは応じる。

それに反論するように、男の子のつぎの台詞は裏返った甲高い声のおぼつかないものとなり、リビーは目を閉じて脚を組む。「ちびりそう!」

わたしたちは数分ごとに笑いの発作に襲われて静かに体を震わせながら、足元に目を向けたままでいる。こんなにおかしなものは、ずいぶん味わったことがない。

ブレンダンやアパートや妹の件はさておき、いまのわたしたちは久しぶりにふたりの世界にいる。

芝居が終わるやいなや、リビーとわたしは体育館の外へ飛びだそうとする。どちらも我慢の限界で、噴きだすなら人のいないところのほうがいい。入口まで半分ほど行ったところで、明るい声に呼び止められる。

「ノーラ！　リビー？」呼び止めたのはサリー・グッディだ。そばには車椅子に乗ったブロンドの大男がいる。えくぼのできるサリーの笑顔はチャーリーっぽいが、ジャスミンとマリファナの匂いをまとっているところはチャーリーっぽくない。この大麻くさい奔放な自由人が堅物で辛辣なチャーリーを育てたと想像するのはむずかしい。

「ここでお会いできるなんてすてき！」リビーがお愛想を言う。

「小さな町ってことよ」とサリー。「ふたりとも、うちの人には会ったことがなかったわよね」

「クリントだ」男性が名乗る。「会えてうれしいよ」

「こちらこそ」リビーとわたしは声を合わせる。

クリントが「芝居はどうだったね？」と訊く。

リビーとわたしはうろたえて目を見交わす。

「あら、そんなこと訊かないで」サリーがほほ笑みながら夫の腕をたたく。「少なくとも、懇親会まで待ってちょうだい。あなたたちも来てくれないと――出し物のあとは、いつも友だちを呼んで飲み物とパイをご馳走するのよ」

「これって定期的に上演してるんですか？」妹は言葉を発しながらむせそうになっている。ふたりともいまだ笑いの発作に呑まれているせいで、ろくに会話ができない。

「年に四回」サリーは答える。

クリントの眉が上がる。「そんなものか？　もっと頻繁にやってる感じがするがな」

リビーは笑いを呑み込むが、喉から甲高い音が漏れてしまう。

「うちに来ると言って」サリーは懇願するように言う。

「でも、お邪魔では――」わたしは言いかける。

「ばかを言わないで！」サリーは声を張りあげる。「サンシャインフォールズでは邪魔なんてことはないんだから。それとも、わたしたちと同じお芝居を見てたんじゃないの？」

「もちろん、見てました」リビーがもごもごと言う。

サリーは夫にバッグを持たせてなかをあさり、紙切れとペンを見つけると、住所を走り書きする。「うちは森の向こう側で、あなたたちのいるコテージからは小道をのぼった先よ」そう言って紙をリビーに渡す。「でも、暗いなかを歩くのがいやだったら、うちの前まで続く車道もあるし、私道もあるから」

それだけ言うと、来るか来ないか確かめないばかりか、反応すら待たずに先に進んでしまう。後ろで渋滞が起こっているからだ。

「ああ、ボリスはすばらしかったな」年配の紳士が言っている。「まだ十一なのに!」

リビーがわたしの手を握りしめ、わたしたちはマウンテンデューを飲んでハイになった十歳そこそこの女の子のようにくすくす笑いながら歩道に足を踏みだす。


ラストラとグッディの住まいはオークの古木が立ちならぶ長い私道の先にある。町から遠くてあたりにほとんど明かりがないため、夜空にちりばめられた星が頭上でまたたき、蛍の大群が茂みのなかでちかちかと光を放っているのがはっきりわかる。

家は白い羽目板張りで、黒いペンキを塗ったばかりの鎧戸のある、コロニアル様式の二階建てだ。広すぎる私道にはすでに十台ほど車が停まり、ハーディが車を停めてわたしたちを降ろしてくれている後ろでも、別の車が停止しようとしている。

玄関に近づきながら、リビーがこぢんまりとした家の正面を見あげて夢見るように言う。「クリスマスをここで過ごせるなら、百万ドル払ってもいい」

「ブレンダンが家計を担当してるのは、だからなのね」

組んだ腕からリビーの腕がこわばるのがわかる。顔を見やると、少し青ざめているようだ。ストレスなのか、具合が悪いのか、その両方なのか、わからない。いずれにしても、不安の塊がつかえ、肋骨の内側で心臓が激しく打つ。不安もだいぶおさまったと思うこういうときにも、それがすっかり消えたわけではないと思い知らされる。

わたしはリビーの腕をつつく。「だいじょうぶ、リブ？」

驚いた顔がやがてどっちつかずの顔に変わる。「もちろん！　だいじょうぶじゃない理由がある？」

「ただ、なにかいるものがあるんじゃないかと思って」わたしは言う。「そう、わたしはいつだって――」

「いらっしゃい！」勢いよくドアが開き、サリーの声が飛ぶ。「入って！」ジャスミンの香りのする玄関ホールを抜けると、サリーは家の奥から聞こえてくる、とどろくような笑い声とにぎやかな会話のほうへとわたしたちを案内しながら、声がかき消されないように叫ばなければならない。「念のために言っておくわね。わたしたちはたいてい、なにもかもすばらしかったというふりをするのよ」

「いま、なんて？」わたしは訊く。

　笑みが深まってサリーのカラスの足跡が深くなる。どこから見ても六十代の女性だ。日焼けしてマリファナの匂いをぷんぷんさせているのがなおさら驚きとなる。

「お芝居のことよ」サリーは説明する。「陶芸の実演会のときもあるし、手工芸品の展示販売のこともあるし、それ以外のこともあるけど。すばらしい出し物だったたっていうふりをするの。少なくとも、グラス二杯ぐらい空けるまでは」サリーはわたしたちの肩を軽くたたき、「くつろいでね！」と言って去る。

「みんなに大急ぎでグラスを二杯空けてもらわなきゃ」とリビー。

「さっき表で言おうとしたことだけど、リブ――」

リビーはわたしの腕をぎゅっとつかむ。「あたしはだいじょうぶ、ノーラ。脚がむずむずして眠れないせいで、ちょっと調子が悪いだけだよ。あたしのことを心配するのはやめて、ただ――休暇を楽しもうよ、ね？」

妹がだいじょうぶと言えば言うほど、だいじょうぶでないのが確かな気がする。でも、むかしからそうだが、リビーは心配されたとみるや、心を閉ざしてしまう。

そうなのだ。妹が助けを求めてくることは絶対にないのだから、彼女がなにかを必要としているかどうかを見きわめ、彼女がそれを受け入れてもいいと思えるやり方で満たす方法を考えなければならない。

ウェディングドレスですらそうだった。試着用ドレスのセールで疵物（きずもの）を安値で手に入れたというふりをしなければならなかった。実際はクレジットカードで購入し、わざわざコンシーラーでボディスの内側に汚れをつけたのだが。

でも、今回は――どこから手をつけていいかすらわからない。

どうしたものやら。

突然、腹にサンドバッグを食らったかのように、恐ろしいほどはっきりわかる。あのリスト。リビーの近い将来を変えるための課題：造ること、パンを焼くこと、書店……市場調査としか思えない。

これはすべて実社会にすみやかに復帰するための練習？ それとも、いざとなればひとりでも生きていけると証明する方法？ 夫から離れて暮らす三週間。おかしな話だと思うべきだった。とくに妹のふるまいがずっと奇妙だったことを思えば。しかも妊娠五カ月を過ぎているのだから。

リビーはブレンダンを愛している、とわたしは自分に言い聞かせる。赤ちゃんを迎えるストレスのせいでどうしようもない問題を抱えているのだとしても。

着ている服がきつくて暑すぎる気がする。周囲を見まわし、気をおちつけたくて注意を向けられる対象を探す。混みあったキッチンの向こうで歩行器を支えに立っているクリントをとらえ、それからそのそばに、同じく長身ながらずっと若くて筋骨たくましい男性がいるのに気づく。

「いやだ」リビーも同時にシェパードに気づいて声をあげる。

グリーンの目がわたしをとらえる。彼はクリントになにか言って離れると、わたしたちのほうへやってくる。

「どうしよう」とリビー。「あの大天使、あたしたちのほうへ来ようとしてる?」

「シェパードよ」教えてやるが、頭のなかで不安という名の回し車がくるくるとまわりはじめる。

リビーが尋ねる。「こっちに向かってきてるのがシェパード犬ってこと?」

「ちがう、名前が――」

「ああ、名前か」ようやく事情を理解したリビーがそう言うと同時に、彼が目の前で足を止める。

「ほらね」シェパードがにっこりする。「これこそが小さな町の愛すべきところさ」

20

「芝居のときは見かけなかったから」シェパードは言う。「きっと急いで抜けだしたんだね」

リビーは、デートの相手がアドニスだったと言っといてよ、とでも言いたげな目でわたしを見る。

「妹がトイレだって言うから」わたしが言うと、リビーはいっそう怒った顔になる。「こちらはリビーよ。リブ、こちらシェパード」

リビーは「ワオ」としか言わない。

「会えてうれしいよ、リビー」シェパードが返す。

リビーは彼の手を取る。「力強い握手ね。かならずや男性の質の高さを物語るものだと思わない、ノーラ？」そう言って、わざとらしく目を向けてくる。本人は後方支援者（ウィングウーマン）ぶっているが、かえってわたしにばつの悪い思いをさせている。

「ジェームズ・ボンドの映画では重宝するかもね」わたしは話を合わせる。シェパードは礼儀正しく笑みを浮かべたままだ。そこでぴたりと会話が途絶え、わたしは咳払いをする。「建物からぶら下がるにはみんな……」

シェパードがうなずく。「そういうことか」

あの夕刻のはかない狂気や魔法は失われている。彼とだとどうやりとりしていいか見当がつかない。

シェパードが尋ねる。「なにか取ってこようか？　ビール？　炭酸水（セルツァー）？」

「ワインを」わたしは答える。

「そうそう」リビーはにやりとする。「この膀胱（ぼうこう）、いやになっちゃう！　またトイレに行きたいなんて」

シェパードが廊下の先を身ぶりで示す。「トイレならあちらだよ」

「すぐ戻るね」リビーは約束しつつも、シェパードがカウンターに置かれた栓の開いているボトルからわたしのためにグラスにワインを注ごうとして背を向けると、その隙に、戻らないからね、と口を動かす。

シェパードからグラスを手渡されたわたしは、アイランドにのっている――おおよそ――一万四千本ものワインのボトルを顎で示す。「みんなあの芝居のことを心底忘れたいみたいね」

シェパードは笑い声をあげる。「どういう意味？」

わたしはワインをごくりと飲む。「冗談よ。ワインのことを言ったの」

彼は頭の後ろをかく。「伯母がこの非公式のワイン交換所を取り仕切ってるんだ。各自ワインを一本持参して、伯母がボトルの底に番号を振る。パーティの終わりにくじ引きをして、栓が開かなかったボトルを持ち帰ってもらう」

「わたしと気が合いそうな伯母さんね」わたしは言う。「ここにいらっしゃるの？」

「もちろん」とシェパード。「自宅でのパーティだからね」

わたしはワインを気管に吸い込みそうになり、咳をして肺から出さなければならなくなる。「サリー？　サリーがあなたの伯母さん？　チャーリー・ラストラは従兄（いとこ）ってこと？」

「きみの言いたいことはわかるよ」シェパードは忍び笑いを漏らす。「正反対だからね。おかしなことに、子どものころはかなり仲がよかった。成長するにつれて距離ができたけど、口の悪さほど性格は悪くない。実際はいいやつなんだ」

話題を変えるか、気を失ったふりをしなくては。「そういえば、電話する約束だったのよね」

「気にしないで」シェパードははにかんだような笑みを浮かべる。「近くにいるんだから」

「馬の飼育場はご家族が所有していらっしゃるのよね?」

「厩舎だよ」彼が訂正する。

「そうだった」わたしにはちがいがまったくわからない。

「両親が経営してるんだが、いまも、伯父とやってる建築関係の仕事が暇なときは手伝ってるよ」

伯父。建築関係。この人はチャーリーのお父さんと働いているのだ。

そこでシェパードの電話が鳴りだす。彼は画面に目をやってため息をつく。「いつの間にこんな時間になってたんだ? もう行かないと」

「あら」小気味よい会話の流れに身をゆだねたままわたしは言う。

「あの」シェパードは顔を輝かせて言う。「押しつけがましく聞こえないといいんだが——きみが興味を持たなくても当然だからね——でも、ここにいるあいだにあちこち馬でまわりたいと思ったら、喜んで案内させてもらうよ」

その温かみがあって愛想のよい表情は、〈マグ+ショット〉の前ではじめて出くわしたときと同じようにまばゆい。この人は本当にいい人だと心の底から思える。

「そうね、たぶん」わたしは言い、電話をかけると再度約束する。松と革の匂いとともに彼が部屋の向こうへ遠ざかるのを見送りながら、わたしはその場に根を生やしたように突っ立っている。**シェパードがチャーリーの従弟だなんて。あやうくチャーリーの従弟にキスするところだった。**頭のなかではそんな思いが無限のループを描いている。

気にしなくていいはずのことだけれど、気にせずにはいられない。**これはたいしたことじゃない、**というチャーリーの声が聞こえるような気がするが、すでにたいしたことになっているという思いは振りはらえない。

じわっと気分が悪くなる。リビーはまだ戻ってこず、物思いが深すぎて、知らない人たちと世間話をする気にもなれない。目を合わせようとする人をことごとく避けながら、人込みをすり抜けてリビングの奥へと進む。

三枚の大きな絵がならべて壁にかけられている。実際、壁はありとあらゆる色とサイズの絵でおおわれていて、古めかしい外観の家に、刺激的でしゃれた雰囲気をもたらしている。

壁にかけられている絵は抽象画ではあっても、ヌードであるのは確かだ。ピンク色や焦げ茶色や茶色に塗られ、紫色の曲線や影が描かれている。マティスの切り絵を彷彿とさせるが、切り絵のほうは——芸術的な曲線や湾曲でプレッツェルみたいな脚が表現されている——ロマンティックなばかりかエロティックですらあるのに、なにげなさがある。ヘアブラシを探してアパートのなかを裸でうろつきまわるときの心許なさにも似た。

　声が聞こえる前にマリファナの匂いがしたが、それでもサリーに声をかけられると、思わずひるむ。「あなたは芸術家なの？」

「とんでもない。でも、芸術のよさはわかります」

　サリーは問うように手に持ったワインのボトルを掲げる。わたしがうなずくと、グラスになみなみとワインを注いでくれる。

「誰の作品ですか？」わたしは尋ねる。

　サリーの口角が持ちあがり、リンゴのような頬に笑みが浮かぶ。「わたしのよ。別の人生を送ってたときに描いたの」

「すばらしいわ」厳密に言ってわたしは芸術に詳しいわけではないが、これらの絵の美しさや、穏やかな色合いと有機的な形で静謐（せいひつ）な雰囲気が醸しだされていることはわかる。〝こんなのはうちの四歳の姪でも描ける〟と人に言われるたぐいの絵でないのはまちがいない。

「あなたが描いたなんて信じられない」わたしは首を振る。「こういう絵がふつうの人の手になるものだとあらためてわかると、不思議な感じがします。あなたがふつうだというわけじゃないですけど！」

「あら、いいのよ」サリーは笑う。「ふつうと言われるよりずっと悲惨なこともあるもの。ふつうってバッジだったら、鼻高々でつけて歩くわ」

「名声を得られたかもしれない」わたしは言う。「その、それだけすばらしい絵だってことです」

サリーは絵を値踏みするように眺める。「それこそまさに〝ふつうと言われるよりずっと悲惨なこと〟ね」

「名声を得れば、お金が入る」わたしは指摘する。「お金は役に立ちます」

「名声を得ればおべっか使いが寄ってくる」

「こんにちは」リビーが喉を鳴らすようにあいさつし、わたしとサリーのあいだにするりとおさまる。わざとらしく眉を上下してみせるので、サリーがそれに気づかないのをありがたく思わずにいられない。その意味を説明しなくてすむ。妹はわたしにあなたの甥御さんとカップルになってほしいと思ってるんですよ！　あなたの息子さんじゃなくて！　じつはあやうくそうなりかけたんですけど！

「サリーがこの絵を描いたんですって」わたしは妹に教える。

リビーは確認を取るようにサリーのほうを見る。「ほんとに！」

サリーは思わず笑う。「びっくりでしょう！」

「これって、その、プロの仕事だわ、サリー」リビーは言う。「売ろうとしたことはないの？」

「むかしはね」サリーは思いだして不愉快になったようだ。

「へえ」リビーは言う。「なんだか事情がありそう。ねえ、サリー。口に出してみて」

「さしておもしろい話じゃないのよ」サリーは応じる。

「運のいいことに、わたしたち、おもしろさの基準を大幅に下げる芝居を見たばかりです」わたしは横から口をはさむ。

サリーは思いきり鼻を鳴らしてわたしの腕を軽くたたく。「そんなこと、モニカ牧師の耳には入れないでよ。老ウィッタカーを演じたのは彼女の洗礼子なの」

「町の広場に立つ銅像は彼をモデルにしたものでありますように」わたしは言う。

「わたしに言わせれば、その銅像、なんなら郵便配達人のデレクに似せて作ってもらったってかまわないわ」とサリー。「プレートに〝ウィッタカー〟と書いてありさえすれば。その手のものがもたらすビジネスがこの町には必要なの」

「話をむかしの事情に戻すと」リビーが言う。「むかしは絵を売ってたの？」

サリーはため息をつく。「そう、子どものころは画家になりたかった。だから、十八のときに、フィレンツェまで絵を描きに行った。数週間のつもりが数カ月になって――クリントとはもちろん別れることになったんだけど――一年後、ニューヨークの美術界に切り込もうとアメリカに戻ったわ」

「かっこいい！」リビーが軽くサリーの腕をたたく。「どこに住んだの？」

「アルファベット・シティ（ニューヨーク市マンハッタンの東部にある一地区）よ」サリーは答える。「うーんとむかしの話。それから十一年そこで暮らして精いっぱいがんばった。何枚か絵を売って、定期的に品評会にも応募したりしてね。三人か四人の個別の芸術家のもとで仕事をしたし、毎夜、画廊とのコネ作りにも励んだ。死ぬほど努力したのよ。それで、八年ほどしてようやく、あるグループ展の一員になったの。そうしたら、ひとりの男性が展示会にやってきて、わたしの絵の一枚を買った。あとからその人が有名な美術館の館長であることがわかってね。わたしの画家人生はひと晩で飛躍を遂げたわ」

「夢みたいな話ね！」リビーが甲高い声をあげる。

「わたしもそう思った」サリーが応じる。「でも、すぐにも真実を知ることになった」

「あなたにとってクリントが真に愛する人だったってこと？」リビーが推測する。

「なにもかもゲームにすぎないってこと。わたしの絵は以前と変わってなかったのに、それまでわたしを拒んできたどこもかしこもが、突然わたしの絵を欲しがるようになった。わたしに目もくれなかった人たちが、わたしをちやほやしだした。どんな絵を描くかなんてどうでもよかったのよ。わたしの作品はステータスの証明になった。それだけのこと」

「言い方を変えれば」わたしは言う。「あなたはとても才能にあふれていたのに、趣味のよい誰かが指摘するまで、大衆には認められなかったってことですね」

「そうかもしれないわね」サリーが認める。「でも、そのころにはもううんざりだった。里心もついてたし。それに、たいていいつも空腹ですっからかんだった。あの美術館長が現れたときには、彼とベッドをともにしてもいいと思うほど寂しかった。でも、その男とは父が亡くなってまもなく別れることになり、わたしは母と暮らすために実家に戻った。そんなときに、母がクリントにうちの雨樋の掃除を頼んだのよ」

「現実は冗談に勝る」わたしは言う。

「で、そのときクリントを本当に愛しているのに気がついたの?」リビーが訊く。

サリーはにっこりする。「ええ、そのときにね。当時、彼には婚約者がいた。それでも母は策をめぐらすのをやめようとしなかった。**バージンロードを歩くまでは正式**

なものじゃない、とか言っちゃって。ありがたいことに、母の言うとおりだった。もう一度クリントと会ったら、すぐに自分が大きなまちがいを犯していたと悟ったのよ。三週間後、彼はわたしと婚約した」

「本当にロマンティック」リビーが言う。

「でも、惜しいとは思わなかったんですか？」わたしは訊く。

「惜しいってなにが？」サリーは質問の意味がわからないというように問い返す。

「都会での暮らしを捨てることが」わたしは答える。「ニューヨークの画廊とか。そういったすべてを」

「正直、あれだけ長いあいだあくせくしたあとだったから、心底ほっとしたわ。ここへ戻ってきて……」サリーは深々と息を吐き、両腕をふわりと持ちあげる。「おちつけたことに」

「ほんとの話」リビーが言う。「あたしたちがニューヨークへ移ったのは、母さんが役者として成功するためだった――母さんはつねに誰よりも神経をすり減らしてた」

「それは言いすぎよ」あれこれ手を広げすぎる人だったのは確かだけれど、夢中で夢を追いかけて、生き生きしていた。

リビーはわたしに鋭い目をくれる。「食料品店で五セント足りなかったときのこと忘れたの？　ほら、『プロデューサーズ』のオーディションのすぐあとのこと？　店員にライムをひとつ戻せと言われて、母さんは泣き崩れたじゃない」

胸が締めつけられる。リビーがそれを覚えているとは思ってもみなかった。妹が六歳になったばかりのころで、母はリビーの大好きなライム味のコーンミールクッキーを焼くつもりだったのだ。レジのところで母が泣きはじめると、わたしは戻すことになったライムを片手に、もう一方の手で小さな指を握ってリビーを果物売り場へ引っぱっていき、母がおちつきを取り戻すまで、あちこち寄り道をして時間を稼いだ。

本に出てきたお菓子のなかで、なんでも好きなものがもらえるとしたら、なにがいい？　わたしは妹に訊いた。

リビーは『ナルニア国物語』でエドマンドが食べていたターキッシュ・デライトを選んだ。わたしは『オ・ヤサシ巨人ＢＦＧ』のフロブスコットルを選んだ。それを飲めば空を飛べるからだ。その晩、わたしたち三人は『夢のチョコレート工場』を見て、ハロウィーンでもらったキャンディの残りを平らげた。

煌めきを放つ幸せな思い出。正しい道筋をたどればどんな問題もうまく解決できるという証拠のひとつ。

すべて丸くおさまった。こうしていっしょにいるかぎり、これからもずっと。そう思ったのを覚えている。

わたしたちは幸せだった。

それなのに、リビーがサリーにしているのは幸せな話ではない。こんなことを言っている。「母さんはすっからかんで、疲れきってて、孤独だった。役者であることをほかのすべてに優先させ、そのせいで惨めになってた」リビーは打ち明け話をするようにサリーのほうに顔を向ける。「ノーラも同じタイプなの——死ぬほどがんばるから、本物の人生を楽しむ暇がないの。食事のあいだ電話をマナーモードにしてくれと言われたのが理由で、二度めのデートを断ったくらい。なにを置いても仕事が最優先。だからここへ引っぱってきたの。この旅行はもともとあたしのおせっかいってわけ」

リビーはそうしたすべてを冗談めかして話しているが、そこには刺々しさがまぎれ込み、言葉がみぞおちへのパンチとなる。部屋が脈打って揺れはじめる。体の内側でなにかがふくらみつつあるように、喉がせばまり、肌が服にこすれてむずがゆくなる。

リビーはまだ話しつづけているが、その言葉がゆがんで聞こえる。

疲れきっていて、孤独で、本物の人生がなく、いつも仕事が優先。

ここのところ、『冷感症』が店頭にならんだら、人からどんな目で見られるかを恐れてきたが、リビーは——妹は本当のわたしを知っているたったひとりの人間だ。その妹からこんなふうに見られていたなんて。

まるでサメだ。

すぐさま恥辱感で体がほてり、自分の皮膚のなかから逃げだしたくなる。どこか別の場所へ。誰か別の人のところへ。

その場を離れ、玄関ホールのトイレへ向かうが、トイレには鍵がかかっている。しかたなく、そのまま玄関のドアへ向かうと、そこには人がたむろしていて、めまいを覚えて引き返すはめになる。

ひとりになりたい。人込みにまぎれられる場所へ行かなければ。少なくともわたしがいまどうなっているか、誰にも悟られない場所へ。

わたしはどうなっているの？

階段がある。階段をのぼって二階へ行くことにする。二階の廊下の突きあたりにトイレがある。トイレまであと少しというところで、右手にある部屋が目を引く。わずかなドアの隙間から、壁一面の本棚が見える。

遠い岸辺のかがり火か、灯台のように。部屋のなかに入ってドアを閉めると、パーティの喧噪（けんそう）がくぐもって遠ざかる。左側の壁際にサクランボ色のレースカー型のベッドが置いてあるのに気づくころには、少し肩の力が抜けて、鼓動もおちついてくる。

市販のプラスティック製の巨大なベッドではなく、木のフレームに艶出しの仕上げをほどこした手製のベッドだ。それを見て心が疼く。奥の壁にならぶ手作りの本棚のかずかずもしかり。その作り方だけでなく、置き方にも愛情があふれている。チャーリーとクリント両方の趣味がインクで指紋をつけたかのようにはっきりと出ている。

本はジャンルと著者ごとにこまかく分けてならべられているが、きれいとは言えない。そこにあるのは革表紙の立派な本ではなく、背に折り目がついたり表紙が半分なかったりするペーパーバックや、古書店の五セントの値札が貼られた本などだけだ。図書館の蔵書処分で手に入れた本には、デューイ十進分類法のラベルが貼ってある。むかし、ミセス・フリーマンがわたしたちにくれていたのと同じたぐい。〝ご自由に持ち帰ってください／不要な本は入れてください〟と掲示された箱に突っ込んであったような本。

わたしたちにとってフリーマン・ブックスは父親みたいだね。よくリビーとそう冗談を言ったものだ。成長を助け、安心をもたらし、気持ちが沈んだときにはちょっとした贈り物をくれる。

日々の生活は予測不可能だったが、書店は変わることなくそこにあった。冬にアパートが寒すぎたり、夏に窓付のエアコンが効かなかったりすると、わたしたちは階下（した）へ降り、店で人気の窓辺の席で本を読んだ。母に連れられて自然史博物館やメトロポリタン美術館へ涼みに行くこともあった。わたしはぼろぼろになった『クローディアの秘密』を持参し、いざとなったらキンケイド姉弟（きょうだい）のようにここで暮らすこともできると思ったものだ。三人いっしょならだいじょうぶ、きっと楽しいと。

魔法のよう。当時のことはそう思える。リビーが言っていたのとはちがう。

たしかに問題もあったが、コニーアイランドの砂浜にうつぶせに寝そべって日が暮れるまで本を読んだりしたことはどうなの？　夜ごとソファにならんで座り、ジャンクフードを食べながら古い映画を観たりしたことは？

熱いココアで手を温めながら、ロックフェラー・センターのクリスマスツリー点灯式を見たことは？

母との暮らし、ニューヨークの暮らしは巨大な書店にいるようなものだった。そこには、夢見る者たちを鼓動する都会の中心へと引きつける無数の道と可能性があった。

約束はできないけど、扉はいくつでもある。
うまくいけば、スポットライトを浴びてステージでシャッセ（バレエのステップ）を踊ることもあるが、うまくいかない日々を嘆くこともあるだろう。

ライム事件の四日後、母の友人たちがクックスのスパークリングワインと、わたしたちを助けるために集めてくれた現金入りの封筒を持って訪ねてきた。

たしかにニューヨークは疲れる街だ。上昇志向の人ばかりが何百万と集まる街。だとしても、這いあがろうともがいているのは自分ひとりではない。

だからこそ、わたしは仕事を優先する。本物の人生がないからではなく、母がわたしたちに望んだ人生が失われることに耐えられないから。なにがあろうと、リビーとブレンダンと姪っ子たちとわたしのみんながだいじょうぶだとわかっている必要があるから。ニューヨークとその魔法の一部を切り取って自分たちだけのものにしたいから。でも、切り取るにはナイフにならなければならない。冷たく、硬く、鋭利なナイフに。表向きだけでも。

その内側にある胸はやわらかく、傷ついていたとしても。

自分が誰より愛している人と根本的にはわかりあえないのだという事実は受け入れられても、その人が本当にはわたしを見てくれていないことは受け入れがたい。リビーは真実を打ち明けるほどにはわたしを信用してくれていない。頼ったり、慰めさせたりはしてくれても。

かつての感情がふつふつと湧いてきて、息苦しさで溺れそうになる。

「ノーラ？」聞き覚えのある低い声が心に垂れ込める霧をつんざき、廊下から明かりが射し込む。部屋の入口にチャーリーが立っている。まわりのものがぐるぐるとまわるなかで、その姿だけが動かない。

彼はおずおずともう一度わたしの名前を呼んで尋ねる。「どうした？」

21

PCバッグが床にすべり落ちるのもかまわず、チャーリーが近づいてくる。「ノーラ？」重ねて問いかける。

声も出せないわたしを引きよせたチャーリーが、顎に手をかけ、親指の腹でやさしく肌を撫でる。「どうした？」

彼の両手のなかで、わたしは凍りつく。室内が静まり返る。「ごめんなさい。わたし、少し……」

親指がゆるやかなリズムで動きつづける。そっと確かめるような声で、チャーリーがからかう。「少し昼寝するか？　ファンタジー小説を読みたい？　それとも、大急ぎでオイル交換をしたいのかな？」

胸につかえた氷の塊に、ぴしっとひびが入る。「それ、どうやるの？」

相手が眉間にしわを寄せる。「なんのこと？」

「あなたはそのときに言ってほしい言葉をかけてくれる」

彼の口元がゆるむ。「そんなふうに受け止めてくれる人はいなかったよ」

「いるわ、ここに」

チャーリーが目を伏せ、まつげが頬に影を落とす。「相手がきみだから、言葉が出てくるのかもしれない」

「窒息しそうだった」わたしは声を詰まらせる。チャーリーが髪を撫でて、またわたしの目をのぞき込む。「なんていうか……みんなの視線にさらされて、だめ出しをされてる気分なの。できそこないの女だと思われることには、いいかげん慣れたつもりだった。だけど相手がリビーだとそうはいかない。母を亡くしてから、素の自分でいられるのはあの子の前だけだから。たぶんダスティの言うとおり、わたしはできそこないの女なの」

「なにを言ってるんだ」チャーリーがまた両手でわたしの顔を包み、彼のほうを向かせる。「きみは妹に愛されているじゃないか」

「あの子が言ったのよ、わたしには人生がないって」

チャーリーがうっすらとほほ笑む。「それはきみが本の虫だからさ、ノーラ。ぼくもきみも、現実の人生を後回しにするのは当然だ。本の世界のほうが、ずっと豊かだ」

弱々しい笑い声が口をついて出るが、楽しさは長続きしない。「妹は、わたしは仕事にしか興味がないと思ってる。みんなそう思ってる。感情なんかない人間だって。そのとおりかも」わたしは投げやりに笑う。「もう十年くらい泣いてないの。まともじゃないわ」

チャーリーが思案顔になり、わたしの腰に腕をまわして背中のくぼみを支える。とたんに頭が朦朧として、触れあった箇所のことしか考えられなくなる。いつしかこちらも彼の腰に腕をまわし、互いのお腹を密着させてぬくもりを分かちあっている。

「ぼくの考えを言おうか?」

体の触れあいは最高に心地よく、ややこしさとは無縁に感じられる。どんなルールも、彼にだけはあてはまらないような。「なに?」

「きみは仕事を愛している。必死で働くのは、並の人間の数十倍も大切に思っているからだ」

「仕事を、ね」

「ほかのことも、すべてさ」まわされた腕に力がこもり、腹部がひときわ密着する。

「妹のことも、担当作家のことも、彼らの本のことも。なんにでも百パーセントの力を注ごうとする。絶対に途中で投げだしたりしない。

きみは新年の抱負として買ったエアロバイクを三年も手つかずのまま結局コート掛けにするような人間じゃない。気分の乗ったときだけ仕事に熱を入れるとか、行きやすい場所にだけ顔を出すなんてこともあり得ない。クライアントが侮辱されようものなら、全力で立ちむかう。かならず愛用のペンを持ち歩く。なにかを書くからには、きれいな文字で残したいと考えるからだ。そして、いつでも最後のページから本を読む……いやな顔をするなよ、スティーブンズ」チャーリーの口元がほころぶ。「ぼくはちゃんと見てるんだぞ。書棚に本をならべるときでも、最後のページを確かめることがあるだろう？　できるかぎりの情報を集めて最善策につなげたい、そんな感じで」

「その口ぶりだと、ずいぶん熱心にわたしを見てるみたいね」

「当然だろう」チャーリーがざらついた低い声で言う。「止められないんだ。見ていないときでもきみの存在を意識しているし、結局は目を向けずにいられなくなる。きみが担当作家の編集者とメールをやりとりしながら、難癖をつけられて顔をしかめるのを見たい。いい文章を読んだあと、興奮して脚を組んだりほどいたりするのを見たい。なめた真似をされたとき、その肌が赤らむのを見たい」彼の指先が喉元をかすめる。「ちょうどこのあたりだ」

胸の先端がつんと尖り、脚の付け根がこわばって肌がほてる。背中を支える彼の手に力がこもり、指先が丸まって服の生地を引きよせる。ともすれば破ってしまいそうになるのを、話すことでごまかしているようだ。

「きみはファイターだ」チャーリーがかすれ声で続ける。「大切なものを守るために体を張る。きみほど情の深い人は見たことがない。知っているか、そういう相手を手に入れるためならどんな代償もいとわない人間がたくさんいるんだぞ」彼のまなざしが深くて鋭い光を帯び、胸に伝わってくる鼓動が速まる。「きみに思われる相手がどれほど幸せか、想像できるか？　きみに……」

チャーリーが言い淀み、唇を嚙んで目を伏せる。力の抜けた指はそれでもまだ背骨から離れようとしない。

「ぼくとカリーナが子どものころ、父は仕事漬けだった。もともと裕福な家じゃなかったが、母方の祖母が亡くなったあと……書店が大赤字を出しはじめたんだ。母はビジネスに向いていない。スケジュールを守ることさえできない人だからね。書店の営業時間はめちゃくちゃになった。たとえば平日にジョージアで画家のトークショーがあったりすると、母はぼくとカリーナに学校を休ませて、会場へ連れていく。予告なしに。ときには絵に没頭して、店を開けるどころか、学校の迎えさえ忘れてしまう。カリーナは両親に似てのんびりした性格だが、ぼくはむかしから心配性だった。新入生のころ苦労したせいかもしれないし、学校に慣れたら慣れたで休むのがいやだった。だが、なにより……」

チャーリーが息をつく。わたしの手はいつしか彼のシャツの背中をぎゅっとつかみ、引きよせている。ずっとくっついていたい。

「うちはつまはじきの一家だった。父は婚約者がいたのに母と結ばれたから。妊娠三カ月の母と」

わたしは思わず口を開き、また閉じる。「じゃあ、クリントは……」

チャーリーが口元をこわばらせ、首を振る。「生物学上の父親はニューヨークにいる美術館の館長だ。何度かメールをやりとりしたが、それだけのことだった。ぼくの父親はクリントだけだし、それでじゅうぶんだと自分を納得させてきたけれど、物心ついたときからずっと、彼に似ていないのには気づいていた。外見も性格も」

黄金色と漆黒の入りまじった瞳が、ふたたびこちらに注がれると、腹部に切ない欲望が宿る。「真実を知ったのは五年生のときだ。学校で誰かから聞かされた」

かすれた声に、わたしは息ができなくなる。懸命にショックをこらえるうち、ハッと気づく。パズルのピースがはまるように、いままで断片的に目にしてきたチャーリーのさまざまな姿が一枚の絵になる。彼は気むずかし屋のダーシー（『高慢と偏見』のふたりの中心人物のひとり）の類型ではない。ランチでいやな印象を残した、横柄で頑固なインテリでもない。まっさらの正直さを求めてやまない人。現実主義者でありながら、知らず知らずのうちに現実を離れてしまう人。世界を理解したいと願いながらも、過去の傷のせいで信じきれずにいる人。それが、チャーリーだ。

「胸が痛いわ、チャーリー」

彼がごくりと喉を鳴らし、くぐもった声で言う。「クリントはただ、ぼくを実の息子として育てたかったんだろう。ただ、知り方が悪かった。町の連中も、両親がいるところではそこそこ感じがよかったが、学校に入って最初の何年かは地獄だった。母は善意をふりまいて相手を呑み込む戦法で、世間を味方につけた。だが、そんな芸当ぼくにはできない。あきらかにこちらを嫌っている人間と、気軽におしゃべりなどできるものか。虫の好かない連中にこびを売るのもいやだった。カリーナが人からはじめて言われたのは、妹が三年生のときだ。おまえは病気持ちだ、母親が売春婦だったからな、と」

「ひどすぎる」わたしはチャーリーの背中から両手を離し、手のひらで彼の顔を包み込む。語彙不足で、気持ちをうまく表現できないのがもどかしい。鎖かたびらのようたい。

に彼におおいかぶさるか、いっそガソリンを口に含んで階下へ行き、火を噴いてやり

「中学校時代の半分は図書室で過ごした。残り半分は校長室で、ケンカした説教を食らっていた。実を言うと、その二カ所にいるときだけは、かろうじて人生を思いどおりにできる気がしていた」彼はもやを払うように、頭を振る。「つまり、きみが思っている〝魔法のように自由な精神〟を持った理想の女性は、それはそれで問題があるってことだ。万人に受け入れられないとしても、きみがまちがっているわけじゃない。きみは頼りがいのある人だ。とことん頼れる。それでいて冷たくもないし退屈でもない。逆にそこが……」言葉を濁し、また頭を振る。「きみたち姉妹にも食いちがいはあるだろうし、リジーだってきみを理解できるとはかぎらない。それでも、きみが妹を失うことは絶対にないよ、ノーラ。その点は心配いらない」

「なぜ断言できるの？」

いまやチャーリーの瞳は溶けたキャラメルそっくりの色合いに変わり、両手でわたしの腰を前後にやさしく撫でている。その動きに合わせてふたりの体が寄ったり離れたりし、回を重ねるごとに、動きが熱を帯びていく。

「なぜって？　リビーは大切なことをちゃんとわかっているからだ」

あのばかげたレーシングカー型のベッドに彼を押し倒し、シャンプーの香りを吸い込みたい。彼の指で激しく肌をまさぐられ、熱い腹部を押しつけられ、ひとつになって体を揺らしたい。

「きみが現れるまで、ぼくにとってこの町は自分がつまらない人間だった時代をよみがえらせるスイッチだった。だが、きみがいるいまは……なんだろうな。自分もそう捨てたもんじゃないと思える。だから、もしきみができそこないの女なら、ぼくもできそこないの男なんだろう」

いまではチャーリーの人物像がはっきりと見える。無口で所在なさげな男の子。多感で怒りっぽい少年。町を飛びだしたくてたまらない、むっつりした高校生。そして、はなから居心地の悪かった場所に、無理やりにでも自分をなじませようと努める、辛辣な男性。

大人になるとはそういうことだ。幼少時代のレーシングカー型のベッドが、つねに自分の横にくっついている。ささいなきっかけで年月はかき消え、苦心して作りあげた自己イメージの代わりに、ふがいないむかしの姿があらわになる。

「あなたはつまらない人間じゃない。できそこないでもない」わたしの口からかすかに言葉が漏れる。

チャーリーが目を伏せる。歯を食いしばりながら、指先でわたしの唇の右側のくぼみを撫でる。ふたたび視線を合わせたとき、その瞳は燃えている。ベッドサイドの明かりを思わせる温かな光ではあるけれど、湧き起こる熱がふたりのあいだを通うのがはっきりとわかる。

「それを言うなら、きみをできそこないだと思わせるような連中は、目が腐ってる」かすれ声にこもる愛情が温かな波となって押しよせ、胸をひたひたと満たす。

ふたりはさながら磁石のS極とN極だ。同じ室内にいるとくっつかずにいられない。チャーリーの髪に指を差し入れてキスしたい。彼の頭からいまいる場所も、自分がつまらない人間だという悩みも、きれいさっぱり消し飛ぶまで。きみにはその力があると、わたしを見つめる彼の瞳に書いてあるような気がする。この痛みはきみにしか癒やせないと。

彼に伝えたい。あなたは、すべてに理由を見つけようとしすぎる。あるいは、あなたはものごとをあるがままに受け入れずに、分解して仕組みを解き明かそうとする人よ。やさしいうそよりも真実を知りたがる人。

こんな言い方もできる。あなたは五着しか服を持っていないのに、どれも最高のセンス、そんな人。

「あなたをつまらないと思ったことは、一度もない」わたしはささやく。

チャーリーの唇がわずかに開き、口元に影が落ちる。ミントの香る温かな息がわたしの唇をくすぐる。一瞬、わずかな空間をはさんで駆け引きが繰り広げられる。室内から空気がなくなったみたいだ。でもわたしが本当にしたいのは、彼を吸い込むこと。ふたりのあいだに壁を築いてきた理由が、ふいにどうでもよくなる。なぜなら壁など存在しなかったから。チャーリーはわたしを見ている。わたしに触れている。自分がガラス窓に張りついて室内に入りたがっているはぐれ者でないと感じられるのは、本当に久しぶり……たぶん母を亡くしてからはじめてだ。

そのときわたしの携帯電話が鳴り、温かな重みが消え去る。身を起こしたチャーリーは現実に直面し、ふたりのあいだにバリケードを築かねばと考えたようだ。棚に向きなおり、衣服を整える彼を見ながら、わたしの口はからからに乾いている。全身がチャーリーに触れたがっているけれど、それはしない。わたしの感情に変化があったとしても、彼の側には事情がある。**たいしたことじゃない。いまややこしい状況に置かれている。**

アマヤのことを思うと、罪悪感と嫉妬、そして苦悩が胸の奥で渦巻く。

また携帯電話が鳴り、リビーから立てつづけにメッセージが送られてくる。

いま、どこ？

暗闇で考え込むのが終わったら、いっしょに帰ろ。車で送ってくれるって。

ねえ、生きてる？

「リビーからよ」

背後でチャーリーが咳払いをし、しゃがれた声で答える。「編み物クラブにスカウトされる前に、妹を救出したほうがいい。サンシャインフォールズにおけるマフィアみたいなものだから」

わたしはうなずく。「また明日」

「おやすみ、スティーブンズ」


階段をおりたところで、あやうくサリーにぶつかりそうになる。

「リビーを探してたのよ！　彼女から頼まれてた電話番号を見つけてね……渡しておいてもらえるかしら？」

わたしはメモを受け取る。詳しい話を聞くより先に、サリーは前髪をかっちりとスプレーで固めた女性のあとを追うように立ち去る。

メモの写真を撮ってリビーに送る。これ、サリーからよ。いまどこ？

店の前、急いで！ 無政府主義者(アナーキスト)バリスタのガーティ・パークが車に乗せてくれるって！

妹のようすはいつもと変わりない。バンパーにステッカーを貼りまくったハッチバックの後部座席で、わたしはここ数週間のできごとを逐一ふり返る。リビーが母やわたしについて言ったこと。ブレンダンからの不可解なメッセージ。それを読んだリビーの反応。書店の外で起きた口論。例のリスト。リビーがどこへともなく姿を消し、ふらりと戻ってきたこと。妹の疲れやすさや、顔色の悪さがたまにぶり返すこと。

問題をすべて頭にファイルして、ひとつずつ整理し、出口へとつながるシナリオを組み立てていく。戦局を見きわめ、つぎに降りかかる衝撃をやわらげるために。でもほんのいっときだけれど、さっき二階でチャーリーの腕に包まれたときは、なにもかもだいじょうぶだと思えた。

わたしもだいじょうぶだった。

浮世離れした心地よい闇のなかを漂いながら、なににも頭をわずらわせず、ただゆったりと——両手を左右に掲げたサリーの姿が脳裏をよぎったものの——おちついていられた。

22

町外れの図書館はぶかっこうで嵩高く、ピンク色のレンガ壁にとんがり屋根をいただいた三階建て。リビーがグッディ・ブックスに置く調度品の配送を手配するあいだ、わたしは最上階の3C学習室でチャーリーと仕事をすることになっている。

午前中はずっと、リビーとのあいだにわだかまりが残っていた。お互いに、ふとした拍子に思いだしては気まずい雰囲気になる。

妹の不満は、わたしが働きすぎでふたりのあいだに距離ができることだ。距離のせいで、秘密は保たれ、秘密が秘密であることにわたしは不満をくすぶらせる。自己暗示にかかったかのように、ふたりは無言の口論を続けながら、なにもなかった体を取り繕う。

その空洞がつらい。**あの子を失ったら、いったいなんになるの？**

図書館の自動ドアが開くと、古い紙の甘い香りがふわりと全身を包み、気持ちをなごませてくれる。入って右手、年季の入ったコンピュータ群の前にたむろする高校生たちの話し声を、実用的なブルーのカーペットが吸い込んでくぐもらせている。彼らの横を通り抜け、広い階段をのぼって二階へ、さらに三階へ向かう。

窓つきの学習室をいくつか通りすぎて3Cに着くと、ノートパソコンに向かっているチャーリーの姿が目に入る。スタンドの明かりはついておらず、窓から降りそそぐ自然光が、涼やかなブルーで固めたいでたちを引き立たせている。

天井が傾斜した小さな部屋。合板のテーブルと四脚の椅子が、床面積の大半を占めている。

なんとなく——静寂のせいか、昨夜あったことのせいか——気恥ずかしくて、わたしは戸口に佇(たたず)む。「遅刻した？」

チャーリーが目を上げる。くっきりとした輪郭の瞳。「ぼくが早く来たんだ。土曜はたいてい、ここで編集作業をしている」しばらく話していなかったらしく、声がざらついている。

〈マグ＋ショット〉の大きなカップが置いてある空き席に、わたしは腰をおろす。

「ありがとう」

チャーリーはパソコンの画面を見つめたまま、うなずき、耳にかかる髪を引っぱる。

わたしの携帯電話が振動して、ブレンダンからのメッセージを表示する。**ガールズ、楽しくやってるかい?**

不安がじわじわと込みあげて、みぞおちを締めつける。つい五分前に書店にいるリビーからメッセージが届いたので、妹が携帯電話を持っているのはまちがいない。ということは、ブレンダンがこちらに先に連絡したか、リビーがメッセージを無視したかだ。

ええ! どうかした? なにも問題ない? わたしは返信する。

もちろん!!! ことさらに強調するかのような〝!〟マークの連打。そろそろ、真正面から答えを求めるべき時期なのかもしれない。

わたしはひとまず懸案を脳内で区分化する。いともやすやすと。「少し待ったほうがいい?」自分のパソコンを起動しながら、チャーリーに尋ねる。

彼がハッとする。わたしの存在を忘れていたようだ。「あ、いや、いいよ。悪かった。だいじょうぶだ」片手で口をこすって立ちあがり、わたしのパソコンの画面が見える位置まで椅子を持ってくる。腰かけた拍子にふたりの太腿がぶつかり、胸郭の奥になにかの気持ちが押しよせる。

「お互い好きなところから指摘する?」わたしが尋ねると、チャーリーがしばし目を見開いて固まる。質問を聞きのがしたらしい。「遠慮しないで、チャーリー」わたしは茶化す。「好きなところがあるって認めていいのよ。ダスティもわたしも、黙ってあげるから」

チャーリーが目をしばたたく。意識が水面まで浮かびあがってくるのが見えるようだ。「もちろん、ぼくはこの作品が好きだ。さんざん頼み込んで編集につかせてもらった。覚えているだろう？」

「頼み込むあなたの姿、死ぬまで忘れない」

チャーリーがぷいっと画面を見る。いかにもビジネス然とした態度に、わたしはひやりとする。「流れはすばらしい。無遠慮な理学療法士が、ナディーンをうまく牽制している。だが、章末のあたりではもう少しキャラクターに深みが欲しい」

「わたしもそう書いたの！」勝ち誇りすぎたかと反省したのは、チャーリーの表情を見た瞬間だ。「どうしたの？」

彼がしかめっ面をやめる。「どうもしない」

「どうもしないってことはないでしょ、その顔は」わたしは追及する。

「いつもこんな顔だ、スティーブンズ。見てのとおり、つまらない顔さ」

「じゃなくて、表情のことなんだけど」

チャーリーが椅子にもたれ、パイロットの赤ペンを指の節にはさんでゆらゆらさせる。「きみが有能だというだけの話だ」

「それがショックなの？」

「まさか。仕事のできる相手を褒めたらいけないのか？」

「厳密には、あなたの仕事よ」

「きみの仕事にだってできる。きみが望みさえすれば」

「じつは編集の仕事の面接を受けたことがあるの」

チャーリーの眉がぴくりと動く。「受からなかったのか？」

「二次面接を受けなかったの。リビーの妊娠がわかったから」

「それだけ？」

「それと、ブレンダンが一時解雇されて」胸が苦しい。わたしは弁解口調になる。「そのころのわたしはエージェント業でかなり稼げてて、転職して見習いレベルになれば収入が減るのはわかってた」

こちらの肌がすり減るのではないかと思うほど強いまなざしを浴びせたあと、チャーリーは目をそらす。お互い飽きもせず、にらめっこをくり返している。「リビーはなんと？」

「妹には話さなかった」わたしは画面に視線を戻す。「さあ、つぎはジョセフィンよ」

ひと呼吸おいて、チャーリーが言う。「自分のために姉が夢をあきらめたと知ったら、リビーが悲しむと思わなかったのか？」

「いまだって仕事に没頭しすぎだと責められてるのよ。さあ、ジョセフィンの話をしましょう」

チャーリーが吐息まじりに降参する。「ジョーは最高だ」

「老ウィッタカーとの差別化はできてると思う？　もう、偏屈で身寄りのない老人を連想しない？」

「だいじょうぶだと思う。元恋人にハリウッドから連れだされたという設定のおかげでキャラクターに厚みが出て、『一度きり』のイメージは払拭できた。老ウィッタカーは家族を亡くしたが、ジョセフィンにはそもそも家族がいない。それに、マスメディアや世間の目にさらされる女性の立場を論じる場面には重みがある」

「同感。わたしもそこが気に入ってる。だけど、それでまた気になる点が出てきたの。彼女と映画産業とのつながりを明かすのは、もう少しあとにしたほうがいいような気がして」

チャーリーの目つきは、パソコンの画面でカーソルがくるくるまわるときにそっくりだ。思考のローディング中なのだろう。「どうかな。それよりぼくは、ナディーンが俳優にならなかった理由を明かすのをもう少し後ろに持ってきたほうがいいと思う。たとえばナディーンがジョーのオスカー像を見つける。それがきっかけでナディーンがもともと演技を志していたことが判明し、ジョーがなぜ方向転換したのかを尋ねたら、いい前振りになるんじゃないか」

「頭にきた」わたしは言う。

「なんだって？」

「あなたが正しい」

「申し訳ない。きみにはつらい局面だったな」

わたしは変更点をパソコンに打ち込みはじめる。

「ナディーンは演技をあきらめるべきじゃなかった」チャーリーが言う。

しばし宙に浮いた言葉。わかりやすい誘い水だ。「彼女はエージェント業で大金を稼いでるのよ」わたしは反論する。

「金があってもそれを楽しんでいない」

わたしは唾を呑み込み、入力に集中しようとする。「ナディーンはエージェントの仕事が好きよ」

「好きなのは、演技だ」

「彼女の大ファンだと言ったくせに」

「そうさ。だからこそ、幸せな結末を迎えてもらいたい」

「これはそういう作品じゃないと思うんだけど、チャーリー」

彼がひょいと肩をすくめ、唇をゆがめる。「いずれわかるさ」

注意深く文書をまとめている最中なのに、ふたりで編集箇所を見なおしていると、なぜか母とリビーとでセントラルパークのランブルを散歩した日々がよみがえる。

提言文書が長くなりすぎたので、こんどは刈り込み作業にかかる。チャーリーがパソコンを引きよせ、四つのセンテンスを一文にまとめる。つぎにわたしがパソコンを引きよせ、肯定的なコメントを足す。数時間して、ふと気がつくと、ふたりの役割が入れ替わっている。彼のほうが賛辞を書き込み、わたしのほうが過剰な表現をカットしていたのだ。

こちらを見つめてチャーリーが笑う。その声が背骨をくすぐるようだ。

「前から、人食いザメの襲撃を間近で見たいと思っていたんだ。血みどろのやつを」

顔のみならず服の内側までほてるのを感じながら、わたしは画面に向きなおる。めまぐるしい変化に頭がついていかない。「はっきり前進してるのを感じたいの」

「ノーラ、現時点でこれならかなりの前進だ」チャーリーが手を伸ばして文書全体を選択し、カーソルを〝すべて実行〟に合わせる。テーブルの上で肘と肘を触れあわせ、こちらを見る。同意を求めているのだ。

わたしがうなずいても、彼は動かない。軽く触れた腕からびりびりと研ぎすまされた感覚が、体の中心部へ向かうのがわかる。

ここで出方をあやまって、また壁ができてしまうのは耐えられない。どう話を切りだすか、昨晩眠れないまま何時間も考えたのに、いざとなるとなんの工夫もなくこう言っている。「言い忘れてたけど、きのうの晩、あなたの従弟にばったり会ったわ」

わざと従弟という表現を選ぶ。チャーリーがそっぽを向いて顎をかく。「木から降りられなくなった子猫でも助けていたか？　それともお年寄りが道を渡るのを手伝っていた？」

「どちらでもない。上半身裸で車を洗ってただけ」

「ちゃんと注意してくれたんだろうな」彼の目がこちらに向く。ふたりのあいだに、かすかな電気が走ったように感じる。

「あら、お兄さん、悪いけど、ここは家族向けの文学サロンなんですよ、とか？」

チャーリーが口元をゆるめる。立ちあがってテーブルにもたれ、窓の外を眺める。

「実際にそんなことを言ったら、編み物クラブの女性たちに町を追いだされるぞ。上半身裸のシェパードはサンシャインフォールズの名物なんだから」

心臓が口から飛びだしそうになり、わたしは声を落とそうと苦心する。「あなたの従弟だとは知らなかった。知ってたら、彼と出かけたりしなかった」

「ぼくに気を遣うことはないさ」

「ええ、わかってる」わたしも立ちあがる。これ以上まどろっこしい言い方はしていられない――これじゃ通じない。リビーの件は手の打ちようがないけれど、これは……これなら解決できる。遅かれ早かれ、正面対決は避けられないのだし。

息を吸い込んで話を続ける。「元カノとよりを戻そうとしてるいまなら、なおさらよね」

チャーリーがさっとこちらを見る。「それはちがう」

「きのう彼女に会ったんでしょう？」

彼の顎がこわばる。「仕事中に、向こうが寄っただけだ」

疑わしげな目になるのが自分でもわかる。「あらかじめ約束して？」

チャーリーが重心を移してうなずく。「ああ」

「本を買うために？」

また、彼の顎に力が入る。「そうじゃないが」

「ふたりで過ごすために？」

「話をするためだ」

「元恋人ならよくあることよね」

「小さな町だ。顔を合わせずには生活できない。だから、わだかまりを解く必要があった」

「ふーん」

「ふーん、はやめてくれ」チャーリーの声にいらだちが滲む。「ふたりのあいだにはなにもなかったし、今後もない」

「わたしには関係ないことね」

「そのとおり」なぜか、この言葉がチャーリーをさらにいらだたせたらしい。いや、いらだったのはむしろわたしのほうかも……。縮まっていくふたりのあいだの間隔が、痛いほど意識される。「きみがぼくの従弟とデートしても関係がないのと同じだ」

「わたしはもう彼に会わない。そもそも、あなたの従弟だと知ってたらデートしなかった」

「きみはなにも悪くない」

「あなただって、アマヤと会って悪いことなんてない」わたしは言い返す。ふたりともケンカがじょうずすぎるのか、へたすぎるのか……お互いのロマンスを悪意たっぷりに応援しあっている。

チャーリーが一点先取する。「シェパードはいいやつだ。この町の独身男のなかではもっとも望ましい候補だ。きみの求める条件もすべてクリアするだろう」

「アマヤは？　彼女はあなたにとってどうなの？」

「基準にはとうてい達しない」

「さぞかし厳しい条件リストがあるんでしょうね」

「条件はひとつだけ。とても大切なことだ」

こちらに向けるまなざしが、わたしの肌をぞくぞくさせる。「あなたたちのあいだにそれがあてはまらなくて残念だったわね」

「きみとシェパードの件も残念だ」彼の目が光る。「楽しく過ごしたとばかり思っていた」

「楽しかったわよ。ただ、それがいまの自分の望みじゃないとわかっただけ」

チャーリーの目が暗い色合いを帯びる。どうかわたしの表情から本心を読み取って……こちらの気持ちはもう決まっている。

「なら、きみの望みはなんだ、スティーブンズ？」きしむような声で尋ねる。

「わたしはただ……」いましかない。わたしは息を吸い込む。スカイダイビングに臨む気分だ。「ここにあなたといたい。この先どうなるかを考えずに」

チャーリーが一歩前に出てわたしのスペースに踏み込み、わたしの胸が高鳴る。

「ノーラ」やさしい声。

「あなたがいやならしかたないけど、わたしはあなたのことばかり考えてる」顔が赤らむのを感じつつ、続ける。「距離を保とうとすればするほど、考えずにいられない」

彼の口元がほころび、瞳が煌めく。「本能を抑えつけようとしているのか？」

「かもね。もしかすると、イージーな方向に流れたいだけかもしれないけど」

チャーリーが眉を吊りあげておどける。「ぼくがたやすい（イージーな）相手？」

ええ、あなたは世界でいちばんくつろげる（イージーな）相手。そう思ったけれど、口に出した言葉はこうだ。「そうであってほしいけど」

チャーリーが笑い、すぐ真顔になって目をそらす。「たとえお互いに求めても、うまくいかない確信がぼくにあるとしたら？」

「ほかに誰かいるの？」

彼がこちらをじっと見る。「いや、そういうんじゃない。ただ……」

「チャーリー、言ったでしょう。先のことは考えたくない。いまこの瞬間をうまく乗りきれる自信もないのよ」

彼が口元に力を込め、低くざらついた声を出す。「本当に?」

「本当よ。言われたらナプキンにだって署名しそう」

どちらが先に動いたのかわからない。気がつけばふたりの唇は重なり、チャーリーの熱い両手がわたしの体を横からも後ろからも前からも撫でている。ためらいも世間体も消え、ただ欲望のままに。強く抱きしめられたわたしは、彼のシャツを鷲づかみにする。

ほどなくチャーリーがスカートからブラウスを引っぱりだし、ボタンを外しにかかる。荒々しくもやさしい動きにシルクはてもなく屈する。わたしの喉から切実なうめきが漏れ、同時にテーブルに押し倒される。チャーリーがスカートを押しあげて、体を割り込ませてくる。

「チャーリー」わたしは彼を引きよせ、弓なりになって愛撫を受け止める。チャーリーの手がうなじにまわされ、髪に差し入れられて、喉元に軽く歯が立てられる。

「図書館でこんなの、だめよ」重ねた唇越しにささやきながらも、わたしの両手は動きつづけ、彼のシャツの下に潜り込んで、背中に爪を立てる。

チャーリーが子どもをたしなめるように小声で言う。「慣習に縛られたくないんだろう」

「ことが公然わいせつとなると、慣習というより連邦法に引っかかるわ」

喉に唇を押しあてながら、チャーリーが片手で腰を抱きよせ、こわばりに密着させる。ああ、すごい。「服さえ脱がなければ平気さ」

わたしの口からこれほどセクシーで野性的な声が出るなんて。「確認しておくけど、あなたは平気？　仕事相手よ」

鎖骨に口づけたチャーリーの声がくぐもって聞こえる。「こうなったからって、ぼくに手加減するようなきみじゃない」

「あなたはどうなの？」ごくふつうの会話を装っているのが、自分でも笑える。現実のわたしはテーブルに両手をついて、彼がブラウスの襟ぐりに口を寄せやすいよう思いきり体を突きだしている。

「ぼくも手加減するつもりはないよ、ノーラ」

チャーリーの髪に指を差し入れて、うなじをとらえると、脈動が伝わってくる。理性が粉々に砕け散って万華鏡になってしまいそう。彼の指が内腿を這いあがり、脚の付け根に到達する。チャーリーの双眸（そうぼう）は酔ったようにかすんでいる。

わたしは両膝を開き、チャーリーは歯を食いしばりながら中心部に触れる。羽根のように軽やかにはじまったタッチに、少しずつ力が加わる。レースの下に指がすべり込むのに合わせて、わたしは腰を浮かせる。静まり返った室内に、荒い息遣いだけが響く。

「顔が赤いぞ、ノーラ」喉元に口づけながら、チャーリーがからかう。「ぼくに怒っているのか？」

「かんかんよ」唇が下へと向かい、片手がブラウスのボタンを外すのを感じて、わたしは息を呑む。ブラジャーを引きおろされ、ひやりとした空気が肌に触れる。

「埋めあわせる方法を教えてくれ」舌先で乳首を転がしながら、チャーリーが問いかける。

わたしは身をそらせる。「すべりだしは悪くないわ」

先端を唇に含まれ、叫ばないよう必死でこらえるうちに、彼が低いうめきを漏らす。片手をふたたびスカートに差し入れ、胸元で息をはずませている。「まいったな、止められない」

もっと近づきたくて、彼を抱きよせる。ふたりとも完全にテーブルに倒れ込み、わたしは内腿で彼の腰をはさんでいる。体を揺すられて、思わず発した声を押し殺そうと、彼の喉元に口をうずめる。

わたしは完全にコントロールを失っているのに、乱れるさまを彼が喜んでいるのがわかって、火に油を注がれたようになる。コントロールを失ったままでいたい。熱いまなざしを受け止め、彼のせいでそうなっているのだとわからせたい。チャーリーがかかとをつかみ、高く掲げた片脚を彼の腰にからみつかせる。

もっとおちつける場所があれば、とっくにそこへ行っている。

「きみを口で喜ばせたい」唇越しにかすれ声を吹き込まれて、胸がずきんとする。

「わたしが口でしてあげる」

低い笑い声。「つくづく負けず嫌いだな、スティーブンズ」

ズボンのなかに手をすべらせ、細心の注意を込めて下腹部に触れる。手の力を強めると、チャーリーの息遣いが荒くなり、さらなる刺激を求めて腰を突きだしてくる。

この行為がこんなに楽しかったなんて。いままで楽しんだことがあるのかさえわからない。でも、いつになく無防備なチャーリーを前に、主導権を握れることに快感を覚える。

「まいった。きみのなかに入りたい」

全身がぴんと張り詰める。「いいわ」わたしが荒っぽくうなずくと、彼がまた笑う。

「いや、きみの言うとおり、ここじゃだめだ」

「ほかに選択肢はほとんどないんだけど」

チャーリーが身を離し、ブラウスのボタンを、外したときと同じくらいやすやすと留める。「ノーラ、ぼくたちが思いを遂げるときは図書館のテーブルじゃだめだ。時間に追われるのもなしだ」わたしの髪を撫でつけ、ブラウスをスカートのなかにたくし込んでから、腰を支えてテーブルから抱きおろす。「後悔のないように、拙速なことは避けたい」

23

図書館を出るときは足がふらつき、四十分ぶっ通しでエアロバイクを漕いだように心臓がどきどきしている。何時間も携帯電話をチェックしていなかったので、メールが溜まりまくりだ。週末という概念をめったに重視しない上司からも、同様の複数のクライアントからも届いている。そこに交じってリビーからのメッセージが見つかる。まぶしい日射しのもとで目を細め、妹が送ってきたリフォーム写真をチェックする。

グッディ・ブックスはこぢんまりとした居心地のいい空間へと生まれ変わり、ショーウィンドウの〝夏のお薦め図書〟というディスプレイは煌めくライトに彩られている。画像の大半は、サリーが隅っこでほほ笑む構図だが、一枚だけうっかり撮影者の親指が写り込んだショットがある。思いきり両手を広げたリビーが満面に笑みをたたえ、アップにまとめたストロベリーブロンドが大きくかしいでいる。

ハート形の顔は、ハイスクールの美術展に作品が入選した十四歳のときとほとんど変わらない。誇りと自信と可能性を感じさせる。気まずくなっているいまでさえ、妹のこんな姿を見るとうれしくなる。

すごいじゃない！　わたしは送信する。天才ね‼　同じ店とは思えないくらい！！！

ありがとう！　なにかあった？　遅刻なんて珍しいから。

〈ポッパ・スクワット〉での待ち合わせ時刻から十分が過ぎている。だいじょうぶ。すぐ行くから待ってて。

その前に、一本電話をかけなくては。通りに緑色のベンチがあったので、太陽に焼かれて熱くなった金属の座部に腰かけ、バッグを探ってシェパードにもらった電話番号を探しだす。つきあう気がないのをわざわざ伝えるなど、古めかしいかもしれないけれど、シェパードはいい人だ。知らんぷりで自然消滅を狙うのは申し訳ない。

発信音が三回鳴ったあと、女性の声が聞こえる。「お電話ありがとうございます、デント・ホプキンス＆モローです」

一瞬とまどってから、わたしは声を発する。「シェパードはそちらに？」

「あいにくですが、当方にはそういった名前の者はおりません」

「あの、失礼ですが……あなたは？」

「タイラです。デント・ホプキンス&モロー法律事務所の」

「すみません……まちがえました」電話を切ってもう一度バッグを探ると、読みにくい文字で電話番号を記したレシートが出てくる。シェパードにもらった番号はこちらだ！　さっきのはたぶん……サリーに渡された連絡先だろう。**彼女から頼まれてた電話番号を見つけてね……渡しておいてもらえるかしら？**

なにかを胃に入れて、しこたま飲んだコーヒーを中和したほうがいいかもしれない。ただし、法律事務所の名前を検索しながら手が震えるのはカフェイン過多のせいではなさそうだ。

検索結果が表示されると、血管に氷を注入されたように感じる。

離婚・家庭問題なら：デント・ホプキンス&モロー法律事務所
一瞬、通りの石畳や青く晴れ渡った空が、びりびりに裂けて吹き飛んだかに思える。胸に大きく重たい塊がつかえて、息を吸うことも吐くこともできない。

かつて住んでいたアパートが脳裏によみがえる。母が亡くなってからの恐ろしい数週間、身も心もぼろぼろで泣きじゃくるリビーを抱きしめて過ごした日々が。

わたしは固く石灰化した自分の悲しみを胸に押し込めて、妹の苦悩に溺れる。

ひとりになりたくない、とリビーは嗚咽（おえつ）した。**あたしたち、ふたりっきりだよ。ふ**

たりっきりで取り残されちゃったんだよ、ノーラ。

わたしは妹をきつく抱き、髪に唇を押しあてて約束する。だいじょうぶよ、あなたをひとりにはしないから。

わたしがいるから。わたしがずっとそばについてる。

夜ごと目を覚ましては、なにも変わっていないことに気づく日々。母は死に、お金はなく、リビーは壊れかけている。

リビーが寝ながら泣くこともあったし、彼女がトイレに行ったあとでわたしが目覚め、ベッドの隣が冷たいのに気づいてパニックに陥ることもあった。

苦痛が暗雲のようにつきまとい、ベッドにのしかかってきたあのころ。日を追っても苦痛は小さくならず、むしろわたしたちの悲しみを餌にしてますます太っていった。

ある朝早く、ふたりで一枚のブランケットにくるまり、妹のストロベリーブロンドを撫でているとき、リビーがささやいた。**ここにいたくない。もう終わりにしたい。**

それと同じ冷たいパニックがわたしのなかでも限界までふくらみ、怒りくるったようにどくどくと脈打っていた。

お金のこと、仕事のこと、学校のことなど、いまやわたしが背負うことになったありとあらゆる責任を投げ捨てて、わたしは答えた。**だったら、どこかへ行こう。**

そして、実行した。

いちばん安い平日の早朝便を選んで往復チケットを買い、ロサンゼルスへ飛んだ。宿泊した安モーテルはドアロックが壊れていたので、寝るときはドアノブに椅子でつっかい棒をした。

毎朝タクシーで海岸へくりだして日暮れまで過ごし、安上がりで脂っこい夕食をとった。母の遺灰を少し持ってきて、人目を盗んで海に撒いたあと、きゃあきゃあ笑いながら逃げ去った。法律違反ではないかと心配だったのだ。

残りの遺灰はニューヨークのイーストリバーとハドソン川沿いに撒くつもりだった。故郷の両側に少しずつ母を置いて、わたしたち姉妹を囲い込み、抱きしめてもらうためだ。ロサンゼルスではまだすべてを手放す気になれなかった。

まる一週間の滞在中、リビーは一度も泣かなかったが、帰りの飛行機が離陸するとき、遠ざかる海岸を窓から眺めてささやいた。**いつになったらこのつらさが消えるの？**

わからない。うそを見透かされているのを承知で、わたしは答えた。永遠に消えない、本当はそう思っていた。

リビーがあたりをはばからない声で泣き崩れたので、ほかの乗客がうんざりした目を投げてきた。わたしはかまわず妹を胸に抱きよせた。口に出してみて、かわいいお嬢ちゃん。母がわたしたちに言ってくれていたとおりに言った。

ふたりの年齢を見あやまったのか、それとも同情してくれたのか、客室乗務員がそっとミニチュアボトルのお酒を持ってきてくれた。

リビーはしゃくりあげながらベイリーズを選び、わたしはジンを飲んだ。

以来、ジンの香りを嗅ぐたびに思いだす。妹をぎゅっと抱きしめたこと、母への思慕を募らせ、死去からの数週間でいちばん身近に感じたことを。

ほかのお酒を飲まなくなったのは、たぶんそのせいだ。心に開いた穴でも、なにも感じないよりはましだ。

まばたきして追想を振りはらう。でも、胸の痛みと手のわななきは消えてくれない。熱く焼けたベンチに座りなおし、吸う息と吐く息の長さをそろえようとする。

あれが、リビーとした最後の旅行になった。わたしにとっての最後の旅行でもある。不幸な結末に至ったジェイコブとのワイオミング週末旅行をのぞけば。

借金返済のめどが立つと、わたしは少しずつ貯金をはじめた。リビーがカレッジを卒業したら、どこか楽しい場所、ミラノかパリへでも連れていくつもりだった。あれほど野心に満ちた子だったのに、母の死で干上がってしまったようだった。フリーマン・ブックスの手伝いもやめ、就職につながりそうな仕事をいくつか試したものの、どれもぴんとこないようすだった。

わたしはリビーの大学生活にべったり寄り添った。はっぱをかけ、レポートに目を通し、単語帳まで作った。以前よりもケンカが増えたのは、姉妹の役割が変わったことにお互いいらだっていたからだろう。悲嘆から立ちなおれないリビーは、怒ってはぐったりするのくり返しだった。何年たってもまだ、眠りながら泣くことがあった。

やがてリビーはブレンダンと出会い、大学中退を決意した。

婚約を知らされても、わたしは驚かなかった。姉の目に映るリビーは、ひとりになりたくないと怯(おび)えるティーンエイジャーのままだったから。

心配なのは若すぎること、安定を求めるあまり決断を急いだのではないかということだった。とはいえリビーは幸せそうだった。何年かぶりに、わたしは妹を取り戻したように思った。

ブレンダンのおかげでリビーはおちついた。わたしが紹介したイベントプランナーの仕事をあきらめたのは残念だったが、憑かれたような目つきが消えたことにひと安心した。

もうだいじょうぶだ、そう思えるようになって久しい。そしてすべての苦労——参加できなかった誕生パーティや早朝の会議、多忙なあまり実を結ばなかった恋愛関係――そのすべてが甲斐のあるものとなり、報われた。

リビーはもうだいじょうぶ。

それなのにいまリビーは夫からの電話をスルーし、離婚弁護士と話をしている。夫と離れて暮らすこと、すでに三週間。いまになってわたしを仕事依存症（ワーカホリック）だと責めるのも、それが原因かもしれない。批判ではなく、わたしを必要としているから。妹に求められているのに、わたしはじゅうぶんな時間をともにできずにいる。

不安が山火事のように広がっていく。その炎は氷の冷たさだ。

わたしの鉄壁のコントロール能力と必要項目のチェックリスト、自信たっぷりの態度の裏には、つねに不安がひそんでいる。

リビーはわたしのことを母そっくりだとサリーに話していたが、そうじゃない。母は目的達成のために遮二無二、働く人だった。わたしは、過去から逃れるために走っているだけだ。

またお金が底をつくのが怖い。飢えるのが怖い。失敗するのが怖い。なにかを希求しすぎて、手に入らなかったとき絶望するのが怖い。頼りきれない相手を愛するのも、妹が指からこぼれる砂のように去っていくのも怖い。大切なものが壊れてゆくのを、なすすべもなく見守るのが怖い。

ずっと怯えている。ふたたびあの苦痛に見舞われたら、こんどは助からないのがわかっているから。

わたしは足元の地面に意識を集中させ、自分をつなぎ止めようとする。

ひとつずつ、必要事項がしかるべき場所におさまっていく。

まずは高額でもいいから、最高の離婚弁護士を雇おう。

そして、リビーがひとり暮らしできるアパートを見つけるか、娘たちともどもわたしもいっしょに住める部屋を探すか（家賃制限（レントコントロール）のかかったチャーリーのアパートを又貸ししてもらえるだろうか）。

心の支えとしてリビーにはカウンセラーをつける。

本当は殺し屋を雇うべきなのかもしれない。殺し屋とはいわないまでも、ささやかな復讐（ふくしゅう）を遂げてくれる人物を。ブレンダンの悪行に応じて、顔面に飲み物をぶっかけるなり、車の側面を鍵で引っかくなり。そうは言ってもわたしには、やさしいまなざしで妻のむくんだ脚をマッサージしてやる姿くらいしか、ブレンダンがなにかをする姿は思い浮かばないのだけれど。

そしてリストの最後には、いちばんの急務を記す。リビーをできるかぎり幸せな気分にさせること。安心感を与えて、わたしに心を開いてもらえるように。こわばっていた肩がようやくほぐれ、動悸がおちつくのを感じる。どこが悪いかわかれば、修復できる。

「なんでも話していいのよ。わかった？」

〈ポッパ・スクワット〉のフライドポテトに添えられたマヨネーズとケチャップのディップから、リビーが視線を上げ、鼻であしらう。「またその話？　自分の人生に専念しなよ、姉さん」

わたしは挑発には乗らない。「リストのつぎの項目は？」

妹が警戒を解く。「訊いてくれてよかった。名案があるの」

「何回言ったらわかるの？　お酒が流れるウォーターパークは無理だって」

「見解の相違だね」リビーが両手をこすりあわせ、指先についた塩を落とす。「けど、その話じゃなくて、書店を救う方法を思いついちゃった」

「町の広場に、何体銅像を立てるつもり？」

「舞踏会よ！　ブルームーン舞踏会。『二度きり』を再現して」

わたしは片眉を吊りあげずにいられない。「今月ブルームーンの日がある？」

「大事なのはそこじゃなくて」

「そうね。大事なのは……」

「資金集めのでっかいチャンスってこと！　サリーの知り合いにイベント会社のオーナーがいるんだって。その人がダンスフロアと音響システムを用意してくれるから、あたしたちは飾りつけのボランティアを募って、バザーで売るパイを準備すればいい。本にあるとおり、タウンスクエアを会場にするのよ」

「やることが多すぎるわ」わたしは渋る。

「あたしたちだけでやろうっていうんじゃないの。サリーがもうワイン交換会のメンバーに電話をかけはじめてるし、バーはアマヤが担当してくれるし、ガーティ――」

「アナーキストのバリスタ？」

「そのガーティがチラシを作って、アシュビルで撒いてくれるって。〈マグ＋ショット〉は臨時のソーダ店に早変わり。しかもスタッフみんな酒類販売免許があるから、ハードリカーのカクテルも作れるし。町の半分は参加まちがいなしだよ」リビーが手すり越しにわたしの手をつかむ。「きっとうまくいく。ただ……」

「なにかあると思った」わたしは突っ込む。

「無理ならいいんだけど！」妹が早口になる。「サリーとふたりで考えたの。ダスティにオンラインで質問できたら楽しいんじゃないかって。あと、サイン本も何冊かあったらいい宣伝になるかも。もしダスティがいやでなければだけどね！　それと、姉さんが頼みにくくなければ」

リビーが両手を合わせる。頼んでいるのか、祈っているのか。

「これから二週間、準備に打ち込むつもり？　休みを取らなくていいの？　読書も映画鑑賞も、日光浴もしないの？」

「そうよ」

現実逃避だろうと、本人なりの適応術だろうと、新しい人生への第一歩だろうと、妹が望むならそれでいい。

「ダスティに訊いてみる」

リビーが首に抱きついてきてキスの雨を降らせる。「やった！　ローカルビジネスを盛りたてようね」

そこまでの確信はないが、リビーは幸せそうだ。そしてわたしにとってはリビーが幸せでいられることがつねに最重要課題だった。

24

「もちろん、もちろん！」ダスティが言う。いつもどおりの、ハイテンションでどこか浮世離れした口調だ。「喜んで協力させてもらうわ。ただね……わたし、実際にサンシャインフォールズに行ったことがないのよ。何年も前に車で通過しただけなの」

「あら、ここの人たちはあなたの小説に夢中なのよ。町の至るところに、作品のいろんな箇所を引用したフレームを飾ってあってね。愛らしいにもほどがあるわ」

「愛らしいにもほどがある？」ダスティが恐る恐るくり返す。わたしの口から出たその言葉が、古典ラテン語の悪態のように聞こえたのだろう。

わたしは声を張りあげる。「それはもう！」

どうにも調子が上がらない。クライアントに頼みごとをするよう強いられるとは。しかも、そのためには自分がこの町でチャーリーと共同作業をしていることを明かさなくてはならない。

わたしがニューヨークを離れたと聞いてショックを受けたらしいダスティは、妹がいっしょだと言うと、わたしに姉妹がいたという事実にさらなるショックを受ける。どうやら、もっともつきあいの長いクライアントにさえ、わたしについては断じてニューヨークを離れずいつでも電話に出る人物だという以外の知識がなかったらしい。経緯をひととおり説明したうえで、わたしはグッディ・ブックスの苦境と資金集めイベントの計画を打ち明ける。ダスティの本を店で購入した客が全員参加できる、オンライン交流会を催したいと。

「光栄だわ。なんとか実現したいわね。世界最高のエージェントのためだもの」とダスティ。

「言ったこと、あったかしら？　クライアントのなかでいちばんのお気に入りはあなただって」

「聞いてないと思うけど、察しはついてたわよ。毎年欠かさず高級シャンパンを送ってくれるもの」

「『冷感症』の編集が完了したら、シャンパンで満たしたスイミングプールだってプレゼントするわ！」

草地に敷物を広げて座っていたリビーが目をむき、こちらに指を突きつけて口の動きだけで〝お酒のウォーターパーク〟と言ったあと、サリーに吉報を伝えようと飛んでいく。

わたしはきのう、ついに痺れを切らしてブレンダンにメッセージを送り、夫婦のあいだでなにがあったのか尋ねた。義弟からの返信はないが、いまは考えないようにしている。

「ひとつ訊いてもいい、ダスティ？」

「もちろんよ！　なんでもどうぞ！」

「なぜ、サンシャインフォールズだったの？」

作家がしばし考え込む。「そうねえ……外から眺めたときと、実際によく知るようになったときとで印象ががらりと変わる土地じゃないかって、そんなふうに思えたからかな。時間をかけてじっくり理解すれば、美しい景色が見えそうな気がしたのよ」

それからの数日間は、サリーとガーティとアマヤとほか顔見知り何人かが忙しく書店を出入りして、イベントの準備を進めていく。わたしはようやく仕事に専念できるようになる。一方リビーは騒動の中心にいて、いっときもおちつかず、大声で電話に出ては一般の客にいやな顔をされ、慌てて詫びながら外へ出ていく始末だ。

チャーリーとわたしはほぼメールだけで作業を進めている。同じ部屋に長くいっしょにいたら、きっとリビーに――たぶんサリーにも――なにが起きているか感づかれ、たちまちややこしさに拍車がかかるだろう。

リビーがチャーリーをけなしたときはその言葉を額面どおりに受け取ったが、いま思うと、別の意味合いがあったのかもしれない。わたしに出会い系アプリを使わせたのも、新たな出会いに向けたいわば試運転だったのではないか？　どちらにせよ、リビー自身の夫婦関係が破綻しかけているいま、その話を蒸し返すのは得策ではない。

チャーリーとのあれこれを思いだすたびに動揺するものの、実のところ、ふたりのメール連絡はプロ意識のお手本と言えるものだ。ただしショート・メッセージはそのかぎりではなく、読んで赤面するのを悟られないよう、カフェにリビーがしつらえた臨時の作戦室をこっそり出ていくことも少なくない。

チャーリーからは絶えず誘いが来て、寸暇を惜しんで店の物陰で忍び逢う。トイレ横の通路。子どもの本の部屋。ノンフィクションコーナーの奥。人目がないとはいえ、音を立てるわけにはいかない。ある日、わたしはチャーリーに引っぱられて裏口から路地へ出る。ドアが閉まるのを待つのももどかしく、ふたりは手を握りあう。

「何年も寝てないみたいな顔ね」

チャーリーが手をわたしのお尻に這わせ、耳元に口を寄せる。「考えることがたくさんある」両手が体の曲線をなぞる。「どこかへ行こう」

「どこ？」

「うちの母ときみの妹に見られなければ、どこでもいい」

わたしは裏口をふり返る。ドアの向こうには、ホワイトボードいっぱいに書き込まれた〈リビー＆カンパニー〉のチェックリストがある。

強力接着剤で封じてあったはずの心のひびが、急いでアイスを食べたときみたいにずきずきと痛みだす。いまこのひととき、彼を求めてはいるけれど、自分がここへ来た目的を忘れてはいけない。

ふたたび蜂蜜色の瞳をのぞき込み、どっぷり浸かって抜けだせなくなりそうな気分に駆られる。彼の腕から逃げたくないのも原因の一部だ。「どこでもいいの？」わたしは尋ねる。

「どこにする？」

完全に仕事モードに入ったリビーは、〈ターゲット〉への買いだしに無理をしてまで同行せず、買い物リストをよこす。店番は任せてちょうだいというサリーの言葉に甘え、わたしたちはチャーリーがこの町に滞在中借りているおんぼろのビュイックで出発する。

車のエアコンが壊れているので、灼熱の太陽の下、野草の香りを含んだ風になぶられて、結んだ髪がひと房、またひと房とほつれていく。おかげで〈ターゲット〉に入ったときは、ひんやりした風と鼻をつくプラスティック臭すらうれしくてたまらない。それほど長いこと屋外にいたつもりはないのに、監視カメラに映しだされたわたしの顔はほんのり日焼けし、鼻のまわりにはリビーを思わせるそばかすが散って、髪は湿気でわずかに波打っている。

チャーリーがからかう。「自分のホットさと優雅さに見とれているのか？」

「いいえ」わたしはレシートをつかむ。「あなたをたらし込む方法を夢想してたの」

彼の目が煌めく。「お手並み拝見」

そのまま車をコテージへ走らせる。涼しくて静かな屋内に入ると、チャーリーとふたりきりなのを意識せずにいられないが、じきにリビーが戻るのであまり時間がないし、公式上は、彼の汗ばんだ胸板に張りつくシャツよりも重要なことがたくさんある。

「先にはじめてて」わたしは声をかけると階段を上がり、必要な品を集める。

両手いっぱいに寝具を抱えていたので、足で蹴って裏口を開けると、早くもチャーリーはテントの組み立てを終えている。

「もう組み立て終わったの？　びっくり」

「サメをびっくりさせるには、目と目のあいだをたたけばいいのかと思っていたが」

「ううん、小型シェルターを手際よく組み立てたほうが効果的よ」

テントのなかにしゃがみ込んだチャーリーが、〈ターゲット〉で購入したエアマットレスを広げにかかる。たとえキャンプでも、こういう点にこだわるのがスティーブンズ家の女たちだ。「どうしてそんなに慣れてるの？」

「子どものころ、父とよくキャンプに行った」強い日射しが彫りの深い顔立ちに影を落とし、瞳の色も色が濃くて蜂蜜というより糖蜜に近い。

「町に戻ってからも？」

チャーリーが首を振り、ややあってつけ加える。「父はぼくがここにいることを喜んでいない」

その口調、眉間や口元——すべてから、本気でそう思っているのがわかる。ぼくの主観ではなく単純な事実を口にしただけだ、と。「ニューヨークを離れてここで母の仕事を手伝うと決めたとき、両親はどちらもいい顔をしなかった」

世間の人には見えないのだろうか。チャーリーが自分の大切なものを語るたびに、周囲はものごとを客観視できる冷静な人物を見ているの？　周囲を理解してバランスを取ろうとあがく彼の素顔ではなく？

わたしは喉につかえたものを飲みくだす。「親だもの、息子といっしょにいたいに決まってる。初対面のときから、わたしにはそう見えたけど」

チャーリーが小型テーブルに置いてある、さっき買った延長コードを顎で指し示す。

「エアポンプにつないでみようか？」

ポンプの稼働音が響くなか、無言の数分間が流れる。わたしはクローゼットから出してきた扇風機をならべてコンセントにつなぐ。チャーリーがマットレスの上に寝具を広げると、わたしは紙製のランタンを吊し、虫よけキャンドルを点々と置いていく。

ふたりは黙り込み、わたしはそれに耐えられなくなる。「チャーリー」わたしが呼ぶと彼はふり返り、そのあと向きを変えてマットレスに腰かける。

「お父さんは絶対喜んでるわ。お母さんだって」わたしはまた言う。

チャーリーが手の甲で額の汗をぬぐう。「しばらくこの町にいると話したとき、父になんと言われたか、そのまま伝えようか。いったいおまえになにができるんだ？と父は言ったんだ。〝おまえに〟の部分を強調してね。ぼくの脚色じゃない」

わたしはチャーリーの前にあぐらで座る。「だけど、お父さんとは仲良しなんでしょう？」

「仲良しだった。いまもだ。父ほどの善人はいない。それに、ぼくがたいした力になれないという父の言葉もあたっている。ビジネスをうまく切りまわしたり、家を修繕したりするのが得意なのはシェパードだ。ぼくには書店の経営しかできない」

胸がずきんと痛む。わたしにも力不足を噛みしめた経験があるからだ。母の死後、リビーが求めるとおりの役割を果たそうとあがき、挫折した経験が。わたしには妹の心を癒やせなかった。日常に魔法を呼び戻せなかった。強引に押しまくり、落ち込んだだけだった。

でも、わたしなりに思い出を大切にして、ふたりで愛した人の幻影に従おうとしたのだ。

これまで見すごしてきたものが、いまならわかる。チャーリーは自分を部外者だと感じているだけでなく、もし部外者でなければどう見えるかを想像してきたのだ。シェパードが懇親会でクリントとならんで立つ姿を見たときはさほど気に留めなかったが、いま思い返してみると、ふたりは背格好や言葉遣いだけでなく、顔立ちまでよく似ている。グリーンの瞳もブロンドも、ひげの形も。

わたしがチャーリーの横に這い込んだので、マットレスが重みで沈む。「あなたはまちがいなく、クリントの息子よ」

チャーリーが自分の太腿をさすりながら荒々しく言う。「こういうことはとことん苦手なんだ」眉根を寄せ、マットレスに身を投げだして、蚊帳を張った天井を見あげる。蚊帳は彼のアイディアだ。わたしとリビーが星空の下で眠るにせよ、ある程度の妥協は必要だと。「こんなに自分を役立たずだと感じたことはない。家族の幸せが壊れかけてるってのに、毎日決まった時刻に店を開けることしかできない」

「それだって、あなたの話を聞いたかぎりでは大きな進歩よ」チャーリーに近づくと、温かな匂いに包まれる。彼の肌に染み込んだ日射しの匂いだ。頭上には紺碧の空が広がり、点々と綿雲が浮かんでいる。「あなたは役立たずじゃない。ほら、このすべてを見てよ」

チャーリーが顔をしかめる。「テントの組み立て方を知っているだけだ。ノーベル賞はもらえない」

わたしは首を振る。「そうじゃなくて。あなたは……」うまい言葉を探す。わたしが語彙で行き詰まるなんて珍しい。「きちんとしてる」

笑ったチャーリーの瞳に日光が煌めく。「きちんとしてる？」

「徹底して」わたしはかまわずに続ける。「筋が通ってる」

「人を出版契約みたいに言うんだな」チャーリーがおどける。

「わたしがいい契約に目がないこと、知ってるわよね」

いたずらっぽい笑いが深くなる。「あいにく、よくない契約に対する反応しか見たことがなくてね。汚れたナプキンに書き殴ったやつだ」ごろりと仰向けになるチャーリー。わたしもほどほどの間隔を空けて真似をする。

「いい契約ってね……」わたしはしばらく考え込む。

「かわいらしい？」チャーリーがふざける。

「ちがうわ」

「整ってる？」

「それは最低条件よ」

「チャーミング？」

「たまらなくセクシー」わたしは答える。「抵抗できないくらい。隅々まで目くばりがきいてて、美意識を満たしてて、しかも現実を踏まえてる。たとえ最初の想定どおりでなくても、納得できる内容になるまで何度もすりあわせを重ねてあるの」

わたしは横目でチャーリーを見る。彼もこちらを見ていたのがわかる。ほどほどの間隔が火傷（やけど）するほど熱くなっている。「アマヤとはどうだったの？」わたしはうっかり口走る。

チャーリーが渋い顔になる。「どういう意味だ?」

「つまり……結婚するつもりだったんでしょう? なにがあったの?」

「いろいろとね」

「まさか、あなたが積極的すぎたとか?」わたしは茶化す。

彼がふくれっ面にやにや笑いを浮かべる。「ぼくの好みに合うだけの狡猾さが、彼女にはなかったのかもしれない」

ふたりでしばし空を流れゆく綿雲を眺めたあと、チャーリーが口を開く。「つきあいはじめたのはハイスクール時代だ。そのあと彼女はニューヨーク大に進んだ。ぼくはしばらくコミュニティカレッジに籍を置き、その後、あとを追った」

「初恋だったの?」

チャーリーがうなずく。「卒業後、アマヤはこちらに戻ろうと、アシュビルに住居を探しはじめた。ぼくのほうはまさか彼女が戻りたがると思っていなかったし、彼女はぼくが戻らないつもりだと思っていなかった。ふたりともコミュニケーションがへたで、ちゃんと話ができていなかったんだ」

「遠距離恋愛になったの?」

「一年だけね。人生で最悪の一年だった」

「うまくいかないのよね」わたしはうなずく。

「毎日が別れへのカウントダウンだった。お互いがお互いに失望し、あるいは引き留める、そのくり返しさ。とうとう別れたとき、ひどくがっかりした母から、わたしと同じあやまちを犯すのかと言われたよ。優先順位をはっきりさせないと、一生ひとりで過ごすことになると」

「お母さんはあなたを呼び戻したかっただけよ。そのためにはアマヤがいちばんの近道だった」わたしは指摘する。

「かもしれない」チャーリーがふうっと息を吐く。なにかをこらえている顔だ。「ろくに話さないまま何カ月かが過ぎたある日……」一瞬ためらってからチャーリーが続ける。「休暇で戻ったら、ぼくと別れてすぐにアマヤがぼくの従弟とつきあいだしたことがわかった。このあいだの夜、話をしに来たのはその件だったんだ」

わたしはびっくりして身を起こす。「待って。あなたの元婚約者があなたの従弟とつきあってたの？　シェパードと？」

チャーリーがうなずく。「うちの家族は黙っているつもりだったらしいが、すぐにわかった。おかげでよけい家族と気まずくなった」

またひとつ、チャーリーのパズルに新たなピースがはまった思いがする。

「ここじゃ選択肢が少ないからね、彼らを責める気にもならなかったんだが、それでも……」

「むしゃくしゃした？」

チャーリーが片手を後頭部にやり、そのまま敷き込んだ。「どうかな。彼女には幸せになる権利があって、それにはシェパードのほうがぼくよりも適任だった」

「どうして？」わたしは問い返す。チャーリーが理解に苦しむかのように眉根を寄せる。「どうして、あなたよりシェパードのほうが人を幸せにできるの？」

「わかるだろう、スティーブンズ」ほろ苦い口調。「きみがいちばんよく知ってるはずだ」

「残念ながら、わからないんだけど」

「原型さ。類型的な筋書きというか。シェパードには女性をひと目惚れさせる力がある。孝行息子でもある。父がぼくに望んだフルタイムの仕事をして、プライベートもしっかり楽しんでみせる。大学にしても、ぼくの第一志望をやすやすクリアした」

「コーネル大学？」

「フットボールをするためにね。だが、頭脳もずば抜けて優秀ときてる。きみはデートしたから、わかるだろう」

「たしかにデートしたわ。だから言わせてもらうけど、あなたはまちがってる。彼の頭のよさのことじゃなくて、別のことよ。シェパードのほうが人を幸せにできるってこと」

チャーリーの笑みが薄れ、まなざしが空を向く。「いや、少なくともアマヤに関してはあたってる。別れ話の捨て台詞にこう言われたんだ。あなたといると、死ぬまで同じ毎日をくり返す気がすると。情けない話だが、別れ際にそう言われたのはこの一回だけじゃない」チャーリーが頭を振る。「とにかく、先日アマヤが訪ねてきた用件はそれだ。よくない幕切れを詫びに来たのさ」

わたしの頬がほてる。「そんなふうに考えるなんて、やさしいのね、チャーリー。でも彼女の目つきからして、同じ毎日は以前ほどの減点対象じゃないかもよ」

「ぼくに退屈した以外にも理由はあったんだ。アマヤは子どもを欲しがっていた——本人の弁によれば。で、ぼくの気が変わるのを待っていた」

わたしは寝返りを打ってチャーリーのほうを向く。「あなたは欲しくないの？」

「自分の子ども時代が最悪だったからね」両手を組んで頭にあてがったチャーリーが、盗み見めいた視線をこちらに送る。「ほかの誰かに同じ気持ちを味わわせたくないし、自分が子育てを楽しめる自信がない。子ども自体は好きだが、責任を引き受ける気になれない」

「わかる。わたしも姪っ子たちがかわいくてしかたないけど。タラがわたしの膝の上で寝ると、あの子の父親が目をうるうるさせて、こんな姿を見たら、きみも子どもが欲しくなるだろう、ノーラ?って言うんだけど、子どもを持つっていうのは頼られるってことよね。しかも永遠によ。ミスひとつ、失敗ひとつ許されない——それに、もし自分になにか起きたら……」

喉が締めつけられる。

「子ども時代はなんの責任もなくて楽しかったと思いたがる人が多いけど、実際はそんなことない。子どもには自分の置かれた環境をどうすることもできない。その責任はすべて大人にのしかかる。そして……どう言ったらいいのかな。リビーが子どもを産むたびに、わたしの心にある魔法の家のなかの配置が変わって、新しい赤ちゃんのために新しい部屋を造りだそうとするっていうか。

そしていつだって痛みがあるの。どうしようもなく怖くなる。自分を必要とする人がまたひとり増える」

心をぎゅっとつかむ小さな手がもうひとつ増える。

わたしは深呼吸して気持ちを鎮める。「ひとつ話を聞いてくれる？　他言無用で」

チャーリーが寝返りを打ち、まぶしい日射しのもとでこちらを見る。「ケネディ暗殺の真犯人は誰か、みたいな話かな」

わたしはかぶりを振る。「リビーが離婚しようとしてるみたいなの」

彼が顔をしかめる。「みたい？」

「本人から聞いたわけじゃないから。だけどあの子、ブレンダンの電話に出ないし、ずっと眠れないみたいで。あんなふうになるのは……」やはりチャーリーの前だと気がゆるむ。つねに先を読んで、あらゆる事態に備えようとする集中力を、彼がふわりと包み込んでくれる。

あるいは、徹底して筋の通った人だから、どんな問題も意志の力で解決してくれそうな気がして、とりとめのない危険な考えを口にしてもだいじょうぶだと思えるのかもしれない。

「お母さんが亡くなって以来？」チャーリーがわたしの言葉を引き継ぐ。

わたしはうなずき、ふたりのあいだにある枕に触れてひんやりとした感触を味わう。

「妹に必要なものをすべて与えるのがわたしの最優先事項よ。なのにいま、人生の曲がり角に差しかかっているあの子に、わたしはなにもできない。だって、打ち明けてもくれないんだから。役立たずなのはこのわた……」チャーリーが背中をそっと撫でてくれる。手はそのまま首筋を這いあがり、髪に触れる。「ひょっとすると、きみは彼女が必要とするものをもう与えているんじゃないか。そばにいるだけで」

わたしは彼を見る。にわかに胸が熱くなる。「あなたのお父さんがあなたに求めるのも同じものかも」

チャーリーがやさしくうなじを握ってから、手をゆるめる。

「ちがうのは、リビーはここにいてもらいたいときみに言ったこと。父は、いないでくれと言った」

「その言葉が必要なら」わたしは秘密を打ち明けるように小声で言う。「チャーリー、ここにいてくれない？」

彼が身を乗りだし、そっとわたしにキスをして、指先で顎をくすぐる。わたしはミントの香りの息と肌のぬくもりを思いきり吸い込む。やがて身を離した彼の瞳はとろりとした黄金色で、わたしの神経の末端はわなないている。

「わかった」チャーリーはわたしを後ろ向きに抱きよせ、腕を巻きつけて肩に自分の顎をのせる。「前にも言ったとおり、ノーラ」シャツ越しに開いた五指がお腹をとらえる。「ぼくはきみについていくよ」

最後のページを先に読んですべてわかったつもりになったとしても、ときには、読み進むうちに驚かされることがあるものだ。

25

「なんで手がくさいの？」リビーが尋ねる。わたしは両手で妹に目隠しをして、裏口から外へ連れだすところだ。

「わたしの手がくさいわけないでしょ」

「新しいテレビみたいな匂いがする」

「そんな匂いしないわよ」

「するって。新しいテレビの匂い」

「新しい車の匂いだったらわかるけど」

「そうじゃない。新しいテレビの箱を開けて、発泡スチロールの詰め物を出すと、スイミングプールみたいな匂いがするよね、あれみたいな匂い」

「だったらなんでスイミングプールみたいな匂いって言わないのよ？」

「まさか、大型テレビを買ってくれたとか？」

「言っとくけど、そういう大発表じゃないから」わたしが両手を外すと、妹が歓声をあげる。

まるで高価な花瓶を投げつけられたかのように、チャーリーがびくりとする。「姉さん！」リビーが叫んでくるっとこちらを向き、すぐ向きを変える。「チャーリー！」そしてまたこちらへ。「キャンプするの⁉」

わたしは肩をすくめる。「リストにあったから」

リビーが飛びついてきて、また金切り声をあげる。「ありがとう、姉さん。ありがとう」

「喜んでくれてよかった」答えながら、わたしは妹の肩越しにチャーリーと目を合わせる。

わたしが口の動きだけで、ありがとう、と伝えると、チャーリーがにっこりする。その口が、喜んでくれてよかった、と動く。わたしの胸の奥で、なにか重たいものがぐらりと動く。

息苦しさに目覚めること、二回。二回めは寝返りを打ったリビーがわたしに腕を巻きつけてきて、蹴飛ばしたいかのように足をもぞもぞさせる。

戦略的に扇風機を配置してあるにもかかわらず、テント内は蒸し暑くて不快だが、わたしは妹を振りはらう代わりに、手を重ねてぎゅっと握りしめる。

誰にもあなたを傷つけさせない。わたしが守るからね。

先に起きたのは、珍しくわたしのほうだ。ジョギングはやめにしてすぐシャワーを浴び、オーブンを余熱する。リビーが起きるころにはライム風味のクッキーが焼きあがり、コーヒーを淹れてふたりで朝食にかかる。

「姉さんってびっくり箱だね」リビーが言う。この場合、クッキーがぼそぼそで端が焦げていることには気づかないふりをしてくれる。わたしの焼いたクッキーはペニスにしか見えない帽子が書かれたへたくそな絵にあたるが、そんなことは気にしない。妹が喜んでくれているのだから、それでいい。

グッディ・ブックスに向かう途中、『冷感症』の最終部分が届く。作業もいよいよ大詰め、これが最後の原稿だ。

チャーリーとわたしは、同じ部屋にいないときはメールで原稿の話をしている。原稿の話をしていないときは、メッセージで仕事以外のあらゆる話をしている。

火曜日、わたしは重い腰を上げて〈ポッパ・スクワット〉でサラダを注文し、アマヤが皿にのせた大きなサイコロ切りのハムの山を写真に撮ってチャーリーに送りつける。彼からは、**きみのSM気質を見くびっていたよ**、**スティーブンズ**、という返事が届く。

翌日チャーリーは、ふだん口ゲンカの絶えない老夫婦が、新規開店した〈ダンキンドーナツ〉の前で熱い抱擁を交わすピンぼけ写真を送ってよこす。**愛はすべてを超えるらしい**、というキャプションを添えて。

わたしは返信する。**どさくさにまぎれて夫を窒息させてるんだったりしてね。**

きみはなんて切れ味のいい、ひねくれた頭脳の持ち主なんだ、ノーラ。

チャーリーはある晩、サリーが約束してくれていた薪と、その他もろもろの必要品を携えて現れ、その夜の気温だと熱すぎる焚き火を熾す。三人でデッキに座り、マシュマロを焼きながら、リビーが宣言する。「あなたを好きになることにするね、チャーリー」

「ありがたい」チャーリーが答える。

「真に受けないで」わたしは口をはさむ。「誰でも好きになるのよ」

リビーはマシュマロの袋に手を突っ込んで、ひとつ投げつけてくる。「うそよ！〈トリバゴ〉のCMに出てくる男だけは絶対に許さない」

「不愉快なセックスの夢を見たくらいで、そこまで恨むことないでしょ」

「ぼくは夢のなかで、M&Mのグリーンとセックスした」チャーリーがぼそっと告白したので、わたしたち姉妹はお腹を抱えて笑いころげる。

「負けた」ようやく話せるようになったリビーが言う。「だけどあのキャラクターならありだよね。色気が激ヤバだもん」

「色気が激ヤバだ」チャーリーがうなずきながら、炎越しにわたしと目を合わせる。

「かわいらしいよりずっといい」

わたしたちは『冷感症』の最終部分にコメントをつけるのは土曜日にしようと決める。その日まではカウントダウンめいた気分だ。衝動的に時計を止めたくなったり、原稿もバックアップのデータも砂時計のくびれに詰まらせたくなったりする。

チャーリーからのメッセージはこんな具合。

三百四十ページにやられた。

熱い女性だな！

猫が！

わたしからの返信はこんな感じ。

大声が出ちゃった。

めちゃくちゃ熱い。

猫、最強。

チャーリーからは、同感、と届く。

ときにはひとことだけ。ノーラ。

チャーリー、とわたしも呼びかける。

つぎはこうだ。この本。

わたしはおうむ返しにする。この本。

最後がわからなくてもう死にそう、とわたし。

この本が終わるなんて死にそうだ。もし自分が編集担当でなかったら、読み終わりたくない。

ほんとに？　そんな辛抱強さがあなたにある？

意外にも。しばらくたって続きが来る。気に入ったシリーズもので、最終章を読まずじまいだった作品がいくつかある。なにかが終わる感覚が大嫌いすぎて。

わたしの心はにわかにひりひりと痛む。ひどくすりむいたみたいに。

この作品、この仕事、この町での生活、終わることなく何日も続く、この会話。すべてが永遠に続けばいいと願う一方で、どう終わるのか知りたい気持ちもある。果たして、終わらせたいのか、永遠に続けたいのか。

この町に来て最初の二週間もよく眠れていないはずなのに、三週めは輪をかけて不眠気味だ。毎晩チャーリーと十二時過ぎまでメッセージをやりとりし、ときには待ちきれず電話でプロットの要点を話しあう。すっかり脳が目覚めてしまい、クールダウンするために草地をそぞろ歩くことも珍しくない。

これまでずっと自分には超人的な自制心があると思ってきたけれど、じつは打ち込めるものに出会っていなかっただけだと、いまさらながら気づかされる。

それでも、木曜の夜まではなんとかやりおおせる。あと二日で意見交換メールもおしまいだ。一週間と少しでニューヨークへ戻り、〝話しあわずにおこうとふたりで決めた未来〟に直面する。ここでの幕間（まくあい）劇はもうすぐ終演を迎える。未来はまもなく現在になり、いま目の前にある景色は過去になる。

でも、まだその時は来ていない。

26

リビーとわたしはセロリと人参（にんじん）、角砂糖を持って柵の際まで寄るが、どんなに甘い声を出しても、馬たちをおびき寄せることができない。

「都会者だってばれてる？」とわたし。

「全身から〈ドライバー〉（カリフォルニアを拠点とするサロンチェーン）製品の匂いがぷんぷんするのかも」リビーが応じる。

わたしは両手でらっぱの形を作り、薄暗い放牧地に向かって叫ぶ。「あきらめないから！　また来る！」歩いてコテージに戻るころには、ふたりとも空腹すぎて料理をするのもおっくうになっていたので、町に出ることにする。頭のなかが〈ポッパ・スクワット〉のチーズポテトとカリフラワーのフライでいっぱいだ。

道すがら、リビーはなんだかふらふらしている。街灯に照らされた顔が、やつれを通り越して幽霊のようだ。

グッディ・ブックスのショーウィンドウ奥に、店じまいをしているチャーリーが見える。「食事に誘おう」リビーが叫び、つないでいた手を放してさっさと通りを渡る。どんなに秘めていようと、わたしと彼の接近ぶりはお見とおしなのだろう。でも、リビーの口から非難がましい言葉は出ない。チャーリーがサプライズのキャンプをお膳立てしてくれて以来ずっとそうだ。

リビーがドラマに出てくるFBI捜査官よろしくドアをどんどんたたくと、チャーリーが出てくる。いつもどおりの外見だ。きちっとしていて、働きすぎで、身だしなみがよく、わたしの太腿にかぶりつきたそうな表情を浮かべている。

「食事に誘いに来たの」リビーが店内に入り、いかにも慣れたようすでトイレへ向かいながら声をかける。「〈ポッパ・スクワット〉に行くのよ」

「知ってると思うけど、〈バズフィード〉のランキング上位に入った名店なの」とわたし。

チャーリーがゆっくりとうなずく。見ているこちらの魂がとろけそうな深い瞳。視線を合わせるだけで、公然わいせつ罪に問われそうだ。「〝絶対に下痢するかと思いきや、蓋を開けてみたらやっぱり下痢してしまう店ランキング〟だな」

「それ、それ」わたしは同意する。

彼がドアを広く開けてくれたとき、わたしの携帯電話が鳴る。条件反射でチェックすると、シャロンからの着信だ。出産休暇中のはずなのに。「ごめん、出なきゃ」

リビーが漫画のようにキーッと急ブレーキをかけ、こちらを向く。「五時以降、仕事の電話は禁止だよ」

「でも、大事な用件かもしれないから」着信音の耳障りなことときたら、黒板を爪で引っかく音そっくりだ。

リビーの瞳の奥でなにかが燃える。きっと結ばれる唇。「ノーラ」

「少し黙ってて、リブ」ついきつくなった口調に、妹が目を見開く。「ごめん。でも……この電話は出なきゃならないの」

わたしは暗い通りを少し先まで行き、動悸を感じながら応答ボタンを押す。「もしもし、シャロン？　なにも問題ない？」

「ええ、問題はなにも！」陽気な声が響く。「心配させてごめんなさい。ただ、ちょっと確認したいことがあってね」

肩から力が抜ける。「どうぞ、なんでも」

「まだこまかいことを話せる段階じゃないんだけど……ロッジアがもうじき新しく編集者を募集するみたいなのよ」

「ほんとに？」胃袋がどすんと重たくなる。この数年、似たような電話を何度受けたかしれない。シャロンが退職するのだろうか……もしかすると育児休暇に入ってそのまま戻らないつもりかも？

「ええ、どうもそんな雲行きなのよ。あなたはエージェントで大活躍中だから、あまり興味ないかもしれないけど、ダスティの作品をまとめるのにすごく貢献してくれてるって、チャーリーから聞いたもんだから」

「チャーリーが引っぱってくれてるのよ。もちろん、ダスティも」

「それもあるでしょうけど、あなたは前からこちらの方面で力を発揮してきたわ。だからもしかすると、興味があるかなと思って」

「興味って？」

「編集職によ。ロッジアの」

思ったより長く絶句していたらしいと気づいたのは、シャロンがこう言ったからだ。

「もしもし？　聞こえてる？」

口のなかがからからだ。ひどくかぼそい声で答える。「聞こえてる」

破水するときって、こんな気分なのだろうか。身の内に育んできた未来が、だしぬけにほとばしりでる。こちらの準備などおかまいなしに。

「わたしに、編集者にならないかってこと？」

「面接を受けてみたらどうかしら。だけど、興味がないとしても当然よ。あなたはエージェント業で出世してて……しかも凄腕なんだから。転職なんて考えないかもしれない」

わたしは口を開く。でも声が出てこない。

その場に立ちつくしたまま、心臓が地面に落ちて溶け広がったような気分を嚙みしめている。

「返事はいますぐでなくていいのよ」シャロンが言う。「ただ、多少なりとも興味があるなら……」

さまざまな思考と感情に揉みくちゃにされながら、わたしは空咳をひとつして、適切な言葉を発しようとする。

ところが、いつの間にか口が勝手に動いている。「わかった」

「わかった？　うちの面接を受けるの？」

わたしは鼻梁(びりょう)をつまみ、頭蓋骨に響くほど力を込める。なにしてるの？　こんな大事なことを、軽はずみに決めちゃだめ。ましてやいまは、かわいい妹が人生の危機に瀕しているのよ。

「ちょっと考えさせて」急いで前言撤回する。「一両日中にかけなおしてもいい？」

「ええ、もちろんそうして！　大きな決断だもの。だけど正直に言うと、チャーリーからあなたが興味を示すかもしれないって聞いたときは、すっごく興奮したのよ」

その先の話はほとんど耳に入ってこない。わたしの脳内には刑事ドラマでよく見るコルク板が登場し、点々と刺された画鋲に赤い糸が張りめぐらされていく。新たな情報をつけ足し、流れを整え、果たして実現可能なのか、わたしの手に負える事案なのか、夢物語で終わらないか、と検証していく。

電話を切ったあとは、街灯の下のベンチに腰をおろし、めまいがおさまるのを待つ。まる一分ほどが過ぎてもなお、金魚鉢のなかに入り込んだようにすべてが湾曲し、ゆがんで見える。ようやく書店へ帰り着くと、ドアベルの音は何キロも遠くに感じるのに、リビーの声は耳のすぐそばでガンガン響き渡る。「やっと帰ってきた。待ってたんだよ」いらだちもあらわに妹がつけ加える。「で、食事に行けるの？　それともこれから会議？」

いつものわたしなら、リビーの挑発を受け流し、これ以上ことをややこしくするような反応は示さない。でもあまりに心がざわつき、千々に乱れているので、妹が天井を仰ぐのを見たとたん、忍耐の糸が切れる。「それ、やめてくれる、リブ？　少しのあいだでいいから」

「それって？」リビーが言う。「五時以降はあたしに完全につきあうって言った——」

「そこまで」わたしは手を上げて、新たに降りそそいでくる赤い糸と画鋲の攻撃を堰き止めようとする。四方八方から現実が押しよせてくる。

なぜなら、わたしがどれほど望もうと、この仕事は受けられないから。

前回とまったく同じ。それでも前回は、どういう気持ちでいるのかリビーが話してくれていた。暗がりでダーツを投げながら、その矢で沈み行く船の穴を防ごうとするような無理はなかった。

「どうしちゃったの？」尋ねる妹は眉を吊りあげ、心許なげに顔をゆがめている。止めようもなく、わたしのなかで波が高まる。「それはこっちの台詞よ。裏でこそこそしてるのはわたしじゃない。姿を消したり、夫からのメッセージに返事をしなかったり、秘密を持ったり。わたしはずっとここにいるわよ、リブ。この数週間ずっと。それでもあなたはわたしに隠しごとをしつづけてる」脈が乱れて、指先がちくちくする。「なにも話してくれなかったら、助けてあげることもできないわ！」

「助けられたくなんかないわ、ノーラ」リビーは自分の言葉に青ざめる。体がふらりと揺らぐ。「姉さんにおんぶに抱っこだったのはわかってる。申し訳ないとも思ってる。でも、姉さんがまた自分の人生を送らない言い訳にされるのは——」

「ええ、そのとおりよ」わたしは怒りくるう。「わたしには人生がない！　わたしにとって大事なのは仕事だけですって？　あなたになにがわかるの、リブ？　もしそれが事実なら、いまごろわたしは編集者よ！　あなたにマンハッタンでいちばんの出産後サポートを受けさせたいがために、本当にしたい仕事を投げだすこともなかったでしょうね！」

妹はいまや真っ青になり、眉から力が抜けている。「そんな……そんな……姉さん……」息が浅くなっている。ふり向いてカウンターに手を置き、もう一方の手を額にあてて、力なく目をつぶる。首を振って、正気を取り戻そうとしている。

「リブ？」心臓を喉に詰まらせながら、わたしは半歩前に出る。

そのとき妹が倒れる。

27

かろうじて体をつかまえはしたものの、わたしにはくずおれる妹を支えるほどの力がない。「助けて！」叫びながらいっしょに倒れ込んで、妹への衝撃をやわらげる。

事務室のドアが勢いよく開くが、わたしはまだ助けてと叫びつづけている。助けてと叫ぶこと自体に力があって、それでどうにかなるとでもいうように。行動は無為に勝り、動は不動に勝る。コントロールの錯覚。

チャーリーが走りでてきてわたしたちのそばにしゃがみ込む。「どうしたんだ？」

「わからない！」わたしは答える。「リビーが、リビーが」

リビーが目をわずかに開き、まばたきをくり返して、また閉じる。ああ、顔が真っ青だ。午後のあいだずっとこんなに血の気がなかった？　おまけに鼓動が速い。それが震えとして全身から感じられる。手も冷たい。片方の手を取ってこすってみる。

「リブ、リブ？」

リビーの目がまた開く。さっきよりは意識がはっきりしているようだ。

「病院に運ぼう」チャーリーが言う。

「だいじょうぶ」そう言い張る妹の声は震えている。起きあがろうとする。

わたしは妹を膝に引き戻す。「動かないで。少しのあいだだけ」

リビーはうなずいてわたしの腕のなかにおさまる。

早くも立ちあがったチャーリーがドアへ向かっている。「車を持ってくる」

病院に着いたとき、受付係に理路整然と説明するのはチャーリーだ。

リビーが連れ去られ、その部屋には立ち入りが許されないと看護師が語ったとき、その看護師に向かってなかばどなりはじめたわたしをその場から引き離したのはチャーリーだ。わたしを待合室の椅子に座らせ、両手で顔を包んでだいじょうぶと言ってくれたのもやはりチャーリーだ。

あなたになにがわかるの？　とわたしは胸の内でつぶやくが、自信に満ちた彼のようすに、だいじょうぶという言葉を信じそうになる。

「ここに座ってて」チャーリーは言う。「確かめてくる」

七分後、チャーリーはデカフェのコーヒーと個包装のアップル・フリッター（リンゴの果肉を揚げたドーナツ）を持って戻り、リビーが運び込まれた部屋の番号を教えてくれる。「いま検査中だ。長くはかからない」

「どうしてわかったの？」わたしはかすれ声で訊く。

「この病院の医者のひとりとハイスクールの新聞に載ったことがある」チャーリーは答える。「検査が終わるまで、検査室の前の廊下で待っててていいそうだ」

これほど自分の無力さを痛感したことはない。自分で取り仕切らずにすむことをこれほどにありがたいと思ったこともだ。「ありがとう」お礼を言う声がかすれる。

チャーリーはアップル・フリッターを差しだす。「なにか食べたほうがいい」

それから彼はわたしを連れて院内を歩き、別の自動販売機の前で足を止めてミネラルウォーターを買うと、消毒薬の匂いのする薄暗い廊下で、恐ろしくぼろぼろの椅子を二脚見つける。

「彼女はあのなかにいる。五分たって誰も出てこなかったら、説明してくれる人を見つけてくる。それでいいかい？」やさしい声。「五分だけ待とう」

二十秒もたたないうちにわたしはうろつきだす。胸が痛み、目がひりひりするが、涙は出ない。

チャーリーがわたしをつかまえ、胸に引きよせて後頭部に手を添える。わたしは自分のことをちっぽけで、無防備で、無力に感じる。こんな感覚は長らく味わっていなかった。

母の生前から、わたしはあまり泣かなかった。でも、リビーとわたしが幼いころ、動揺したときでも、母の腕に包まれればたちまち涙に暮れることができた。そのとき——そのときだけは——泣き崩れてもだいじょうぶとわかっていたからだ。

わたしのかわいいお嬢ちゃん、と母はなだめるように言った。いつもわたしをそう呼んでいた。

だいじょうぶだから、泣かないでとは、一度も言わなかった。かならず、**わたしのかわいいお嬢ちゃん、口に出してみて**、と言った。

母の葬儀のときは、涙で目が曇って、鼻の奥がちくちくしたのを覚えている。そのあと隣でリビーが泣きだし、すすり泣く声が聞こえていた。

自分が息を詰めていたのも覚えている。なにかを待つように。

そしてそのとき、実際に待っていることに気づいた。

母を。

母がわたしたちに腕をまわしてくれるのを。

リビーが泣き崩れているのに、母が来る気配はなかった。

心のなかで崩れかけた砂の城がもとに戻ったように感じた。心が組みなおされて、頑丈と言っていいなにかに変わる。わたしは妹に腕をまわし、口に出してみて、とささやこうとした。でも、その言葉を口から押しだせなかった。

そこで、リビーの耳に口を寄せ、「ねえ」とささやいた。

リビーは「なに?」というように、しゃくりあげた。

「この牧師がこんなにいい男だと知ってたら、母さんはもっと早くここへ来ようとしたかもね」わたしは言った。

リビーは涙で曇る目を皿のようにしてわたしを見あげた。胸のなかで缶が潰れるような気がしたが、やがてリビーが甲高い笑い声をあげ、いい男の牧師はいくつか祈りの言葉をまちがえた。

リビーはわたしの肩に頭を預け、ジャケットに顔をうずめて首を振った。「こんなの最悪」そう言いつつ、涙声で笑いながら首を振りつづけた。

その瞬間のリビーはだいじょうぶだった。それなのにいま、彼女から本当に必要とされているときに、わたしは役に立たない。

「検査(テスト)なら、どうしてわたしたちはなかに入れてもらえないの?」わたしは言葉を押しだすように言う。

チャーリーは体の重心を別の足に移しながら息を吸う。「きみが彼女に試験(テスト)の答えを教えると思ってるんじゃないか」

まったく笑えない冗談だ。彼から身を引き離したわたしは、彼自身、あまり調子がよくなさそうなことに気づく。

「だいじょうぶ？　吐きそうな顔をしてるけど」

「病院が嫌いなだけだ」チャーリーは答える。「気にしないでくれ」

「帰っていいのよ」

チャーリーはわたしの手を取り、互いの胸のあいだに持ちあげる。「きみを残しては行けない」

「どうにかなるから」

彼の口が引き結ばれ、その下のしわが深くなる。「わかってる。ぼくがいたいんだ」

何人かの看護師がストレッチャーとともに通りすぎ、チャーリーの顔から血の気が引く。

わたしはなにか言おうとあたりを見まわす。なんでもいいからほかに考えることが欲しい。「シャロンが電話してきたわ」

チャーリーの唇がさらに引き結ばれる。

「あなたがわたしを仕事に推薦してくれたのね」

一瞬黙り込んでから、彼が小声で答える。「出すぎた真似だったら、謝る」

「そんなこと思ってない」顔がちくちくする。「ただ……わたしが仕事に適正がなかったら、どうするつもり？」

チャーリーの手がわたしの腕をのぼり、顎を包む。「ありえない」

思わず眉を持ちあげる。「本一冊の編集を手伝ったから？」

チャーリーは首を振る。「きみが賢くて直感にすぐれているからだ。人に最高のものを書かせるのもうまい。エゴより仕事を優先できる。強く押すべきときと、妥協すべきときを心得ている。人としても信用できる——うそをつくのがとんでもなくへたなせいでもあるにしろ。それから、なにが大事で、それをどう大事にしたらいいか知っている。

もしぼくが窮地に陥ったときに頼る相手をひとり選ぶとしたら、きみだ。どんなときでも。きみならなんとかしてくれる」

胸が鋭く痛み、わたしは床に目を落とす。「いつもというわけじゃないけど」

「いいかい」チャーリーのごつごつした指がまたわたしの指に戻る。彼はわたしの手を持ちあげ、口で節をかすめるようにする。「問題の所在をはっきりさせて、それを解決すべく、精いっぱいのことをしよう」

「あのいまいましいリスト」胸が締めつけられるあまり、ささやき声になる。「妹はやりすぎたのよ。止めなきゃいけなかった。暑いときに外で寝たり——例の資金集めに励んだり。安静にしてるべきだったのに」

椅子に座ったチャーリーに膝の上に引きよせられると、分別を保って面倒なことは避けなければという思いがたちまち消え失せる。この人はいてほしいときにそばにいてくれる人だと気づく。条件をつけることも、なにかを要求することもなく、全身全霊を傾けて。彼の手がわたしのうなじをのぼり、髪に差し入れられて、わたしをすっぽりと包み込む。わたしだけを守ってくれる石造りの要塞さながらだ。いま泣き崩れても、わたしにはなにも降りかからない。

「リビーのことはリビー自身が決めるさ」チャーリーは言う。「やりたいと思うことを誰かに止められたら自分がどんな反応をするか、想像してみたらいい、スティーブンズ」かすかに笑みを浮かべるように唇が持ちあがる。「実際に想像するなよ。病院で欲情するのは不適切だからな」

わたしはたくましい胸に顔を寄せたまま弱々しい笑い声を漏らす。胸のつかえがまたひとつほどける。「なにか見落としてるのよ。わたしは妹とここにいるけど、ブレンダンはいない。だから──」声が詰まり、残りは胸の痛みとともに押しだされる。「妹に目を配るのはわたしの役目なのに」

「ここにこうしているのが怖いのはわかる」とチャーリー。「だが、ここはいい病院だ。きちんと治療してくれる」うなじで彼の指がなだめるように一定の調子で円を描く。「父が運ばれたのもここでね」

やさしい人、という言葉が心をよぎる。カメラのフラッシュが焚かれたあとの残像のように。

チャーリーは自分の父親をそう呼んでいた。**やさしい人。父ほどの善人はいない。**

「なにがあったの?」わたしは訊く。

しばらく黙り込んでからチャーリーは答える。「最初の発作は軽かった。だが、前回のやつは……昏睡(こんすい)状態が六日続いた」そう言いながら、親指をわたしの親指の上で動かし、それをじっと見つめている。眉根が寄る。出会った日、わたしはこの顔を見て不機嫌で陰鬱な表情だと思った。大理石の塊ほどしか温かみも人間らしさもない証拠だと。

いまその眉は彼の目に喪失感をもたらしている。「大柄で、手先が器用で、なんでもなおせるし、なんでも作れる男なのに、病院のベッドでは──」チャーリーは言葉を途切らせる。わたしはつかまれていないほうの手を彼のうなじの毛にからませる。

「年老いて見えた」チャーリーは苦悩するように黙り込み、さらに続ける。「子どものころのぼくは、ただひたすら父のようになりたくて、なれずにいた。でも、父はいつも、ぼくはぼくのままでいいんだと思わせてくれた」

彼の顎を手で包み、目を上げさせる。彼はわたしの表情から、言いたいことのすべてを読み取れるだろうか？ 心の奥底から湧き起こってくる言葉を。**あなたはただだいいんじゃなくて最高なのよ。**

チャーリーは咳払いをする。「父はここで手厚い治療を受けたおかげでいまも生きている。そんな病院にいて、きみがそばにいるんだから、リビーはだいじょうぶだ。だいじょうぶに決まっている」

それが合図だったかのように、サルマン・ラシュディ（『悪魔の詩』を書いたイギリスの作家）ばりの顎ひげと眉を持った、禿頭（とくとう）の医者が検査室から出てくる。「妹はだいじょうぶですか？」わたしは勢いよく立ちあがる。

「いまは眠ってますよ」医者は答える。「ですが、患者さんからおふた方に話していいと許可が出ましたんでね」そう言って、わたしをつなぎ止めるために手をきつくつかんで立っているチャーリーに向かってうなずく。

「なにがあったんです?」わたしは訊く。

瞬時に、ありとあらゆる病名が頭のなかでぐるぐるとまわりはじめる。

心臓発作。

脳卒中。

流産。

そしてある言葉が引っかかる。**肺塞栓症。**

その言葉は何度となく現れる。こだまする。わたしの人生のはじめから終わりに至るまで、ばねのおもちゃのように引き伸ばされ、時空を超え、すべてを台無しにし、わたしの人生を随所でゆがめ、引き裂いていく。**肺塞栓症。**

医者が答える。「妹さんは貧血ですね」

病名の数々が壁に激突する。もしくは崖から落ちる――そんな感じがする。はしごを踏み外して、落ちる一歩手前にいるような感じだ。

「鉄分とビタミンB12が不足してる」医者は説明する。「そのせいで、健康な赤血球がじゅうぶんに生成されない。妊婦には珍しくないんですよ。とくに以前の妊娠で同じ問題に対処したことがある場合は驚くことでもない」

「リビーが貧血になったことはこれまでありません」

医者は手に持ったクリップボードに目を落とす。「まあ、さほど深刻な症状ではないものの、数値はかなり低い。妹さんのかかりつけの産科医と話したところ、妊娠三カ月まではもう少し安定してたそうですが、妊娠初期から貧血については要注意だったようですよ」

また指がちくちくしだす。煙を払ってチェックリストを確かめようと脳が動きだすが、うまく働かない。

「それで、どうすればいいのでしょう？」チャーリーが訊く。

「簡単ですよ」医者が答える。「鉄分のサプリメントを摂取すること、できれば、もっと肉と卵を食べていただきたい。ビタミンB12についても同様です。それらをもっともよく摂取できる食品のリストをプリントアウトしましょう。でも、きっと妹さんは前のときのことを覚えてらっしゃると思いますよ」

前のとき。

前例があったのだ。わたしは一度ならず二度も見落としたのか。

「吐き気もあるでしょうが、一日の食事を小分けにして回数を増やせばどうにかなるはずです。来週診察して、改善が見られるかどうか確かめたいですね。その後は出産までかかりつけの医師の定期健診を受けてください」

それなら管理できる。調整できる。リストに入れられる。

「ありがとうございます」わたしは医者と握手する。「心から感謝します」

「どういたしまして」医者は笑みを浮かべる。驚くほどに温かく、忍耐強い笑みだ。

「少し休ませてあげてください。会えるようになったら、看護師が知らせますからね」

医者が立ち去るや、どっと疲れが押しよせる。五百キロの重りを肩からおろしたはいいけれど、それを何時間も担いでいたかのような疲れだ。

「だいじょうぶか？」

チャーリーを見ると、その姿がかすんで見える。視界がゆがんでいる。

「深呼吸してごらん、ノーラ」チャーリーはわたしの肩をつかんで大げさに息を吸ってみせる。彼に合わせて何度か呼吸を合わせているうちに胸を圧迫していたものが軽くなる。「彼女はだいじょうぶだ」

わたしはうなずき、彼に抱きよせられて、体にきつく腕をまわされるままになる。ほっとしただけだと伝えたいけれど、言葉を発する余裕がない――理性や分別をきかせる余裕も、言い争う余裕も。なにをするかは体が決めていて、それがこれ――チャーリーの腕に抱かれたままなにもしないことだ。

チャーリーはわたしのこめかみに口を押しつける。わたしは目を閉じ、安堵の思いがさざ波のように心に寄せてくるのに任せる。

波は徐々に引いていくが、わたしはチャーリーという潮流に身を任せて漂っている。かすかなスパイスの香り、肌の熱、薄手のセーターの上質なウールの感触。

わたしのアパートの情景が脳裏に浮かぶ。朱色の街灯の光を受けて輝く窓ガラスの雨粒、水しぶきを撥ね散らして通りすぎる車の音。靴下をはいたわたしの足元ではラジエーターがかすれた音を立てている。古い本や真新しい本の匂い。ヒマラヤスギと琥珀をイメージしたコロンは日あたりのよい図書館を想起させる。古い床板のきしむ音、すり足の足音、ほろ酔いかげんの歌声が聞こえてくる。通りの向こうのテキーラ・バーから家路についた酔っぱらいたちが、油したたるピザを土産に何切れか買おうとしている。

自分がその場にいると錯覚しそうなほどの鮮明さ。そこ、わたしのアパートに。気をゆるめ、背骨から鋼の支えを取りのぞき、辛辣な自分から抜けだせる安全な場所――ほっとする。

「あなたは役立たずじゃないわ、チャーリー」わたしは規則的な鼓動を感じながらささやく。「あなたは……」

チャーリーの手はまだわたしの髪に差し入れられたままだ。「きちんとしてる?」

わたしはたくましい胸に顔をうずめたままほほ笑む。「そんなとこかな。まだうまく言えないけど」

リビーがいる部屋のドアが開く音がして、わたしは目を開ける。

看護師がほほ笑む。「妹さんが会いたいそうですよ」

28

リビーは早くも紫の水玉模様のサンドレスに着替えて、おちついたようすでベッドに腰かけている。

唇にかすかな笑みが浮かぶ。「ハイ」

「ハイ」わたしはドアを閉めて、妹のそばに腰をおろす。

しばらくしてリビーが言う。「もうだいじょうぶ？」

わたしは思わずたじろぐ。「リブ、気を失って古くさいレジで頭をかち割りそうになったのはわたしじゃないんだけど」

リビーは唇を噛む。「怒ってる」膝の上で手を揉みあわせる。「前にもこういうことがあったって言わなかったから」

「というか……混乱してる」

リビーがうかがうようにこちらを見る。「あたしだって混乱してる。編集の仕事の話があったのに教えてくれなかったなんて」

「もう何年も前の話よ」わたしは答える。「条件も最低なら、報酬も最悪で、あなたのことだけが原因じゃなかった。エージェント会社に残ったのにはたくさんの理由があったの」

リビーは潤んだサファイア色の瞳をわたしに向け、眉のあいだにしわを寄せる。

「言ってくれればよかったのに」

「言うべきだったわね」わたしも小声で同意する。「それに、あなたもこういう問題をすべてわたしに言ってくれるべきだった」

リビーがため息をつく。「ブレンダンだけが知ってたの。彼には姉さんに知らせろって言われたんだけど、不安がらせるってわかってたし、ごくごくありふれた症状だったから。だって、なにも問題ないってかかりつけの医者も請け負ってくれてたんだよ。姉さんに重荷を負わせたくなかった」

わたしは妹の手に手を伸ばす。「リブ、あなたは重荷なんかじゃない。大事なのはあなた。あなたが最優先なの」わたしは軽くつけ加える。「仕事よりも、ペロトンよりも」

リビーがムッとして、手を引き抜く。「そう言われてどれほど罪の意識に駆られるかわかる、姉さん？　あたしの人生をうまくまわすためなら、姉さんがなんだって投げ捨てるってわかってることが？　夢だった仕事まであきらめて――あたしの母親をやるために？　そんなことをされたら、あたし……自分がだめ人間の気分になっちゃう」

「わたしはただ、あなたの力になりたいだけ」わたしは妹にわからせようとする。

「あたしをつねに最優先するのはまちがってる」リビーは穏やかに言う。「クライアントのこともそう」

「わかった」わたしは応じる。「これからは身近なお気に入り、ベーグルガイを最優先させて、僅差であなたが二番にする」

「まじめに言ってるんだよ。母さんは姉さんに頼りすぎだった」

「このことが母さんとなんの関係があるの？」

「大ありだよ」わたしが言い返す前にリビーが続ける。「母さんを責めてるわけじゃないの――母さんはどうしようもない状況で、あたしたちをよく育ててくれた。でも、あたしたちの面倒を見るのが誰の仕事か忘れることがあったのは事実だよ」

「リブ、いったい――」

「姉さんはあたしの父さんじゃない」リビーは言う。

「いつからそんな話になったの?」

リビーはまたムッとしてわたしの手をつかむ。「母さんは姉さんのことパートナーみたいに扱ってたんだよ。姉さんのことを、そうあたしの面倒を見るのが姉さんの仕事みたいにして。母さんが死んだあと、あたしもそれを拒まなかった。でも、姉さんはいまだにそれを続けてる。やりすぎなの。あたしたちどちらにとっても」

「それはちがう」わたしは反論する。

「ちがわない」妹が応じる。「あたしはいま自分の娘を持ってみて、これだけは言わせてもらうけど、ノーラ、大変すぎてシャワーを浴びながらスポンジを口にあてて泣くこともある。そういう姿を娘たちに隠すのも正しいことじゃないかもしれないけど、母さんがあたしたちにしたように、タラやビーに心配ごとを押しつけるなんて想像もできない。とくに姉さんには押しつけてたよね。

母さんの苦労は人並みじゃなかったよ。でも、あたしたちにとってはただひとりの親だったのに、そのことをたまに忘れてた。それでときには姉さんのことを大人みたいに扱ってた」

冷たく疼くものが心を貫く。罪悪感か、痛みか、母へのありふれた思慕か。もしくはそのすべてがからみあい、ひとつのつららとなって心を貫き、冷たさだけがもたらす火傷を負わせる。

人生においてもっとも大事なもの――唯一大事なもの――が心の奥底で凍りつき、氷の蜘蛛(くも)の巣が全身に広がっていく。

「わたしは助けたかった」わたしは言う。「あなたの面倒を見たかった」

「わかってる」リビーはわたしの両手を取り、胸に押しあてる。「いつもそうだったし、そんな姉さんを愛してる。でも、母さんになってほしいわけじゃない。もちろん、父さんになってほしいとも思わない。なにか問題があってあたしが打ち明けたら、ただ姉として〝サイテー〟って言ってほしい。問題を解決しようとするんじゃなく」

ふたりのあいだの距離、この旅行、リスト、秘密。そうしたすべてをわたしは乗り越えるべき課題だと考えていた。わたしがリビーの望む姉になれることを証明するためのテストだと。でも、チャーリーの言うとおりだ。リビーはなにより姉を望んでいる。それ以上でも以下でもなく。

「わたしにはむずかしいかも」わたしは弱音を吐く。「あなたを守れないという感覚がつらすぎる」

「わかってる。でも……」リビーは目を閉じて、ふたたび開くと、声を詰まらせながら言う。わたしたちの両手は互いのあいだできつく握りあわされて震えている。「それはだめなの。あたしは姉さんがいなくてもやれると思えるようにならないと。

母さんが亡くなったとき、あたしが打ちのめされたのは確かだよ。でも乗り越えられないかもしれないと不安に思ったことは一度もなかった。姉さんが乗り越えさせてくれるとわかってたから――姉さん、あたしはそのことを言葉にできないほど感謝してる」

「言葉にしてくれてよかったのよ」わたしは静かに冗談を言う。「カードかなにかを送ってくれるとかね」

リビーは涙声で笑い、片手を引き抜いて自分の目をぬぐう。「どこかの時点で、あたしも自力でなんとかできると思えるようにならないと。ブレンダンの助けも姉さんの助けもなしに。それに、姉さんだってほかのことが入る余地を作らなきゃ。ほかの大事な人が」

わたしはごくりと唾を呑む。「あなたほど大事な人なんてほかにいないわ、リブ」

「あたしだって姉さんほど大事な人はほかにいない」リビーがささやく。「あたしのビーグルガイは別にして」

わたしは妹の首にかじりついて、体を引きよせる。「こんど病気やビタミン不足がわかったら、教えてよ」妹のふわふわとしたピンクブロンドの髪に顔を突っ込んでささやく。「わたしに許されるのが、〝サイテー〟って言うことだけだとしても。それから、サプリメントを六箱家に送らせてもらうことだけだとしても」

「了解」リビーは笑みをしかめっ面に変えながら身を引く。「あと、もうひとつ知っておいてもらわなきゃならないことがあって」

わたしは胸の内でつぶやく。**ほら来た、わたしに隠していたことだ。**

リビーは深々と息を吸う。

「あたし、肉を食べてるの」

まるでリビーがついさっきその手で子牛を殺し、血管からじかに血を飲んだと告白したかのように、わたしはとっさにベッドから飛びおりる。

「ほらあ！」リビーは口をおおった手の隙間から叫ぶ。「タラを身ごもったときからなの！ 貧血だったから。正直、いつも頭がどうかしちゃうくらいワッパー（バーガーキングの大きなサイズのハンバーガー）が食べたくてたまらなかった」

「うそ！」わたしは言う。

「タラが生まれてすぐにやめた！」とリビー。「でも、三人めの妊娠がわかってから、また食べはじめた。二週間ぐらい食べなくても数値は変わらないと思って、途中で補充することをちゃんと考えてなかったんだよね。そうしたら、あらま（フープス）ってわけ！ というか……ワッパーだから、ワップスって言うべき？」

「十年ものあいだ、わたしをだましてベジタリアンを続けさせてたなんて信じられない。そのあいだ自分はワッパーなんかに屈して！」

「なんかとはなによ」リビーが文句をつける。「ワッパーはすごいんだから」

「ほんと、うそをつくのがうまくなりすぎ」

リビーは大笑いする。「まあね、すごいとは言えないけど、心の欲するものはおのずと決まるってこと」

「あなたの心に必要なのはセラピーよ」

「家に戻る途中で手に入れられるかな？」リビーはベッドから立ちあがる。「セラピーじゃなく、ワッパーをいくつか」

「ワッパーを？　いくつも？」

「そう、ベジ・バーガーだってあるよ」とリビー。「ここならアシュビルに近いし、あの街にはバーガーキングがある」

わたしは妹をしげしげ見る。「つまり、いけしゃあしゃあと〝バーガーキング〟と口にするばかりか、もよりの店舗がどこにあるかもチェック済みだってこと？」

「備えることの大切さは姉さんに教わったんだよ。サリーといっしょにブルームーン舞踏会のチラシを貼りに行ったときに見つけたの」

「それは〝備える〟とは言わない」わたしは言い返す。「かき乱すっていうの」妹が笑い、わたしは降参する。「まさかワッパーとはね」

「本当にできるの？」

リビーはわたしをにらむ。「おめでとう。十二時間まるまるそんな調子だったね」

「どうぞ」わたしは言う。「あなたのことはあなたが決めればいい。自分でできるというなら、誰が気にするっていうの？　わたしは気にしない」

リビーはにっこりとして大きな紫のバッグを掲げる。「ここにビーフジャーキーが入ってる。アーモンドとか、カップ入りのピーナッツバターなんかも。それに、ガーティやサリーやアマヤがいっしょなの。姉さんは来週休みを取ってパーティに参加できるように、例の本の編集を終えてきて」リビーの電話が鳴り、彼女は画面を確かめる。「ガーティが来たわ。雨になりそう――書店で降ろそうか？」

サリーが来週末のパーティの準備に専念できるよう、チャーリーが彼女の分も店番を務めることになっている。つまり、店で最後の仕上げを急がなければならない。原稿を読むのは昨晩終える予定だったのだけれど、リビーが気を失ってそれどころではなくなり、それでもきょうには終えなければならない。

「助かる」

ガーティの泥だらけのハッチバックが丘のふもとに停まっている。懇親会会場から家に送ってくれたときよりも貼られているステッカーが増えているうえに、ダッシュボードで香を焚いている。わたしは文字どおり舌を嚙み、それがどれほど危険か説教したいのをこらえる。言ったところで、大音量でかかる耳障りなインダストリアル・ミュージックのせいで聞こえもしないだろう。

近づきつつある雷の音もかき消すほどの大音量に送られながら、書店の前で車を降りる。頭上ではもくもくと黒雲が湧きあがり、ハッチバックが道路脇から離れるころには、空気にぴりっとしたものが感じられる。

黄色っぽく光る窓ガラス越しに、窓の近くにある本棚で本をならべなおしているチャーリーが赤と金色の光に包まれているのが見える。

唇と顎は完全に影に沈み、黒っぽい髪はやわらかな光に包まれている。彼の姿を見て胃がひっくり返り、肋骨の奥で低速度撮影される花のようになにかがほころぶ。こうして、いよいよこの本の、この編集の、この旅の終わりに近づいているいま、踵を返して逃げだしたくなる気持ちも無視できないほどになっている。

しかしそのときチャーリーの目がわたしをとらえ、ふっくらした唇が官能的な笑みをたたえると、本の表紙から払い落とされるほこりのように不安が消えてなくなる。チャーリーがドアを開け、外に身を乗りだしたとき、雨の最初のひと滴が敷石にあたる。「これを終える準備はいいかい、スティーブンズ？」

「もちろん」それは本当でもあり、うそでもある。すばらしい本の編集を終えたい人がいるだろうか？

嵐のせいで外が暗いなか、裏の事務室はなんとも言えず居心地よさそうに見える。傷のついたマホガニーのデスクには書類や小物がところせましと置かれているが、チャーリーらしいやり方できちんと整頓されている。でこぼこしたソファのそばにはマントルピースがあり、その上に三列にならべられている家族の写真はほこりを払われたばかりだし、アンティークのラグには掃除機をかけた跡がある。窓に吊りさげられた大きなエアコンは静かなもの、早すぎる秋の冷気のおかげで使用されていない。

チャーリーはハードカバーを何冊かソファから動かし、デスクの奥の椅子に座ろうと部屋を横切る。その顔にはからかうような表情が浮かんでいる。**ほら？　ぼくはこっちに座るから完全に無害だ。**

ただ、わたしにはどこからどう見ても無害ではない。彼が多機能のスイス・アーミー・ナイフに見える。わたしをだめにする六つの側面を持つ男。

秘密を打ち明けたくさせるチャーリー。

笑わせてくれるチャーリー。

その気にさせるチャーリー。

なんでもできると思わせてくれるチャーリー。

病院で膝にのせて、防御壁となってくれるチャーリー。

少しずつわたしをばらばらにする力を持つチャーリー。

「リビーはどう？」彼は尋ねる。

「そうねえ」わたしは答える。「いまはビーフジャーキーを入れたバッグを持ち歩いてる」

「つまり、複雑な気持ち(ミックスト・バッグ)ってわけだ」

思わず笑い声を漏らし、わたしは頭をそらす。「この町の言葉遊びってどうなってるの？」

「きみがなにを言いたいのか見当もつかないな」チャーリーは真顔を崩さない。

「わたしとリビーの議論に決着をつけたいから、どちらにつくか言って」わたしは画面が半分閉じたままの、自分のノートパソコンのほうに身をかがめる。

「それはリビーに気の毒だ」とチャーリー。「ぼくはむかしからサメをえこひいきしがちなんでね」

胸に温かいものが広がるが、根っからのシュモクザメのわたしはひるまずに続ける。「〈スパアーーーー〉っていうのは、ため息なの、悲鳴なの？」

チャーリーは片手で目を隠して笑う。「そう、ぼくはきみ以上に下ネタは嫌いなんだが、ぼくがかつてここに住んでいたころは、〈Gスパ〉と呼ばれていた。だから、その発音はオーガズムの音をどうとらえるかによるんじゃないかな」

「作り話よね」

「ぼくは想像力豊かだけど」チャーリーは言う。「そこまで豊かではないよ」

「あの聖なる建物のなかでなにが行われてるの？」わたしは不思議に思って訊く。

「それにそれって合法なの？」

「正直なところ」チャーリーが答える。「単なるまちがいだったんだろう。所有者の名前がグラディス・グラッドバリーというんで、それにちなんでつけたんだと思う」

「所有者の名前から取ったにしろ、〈Gスパ〉をあてたのは確かかね」

チャーリーは手で顔をおおう。「きみの恐ろしいほどの頭脳がぼくの好みであるのは確かだよ、スティーブンズ」

目が合い、血が沸き立つ。「原稿を読んだほうがよさそうだ」

「そうね」わたしも同意する。

こんど先に目をそらしたのは彼のほうで、ノートパソコンのカーソルを動かし、「読み終わったら教えてくれ」と言う。

多少苦労しつつも、わたしは『冷感症』に意識を向ける。何段落か読むうちに、ダスティの物語に心をつかまれ、言葉に浸り、頭からつま先まで物語に呑み込まれる。ナディーンと元気のいい理学療法士のローラが急いでジョセフィンを病院に連れていくが、二十二時間たってもジョーの脳の腫れは引かない。ナディーンは家に迎え入れた野良猫に餌をやるために帰宅しなければならず、そのころには、嵐が激しさを増している。

ここグッディ・ブックスでも、本の内容と共鳴するかのごとく現実の雷が壁を揺らしている。

ナディーンは暗いアパートのなかを行きつ戻りつして猫を呼ぶものの、いつもは鳴いてばかりいる猫が応えない。シンクの上の窓に目をやると、少しだけ開けておいた窓が大きく開いている。

彼女は雨のなかに走りでる。猫に名前をつけておかなかったことを後悔する。風に向かって、このばか猫、戻っておいで、と叫んだところで、猫には通じないからだ。

しばらくして、むさ苦しい雌猫が縮こまって半分側溝に浸かっているのを見つける。

ナディーンは通りを渡りはじめるが、濡れたアスファルトをすべるゴムの音が聞こえ、突っ込んでくる車が見える。

そして――肺から空気が押しだされる。

ぎゅっと目をつぶり、肋骨に痛みが走る。目を開けると、草の生えた路肩にいて、ローラがナディーンにおおいかぶさっている。ふたりが息を整えているあいだに側溝から這いでた猫は、警戒するようにナディーンを見て、走り去ってしまう。

「もうっ」ローラは毒づいてよろよろと立ちあがり、猫を追おうとする。

ナディーンはその腕をつかみ、「行かせてやって」と言う。「わたしにはあの猫を助けてやれない」

病院から連絡が入る。

わたしは胸の痛みを感じながら最終章の一ページめまでスクロールすると、先に進む前にひと呼吸して、心の準備をする。

ナディーンとローラは明るい日射しが降りそそぐ墓地にいる。誰も訪れることなく、ただ牧師だけがいる。最後の数カ月、ジョーには彼女たちのほかに誰もいなかった。

ローラはナディーンの手に手を伸ばす。自分でも驚きつつ、ナディーンは手を取られるままにする。

その後、家に戻ったナディーンは、玄関の石段に置かれた花束を目にする。花束にはかつてのアシスタントからのカードが添えられている。ご逝去に際し、お悔やみ申しあげます。ナディーンはそれを家のなかに持ち込み、花瓶を出してくる。開いた窓から陽光が射し込み、蛇口から流れる水をきらきらと光らせる。

別の部屋から猫の鳴き声が聞こえる。ナディーンの心が浮き立つ。

画面に白い余白が広がり、静かに息をする余裕が生まれる。

わたしは文字のない白いページをただ見つめる。

好きな本でも、最後が望みどおりに終わるものはひとつもない。つねに多少の我慢を強いられるということだ。

母とリビーはすべてがうまくいって大団円で終わるラブストーリーが好きだったので、どうして自分がそうでない結末に惹かれるのかいつも不思議だった。

わたしのような人間にはそういう結末が縁遠いからだと思ったものだ。それを求め、望めば、これまで手に入れたことのないものまで失ってしまう。

わたしの心に訴えかけるのは、後戻りのできなさを突きつける結末だ。いいことにもかならず終わりがあることを示す結末。それについては悪いことも同じ。なんにでも終わりはある。

本の最後のページを開くたびにそれを探してしまう。うまくいかないことの多い人生でも、そこに美しさはあると証明してくれるなにかを、どうしようもなく求めてしまう。なんであれ、かならずや希望があると証明してくれるものを。

母が亡くなってから、わたしはそういう結末に慰めを見いだしてきた。**そう、失うものはあったけれど、やがて見つかるものもある、**と言ってくれる結末に。

十年のあいだ、ふたたびすべてを手に入れられることは二度とないとわかっていたので、わたしが望んでいたのはいつかまた、じゅうぶんと思えるだけのものを手に入れられると信じることだった。痛みはかならずしも悪いものではない。わたしのような人間は修復不可能なほどには壊れない。溶けないほど分厚い氷はなく、切りはらえないほど鬱蒼と茂る茨（いばら）もない。

この本はその重さでわたしの心を押しつぶし、小さな明るい部分で目をくらませた。読むというよりも、その物語を生きる本であり、そういった本を読み終えると、いつもスキューバダイビングで水面へと浮上していくときの気分になる。浮上を急げば、潜水病にかかる。

わたしは時間をかけ、雷が鳴るたびに少しずつ水面に近づく。ようやく目を上げると、チャーリーがこちらを見ている。「読み終わった?」と、彼は小声で尋ねる。

わたしはうなずく。

どちらもしばらく話さない。

やがて静かな声で彼が言う。「完璧だな」

「完璧ね」わたしは同意する。それが正しい言葉だ。わたしは咳払いをし、批評しようと頭を働かせるが、いま望むのはこの瞬間に浸ること。ここに留まること。「猫は本当に戻ってくるの?」

チャーリーはためらうことなく「ああ」と答える。

「でも、彼女の猫じゃない」わたしは言う。物語を通してナディーンはくり返しそう言っている。だからこそ、彼女はその小さな侵入者に名前をつけない。

「彼女は理解している」チャーリーは言う。「その猫が小さな怪物であることは誰の目にもあきらかだ。どうすればペットになれるか知らない怪物だが、彼女は気にしない。だから彼女は自分の猫じゃないと言いつづける。重要なのは猫が与えてくれるものじゃない。猫は彼女になにも与えない。

獰猛で、残忍で、空腹で、どうやって生きていっていいかも知らないちっぽけな居候にすぎない」窓の外の空は真っ暗で、稲妻が光るたびに瀑布のような雨が浮かびあがる。「それでも、彼女の猫なんだ。誰のものでもなかった猫が、彼女のものになる」

わたしは不可解な疼きを感じる。チャーリーを見ていると、ときにそうなる。言葉がみぞおちへの一撃になるような。あまりに鋭い一文をまのあたりにして、本を脇に押しやって息を整えなければならないときのような。

チャーリーが話を続けようと口を開いたとき、大地を揺るがすような雷が部屋にとどろき、照明がぷっつりと消える。

暗闇のなか、チャーリーがデスクをがたがた言わせて奥から出てくる。「だいじょうぶか？」

わたしは彼の手を探ってしがみつく。「ええ、たぶん」

「正面のドアに鍵をかけてこないと」彼は言う。「停電が解消するまで」

わたしはその声に緊迫感を聞きつける。「いっしょに行く」

わたしたちは手探りで事務室を出る。店のなかも暗闇に沈んでおり、がらんとした空間がひんやりと感じられる。チャーリーが営業中の看板をひっくり返してドアに鍵をかけるのを待つあいだ、腕の産毛が総毛立つ。「事務室に懐中電灯がある」鍵をかけてから彼は言い、わたしたちは手探りで来た道を戻る。彼はわたしの手を放し、デスクの抽斗をあさる。「寒いかい？」

「少し」歯がかたかた鳴っているが、寒いせいかどうかはわからない。

チャーリーは懐中電灯を手渡してくれ、もう一方の手に持った緊急用のランタンの電源を入れてそれを暖炉のところへ運ぶ。顔と肩をこわばらせたまま、先日の晩、わたしとリビーに教えてくれたやり方で炉床に薪を積む――薪を何本か重ねて置き、隙間に丸めた新聞紙を突っ込むのだ。

「本当に暗闇が嫌いなのね」わたしは彼のそばのラグに膝をつきながら言う。

「正確には暗闇が嫌いなんじゃない」一分ほどかかるが、焚きつけに火がつき、暖かさと明かりがじわじわと広がっていく。「ここがあんまり静かで、そこに暗さまで重なると、なんていうか……ひとりきりであることを突きつけられるようで」

これだけ近くにいると、彼の顔のこまかな部分まで見え、金色の虹彩の真ん中に濃い茶色の輪があることや、唇の下のしわや、まつげの一本一本のカーブまでわかる。

わたしは立ちあがり、デスクへ向かう。「話しておかないといけないことがあるの」ふり返ると、彼もまた立ちあがっている。額にしわを寄せ、手をポケットに突っ込んで。

「理由がなんであれ、あなたはいま、誰ともつきあいたくないと思ってる」わたしは言う。「それはそれでいい。そんなふうに思うことは誰にでもある。でも、ほかになにか理由があるなら――あなたが自分のことを融通がきかないとか、元恋人たちに言われたとおりかもしれないとか――そんなのは全部まちがってる。あなたと過ごす毎日は多かれ少なかれ同じかもしれないけど、それがなんなの？　それって実際はすごいことよ。

すべてわたしの思いちがいかもしれない。でも、そうは思えない。なぜなら、こんなにわたしに似た人に会うのははじめてだから。それと、なんだかんだ言っても、わたしが結局は獰猛な小さな猫じゃなくてゴールデンレトリーバーを欲しがるとあなたが思ってるんだとしたら、それはまちがいよ」

「誰だってゴールデンレトリーバーを欲しがる」彼は小声で言う。ばかげた発言だが、しかめた顔は真剣そのものだ。

わたしは首を振る。「わたしはちがう」

チャーリーはわたしの体をはさんで両手をデスクの端に置く。その目が溶けて、蜂蜜やキャラメルやメイプルシロップに変わる。「ノーラ」かすれ声で、つっかえるような口調。人をやすやすと降参させる男の声。

「気にしないで」わたしは目をそらすが、これほど近くにいて、腰の両側に手を置かれていたら、彼の姿を完全に視界から外すことはできない。「わかってるから。ただ、言っておきたかったの。もしかして――」

「ぼくはニューヨークに戻らない」チャーリーがさえぎるように言う。

わたしはハッとして彼を見る。その表情の鋭さが新たな意味を持つ。「それが理由なんだ」チャーリーは言う。「つきあえない……」

「そんな……」わたしは首を振る。「どのぐらい？」

彼がごくりと唾を呑み込み、喉が上下する。「妹が十二月に戻ってきて店を継ぐことになっていた。でも、イタリアで出会いがあったそうだ。妹はイタリアに残る」

カフェインを過剰摂取したハミングバードのようだった心が金床のようになる。鼓動が重くなって、痛みを伴う。

「アパートについてはもうリビーにメールで知らせてある」チャーリーは続ける。「彼女さえよければ、住んでもらってかまわない。もともとその予定だったんだから」

目がひりひりする。心はページのばらけた電話帳のようになり、わたしはそれをどうにか順番にならべなおして、まとめようとしている。

「町できみに出くわした最初の晩」チャーリーは言う。「カリーナがしばらく向こうに留まることになったと知ったところだった。どのぐらいになるかわからなかったが……彼女は恋人と姿をくらました。こちらには戻ってこない」

その言葉が遠くのざわめきのように心に広がっていく。

「なんとか解決策を見つけたかった。でも、ひとつとして見つからない。これまですべての要となっていたのは父だ。両親の家は古い――絶えず修理の必要があって、それをどうするか、ぼくが考えなきゃならない。父が人を雇うのを許してくれないからだ。それに、書店はこれまでになくひどい状態だ――いくらがんばっても、母にはやっていかれない。

このままだと店はもって半年。誰かが毎日店にいなきゃならない。父の介護が必要になる前ですら、母にはそれができなかった。困ったことに、父は人に頼りたくない人で、その余裕があっても看護師を雇わせてくれない。そしてたとえ店長を雇う余裕があるとしても、母はそれを許さない。これまで家族経営だった店をほかの誰かに託すのは、つらすぎると言ってる」

チャーリーの顎の筋肉が動き、肌に影が落ちる。「ふたりとも完璧な親じゃなかったが、ぼくのために多くをあきらめてくれた。おかげでぼくは望む学校に進み、望む仕事につけた――もはや続けられないが。ロッジアはニューヨーク在住者を求めていて、家族にはぼくが必要だ。家族にはぼくよりもすぐれた人間が必要だが、ぼくしかいないんだからしかたがない。ぼくは『冷感症』が完成したら職場を去る。その席に、きみを推薦した」

彼の仕事。彼のアパート。彼はこれまで懸命に培ってきた人生を、たたき売りさながらに手渡そうとしている。自分の居場所である街をあきらめて。彼が彼らしくいられる場所、自分をまちがっているとか、役立たずとか思わずにすむ場所を。

「あなた自身の望みはどうなるの？」わたしは尋ねる。それはきみ次第だとでもいうように彼はわたしを見つめる。わたしもそうしたい。本当に。「あなたの幸せは誰が保証するの、チャーリー？　あなたの心はどうなの？」

チャーリーはほほ笑もうとするが、うそをつくのがへたくそすぎる。「ぼくたちみたいな人間にそんなものがあるかい？」

彼の顔に触れ、わたしと目を合わせさせる。しばし時間をかけて、千々に乱れる感情の高まりを呑みくだし、ばらばらになったわたしの思いの破片をしまい込み、この新たな現実を受け入れる。わたしたちをA地点からB地点へと物語を進めるためのリストや計画やプロットの流れをこしらえようとするが、そこにはたったひとつ、いまのこの、先の読めない章しかない。

「今夜」わたしは口を開く。「あなたをわたしのものにしていい、チャーリー？　続けることができないとしても。終わりがすでにわかってるとしても」

チャーリーはそっとわたしの顎をつかむ。壊れ物に触れるように。もしくは、彼がそうであるように。ひとつまちがえば、どちらもぱっくりと割れてしまうと思っているのかもしれない。わたしの胸を締めつけた、あの圧倒的な最終章がもたらした感情。いまになってそれを言い表す言葉がわかる。たとえ胸の内ですら、それをつぶやくことはできなくとも。「きみのものにしてくれ、ノーラ。そんなことは一度もなかった」

生まれてはじめて、『嵐が丘』のなかでキャシーが〝わたしはヒースクリフ〟と言った意味がわかる。チャーリーとわたしがとても似ているからというだけでなく、互いが互いのものだからだ。自分でも理解できない形で、彼はわたしのもの、そしてわたしは彼のものだ。最後のページがなにを語ろうと関係ない。それが真実なのだから。いま、ここでは。

彼の温かい唇がわたしの唇をそっとかすめる。わたしは口を開く。ページをめくったらどんな気分になるかわかっていても、めくらずにいることはできない。

29

チャーリーが指をわたしの髪にからめ、舌を唇のあいだに差し入れる。わたしが声を漏らし、彼はわたしをデスクにそっと座らせる。前に結ばれようとしたときは、どちらもなりふりかまわずわれを忘れていたが、いまの彼はやさしく気遣ってくれていて、それがかえってもどかしい。

彼の指がドレスの肩紐に触れて結び目をほどき、もう一方に移る。わたしが両手を彼のシャツに潜り込ませて、すべすべした温かな素肌を感じていると、そこに鳥肌が立ってくる。

チャーリーはコーヒーの味がして、冬緑油のようなぴりりとした辛みがある。彼がわたしの下唇に舌を這わせ、片手で脇腹を撫でおろす。

わたしは彼を引きよせ、彼はわたしをデスクの端まで引っぱる。切迫感を増した彼の口が歯を立てたりゆるめたりをくり返し、ふたりは抱きあったり離れたりしながら息を切らせ、離れた唇がさらに熱烈につぎのキスを求める。彼の手のひらが胸に這いあがり、親指が先端をかすめると、わたしの体に震えが走る。胸に伝わる激しい彼の鼓動につられて鼓動が速まり、ふたつのメトロノームが同じリズムを刻みだす。

稲光が空をつんざき、続いて雷鳴がとどろく。炎が消えかけ、また燃えあがる。唇がチャーリーのキスによって少しずつ、この三週間の疼きがぬぐい取られていく。ドわたしの顎や喉をすべり、両手が背中にまわされて、肩紐がすっかりほどかれる。ドレスの上半身が大きく開かれ、彼がかがんで口を近づけると、熱い吐息を受けて心臓が風車のようにくるくるとまわりだす。

わたしは頭を後ろに倒す。胸の丸みの内側を舌でたどられて、息が止まる。服が押しさげられ、温かな空気が肌に触れる。チャーリーが目を上げて視線を合わせ、唇を近づけてきて目を合わせながら乳首を口に含む。のけぞりだしたわたしの肌に舌と歯をすべらせる。

わたしの口から彼の名前がこぼれ落ちる。ふたたびふたりの口が重なり、深くしっかりと求めあう。チャーリーの片方の手がドレスの裾を探って腿の内側を撫であげ、わたしが膝を開くと、さらに手が上にすべって、腰のレースにたどり着く。彼のもう一方の手も同じように動く。わたしは体をそらせて腰を浮かし、彼が布をつかんで両脚に沿って引きおろす。

彼はわたしと見つめあったまま、むきだしになったわたしの脚の付け根をつかむ。膝をついて膝の内側に唇を這わせ、そのまま上へと移動して脚のあいだへと至る。わたしは両手を後ろについて体を倒し、熱い舌が体に溶け込むにつれて呼吸が浅くなっていく。

押しあてられる力に向かって腰を回転させると、彼が低くうめき、片手を腹部へとすべらせて、わたしをデスクに寝かせる。場所を変えようと言ってみようか。ここでそんなことをするのは不作法ではないかと尋ねるべき？　けれど、つぎの瞬間にはなにも考えられなくなる。チャーリーの舌に体のブレーカーのスイッチを突き止められて、頭脳への電力が完全に遮断されたから。

「ノーラ」チャーリーのかすれ声。わたしの口から小さく同意の声が漏れる。「待つ必要はなかったんだ。出会ったあのときに、こうなるべきだった」

わたしは彼の髪に手を差し入れる。チャーリーは手でわたしを下からすくいあげ、口をあてがいやすくしている。

欲望のまま、ゆっくりと、ひたむきに。いまふたりのあいだに起きていることはなにひとつ偶然ではない。チャーリーからの刺激にさらされたわたしは、ついにその手の内で身を震わせ、両手に彼の髪を巻きつけて、体を弓なりにして大きな声をあげる。

起きあがったチャーリーにデスクの端まで引き戻される。唇をすりあわせ、互いの服のなかをまさぐる。シャツを脱がせ、ズボンのボタンを外すわたしの手。彼はドレスをはぎ取ると、抱きあげたわたしをソファに寝かせ、ブラジャーの下から舌を差し入れる。

「これはこれは」うやうやしさすら感じさせるチャーリーの声。「ふたりで泳いだときにつけてたものだね」

わたしは両手で彼の背中を撫でおろし、くっきりした曲線や力強い体の線のひとつひとつを目におさめる。心ゆくまで彼を堪能できるはじめての機会、そしてこれが最後になるかもしれない。

チャーリーがわたしの喉元にキスする。「きみの感触を忘れようにも忘れられないよ、ノーラ。シルクのようだ」

わたしはやわらかな唇をチャーリーの首の横に押しあて、舌で脈動を感じ取る。手を体にあてて下にすべらせ、脱ぎかけのズボンとブリーフを押しのけて、素肌に爪を立てて、ぶつけるように体を揺する。ふたりの体のあいだに手を差し入れ、彼そのものを指で包み込むと、まばゆすぎる光がはじけて体を貫き、すべてが暗転して、かすかに光る斑点がつかのま揺らめく。「わたしもあなたの感触を忘れられなかった」

　チャーリーがうめいてわたしの手のなかで動き、わたしは彼のズボンを引きおろす。彼はゆるゆると動きながら体重をかけ、少しずつ体を近づけてくる。わたしがどう体を動かしても、彼が届きそうで届かない場所にいるようなじれったさがある。

　でも最後には届く。チャーリーの口がわたしの上をもどかしげに動きまわり、手はブラジャーのストラップを腕のほうへ引きおろして、いつしかわたしの衣服のすべてが腰周辺にまとまっている。ここから先はどちらも無我夢中になる。チャーリーの両手がわたしの腿に。わたしの唇が彼の肩に。彼の舌がわたしの口のなかに。こわばったものを押しあてられて、わたしの内奥はバイオリンの弦のようにぴんと張り詰める。

「避妊は？」チャーリーが尋ねる。

「もちろん。でも――」

「わかった」当然、チャーリーはわかっている。わたしたちは似た者同士。双方ともコントロールを失って相手に没頭していても、なおも理性を保つための糸が何本（数十本）か残っている。チャーリーが離れて財布を探し、コンドームを手に戻ってくる。それ以上なにも尋ねず、怒ったようすもがっかりしたようすもなく、憤慨を暗示させるものも、いらだちも、幻滅も見られない。彼がわたしの顎の下に片手をあててキスをすると、わたしはそのやさしさを全身で感じ取り、その小さなぬくもりが骨、筋肉、軟骨へと染み込んでいく。チャーリーが血流に行き渡る。そしてついに入ってくる。ゆっくりと。慎重に。わたしがほっとするまもなく身を引き、わたしが漏らした声に小さく笑う。「こんなことが実現するとは思ってもいなかった。ぼくが求めるのと同じくらい、きみがぼくを求めてくれるとは」

「それ以上よ」行為にのめり込んでいるので、それと認めていいかどうか考える余裕もない。

「さあ、どうかな」こんどはもっと深く入ってくる。「ぼくに言わせればそれは不可能だ」わたしは体を持ちあげて、彼を引きよせる。彼はのけぞって喉の奥で低くうなる。ともに動くと、世界がやわらかく暗くなり、すべてが縮んで、ふたりの体が結ばれた一点に集約される。わたしをさすり、口で唇を開かせるチャーリー。わたしは爪を立てて彼をせき立て、これ以上は近づけようのないふたつの体をさらに近づけようとする。

早くも終わりを予感して悲しくなる。何日か、この感覚を残しておけるものならそうしたい。世界があと二十分で終わるなら、このまま死ねたら本望だ。チャーリーがさらに深く、激しく貫く。

「ああ、チャーリー」

「激しすぎる？」動きが弱まる。

わたしは首を振る。伝わった。もはや、慎重さも抑制も必要ない。「どこにいてもきみのことを考えていた」チャーリーが言う。「おかげで、この町にはふたりでこれをやっていない場所はもうどこにもない」

さらに貪欲に彼を包み込みながら、半笑いで尋ねる。「どうだった？」

「自分で思うほど、ぼくには想像力がなかったようだ」

自分の脳みそが暗い空に打ちあげられる花火のように感じる。起きあがったチャーリーはわたしを引きよせて膝にのせ、ふたたび押し入れてくる。わたしは両手でソファの背をつかみ、ぶつけるように激しく動く。やがてわたしが体を傾けたり、腰をまわしたりするたびに、肌に彼の汗を感じるようになる。チャーリーは片手にわたしの髪をからませ、もう一方の手のひらを背中にまわして、彼の望む場所に留める。

「もっとあなたが欲しい」チャーリーの口にあえぐ。彼の鼓動が一拍ごとに波のように押しよせてくる。もっと激しく、もっと速く、もっともっと、なにもかもを、すべてを。

「きみは完璧だ」かすれ声が言う。「そうとしか言いようがない。きみこそ完璧だ」

わたしは心のなかでくり返す。ああ、神さま。ああ、神さま。チャーリー。「お願い」

おしゃべりをする余地などどこにもない。こんなにうれしいことがあるだろうか。

彼はわたしをまっすぐに見つめ、本を読むように読み取り、また歓喜の果てまで連れていってくれる。何度も――ロマンスの神さまの覚えめでたく――何度も、くり返し。

30

起きあがると、チャーリーがわたしの腕を取る。眠そうなその目には温かみがある。

「泊まっていって」彼がささやく。

わたしはどぎまぎする。「どうして？」

チャーリーはわたしの髪を耳にかけ、唇をゆがめる。「理由ならたくさんある」

「ひとつでいいんだけど」

彼も起きあがって、片手をわたしの腿のあいだに置く。わたしの肩にそっと唇を押しあてながら、親指でゆっくり円を描く。「これだ」

「だとしたら」わたしは言う。「ふたつ必要かも」

チャーリーがかぶさってきて深くキスをする。片手をわたしの喉に添え、親指を首の付け根のくぼみに置いて。「きみにいてもらいたいから」

「よく知らない男性の部屋には泊まらないことにしてるの」小さな泡が血管のなかで

音を立てている。

「だとしたら、ここがぼくの部屋でなくてよかった」

「ほんと、もしあなたの部屋なら、ご両親が寝ぼけまなこでショットガンを手に飛び込んでくるかもしれないものね。あなたが強盗に襲われてると思って」

「そのころにはすでにぼくたちは車で逃走してるさ」

わたしが笑うと、彼の口角がさらに持ちあがる。

「泊まってくれ、ノーラ」

また胸にむずむずとなにかが花開くような感覚がある。花びらがほどけて、中心にある繊細なものがむきだしになるような。そこでいきなり、パニックが針となり、無防備になった心を突き刺す。

「無理よ」かぼそい声しか出ない。

チャーリーががっかりするのがわかる。それもいっときのこと、彼が受け入れると、それが溶け、塞がっていたわたしの心の傷がまたぱっくり口を開いたように感じる。チャーリーが起きあがって脱ぎ捨てられた服を探しだし、わたしは彼の腕に触れてその動きを止める。いままで出会った誰よりもチャーリーは真実を求めていて、そのことで人をとがめることがない。変えられないものとして受け止め、彼の世界に組み込む。だからこそ、彼に対しては中途半端な真実で対応する人のひとりになりたくない。

「以前、恋人の部屋に泊まってたことがある」それだけ言うにも心が痛む。これまで話す必要がなかった。リビーはすでに知っていて、ほかの人には話さなかった。傷をさらして、哀れみのまなざしを向けられ、弱々しさを感じたくなかったからだ。

チャーリーの瞳がわたしをとらえて放さない。

「ジェイコブよ」わたしは続ける。「母が亡くなった夜、わたしは彼のところにいた」

チャーリーの表情がやわらぐ。

わたしはチャーリーにこの話を打ち明けるにあたって、プラスとマイナス、あるいは費用対効果を検討しなかった。ただ伝えたい。これまでずっと修復できなかったことをチャーリーに伝えてどうなるか確かめたかった。

「真剣につきあったはじめての恋人だった。ある意味、本気でつきあったのは彼だけだったのかも。もっと長く交際した人もいたけど、わたしが恋人として選んだのはジェイコブだけだった」ほかのすべてを差し置いて。いや、選んですらいなかったかもしれない。ただ、なにも考えずに彼との恋愛にのめり込んだ。

「当時のわたしは二十歳で、彼の部屋に入り浸ってたから、彼のところに引っ越すことにしたの。母は、そう、ロマンティストだったから、やめさせようともしなかった。

結婚させたかったのね。わたしも彼と結婚したかった」

チャーリーは口をつぐんでただわたしを見つめ、続けるもやめるも、わたしの判断にゆだねている。

「あの夜、わたしの携帯が夜中のどこかで充電切れになった」声がしわがれる。先を言わせまいと喉が塞がっているようだ。でもやめられない。チャーリーに知ってもらわなければ。これ以上、あとひとときといえども、ひとりでは抱えていられない。

「わたしはジェイコブといると、もう単純に……心を奪われてた。目を覚ましてから も、電話の充電をはじめたのは、朝食の準備をすませたあとだった」食べた。セックスした。コーヒーのお代わりを淹れた。

鼻の奥がつんとする。「リビーは四時間、ずっとわたしに連絡してた。たったひとりで病院から……」それきり言葉が出ない。口は動いても、音が出てこない。

チャーリーが身を乗りだし、わたしを抱きよせる。わたしの頭のてっぺんにぎゅっと唇を押しあて、親指で肩を撫でる。

「ぼくには想像もできない」彼はわたしの脚を膝にのせて、もう一度、固く抱きしめ、髪を撫でて口づけをする。

わたしは目をつぶってその感覚、この瞬間に意識を向ける。いまここに集中して、と自分に言い聞かせる。終わったこと。もう傷つけられることはないのよ。

「リビーは悲鳴をあげて目を覚ますようになった」わたしの声は細く、湿っている。「母が亡くなったあと何カ月も。わたしはまったく眠れなかった。リビーが必要としているときにそばにいられないかもしれないことが怖くてたまらなかった」

そのうちにリビーがパニックを起こして目を覚ましたら、ブランケットをはいで、ベッドの端にすばやく移動するようになった。リビーが隣に入ってきてキルトにくるまれるように。わたしは妹を抱きしめ、泣き疲れてまた眠るのを待った。

リビーにだいじょうぶだと言ったことはない。現にだいじょうぶじゃなかったのだから。だから、代わりに母がいつも言ってくれていた慰めの言葉を使うことにした。

口に出してみて、かわいいお嬢ちゃん。

「最初のうちのジェイコブは見あげたものだった」わたしは話を続ける。「めったに会えなかったんだけど、理解してくれてた。そうこうするうちに、ワイオミング州でライティングの実習生になる機会を得た――彼は作家だったの」

「きみを捨てた?」チャーリーが尋ねる。

「わたしが背中を押したのよ」弱々しく答える。「なんだか……ジェイコブに割く時間もエネルギーもなかったし、引き留めたくなかったから」

「ノーラ」首を振るチャーリーの頬がわたしのこめかみに触れる。「そういう時期をひとりで過ごしちゃいけなかったんだ」

「ジェイコブがいてもできることはなかった」わたしはささやく。

「そばにいることはできた」チャーリーが答える。「彼はそばにいるべきだったんだ」

「かもね。でも力になってくれなかったジェイコブのせいだけじゃないの。わたしは彼と会う約束をしては破ってた。リビーを置いてけなくて。それで……」

チャーリーはわたしの目にかかる汗で湿った前髪を払う。「無理して話さなくていいんだ」

わたしは首を振る。

この間ずっと、みぞおちの奥深くの片隅に閉じ込めてきた、どす黒い悲しみと恐怖と怒りの怪物。それは徐々に大きくなり、怒りの黒いロープとなって、飢えて荒れくるい、四方八方にその攻撃の手を伸ばすようになっていた。

悪魔がわたしを内側から貪り食おうとしている。

「突然、訪ねて驚かそうと思った。抗不安薬（ザナックス）を呑み、お金がなかったからバスで、リビーをひとり残して出かけた。ジェイコブと会ったとたんに、潮目が変わったのがわかった。それで、到着した最初の夜、わたしはパニックを起こして目を覚ました。自分がどこにいるのかわからず、携帯も見つけられなかった。そのとき頭に浮かんだのは、リビーの身になにか起きたということだけ。たぶん……なかば幻覚を見てたのね。胸が痛くてたまらず、このまま死ぬんだと思った。

わたしが心臓発作を起こしたと思ったジェイコブは、わたしをERに連れていった。二時間後には、ちょっとした呼吸法を教えられ、高額の請求書とともに帰された。翌晩も同じ、そのつぎの日も。わたしは予定を早めて帰るとジェイコブに告げた。彼は航空チケットを買ってくれた。そして自分はもう戻らない、ここに残ると決めてた、と言った。

わたしはなんとか方法を見つけだしたかった。リビーはハイスクール卒業まであと一年あったけど、妹を連れて引っ越すことも考えた。家に戻って一週間後、ジェイコブから、別の女性とつきあってると聞かされた。

宇宙がわたしを罰してるんだと思った。わたしが欲張りすぎて、崩壊寸前の精神状態にあるリビーに負担をかけようとしたから。いまでも思い返すと気分が悪くなる」

チャーリーが腕を上下にさすってくれる。「つらかったな」

「ジェイコブが〝運命の人〟だと思うからじゃないのよ」早鐘を打つ心臓に、わたしは目を閉じる。「ただ……それ以来、あんなふうに誰かと親密になることを考えられなくなった。精神状態がたいして悪くないときでも、自分のベッド以外では眠れない。ここでさえ、むずかしいくらい。すぐ隣にリビーがいるのにね。その一件を境にわたしは自分という人間を信じられなくなった」顔をチャーリーの温かな肌にうずめながら、胸に痛みが広がるのを感じる。「ごめんなさい。どうしても……」

「謝らなくていい」彼は無造作に言う。「きみは自分のことをぼくに教えてくれたんだ。そのことで謝らないで」

「ばつが悪くて」わたしは言う。「コントロールに躍起になるあまり、眠っているときにパニックに陥るなんて。わたしって、ほんとめちゃくちゃ」

チャーリーはわたしを回転させ、向かい合わせになったわたしの背中で両手を組む。

「みんなめちゃくちゃさ」

「あなたはちがう」

彼がうっすらほほ笑む。暖炉の残り火を受けて瞳がきらりと金色に光る。「ぼくは子ども時代に使ってた部屋で暮らしてるんだぞ」

「それはあなたが家族を助けに来てるから」わたしは言う。「わたしはすぐに家族を犠牲にしようとした」

「いいかい」チャーリーがわたしの顎に指をかけて上を向かせる。「きみのむかしの彼氏は、悲惨な混乱状態のなかにきみを置き去りにしたんだ、ノーラ。ひとりで切り抜けるしかなかったきみは、最大限がんばった。きみはそいつの物語に登場する悪役じゃない。悪役はその男のほうだ。ほかに恋人を作ったからじゃない、きみがなにかを必要としてるときに関係を絶ったからだ」

チャーリーが両手でわたしの顔を包み込む。「きみがそうしてほしいと思うときに、ぼくはきみを送り届ける。だが、きみが泊まりたいなら、悲鳴をあげて目を覚ましたって、それでかまわない。ぼくがきみを支える。きみが泊まりたいと言い、そのあと気が変わったら、午前四時に車で送ることもいとわない」

誰もが言葉にして考えるわけではないとなにかに書いてあるのを読んだことがある。衝撃だった。そういう人たちは言語を介さずに人間関係やものごとを理解し、世界をおのずと章やページや文章として整理するようなことはしないというのだ。

チャーリーの顔をのぞき込み、わたしは理解する。恋する感情や羽のような軽やかな感覚は、頭を介さずとも、体のなかを動きまわれる。どうして人はその概念を正確に把握できなくても、口に出す価値があるとわかるのだろう。わたしはいま言葉で考えていない。

この感覚は**ありがとう**でも、単なる**あなたは安全だと感じさせてくれる**でもなく、その両者のあいだで揺れている。

「ここに泊まりたい」わたしは言う。「でも泊まれると思えない」

チャーリーがうなずく。「だめだったらぼくが送っていく」

「まだだいじょうぶ」

彼はわたしの髪を撫でつけ、耳の後ろにかける。「まだだいじょうぶ」

わたしたちはいっしょに横になる。背中を彼の温かな腹部に預け、彼は片腕をわたしの腰にかけて、小さなスキーヤーがゆるやかなスロープをすべるようにあばら骨を指でたどる。そうするうちにふたたび彼は昂ぶり、わたしは手の感触に酔いしれる。ゆっくりと夢のように交わり、ことが終わると、彼の胸におさまり、やさしく打ちつける彼の鼓動を体に感じる。それが自宅アパートの窓の向こうに滲む街の光やくぐもった騒音と同じように気持ちをおちつかせてくれる。あなたが眠っているあいだも、世界はまわりつづけている。

口に出して言わなければ意味がない、とわたしは思う。なかったことになってしまうかもしれない。

でもこれは事実だし、仮に引き返す方法を知っていたとしても、そうしたいかどうかわからない。わたしはチャーリー・ラストラに恋をしている。

翌朝、わたしはジョギングをさぼる。草地にブランケットを敷いてリビーと座り、コーヒーを片手にすべてを打ち明ける。

目を輝かせてリビーが言う。「彼は残るの？」わたしの心臓が締めつけられる。

「本心を言ったらどう？」

リビーは湯気の立つマグカップに鼻を隠す。「ごめん。そんなつもりじゃなかった」

「チャーリー・ラストラを未来永劫、地球をまわりつづける船に縛りつけておきたいって感じだけど」

「そうじゃないって！ ただ……」リビーは椅子のなかで体をまわす。「チャーリーに対する見方が変わったってことかな。いまの彼なら例のリストの条件に該当するよ」

「それはどうも」

「ノーラ」リビーがマグカップを草の上に置く。「本気でときめいてるんなら、可能性を探らなきゃ。前に姉さんが誰かに心をときめかせたのはいつだったか思いだせない。ううん、思いだした。あれからまる十年だよ」

深いところに痛みがある。失った四肢が疼く幻肢のよう。ただ、これまでジェイコブのことを思いだしたときほどの激しさはない。チャーリーに言ったことは本心だ

——恋人を失ったことより、恋愛したときの自分を信用できなくなった寂しさのほうが問題だ。

「可能性を探ってもしかたないの」わたしは言う。「ふたりとも結末はわかってる」

リビーがわたしの腕を握る。「わからない。わかるはずない。やってみなくちゃ」

「これは映画じゃないのよ、リブ」わたしは言う。「愛があっても個人の人生とか、必要とすることとか、こまごまとした部分は変えられない。愛ゆえにすべてが丸くおさまるなんてないのよ。わたしはすべてを投げだしたくないし」

そんな真似はできない。

すべてを望む女には、いまもハッピーエンドが望めない。骨ががたがた鳴るほどのすさまじい飢えと衰えることのない野心を抱えて、目を覚ましたまま横になっているような女には。

大きな窓のあるウエスト・ビレッジのわたしのアパート。わたしの注文を覚えてくれている角のカフェ。セントラルパークの遊歩道の四季。

ロッジアの仕事。わたしはギャラリーみたいな白いオフィス、ぴかぴかのバルサ材の床を胸に思い描く。

リビーはだいじょうぶと思えること。毎晩、目を覚ましても、心の底から安全だ、わたしを苦しめるものはなにもないと信じられること。

そのどこに、愛などというやたらに大きくて手に負えない感情を組み込めるの？

精密機械にがたがたの歯車をはめ込むようなものだ。

リビーに目を戻すと、唇を開いて眉根を寄せている。「愛？」妹が小声でおうむ返しにする。

わたしは背後をふり返る。日射しを受けて輝くコテージのまわりを蝶が物憂げに舞っている。「たとえばの話よ」わたしはうそをつく。リビーはそのうそを黙って聞き流す。


昼過ぎに、ビーとタラがぴょんぴょん跳ねながら丘をのぼってくる——ビーの服はピンクのフリル、タラは紺のオーバーオール。わたしの心は浮き立ち、当然ながら、リビーの目からは涙が流れる。わたしはリビーのブランケットをはいでやる。子どもたちは信じられないくらい甲高い声でママと叫んでリビーの脚に飛びつき、リビーは娘たちのもつれた髪にキスの雨を降らせる。

「会えなくて、とっても、とっても寂しかった」リビーが子どもたちに言う。タラはご機嫌ななめで、すねたようにリビーの脚に抱きつき、ビーは、当然ながら、すぐにでも昼寝をしなくてはならないらしく、さっそく泣きだす。後ろから息を切らせてやってきたブレンダンは、チャーリー・ラストラの二十三倍くらい疲れて見える。

ブレンダンとリビーが視線を合わせ、どちらも穏やかにほほ笑む。大騒ぎするのではなく、安心感に浸っている。もとの流れに戻り、懸命にがんばる必要がなくなったといった雰囲気だ。

たちまちわたしが抱いていた最後の不安のかけらが消え失せる。ふたりは愛しあっている。なにがあったにせよ、ふたりはだいじょうぶだ。

ふたりはお互いに相手のものであり、どうやら謎めいたしかたでどちらにもそれがわかっている。

リビーが娘たちに謝っているあいだに、ブレンダンは片腕でわたしをハグする。例によってぎこちなく、こちらがとまどうほどきまじめに。「飛行機の旅はどうだった?」わたしは尋ねる。

「少し泣いたけどね」ブレンダンは控えめに答える。

「ああ、あの子たちまた機内で『マンマ・ミーア!』を披露したの?」わたしは言う。

「そんな高度でメリル・ストリープのお芝居をされたら、手に負えなくて当然よ」

そのとき子どもたちがリビーから離れ、わたしに突進してくる。声をそろえてではないものの、口々に「ノーノ！」と叫びながら。

「わたしが世界じゅうでいちばん好きなお嬢ちゃんたち！」ふたりを抱き留める。

タラがけたたましい声で言う。「あたしたち、飛行機に乗ったよ！」

「そうなの？」わたしはタラを腰に抱え、ビーの手を握る。「誰が操縦した？　タラ？　それともビー？」

ビーがくすくす笑う。地球が、のぼってくる太陽をはじめて見て、笑っているみたい。

「ちがーうー」タラがなにもわかっていないと不満げに首を振る。ほんとに、ご機嫌ななめのタラほどかわいらしいものはない。わたしたちが不機嫌なときも、こんなに愛らしければいいのに。

わたしは子どもたちを連れて草地を歩き、リビーとブレンダンをふたりきりにする。ブレンダンは極低温室で数年過ごしたほうがよさそうだし、他方リビーは物足りなさそうに彼のお尻をつかんでいる。

「そうだ。忘れてた」わたしは子どもたちを花が咲き乱れる橋のほうに連れていく。

「蝶々のこと、どう思う？」

蝶々について思うところがたくさんあるふたりは、案の定、金切り声でそのすべてを教えてくれる。

31

リビーが会食の場所に選んだのは、アシュビルの市街地に立つビルにあるキューバ料理のレストランで、しゃれたルーフトップ・テラスがある。きのうの嵐のおかげで涼やかなそよ風が吹き渡り、ここ三週間、暑苦しい陽気だっただけに、それがなににも増してありがたい。

眼下に広がる明るい街並みは、おもむきのある古風な村とせわしい都会が相半ばし、料理のほうは申し分ない。一本のワインをブレンダンとわたしで分けあい、わずかふた口だけのリビーも、口に含んで転がして賞賛のうめきを漏らす。

「なんだかニューヨークにいるみたいだよね?」うっとりした目つきでリビーが言う。「目を閉じて、ここの人たちが立てる物音を聞き、雰囲気を感じてたら」

ブレンダンは反論したげに唇をゆがめるが、わたしはうなずいて受け流す。ニューヨークのようだとは感じないけれど、こうしてみんなで集まっていると、わが家にいるようではある。

　思いがけず郷愁が湧いてくる。駅のホームへの階段を駆けあがったりおりたりして、金属のきしる音を聞き、階段を吹き抜ける風を感じながら、乗りたい電車に間に合ったかどうかわからずにいる。そんな状況が懐かしい。

　ニューヨークのなにが懐かしい？　いちばん突飛なのを教えて。わたしはチャーリーにメッセージを送る。

　返信が来る。つねに三ブロック以内に〈ダンキンドーナツ〉があること。

　わたしは携帯電話にほほ笑む。ＤＤと人口の割合が一対五くらいだものね。ほかには？

〈イータリー〉（イタリアで創業された総合フードマーケット）が懐かしい。突飛だとは思わないが。

〈イータリー〉が懐かしくなかったら、あなたとは二度と話せない。あなたは監獄に入れられて、そこで暮らすことになるから。

　そうならずにすんでよかった、とチャーリー。もうひとつ、突飛ではないが、本格的に暖かい春の初日が懐かしい。人が一斉に外に出て、みんなして太陽に酔ってるみたいな気分になる。気温が十度くらいでも、セントラルパークではショートパンツや上半身ビキニの人たちが、ポップシクルを食べる。

チャーリー、それってどれも客観的に見てすばらしいわ。

彼は少し時間をかけて、つぎの返信をよこす。早朝の通勤電車のマリアッチ（メキシコの民族音楽を奏でる楽団）や、オペラ歌手や、いろんな合唱団。一般に通用する考え方じゃないだろうが、電車のなかでうとうとしかけたときに、突然、五人が思いの丈を歌いだすのが、ものすごく好きだ。

乗りあわせた人たちの反応を見るのも楽しい。いつだって感動してる人たちがいる。殺しを企てている人もいれば、こんなことは起きていないと知らぬ顔を決め込む人もいる。ぼくはいつもチップをはずむ。こういうことをする人たちがいない世界では暮らしたくないからね。

ベッドを出て電車に閉じ込められた見知らぬ人たちに向かって声をかぎりに歌おうとする人ほど、希望の象徴としてふさわしいものはないと思う。そんな不屈の精神には報いなくてはならない。

愛してるわ、あなたの悪夢みたいな頭脳を。

きみは、ぼくの悪夢みたいな肉体を利用してるんだと思っていた、と返ってくる。

さらに一分後。ぼくもきみの頭脳を愛している。きみの体も。全部まるごと。

わたしは十年間かけてこの感覚、くるおしいまでの欲求と無縁の生活を送ろうとしてきた。それなのにわずか三週間のうちに、小説の登場人物であるナディーン・ウィンターズによって、いともたやすく引き戻されてしまう。

「明日の午後はなにも予定を入れないで」リビーがテーブルの下でわたしのサンダルを蹴る。「姉さんをびっくりさせることがあるの」

ブレンダンは、やましいところがあるみたいに、テーブルを見つめている。〝びっくりさせること〟をわたしが喜ぶかどうか確信が持てないのか、ばらしたら殺すとリビーから脅されているのか。

「ブレンダン」わたしは探りを入れる。「妊娠中にスカイダイビングはできないと妻に言ってやって」

彼は降参とばかりに両手を上げて笑顔になるが、まだ視線を避けている。「スティーブンズ家の女性にあれこれ指図なんかできないよ」

ロッジアでの編集の仕事がふと胸に浮かび、チャーリーの声が聞こえる。**もしぼくが窮地に陥ったときに頼る相手をひとり選ぶとしたら、きみだ。どんなときでも。きみならなんとかしてくれる。**

リビーはこんどもわたしをシルクのスカーフで目隠しして、車に乗せる——運悪く運転手はハーディだが、幸い、ほんの五分で到着し、リビーは鼻歌まじりにわたしを車から引っぱりだす。「ここでーーーす！」

「『一度きり』の非公式ツアー？」わたしはあてずっぽうに言う。

「残念！」ハーディがくすくす笑う。「でも、あんたたち、町内を見てまわらなきゃな！　見てないもんが多すぎる」

「老ウィッタカーの架空の犬のお葬式？」もうひとつ言ってみる。

リビーが背後で車のドアを閉める。「大外れ」

「地元劇団で老ウィッタカーの犬を演じた、イグアナのお葬式？」目的地の手がかりをつかもうと耳をそばだてるが、木々を揺らす風の音しか聞こえてこない。とすると、だいたい……どこでもありうる。

「階段が二段あって」リビーがわたしを前に押す。「まっすぐ進むと、小さな出っぱりがある」

わたしは足を伸ばしてあたりを探り、出っぱりを見つける。冷風が吹きつけ、靴が硬い木の床にあたる。わたしたちはさらに数歩進んだ。

「さあ」リビーが止まる。「ここでドラムロール」

わたしは腿を手のひらでたたき、リビーはスカーフをほどいて取り去る。

そこは空っぽの部屋だ。黒っぽい木の床と、相欠き継ぎの白い木の壁。大きな窓の向こうには青緑色の松林が広がっている。窓の前へ移動したリビーは大きな笑みを浮かべながらも、気遣わしげなエネルギーを放っている。

「ここに大きな木のテーブルがあるのを想像してみて」リビーが言う。「それから窓の下には枝編み細工の植木鉢の植物がならんでる。あとは北欧風のシャンデリア。ほら、洗練されたモダンなやつ」

「へえ」わたしはリビーについて隣の部屋へ移動する。

「ダークブルーのベルベットのカウチ」リビーは言う。「そして部屋の隅には子どもたちのためにキャンバス地の小さなテントとか、上からなにか吊るすとか。なかにいくつか照明を吊りさげてもいいよね」リビーに導かれるまませまい廊下を進み、別の部屋のドアの前でリビーが電灯をつけると、バターイエローのバスルームが照らしだされる。五〇年代の黄色のタイル、黄色の壁紙、黄色のバスタブ、黄色のシンク。

「ここは……少し手を入れないと」リビーが言う。「でも、すごく広いよね！　ほら、バスタブがあって。それに、シャワーブースのついたバスルームがもうひとつあるの。そこはすでにリフォーム済み」

リビーは、わたしが話を聞いているかどうか確かめるようにこちらを見る。

たしかに聞いているけれど、頭のなかでブーンという鈍い音が高まっている。なにかがまちがっているという異常な感覚が背筋を這いあがり、蜂の大群がどんどん凶暴化していくようだ。

「バスルームつきの寝室もあるの。バスルームが三つ——信じられる?」リビーはカーペットについた口紅のしみを指さす。その隣には、なみなみ入ったコーヒーポットの中身をぶちまけた大きさの汚れがついている。「これは見なかったことにして。調べてみたら、下は硬材なの。こぼしたせいで傷んでそうだけど、もともときれいなラグは大好きだから」

リビーは部屋の中央で立ち止まり、手を両側に上げる。「どう思う?」

「ラグが大好きだってこと?」

リビーの笑みが揺らぐ。「この家のこと」

血流の音が鼓膜に響いて自分の声がぼやけて聞こえる。「この家? サンシャインフォールズにぽつんと立つ?」

リビーの笑みが引っ込む。

蜂の羽音がふくれあがる。ごく小さなノーラが集まってノーとつぶやいているみたいだ。**これは現実じゃない。こんなことが起きるはずない。きっとわたしの誤解だ。**

リビーが両手をお腹にそっとあてて、眉間に深いしわを寄せる。「信じられないほど安いんだよ」

もちろん信じられない。きっとわたしは頓死する。そのあとわたしの幽霊がここに取り憑き、夜な夜な床板から現れて、こんなふうに声をかけてここの住人を震えあがらせるのだ。**ねえ、ここにはいくつクローゼットがあるって？**

でも、そんなことが重要だとは思えない。

わたしは首を振る。「リブ、あなたたちがこんなところで暮らせるわけない」

リビーの顔が憂いに沈む。「暮らせない？」

「あなたの生活はニューヨークにある」わたしは言う。「ブレンダンの仕事もニューヨークにある。子どもたちの幼稚園も――わたしたちのお気に入りのレストランも、大好きな公園も」

わたしも。

母さんも。

母のすべてがある。すべての思い出が。十年前のあのころの暮らしで、母が足を踏み入れたすべての場所がある。三人でのぞいたショーウィンドウ。三人がミトンをはめた手をつないでならび、ミニチュアのマンハッタンの上空を飛ぶ、本物みたいに動くおもちゃのサンタのそりを眺めた思い出が。

春の最初の日に、夏の終わりに、ブルックリン橋を渡った一歩一歩が。

フリーマン・ブックス、ストランド書店、ブックス・アー・マジック書店、マクナリー・ジャクソン書店、五番街のバーンズ&ノーブル。

「姉さんもここでの暮らしを楽しんでるじゃない」リビーの声が幼く不安げに響く。

わたしのひび割れた心を固まらせていた血管の氷がたちまち溶け、砕けたかけらが溶けた氷河のように流れ去って、生々しい傷跡がむきだしになる。「すばらしい休暇だったわ。でも、リブ――一週間したら、わたしはわが家に帰りたい」

リビーが顔をそむける。リビーが話しだす直前に、わたしはあの疼きを、警告を、気圧の変化を腹部に感じる。蜂の羽音がぱたりとやむ。

明瞭なリビーの声。「ブレンダンは新しい仕事を見つけたの。アシュビルで」

なにかがやってくる。その予感はあったのに、心の準備のできないまま、足を踏み外したような無重力感、すさまじい高みから階段に一段一段ぶつかりながら落下するような感覚に襲われる。

リビーがまたこちらを見て待っている。

なにを待っているのかわからない。なにを言えばいいかわからない。

地球が地軸を無視しているこんなとき、どんな行動を取るのが正しいの？

わたしには計画がない。人生を見なおすチェックリストもない。空っぽの家で、世界が崩れていくのを見つめている。

「ブレンダンがずっと気にしてたのはこのことだったのね」わたしはささやく。耳のなかでまた血液がうなりをあげて流れだす。「いつリビーがわたしに打ち明けるかと」

リビーの顎の筋肉がぴくりと動く。罪を認めたのだ。

「あのリストに」わたしは詰まった喉から声を絞りだす。「旅行。全部このためだったの？　あなたは離れていく。この命令ゲーム（サイモン・セッズ）（出題者が「サイモン・セッズ」と言ってから出した命令だけに従うゲーム。「サイモン・セッズ」を言わないときに命令に従った人から脱落していき、残った人が勝つ）は、意地悪で手の込んだ別れのあいさつだったの？」

「そんなんじゃない」リビーがもごもご答える。

「弁護士は？」わたしは尋ねる。「あの弁護士はこれとどう関係するの？」

「誰のこと？」

世界がぐらぐら揺れる。「離婚弁護士よ。サリーから連絡先をもらってたでしょ」

思いあたったようで、リビーが顔を引きつらせる。「サリーの友だち」リビーは力なく答える。「このあたりのいい幼稚園を知ってたの」

わたしは両手で頭の両側を押さえる。

妹夫婦は幼稚園を探していた。

妹夫婦は家を探していた。

「いつからわかってたの？」わたしは尋ねる。

「急な話だったんだよ」リビーが答える。

「いつからなの、リブ？」

リビーの唇のあいだから息が吐きだされる。「ここに来る計画をする何日か前」

「で、もうやめられないの？」わたしは額をこする。「つまり、お金の問題なら――」

「やめたくないの、ノーラ」リビーは胸の前で腕を組んだ。「あたしが決めたの」

「でも、急な話だったって。考える時間がなかったはずよ」

「ブレンダンがここで求職すると決めたとたん、これでいいと思えたわ」リビーが言う。「あたしたちは重なりあって暮らすことに疲れたの。ひとつのバスルームを交代で使うことに疲れたの――そして疲れることにも疲れちゃった。のびのびしたい。子どもたちを森で遊ばせてあげたい！」

「ダニに刺されてライム病になるのが刺激的でたまらないから？」

「なにか不測の事態が起きたとき、何百万もの人々がこぞって逃げだそうとする島に閉じ込められているわけじゃないって思いたいの」

「わたしはその島で暮らしてるのよ、リブ！」

リビーの顔から血の気が失せ、声が震える。「わかってる」

「ニューヨークはわたしたちの故郷よ。何百万という人たち。それがわたしたちの家族なの。博物館、ギャラリー、ハイライン、ロックフェラー・センターでのスケート――それにブロードウェイの演劇もよ。そういうものすべてに見切りをつけても平気なの？」

わたしにも見切りをつける。

「そういうことじゃないんだって、ノーラ」リビーは言う。「ただ家探しをはじめて、そうしたらトントン拍子で進んだっていうか？」

「冗談じゃないわ」めまいがして、顔をそむける。腕が重くて力が入らないのに、心臓はジェットコースターに乗せられて転がるボールのようにがたがたと音を立てている。「もうこの家はあなたたちのものなの？」

リビーは答えない。

わたしは話を引き戻す。「リブ、わたしにひとことも言わずに家を買ったの？」

リビーは小声で答える。「契約の成立はこの週末だけど」

わたしは一歩引いて、唾を呑み込む。こうすれば時間を巻き戻して、口に出した言葉を撤回できるかのように。「行かないと」

「どこへ？」リビーが問いかける。

「知らない」わたしは首を振る。「ここではないどこかへ」

この通りには見覚えがある。丹精された庭のある五〇年代風の農家がならび、背後には松林におおわれた山々が控えている。

太陽はピーチアイスクリームみたいに地平線に溶けていき、そよ風に乗ってバラの香りが運ばれてくる。少し先の庭で、五、六人の子どもが、にぎやかに笑いさんざめきながらスプリンクラーのあいだを駆けまわっている。

なんてきれいなのだろう。

わたしはここではないどこかに行きたい。

リビーは追ってこない。追ってくると思っていたわけではない。三十年のあいだ、リビーとケンカをしてわたしから立ち去ったことは一度もないから。出ていくのはリビー、追いかけるのはわたし。リビーが学校でいやなことがあったときも、母を亡くしたあとの暗く果てしない数年間、とくに精神状態がひどくなったときも。

よもや、こんなに遠くまでリビーを追わなければならないとは思っていなかった。

リビーをすっかり失ってしまうとは。

　またこうなった。鼻の奥がひりひりして、胸が痙攣（けいれん）する。視界がぼやけているせいで茂みの花々がかすみ、子どもの笑い声がさえずりのように聞こえる。

　わたしは家（うち）へ向かっている。

うちではないけれど。

　さらにつらい考えが浮かぶ。**うちとは?**

　その思いは頭のなかに鳴り響き、パニックの鐘の音が波紋のように広がる。わたしにとっての**うち**とは、つねに母とリビーとわたしだった。

　うちとは、コニーアイランドの熱い砂浜に敷いた青と白のストライプのタオル。試験を終えたリビーを連れていき、ひと晩じゅう踊ったテキーラ・バー。プロスペクト・パークのコーヒーとクロワッサン。

　三メートル先でマリアッチが演奏していても、電車のなかでうとうとし、車両の向こうでは、チャーリー・ラストラが財布を探っている。

　でも、もうそれはない。母とリビーがいなければ、うちなどあり得ないのだから。

　だからわたしはどこへも向かっていない。ただ走って遠ざかる。

　前方にグッディ・ブックスが見えてくる。痣のような紫色の空を背景に、窓が明るくなっている。

店に入るとベルが鳴り、チャーリーが地元にちなんだベストセラーの棚から顔を上げる。驚きの表情が心配へと変わる。

「仕事中なのはわかってる」わたしは締めつけられた喉から声を絞りだす。「場所を探してたの……」

安全な?

なじんだ?

くつろげる?

「あなたといられるところを」

チャーリーが二歩で近づく。「なにがあった?」

答えようとするけれど、気道に釣り糸がからみついているようだ。

チャーリーがわたしを引きよせて、抱きしめる。

「リビーが引っ越すの」言葉にしようとしても、かぼそい声しか出ない。「ここに引っ越すって。今回のことは全部そのためだった」残りは甲高い声で喉から絞りだす。

「わたし、ひとりになっちゃう」

「きみはひとりじゃない」チャーリーが体を離して、わたしの頰に触れる。熱のこもった、険しい目をしている。「ひとりじゃない。そうはならない」

リビー。ビー。タラ。ブレンダン。

息ができなくなる。

クリスマス。

新年。

自然博物館の見学ツアー。

メトロポリタン美術館でジャクソン・ポロックの巨大な絵の前に陣取り、あなたたちのフィンガーペイントでお金持ちになるという無謀な夢を叶えてね、とビーとタラに頼むこと。

〈セレンディピティ3〉（一九五四年創業の老舗カフェ。生クリームたっぷりのフローズンホットチョコレートが人気）で、鼻がホイップクリームまみれになるまで笑いころげること。いろんな思い出、未来の時間、母の記憶を心に抱いていっしょに過ごすこと。

それが失われようとしている。

鼻の奥がつんとする。胸が重い。目の奥が押さえつけられる。

チャーリーはわたしを事務室に引き入れる。「ぼくがいる、ノーラ」静かに語られる約束の言葉。「ぼくがいるから。いいね？」

ダムが決壊したみたいだ。喉を締めつけられたような苦しげな自分の声を聞くや、わたしは肩を震わす。そして泣きだす。

高潮が襲いかかってくる。言葉は激しい潮流に押し流され、あらがうすべがない。

わたしは水中に引きずり込まれる。

「だいじょうぶだ」チャーリーがささやきながら、わたしを前後に揺らす。「きみはひとりじゃない」約束の言葉の奥に口にされない続きが聞こえる。**ここにぼくがいる。**

とりあえずいまは、とわたしは思う。

なにひとつ――美しいものも、恐ろしいことも――永遠には続かないのだから。

32

いまになって何年も泣かなかった理由がわかる。泣きやみたい。痛みを抑え込んで、便利なポケットにしまっておきたい。

いままでずっと、途方もない人だと思われるのが最悪だと思っていた。

いまならわかる。冷淡でいるほうがましだったのだ。毎日毎秒、深いところにいる本当のわたしは弱くて、無力で、精神的に崩壊することが怖くてたまらなかった。すべてを失うのが怖かった。泣くのが怖かった。泣きはじめたが最後、止めることができず、手に負えない感情の重みで築きあげてきたものがすべて崩れ落ちてしまうから。

そして案の定、涙はなかなか止まらない。

泣きすぎて喉が痛くなる。目がひりひりしてくる。涙が涸(か)れるまで泣き、やがてすすり泣きは小さな嗚咽になる。

感覚が麻痺して、疲れ果てる。そのころには事務室内もすっかり暗くなり、デスクに置かれた古風なバンカーズランプの明かりだけが灯っている。目をつぶると、耳のなかのうなりはいつしか消えて、チャーリーの規則的な鼓動の響きだけが残されている。

「リビーが離れてく」現実として受け入れるため、小声で口に出して試してみる。「理由は聞いたのかい？」チャーリーが尋ねる。

彼の腕のなかでわたしは肩をすくめる。「人が離れるにあたって口にするもろもろの理由よ。わたしは――ずっと思ってた……」

チャーリーが親指でもう一度、わたしの顎を持ちあげ、目を合わせる。

「元恋人も、友人も――同僚の半分も」わたしは言う。「みんな去っていった。でも、いつもそれでかまわなかった。だってわたしはニューヨークが好きで、仕事が好きで、わたしにはリビーがいたから」声が震える。「でもいま、リビーも去ろうとしてる」

母が亡くなってアパートを失うのは、過去が根こそぎ奪われるようなものだった。街とお互いの存在、それだけがわたしたちに残された母のよすがだった。

チャーリーはきっぱりと首を振る。「リビーはきみの妹だ、ノーラ。絶対にきみを見捨てたりしない」

涙はまだ涸れていなかった。ふたたび目に涙があふれる。

チャーリーはわたしの両肩をさすり、うなじをつかむ。「リビーが捨てたいのはきみじゃないよ、ノーラ」

「いいえ」わたしは言う。「わたし、そしてふたりの人生を捨てたいのよ。わたしがリビーのために築こうとしてきたものも。足りなかったから」

「いいかい」チャーリーが言う。「ぼくはここにいると、四方から壁が迫ってくるような気がする。家族のことは愛している、心から。それでも十五年間、できるかぎり実家に戻らないようにしてきたのは、居場所がないと感じるのが無性に寂しかったからだ。この書店を経営したいと思ったことはない。この町にいたいと思ったこともだ。ここにいると、そのことしか考えられない。なにもかもが息苦しいほど窮屈でたまらない。

だが、家族が悪いんじゃない。ここだと自分らしくいる方法がわからないという感覚があって、そのせいなんだ。自分の——あるべき姿というか、いろんな意味で家族が望む生き方ができなかったことを思い知らされる。そこにきみが現れた」

チャーリーの目が輝き、懐中電灯が暗がりを探るようにすばやく動く。「それで、ぼくはようやく息がつけた」

チャーリーの声の震えがわたしの背筋をすべりおりて、心臓がビンゴの抽選かごに入れられたみたいに跳びはねる。「きみには悪いところなどない。どこも変えたいとは思わない」ささやきに近い声で言い、ひと呼吸置いて先を続ける。「きみにはいっさいそんな必要がない。くだらない元恋人や、ブレイク・カーライルのために変える必要はない。もちろん、きみの妹のためにも。リビーは心からきみを愛している」

新たな涙が目を刺す。チャーリーはかすかにほほ笑む。「本当だ、きみは完璧だよ、ノーラ」

「背が高すぎても？」わたしは涙声でささやく。「それに寝るとき、電話の呼び出し音量をめいっぱい大きくするけど？」

「信じてもらえないかもしれないが」彼は小声で言う。「ブレイク・カーライルにとって完璧だと言ってるわけじゃない。ぼくにとって完璧なんだ」

胸を深く耕されているようだ。わたしは両手でチャーリーのシャツを握りしめてささやく。「その台詞、『ラブ・アクチュアリー』の受け売りじゃないの？」

「わざとじゃない」

「わかってる？　あなたも完璧」わたしは夢のわが家を思い浮かべる。窓辺の肘掛け椅子に日がさんさんと降りそそぎ、夏のそよ風がパンを焼く香りを運んでくる。がたがたと通りすぎる電車。暑さでべたつく空気。バッグに詰め込んだペーパーバックやタオル。刷りあがったばかりの原稿や新品のパイロットG2のボールペン。

わたしの街。わたしの妹。わたしの夢の仕事。チャーリー。そのとおり。そのすべてを手に入れることが可能なら、それこそがわたしが築くべき人生だ。

「そのとおりね。完璧だわ」

チャーリーは黒い瞳を煌めかせてわたしを見つめている。

心臓がひび割れた卵になったみたい。防御してくれるものも、形を保ってくれるものもない。「わたし、ここに留まろうかな」

チャーリーが目をそらす。「ノーラ」静かな声ですまなそうに言う。

いきなり涙が引っ込む。チャーリーは湿ったわたしの頰に張りついた髪を払う。

「ぼくやリビーのために、そんな決断をしちゃいけない」彼はかすれ声できびきびと言う。

「どうして?」

「なぜなら、きみは自分の人生を使って、リビーが必要なものをすべて手に入れられるようにしてきた。こんどはきみが誰かにそうしてもらう番だ。ロッジアでの仕事がしたいんだろう?　しかもきみはニューヨークが大好きときてる。もし節約しなきゃならないのなら、ぼくのアパートを使えばいい。おそらくきみのところの半額だろう。きみがそれを望むなら、それを手に入れるんだ。なんの遠慮もいらない」

まばたきで押し戻そうとした涙が頰を伝う。

「きみはすべてを手に入れていいんだ」チャーリーが言う。

「でも、手に入れられなかったら？」

彼はわたしの顎を持ちあげ、唇のすぐ近くでささやく。「交渉でハッピーエンドを勝ち取れる人間がいるとしたら、それはノーラ・スティーブンズだ」

胸がまっぷたつになるような衝撃があったけれど――いや、だからこそ――わたしはささやき返す。「たった四十ドルの〈スパアーーーー〉に行くことが、そのひとつだったりして」

チャーリーは笑って、わたしの口角にキスをする。「またそうやって」

その夜はどちらも店を出ない。チャーリーをひとりにして静かな闇のなかで孤独を感じさせたくない。たとえ関係が続かなくても、ひと晩だけだとしても、彼には知っておいてもらいたい。わたしがチャーリーを手に入れたように、彼はわたしを手に入れた。わたしが彼のものであるように、彼はわたしのものなのだと。

この夜のわたしは泥のように眠った。

朝になって目を覚ましたわたしは、昨夜のできごとをつなぎあわせる。妹とケンカをして、書店でチャーリーを見つけ、ふたたびお互いの胸に飛び込んだ。

そのあと何時間も語りあう。本、テイクアウト、家族。わたしは母が鼻にしわを寄せるしぐさが、笑ったときのリビーと同じだったことを話す。同じ香水でも、リビーと母とでは香り方がちがうこと。

母が自分の誕生日に行っていた儀式を話す。毎年十二月十二日の正午、母はわたしたちを連れてフリーマン・ブックスへ行き、何時間も本を見てまわったあと、最高の一冊を定価で買った。

「リビーとわたしはいまもそれを続けてるの」わたしは言う。「少なくともいままでは。毎年十二月十二日の正午――十二月十二日十二時に。母はそこにこだわってた」

「十二はすばらしい数字だ」チャーリーが言う。「それに比べたら、ほかの数字などくそみたいなもんだ」

「ありがと」わたしはうなずく。

いつしかわたしたちはまどろんだ。いま目を覚まし、眠りながらふたたび体を動かしはじめていたことに気づく。わたしはキスでチャーリーを起こし、めくるめく霧のなかで互いを受け入れる。時間がゆっくりと止まり、ふたりを囲む世界が黒く沈んでいく。

そのあとしばらくして、彼の胸に頭を預け、血管を血が流れる音を聞く。血流に耳を傾けるあいだ、チャーリーはわたしの髪をいじっている。彼はくぐもったかすれ声で言う。「いい方法が見つかるかもしれない」

これが質問に対する答えであり、会話は永遠に終わらないとでもいうように。夜も昼も、愛撫もキスも、すべては行きつ戻りつ、押したり引いたり、交渉したり修正したり。すべてはわたしたちだけの問題だと。もしかしたら、うまくいくかもしれない。

「かもね」わたしは調子を合わせてささやく。どちらも相手の顔は見ておらず、わたしには見ようとしなかったのだとしか思えない。顔を見たら、信じているふりが続けられず、ふたりともまだ見切りをつける心の準備ができていないから。

チャーリーが指をからめ、わたしの手の甲に唇をつける。「言ってもしかたないことかもしれないが、この先、これほど誰かを好きになれるとは思えない」

わたしは彼の首に抱きつき、膝にのって、こめかみ、顎、唇にキスをする。愛だ、と思う。震える両手で彼の髪を撫でながら、キスされながら。

最終ページは切ない。

本をかたわらに置いたら、深々と息を吸い込む。

その後ドアまで送ってくれたチャーリーは、わたしの顔を両手で包んで言う。

「ノーラ・スティーブンズ、きみは絶対にだいじょうぶだ」

33

リビーは玄関前の階段に座っている。ブレンダンの着古したスウェットシャツを着て、隣に湯気の立つコーヒーが入ったマグカップをふたつ置いている。

どちらも黙ったまま、わたしは距離を詰めていくが、リビーがひと晩、泣き明かしたのは見ればわかるし、こちらだってどんな顔をしているかわかったものじゃない。

リビーがマグカップを差しだす。「もう冷えちゃってるかもしれないけど」

わたしは受け取り、緊張の一瞬をはさんで、階段に腰をおろす。ジーンズに夜露が染みる。

「あたしから話す？」リビーが言う。

わたしは肩をすくめる。お互いここまで相手に腹を立てたのははじめてだ――つぎになにが飛びだすかわたしにもわからない。

「もっと早くに話さなくてごめん」リビーはせますぎる戸口から言葉を絞りだすよう

に言う。

　わたしはここへ戻る道すがら考えた。リビーを非難すれば気持ちの整理がつくだろうか？　けれど、力ずくで結論が出る問題ではない。わたしが望んでいるのは、とらえどころがなく、つかまえられないものだ。姉妹のあいだに軋轢（あつれき）のなかった日々。ふたりはほかのなによりも互いのものであり、わたしには居場所があると感じていた。

「わたしたちはいつから隠しごとをするようになったの？」

　リビーは驚くと同時に傷ついたようで、あり得ないほど縮こまる。「姉さんはずっとあたしに隠しごとをしてきたよね。もちろん、あたしを守ろうとしてたのはわかるけど、実際はちがうのにだいじょうぶなふりをするのだって、隠しごとだよ。あたしには言わずに、問題を解決しようとすることだってそう」

「それであなたもそうしたわけ？」わたしは尋ねる。「わたしから離れようとしてることを言わなかったのは——どうして？　最後の瞬間まで苦しめないようにするため？」

「そんなんじゃない」リビーの目に新たに涙が浮かぶ。両のこぶしを涙に押しあてて、肩を震わせる。

「ごめん」わたしは妹の腕に触れる。「意地悪したいわけじゃないのよ」

リビーが顔を上げて、涙をぬぐう。「あたしはずっと」切れぎれの息の合間に言う。

「姉さんを納得させようとしてた」

「リブ、いったいなにをどうしたらわたしを納得させる必要があるの？　無力感を持たせたのは悪かったと思う。あなたを助けようとはしてきたけど、あなたをどうにかしようと思ったことはないのよ。一度も」

「そういうことじゃなくて」リビーは言う。「納得させたかったのは……」リビーが牧草地や木漏れ日が射す橋や、そよ風に揺れる花を咲かせた低木、なだらかな丘陵をおおう松の木立を身ぶりで指し示す。

それでようやく合点がいく。あのリストはリビーが新たな人生を探るためのものでもなければ、劇的な別れのあいさつ代わりでもなく、ノートパソコンを抱いてひとり寝する人生からわたしを果敢に救いだすためのものでもなかった。

要は売り込みだったのだ。

「ブレンダンはすぐに打ち明けたほうがいいって言ってた」リビーが続ける。「でも、あたし、ひょっとして――もし姉さんがここに来て、どんなとこだかその目で見たら……姉さんにいっしょに引っ越してほしかったの」声がかすれる。「それに、ここでの暮らしぶりがわかったら、そして出会いがあったら、姉さんもそれを望むんじゃないかって。そしたら姉さんはチャーリーとくっついちゃって——ああ、もう長いあいだ、あんな姉さんを見てなかった。だから、成り行きに任せることにした。そうしたらチャーリーはここに残るってわかって……で、なんだか……姉さんもそうしたいみたいで。それであたし、全部手に入れられるかもしれない——ここと姉さんと」

自分のことをくたびれ果てた抜け殻のように感じる。何週間も立ち泳ぎをしたあげくに、岸が幻であることに気づいたような気分だ。

これがリビーだ。なにも求めたことがなかった子がひと月前にあることを求め、いまようやくその本当の望みを認めた。

わたしについてきてほしいと。

リビーの望むものを与えたい。これまでもリビーには望むものをすべて手に入れてもらいたいと思ってきた。

わたしの頭のなかにあった整然とした区分は昨夜、すべて崩れ落ち、それではじめて、ものごとがはっきり見えるようになる。きちんと整理された形でではなく、ごちゃごちゃとしたものがそのままぶちまけられた形で。

リビーとわたしは長いあいだゆっくりと変化する渦のなかにいて、いつしかひとつの道はふたつに分かれていた。リビーがこの世に生まれ落ちた日と変わらず、わたしの心にはリビーの居場所がある。

でも時間は減っている。日々の暮らしのなかで占める空間は減っている。ほかの人がいる。ほかの優先事項がある。いまのわたしたちはひとつの円ではなく、ふたつの円の一部が重なるベン図だ。これまではわたしがリビーのために決断してきたかもしれないが、わたしはいまここにいて、わたしの人生を愛している。

「編集の仕事に誘われてるの」わたしは打ち明ける。

リビーは立てつづけにまばたきし、煌めくブルーの目に涙を浮かべたまま尋ねる。

「え、どういうこと？」

わたしは草地の先にならぶ木々を見つめる。「ロッジアのチャーリーの仕事」わたしは言う。「会社側はニューヨーク在住者を望んでるんだけど、彼はここに留まるから。それで彼がダスティの担当編集者に伝えたのよ。彼のリストのいくつかをわたしが引き継ぎ、やがては自分の作家も担当するようになるわ」

「姉さんの夢だね」リビーが息をはずませる。

その言葉でなぜか体じゅうに花火が上がる。「わたし……」その先が出てこない。

リビーが手を伸ばしてわたしの両手を握りしめ、かすれ声で言う。「やらなきゃ」

リビーを見つめ、胸が締めつけられる。自分の顔以上に知っている、たったひとつの顔だ。

「やらなきゃ」リビーは涙声になっている。「やりたかったことなんだよ。むかしからやりたかったこと——だから、こんどは退けないで、ノーラ。夢なんだから」

「でもこれまで……」わたしは片方の手を漠然とまわす。

「やってきたこととちがう？」リビーが言う。

「それに、うまくいかなかったら……」

「姉さんならできる」リビーが言う。「できるよ、ノーラ。それにたとえ失敗したって、誰が気にするの？」

「えっと」とわたし。「わたしかな」

リビーはわたしの首にかじりつき、泣き笑いしながら体を揺らす。「ここには姉さん用の世界一すばらしいゲストルームができるんだよ」リビーが泣きだす。「もし向こうで大失敗したら、ここへ来てうちに泊まればいい。あたしが面倒見てあげるから、ね？　姉さんがこれまでずっとしてくれたみたいに、こんどはあたしが面倒見るよ、ノーラ」

この三週間は完璧だったとリビーに伝えたい。

記憶にあるかぎり、こんなに幸せなことは長らくなかったし、同時にこれほどつらいこともなかったから。

わたしたちを隔てていた隙間はついにすべてなくなったけれど、いさかいの衝撃がゆるんだ氷の残骸をことごとく揺さぶって、やわらかく湿っぽいやさしさだけが残された。

だから、あとはリビーといっしょに泣くことしかできない。

どうしてだか、これまでこういう選択肢があることに気づけなかった。抱きあったふたりが、ともにぼろぼろになってなにが悪い。たぶん、どちらかが鋼の精神を保つ必要などなかったのだ。

他方に苦しみを背負わせなくても、どちらも痛みを生き抜くことができる。

「姉さんなしでどうしたらいいんだかわからない」リビーが声をきしませる。「そんな生活考えたこともなかった。あたしとブレンダンにとってはあるべき姿なんだと思うけど――でも、姉さんはずっといっしょだと思ってた。お互いに相手のものである者同士が、別の場所にいるなんてありうる？」

「あの仕事を受けないかも」わたしは言う。

「それはだめ」リビーが力を込める。「なんとかしようとしないで。自分よりあたしを優先させちゃだめだからね。あたしたちは長年そんなことを続けたせいで、絶交しかけた。ただの姉妹になる時が来たんだよ、ノーラ。解決しなくていい。ただ、あたしとここにいて、〝サイテー〟って言ってくれれば」

「ほんとに」わたしはぎゅっと目をつぶる。「サイテー」

わたしはこの言葉の持つ力を知らなかった。なにも解決されず、なにもせず、けれどそう言うことで地面に杭(くい)を打ち込むような感覚があり、少なくともその瞬間だけはふたりをつなぎ止めてくれる気がする。

ほんとにいやになるし、変えることはできないけれど、わたしは妹といっしょにここにいて、どうにかふたりで切り抜けていくのだ。

都会人を都会から連れだすことはできるが、都会はその人のなかにあって離れない。姉妹も同じだ。どこに行こうと、ふたりが離れることはない。たとえ当人たちが望もうと、別れることはできない。そしてわたしたちは別れることを望まない。これからも決して。

ブレンダンは家で家屋検査官を迎えているが、リビーと子どもたちはわたしといっしょにいて、ひとり親として何週間もがんばってきた彼に待望の静かな時間を提供している。

一家が本格的に引っ越すのは十一月、第三子の出産予定日の一カ月前だ。それまではブレンダンが行き来して、新居の準備を進める。

二カ月半。ともに過ごせる時間のカウントダウンがはじまる。

午前中は森を散策して、子どもたちが道から外れないように気をつけながら、四十五秒ごとにグーグルで〝毒のあるツタウルシの見た目〟を検索するものの、いつまでたっても確定的な結論にたどり着けない。

子どもたちを柵まで連れていく。餌を持っていないのに、馬たちはかわいがってもらおうといそいそと近づいてくる。「あたしたち、お互いの立ち位置がわかったみたいだね」リビーはおどけ、子どもたちは小さな指でクルミ色をした雌馬のピンクの鼻を撫でる。

そのあとはコテージのキャビネットからブリキのバケツを持ってきて、牧草地の縁にあるブラックベリーの茂みへ行き、熟したベリーを摘んで食べる。やがてみんなの指と唇が紫色に染まり、肩が日に焼けてくる。

家に戻るころには、膝はすっかり泥まみれ、タラはわたしの腕のなかで熟睡している。熱く汗ばんだタラをソファに置いて昼寝をさせる。ビーはわたしたちをキッチンに引っぱり入れてブラックベリーパイを焼くなら先にパイ生地を空焼きするんだよと説明する。今月のビーは父親といっしょに『ブリティッシュ・ベイクオフ』を観まくったのだ。いまだ生粋の都会人を自認するわたしだけれど、家（うち）はひとつにかぎらないのかもと思いだす。いろんなしかたでたくさんの人と家族になり、数えきれない場所を居場所にするのも、あながち不可能ではないのかもしれない。

34

子どもたちを二階の寝室でエアマットレスに寝かしたが（わたしは折りたたみ式のソファに移動した）、ブレンダンとリビーとわたしは夜更かしして、ビーが焼いたブラックベリーパイの残りをつつく。

誰かがドアをノックするので、ブレンダンはリビーの額にキスしてドアに向かう。

「ノーラ？」ブレンダンが呼ぶ。「きみにお客さんだよ」

チャーリーが戸口に立っている。湿った髪に、しわひとつない服。百万ドルの価値がありそうな外見。実際は六百ドル相当だろうが、とびきり整った六百ドルだ。

「少し歩かないか？」彼が言う。

リビーがわたしを椅子から押しだす。「喜んで！」

外に出ると、わたしたちは手をつなぎあって牧草地をぶらつく。妹と姪以外の誰かと、ただ手をつなぐのは何年ぶりだろう。いやな感じではなく、若くなった気がする。

冷淡な世界に対する無力感が減る……あらゆるものがいまだ知らないもの、真新しくてぴかぴかななにかのように感じる。それが母にとってのニューヨーク――わたしはそんなふうにチャーリーを見ている。

月明かりを浴びる東屋まで来ると、チャーリーがこちらを見る。「別の結末を考えるべきだと思う」

わたしはひるむ。「もう提言は送ったのよ。ダスティは一週間ずっと訂正作業をしてるの。彼女――」

「『冷感症』の話じゃない」チャーリーがつないだ手を持ちあげ、自分の胸に押しあてる。彼の鼓動が速まるのがわかる。その目はわたしに注がれている。ブラックホールの目。粘着トラップの目。至福のデザートの目。

「交互に行き来しよう」真剣な口調でチャーリーが言う。「月に一度とか。可能なら、きみは長期休暇はこちらで過ごして。きみが来られないときは、ぼくが妹夫婦を呼びよせて両親を頼み、ニューヨークへ行けばいい。できるかぎりビデオ通話やメッセージアプリやメールでやりとりしよう――それが重荷になるようなら、そうだな、そこはばっさり省くのもありかもしれない。きみはニューヨークにいるあいだは働き、ぼくといるときは、いっしょにいる」

わたしはお腹にぴかぴか光る酔っぱらいの蛍が詰め込まれたみたいに感じる。

「開かれた関係(オープン・リレーションシップ)ってこと?」

「ちがう」チャーリーが首を振る。「でも、そのほうがよければ……どうかな。やってみてもいいか。ぼくは望まないが、やってみることはできる」

「わたしも望まない」わたしは笑顔になる。

チャーリーがほっと息を漏らす。「ありがたい」

わたしの心臓がよじれる。「チャーリー……」

「考えてみてくれ」彼は静かに念を押す。

サリーとクリントはうまくいかなかった。わたしとジェイコブも。チャーリーとアマヤも。わたしが旅行に伴う不安を克服でき、チャーリーが真夜中にわたしをおちつかせるのをいとわないとしても、彼を失うのではないかという絶え間ない恐怖とどう折りあっていけばいいのだろう? チャーリーから電話がないたび、訪ねてくる約束が反故(ほご)になるたびに不安になるだろう。不安な気持ちを抱えたまま、いつか彼が言いだすのを待つことになる。ぼくが欲しいのはこれじゃなかった。

きみじゃなかった。

別の人だった。

苦痛に満ちた心の痛みが数週間にわたってゆっくりと少しずつ広がる。

そんな紙による切り傷を千回重ねるぐらいなら、ひと思いに首を刎ねられたほうがましだ。

「遠距離恋愛は絶対にうまくいかない」わたしは言う。「あなたが自分で言ったのよ」

「わかってる」チャーリーが答える。「だが、ぼくたちはちがう、ノーラ」

「例外だってこと?」疑いを込めて言う。「わたしたちは、それがうまくいくふたりってことと」

「そう」彼は言う。「たぶんね。わからないが」

チャーリーはわたしに視線を這わせながら、態勢を立てなおす。「それ以外にやり方があるか、ノーラ? どんな提案でもかまわない。きみならどう変える? いつものペンを出し、こまかく分解して、どう終わらせたらいいか教えてくれ」

笑顔になるのがつらい。割れたガラスをこするような声になる。「これからの一週間を楽しむのよ。心ゆくまでふたりでいて、先のことは話さない。そしてわたしは去るけれど、さよならは言わない。別れのあいさつは苦手。ちゃんと言ったことがないし、あなたをはじめて言う相手にもしたくない。だから、最後のキスをしたら、それで気持ちを切り替える。そのあとは……わたしは飛行機に乗って家に帰り、ノースカロライナで一カ月をともにした、人生を破滅させかねないほどホットな男性に心からの感謝を捧げる」

チャーリーがわたしを見つめている。眉間にしわを寄せて凝視し、唇をすぼめながらいまの話を咀嚼しようとしている。編集時の表情だ。と、その表情を消して首を振る。「だめだ」

わたしは驚いて、笑いだす。「えっ？」

彼は姿勢を正して近づいてくる。「だめだと言ったんだ」

「チャーリー、どういうこと？」

「つまり」目がきらりと光る。「きみにはもっといい結末を考えてもらう必要がある」

わたしは思わずほほ笑む。翼の折れたけなげな鳥のひなのように、お腹のなかで希望がもがいている。

「金曜日までに提案をまとめてくれ」チャーリーが言う。

その週の残りは、みな走りまわって過ごす。リビーは資金集めパーティの準備。ブレンダンは住宅ローン手続きの最終段階に突入。チャーリーはレジ前に陣取り、サリーは休みなく店を出入りしては、ダスティを迎えるバーチャル読書会の準備にいそしんでいる。

窓には新たに〝グッディ・ブックスでよい選択を〟という掲示と、読書会ならびに『人生に一度きり』ブルームーン舞踏会〟に向けて、ダスティの顔写真入りの宣伝ポスターが貼られる。

タウンスクエアはボランティアの手で大変身。わたしはすでに今週分の仕事を終わらせているものの、どうしても片づけなければならない急ぎの用があるので、合間にちょっとした仕事をねじ込みつつ、姪っ子たちをおんぶしたり、ロッジアに提出する履歴書に手を入れたりして過ごす。

自分のことを逆境に強い生き残りタイプだと思ってきたわたしが、最近は白昼夢に耽(ふけ)っている。新しい仕事。チャーリー。すべてを一度に手に入れること。

ひょっとしたら、この場所に変えられたのかもしれない。フランネルのシャツとお下げ髪が好きな女にならなかっただけで。

いっしょにいられるときのチャーリーとわたしは、もう距離を取ることもなければ、互いのまわりをへめぐったりもしない。お互いに精いっぱいを捧げつつ、未来については語らない。けれども、離れているときは、電話やメッセージで先々の話を続ける。

きみはクリスマスをサンシャインフォールズで過ごし、ぼくは大晦日(おおみそか)をニューヨー

クで過ごす、とチャーリー。

早起きして、電車でマリアッチを探すのよ。

タウンホールの集会に出て、市民の対立に巻き込まれたあとは、コテージに戻って、ひと晩じゅう愛しあおう、とチャーリー。それと、ニューヨークでは片っ端から一ドルピザを試食するぞ。

〈ポッパ・スクワット〉のサイコロ切りのハムの真相を突き止めるわよ。

それに対するチャーリーの返事。ぼくはきみのことを心から信じているよ、ノーラ。だが、たとえきみでも、あの大きな謎を解き明かすことはできないだろう。

わたしは大忙しになるわ、とわたしは彼に釘を刺す。戻った直後の二、三カ月はリビーや子どもたちとの時間を捻出しなければならない。もしロッジアで働くことになれば、エージェント業を少しずつ減らし、担当の引き継ぎを行う。そうすれば、学びながら新たな職務をはじめられるはずだ。

大忙しなど恐るるに足らず、とチャーリーは返す。

これが夢を見るということか。わたしはようやくなぜ母や担当する作家たちが、夢をあきらめずにいられたのかを理解して、幸せな気分になる。なにかを求めるこの感覚には、心地よさがあるから。それは手当てしなければならない痣と同じ、人生には失う痛みを覚悟してでも、手に入れる価値のあるものがある。それがほんのいっときの喜びにすぎなくとも。

わたしはチャーリーに書き送る。ときには、第一幕だけが楽しくて、その先はややこしいだけのこともある。

スティーブンズ、そのすべてが楽しみのうちだ。

胸が痛い。それでもわたしはしばし夢の続きを見ることにする。

これほど時間が確実に進むなんて納得がいかない。時計が目に見えない命令に従って動いているのはわかるけれど、なにやら気まぐれな間隔で時間が奪われているように感じる。それくらい今週はあっという間に過ぎ、金曜日の夜になっていた。

暑さをまたひと山越えて、秋へと導かれるなか、わたしたちはふたたびテントを張ってエアマットレスを置く。リビーとブレンダンはクワトロピザを求めて徒歩で町へ向かい、わたしは子どもたちと仰向けになって暮れゆく空を眺めている。リビーはこの数週間にブレンダンと焼いたパイやパンの話をしてくれ、タラはよちよち歩きの小さな子らしく意味不明ななにかを口走ったり、カフカの小説さながらの奇妙な話をしたりして楽しませてくれる。

食事のあとリビーから今夜はキングサイズのベッドを独り占めしてと勧められたブレンダンは、あくびまじりに答える。「そうか、ありがたい」

彼は娘たちにおやすみのキスをするのに、眠たいふたりの反応は鈍く、タラが一瞬、小さな両腕をブレンダンの顔へ伸ばしただけで、つぎの瞬間にはその手がお腹に落ちている。

ブレンダンは最後にリビーにキスをし、わたしを片腕でハグ（世界一へたなハグ）する。わたしは彼に対して、彼と妹が結婚した日よりさらに大きな愛を感じる。

「どういうこと」リビーが笑いながら小声で言う。「泣いてるの？」

「うるさい！」わたしは枕を投げつける。「あなたのせいで目の筋肉が壊れたのよ。止められないの」

「姉さんが泣いてるのはブレンダンが大好きだからだよね」リビーがからかう。「認めたら」

「ブレンダンが大好きよ」わたしは涙まじりに笑う。「いい人だもの！」

リビーはいっそう大笑いする。「どうも。もう、知ってるけど」

タラがむずかって寝返りを打ち、腕で目をおおう。

リビーとわたしはならんで仰向けになり、手をつないで、満天の星空を眺める。

「ねえ、知ってる？」リビーがささやく。

「たぶん」わたしは答える。「でも、言ってみて」

「マンハッタンに戻ったら見えないけど、それでも、あの星々は姉さんの頭上で光ってる。毎晩、ふたりで同時に空を見あげたらどうかな」

「毎晩？」わたしは不審げに答える。

「じゃ、週に一回」リビーは言う。「電話をかけて、いっしょに空を見あげんの。そしたらふたりがいっしょだってわかる。どこにいようと」

わたしは込みあげるものを呑み込む。「母さんも、あなたといっしょよ。ニューヨークを離れるからって、母さんを置いてくわけじゃない」

リビーがすり寄ってきて、わたしの肩のくぼみに頭を預ける。潰れたブラックベリーの香りがいまも消えずに髪に残っている。

「ありがと」

「なにが？」

「べつに」リビーが言う。「ただ、ありがと」

わたしはこの夜、母の夢を見ない。

35

町の中心部はおとぎの国になっている。電飾や旗で飾られ、しゃれたギンガムチェックのテーブルクロスをかけた長いテーブルにはパイがならべられている。タウンスクエアにはダンスフロアが設けられ、クアーズのブランドマークが描かれたトラックが東屋の後ろでビールを売っている。その隣では、アマヤとミセス・ストラザーズが寄付されたワインを売り歩き、きっちり量を見ながらグラスに注いでいる。販売許可の大半が取れているとは思えないが、リビーの話ではタウンホールの集会のほぼ全出席者が程度のちがいはあれどこの催しの実現にかかわっているようなので、どのみち公明正大なものである可能性は低い。

ブレンダン、リビー、娘たち、そしてわたしは、ダスティのイベントを見ようとグッディ・ブックスに立ちよったが、店内が混みあっていて、長居ができない。チャーリーとサリーは新しい椅子を――古い折りたたみ椅子も交ぜて――カフェにならべていた。ダスティの姿をビデオ会議装置で奥の壁に映しつつ、店のスピーカーから音声を流していたので、店内にあふれ返った客も買い物をしながら声を聴くことができた。

そのあと興奮しておちつかない子どもたちを〈マグ＋ショット〉のソーダ用屋台へ連れていき、ピンクのホイップクリームソーダを買ってやる。

「大いなるあやまちなんだけどね」リビーは赤いソーダとアイスクリームとホイップクリームを混ぜた飲み物をビーとタラに手渡しながら言う。

「あやまちだとしても、おいしくはある」わたしは指摘する。

「そして」ブレンダンが声を落としてつけ加える。「砂糖をいっきにとると、あとでがたっと落ちるんだ」

タウンスクエアに戻り、お腹いっぱい食べる。ポップコーン。チョコレートパイとルバーブ。ピーカンナッツの砂糖がけにセントラルパークの寒い朝を思いだす。地元産のワインはこれまで飲んだなかで最悪の味のはずなのに、ほかのと合わせて飲むと、なかなかいける。

子どもたちといっしょにポップソングでダンスを踊る。どういうわけかビーのほうがわたしたちよりその歌をよく知っている。夜が深まってすっかり暗くなり、ひんやりした空気が運ばれてくる。ブレンダンは眠りこけたタラを抱きながら、クリント・ラストラとキャッチ・アンド・リリースの釣り場についてしゃべっている。釣り経験のないブレンダンだが、すっかり試す気になっていて、彼をその気にさせたクリントはうれしそうだ。

ここならリビーは幸せになれる。わたしはそんなことを思いながら、離れたところからみんなを見守っている。リビーがすごく幸せになれるなら、離れていても耐えられる。つらいけど。

リビーとビーはブレンダンのレンタカーまでスウェットシャツかブランケットを取りに行くが、わたしは残って、タウンホールから口論しながら出てきたガーティと彼女のガールフレンドを見ている。ほか十数組のカップルはダンスフロアで眠たげに揺れている。

わたしは人込みのなかにシェパードを見つける。彼は照れくさそうにほほ笑み、手を振って、のんびり近づいてくる。「やあ」

「どうも」わたしは返す。気詰まりな沈黙をはさんで、わたしは口を開く。「ごめんなさいっていうか？」同時にシェパードが話しだす。「ちょっと声をかけ——」

そこで彼はまたほほ笑む。ハンサムな主演男優の笑顔だ。「お先にどうぞ」

「誤解させちゃってごめんなさい」わたしは謝る。「あなたはすばらしい男性だわ」シェパードは温かみのある、けれど少し残念そうな笑みを浮かべる。「ただし、きみにとってのすばらしい男性ではなかった」

「そうね」わたしは認める。「そうなんだと思う。でも、いつかニューヨークに来てツアーガイド――もしくは助っ人――が必要なときは……」

「きみを頼るよ」彼は手の甲であくびを隠す。「遅くまで起きてるのに慣れてないんだ」すまなそうに言う。「そろそろ寝ないと」

シェパードのような人はもちろん朝型だ。彼との暮らしはのどかだろう。愛情あふれる熱い瞳で見つめられながら、ロマンティックなセックスをして、谷間からのぼる朝日を眺める。まちがいなく、彼は誰かのハッピーエンドの相手になる人だ。もしかしたらすでに誰かと、まだはっきりとはしない形で、結ばれているのかもしれない。

ほかの誰かにとってなら、シェパードは最高の形で安らぎを与えられる存在になる。

そんな思いに呼びよせられたように、シェパードの数メートル後ろにチャーリーが現れ、わたしの心はオールドフェイスフル（イエローストーン国立公園内にある有名な間欠泉）のように、温かく頼もしく噴きあがる。

シェパードはわたしが光源を見つけたヒマワリのようによそを向いたのに気づく。

そして視線をたどってチャーリーに至り、心得顔でうなずく。「じゃあ、ノーラ、よい空の旅を」

「ありがとう」わたしは自分のわかりやすさかげんに頬を赤らめる。「元気でね、シェパード」

歩きだした彼は、タウンスクエアの外れに向かう途中で足を止め、チャーリーと立ち話をする。笑みを交わし、チャーリーは少し身構えているようではあるけれど、グッディ・ブックスの外にいたあの日ほどの警戒心は感じられない。シェパードはチャーリーの肩をたたき、なにかを言う。チャーリーがわたしのほうを見る。彼のうっすらとした笑顔を見ると、ふたたび胸のなかで愛しさの間欠泉が噴きだす。ふたりはさらにひとことふたこと交わして別れ、シェパードは人込みの周辺へ進む。チャーリーはわたしに近づくにつれて、笑みを大きくする。

「きみが寒がってるかもしれないと聞いてね」チャーリーは静かに言い、わたしの目には入っていなかった暖かそうなフランネルのシャツを差しだす。わたしがブレンダと合流するリビーとビーのほうをちらりと見ると、リビーがわたしに向かって一瞬にこっとする。

「びっくり」わたしは言う。「ほんとに噂が広がるのが速いのね」

「ハイスクール時代、急に思い立って、理容店で頭を剃ってもらったことがある。両親はぼくが家に着く前にそれを知っていたよ」

「おみごと」わたしは言う。

「どうかしてる」チャーリーがフランネルのシャツを広げ、わたしは背中を向ける。古い白黒映画に登場するたおやかな社交界の淑女になった気分でシャツを着せてもらい、そのあとまた前を向かされて、ボタンを留めてもらう。

「あなたのシャツなの？」

「まさか。きみのために買ったんだ」驚いたことに、彼が笑いだす。「リストにあっただろう。リビーのためにも買った。渡したら金切り声をあげたんで、産気づいたのかと思ったよ」

　わたしたちはしばらく、ただほほ笑みあう。こんなに長いあいだ目を見交わしていて気まずくならないのは、生まれてはじめてだ。ふたりで同じ活動に参加しているという気分になる。そう、これだ。お互いが相手のために存在しているこの感じ。

「似合う？」わたしは尋ねる。

「とびきりホットな女性が冴えないシャツを着ている感じだね」

「ホットしか聞こえなかった」

彼の唇が開き、たぶん、変化に富んだ彼の笑みのなかでもいちばん好きな形になる。片方の口角に秘密が隠されているような笑み。「踊りたいかい、スティーブンズ？」

「あなたはどうなの？」わたしは驚いて問い返す。

「いいや」チャーリーは答える。「でもきみには触れたい。踊ればカモフラージュになる」

わたしは彼の手を取り、ダンスフロアへ引っぱりあげる。煌めく照明のもと、ジェームス・テイラーの『思い出のキャロライナ』が流れている。宇宙がわたしをからかっているみたいだ。

チャーリーが温かな手でわたしの手を包む。わたしは頬をセーターにもたせかけ、目をつぶってその感触に集中する。チャーリーのこまかな部分をひとつひとつ心に刻み込む。〈ブック〉という名のコロンとシトラスの香り、そして特有のスパイシーな香り。質のいいやわらかなウール、その下のがっしりした胸。強く、しっかりした鼓動。こめかみに触れる頬。チャーリーがわたしの髪に唇を触れて息を吸い込むときの、えもいわれぬ体の震え。

「食べるのが楽しみかい？」チャーリーが小声で尋ねる。

わたしは目を開けて、彼の真剣な濃い眉を見る。「もう食べたわ。パイディナーを」

彼が小さく首を振る。「街に戻ったらだよ」

「あら」わたしはチャーリーの肩に頬を押しつけ、手を握りしめる。しっかり彼をつかまえておくために。いや、しばらく自分をここに留めておくためかもしれない。

「その話はしないほうがいいかも」

一瞬、彼の手に力が入る。「かまうもんか」

わたしは涙が浮かぶ目を閉じ、少しして答える。「タイ料理がすごく食べたい」

「ぼくのアパートのすぐ近くに、おいしいタイ料理店がある」チャーリーが言う。

「いつか連れていくよ」

わたしはまた思い浮かべる。わたしのアパートにチャーリーがいて、ソファに座って厳めしい顔でノートパソコンを見ている姿を。背後の窓ガラスの隅は氷に隠され、降る雪がガラスにあたって溶ける。下の通りの街灯にはクリスマスの電飾が巻きつけられ、特大の買い物袋を持った人々が通りすぎていく。

いまのこの感覚が続くと想像してみる。この世界にただチャーリーとわたしのためだけの世界があることを想像する。その世界は彼に合わせて石の壁を一メートルほど押し広げてあって、そこにいれば一秒ごとにひび割れを確認せずにすむ。

これこそが夢見るべきもの。わたしはそう思う。

そのあと、避けられない義務として——チャーリーは真実を伝えられてしかるべき人だから——わたしは現実を呼び入れ、物語を引っ込める。

わたしは一日十二時間働き、クライアントを減らす努力をしながら、やがて新しい仕事に移行する。書店での長時間労働に疲れたチャーリーは、週末は父親の理学療法につきあい、シンクの水漏れやゆるんだ屋根板の修理方法をグーグルで何時間もかけて検索する。

出られない電話。返信していないメッセージが溜まっていく。傷み。悲しさ。募る寂しさ。仕事や家族の緊急の用事で、訪問が中止になる。どちらも精神的にすり切れ、わたしたちの心は遠すぎる距離に引き伸ばされて、緊張に耐えきれなくなる。

胸が痛いほど締めつけられる。チャーリーは、わたしが必要とするものを手に入れられるように誰かが助けるべきだと言った。だが、それは彼にもあてはまる。

心臓が早鐘を打ち、いまにも体がばらけそうだ。「チャーリー」

長い沈黙。チャーリーが唾を呑み込み、喉が小さく動く。かすれた小さな声で彼はいらだたしげに言う。「わかってる。だがまだ言わないで」

もうどちらも相手を見ていない。目を合わせればこのごっこ遊びが終わるとわかっているから、ただ抱きあっている。

チャーリーの遠距離恋愛は彼に人生最悪の一年をもたらした。わたしは精神的に崩壊しかけた。それとはちがう、わたしたちは相手を理解している、という彼の言い分は正しい。でも、だからこそわたしにはそれができない。

「一週間前のわたしなら」わたしは言う。「あなたが大好きだったから、たぶんうまくいくか試してみたいと思った」わたしはこぶし大のごつごつした塊を呑みくだすが、それでもなお声を絞りださなければならない。「でもいまのわたしは、それができないくらいあなたを愛してしまったみたい」

自分の言葉に耳を疑う。自分の気持ちがあいまいだったからではない。これまで自分から愛の言葉を口にすることはなかったからだ。ジェイコブに対してさえ言ったことがなかった。「なにも言わなくていいからね」わたしは慌てて言い足す。

こめかみに触れたチャーリーの顎がぴくりと動く。「言うまでもなく、ぼくもきみを愛しているよ、ノーラ。こんなに愛していなかったら、きみはここで幸せに暮らせると説き伏せようとしただろう。ぼくがいればじゅうぶんだとどれほど思いたいか、きみには想像もつかないだろう」

「チャーリー――」わたしは言いかける。

「卑下してるわけじゃない」彼はわたしの耳元にささやく。「現実の世界で、そんなにうまくいくとは思わないんだ」

「わたしにとってじゅうぶんな人がいるとしたら、それはあなただと思う」

チャーリーがわたしを力強く抱きしめ、ざらつく低い声でそっと言う。「ふたりで過ごす時間があってよかった。望むほどには長くなかったとしても」

目にあふれる涙のせいで、ダンスフロアが溶けて色と光の線になる。

「でもね」ようやく言葉を絞りだし、目をぎゅっとつぶる。「とにかく最高に完璧だった」

「きみはだいじょうぶだ、ノーラ」彼がわたしのこめかみにささやく。両手の力がゆるんでいる。「だいじょうぶどころか、うまくやるさ」

わたしが望んだとおり、別れのあいさつはない。曲が終わると、チャーリーはわたしの頬に最後のキスをする。わたしは震えるまぶたを閉じる。

そして目を開くと、チャーリーはいない。

それでもまだ至るところに彼を感じる。

わたしはヒースクリフだ。

タウンスクエアの隅の暗がりへ逃げるように移動しながら、わたしはリビーとブレンダンに家で待っているというメッセージを送る。

「出発かね？」

びっくりして悲鳴をあげ、おまけにバッグを取り落とす。バッグが植木鉢にぶつかる。

「驚かすつもりはなかったんだが」クリント・ラストラがベンチに腰かけている。脇には歩行器が置かれ、その頭上で何匹かの蛾が円を描いて飛んでいる。

わたしはバッグを拾い、そっと目立たないように目をぬぐう。「明日の早い便で」

彼がうなずく。「こっちはベッドに入りたいんだが、サリーが自分の目の届かないところに行かせてくれんのだ」ちらっとこちらを見て、皮肉っぽい顔をする。「年を取るのはつらいもんだ。またみんなに子ども扱いされなきゃならん」

「わたしは母が年を取るのを見られるなら、なんだって差しだすけど」頭のなかの音ではないと気づく前に口から言葉が出ている。

「きみの言うとおりだ」クリントは言う。「わたしは運がいい。それでも、あいつを失望させてる気がしてならんのだよ」

自分の眉が吊りあがるのを感じる。「あいつって、チャーリーですか？」

クリントの口角が下がる。「こんなはずじゃなかった。ここはあいつのいる場所じゃない」

わたしは口ごもる。なにか言うとしても、どこまで深入りすべきかしばし決めかねて。ここに滞在中、クリントとはほとんど話をしていない。

「そうかもしれませんね」わたしは抑え気味に言う。「でも、チャーリーにとっては大いに意義がある。ご両親のためにここにいることが、彼にとっては重要なんです」

クリントはダンスフロアにいる人々を物思わしげに見る。さっきまでチャーリーとわたしが立っていた場所だ。「あいつはここじゃ幸せになれない」

そんなに単純だろうか。わたしがリビーとここにいたら幸せに過ごせないのとはちがう。きっとわたしは借り物のジーンズをはいているような気分になる。もしくは自分の人生を中断しているとか、自分の道から外れている期間だと感じるだろう。わたしはすでにそんな経験しているけれど、本当の意味で後悔したことはない。どんなときでも感謝できることがある。

それが人生だ。決断はつねにつきまとう。道を選ぶことでそれ以外の道は遠ざかり、やがてその道がどこに至るかを知る。それが理由で人という種はこんなに物語が好きなのかもしれない。やりなおすための機会、生きられなかった人生を何度も生きる機会として。「チャーリーはあなたとサリーのために、ここにいることを望んだんです。

おふたりが期待する自分になろうと一生懸命です」

やっぱりクリント・ラストラはやさしい。彼は頰をぬぐい、こまかに震える手を脚にのせる。

「いつだってあいつは特別でな」クリントは言う。「あれの母親と同じだ。だが、ときどき……まあ、サリーは少々、目立ちたがり屋だったが」唇を曲げる。「息子は生まれてこのかた、孤独を感じることが多かったんじゃないかと思う」クリントは横目でわたしを見る。チャーリーお得意のあのX線で透視するときの目つきにそっくりだ。「ここ数週間のあいつは、ようすがちがった」

クリントはひとり笑いをする。「むかしのことだがね、わたしはあいつといっしょに月に一冊、本を読もうとした。ハイスクール時代と大学時代を通じて、ずっとだ。お薦めの本を尋ねたもんさ――最近、読んで気に入ったやつを教えてもらってたんで、わたしたちには共通の話題があった。あいつにはそれが大切だったのさ。十四歳ごろだったか、はじめてあいつの持ってる本を読んで思った。おい、こいつに追い越されちまったぞってな」

わたしが言い返しかけると、クリントが片手を上げて制する。「いや、卑下してるわけじゃないんだ。わたしもわたしなりにじゅうぶん賢い。だが、わが息子には舌を巻く。そりゃもういろんなことについて、ふだんじゃ考えられないぐらい長々と話をしたもんだ。はじめてサリーとふたりでニューヨークの息子を訪ねたとき、すっかり合点がいった。そこへたどり着くまで、あいつは出力を半分に絞って生きてたようなもんだったんだ。わが子にそんな生き方を望む親はいない」

出力を半分に絞って。

「それがこの数週間はちがった」わたしはひくついたクリントの唇に、生物学的にはどうあろうと、息子とのつながりを垣間見る。「ゆったり構えて、あいつらしかった」

わたしもいつもとちがっていた。

わたしも出力を半分に絞って生きてきたのだろうか？　エージェント業でも、デートでも。これだと思える姿ではなく、安定していて安全だと感じられる型に自分を押し込めてきたのか？

「あの」わたしは慎重に言葉を探る。どんな意味でもチャーリーをないがしろにするようなことはしたくないが、儀礼や愛想を二の次にしてでも彼の味方でいなければならない。チャーリー以外の誰かの気持ちを斟酌する必要はないのだから。「ひょっとするとあなたは、息子の助けなど必要ないと示したがっていらっしゃるんじゃないですか？　チャーリーがここにいたくないのではないか、と思って。でも、彼がなんの役にも立たない、手助けにならないという態度は取らないでほしいんです。ただでさえ彼はここにいると、自分は場違いな人間だと感じずにいられないのに、さらにあなたからそんな思いをさせられたら、立つ瀬がありません」

クリントの瞳はリング状に白濁している。反論しようと口を開く。

「あなたの本心がどうのという問題じゃないんです。チャーリーにどう見えるかで」わたしは言う。「あなたさえその気になれば、彼は力になってくれる。あなたが考えていらっしゃるよりはるかに」

そう言うと、わたしは向きを変えて歩きだす。また涙がこぼれないうちに。

36

ビルから出て、九月のすがすがしい午後に一歩踏みだすと、ピンクとオレンジの疾風がわたしに飛びついてくる。レモンとラベンダーの香りがわたしの肩を包み、リビーが高らかに叫ぶ。「やったね!」

「やった、というのが」わたしは答える。「〝結果不明の一次面接が終了した〟という意味なら、そのとおりだけど」

リビーは体を離して、笑顔を輝かせる。彼女の髪はほとんどブロンドに戻っているが、服はいままでどおり色鮮やかで華やかだ。「なんて言われた?」

「連絡するって」わたしは答える。

リビーはわたしに腕をからませて道を曲がり、歩道を進む。「よかったね」

胃のなかには緊張がひしめいている。「学校の初日みたい。素っ裸で、ロッカーの鍵の番号を忘れちゃった気分よ。じゃなくて——学校の最終日かな。数学の授業や、理系のあれこれは、全部さぼってたから」

「姉さんには予測できないくらいでちょうどいいの」とリビー。「姉さんは本気でその職を手に入れたがってる。いいことよ。さあ、行こう。お腹がぺこぺこ。リストは持ってる？」

「ああ、このリストのこと？」わたしは、リビーが引っ越す前に食べたいもの、飲みたいもの、したいことを書き連ねてある、ラミネート加工されたシートを取りだす。

ほぼ毎日、リビーに会っている。ランチをしたり、リビーの家の近所にある遊び場まで出かけたり、リビングの床に座って、ぬいぐるみや小さいオーバーオールを段ボール箱に詰めたり（ときどきわたしは泣いてしまう。かつてビーが着て、そのあとタラが着て、じきに三番めが受け継ぐ、ちっちゃなロンパースを見たときなんかに）。

ある土曜日には、子どもたちを連れて自然史博物館へ行き、巨大なクジラが展示されている部屋で二時間半過ごす。別の夜には、ブレンダンとリビーとわたしでマンハッタン橋高架道路下（ダンボ）にある行きつけのピザ店で、スタッフが店じまいの片づけをはじめるまで外のテラスに居座って話し込んだ。

セントラルパークで似顔絵を描いてもらって、チップをはずむ。ベセスダ噴水で観光客に頼んで、家族写真を撮ってもらう。日曜日がめぐってくるたび、ウィリアムズバーグにあるリビーのお気に入りの店でクレープを食べる。

そして十一月になる。

一家は木曜日の早朝に出発する。子どもたちが眠すぎたおかげで、大騒ぎにならずにユーホール社の引っ越しトラックに乗せることができ、わたしは内心ひそかにがっかりする。ノーノ伯母ちゃんと呼んで泣く声を聞いたら胸が潰れてしまうけれど、その声が聞こえないのはもっと悪い。

ブレンダンはわたしと別れのハグをするとレンタルしたトラックに乗り込み、リビーとわたしをふたりきりにしてくれる。

「逃げよう！」わたしが聞こえよがしにリビーに言うと、ブレンダンがにっこり笑ってドアを閉める。

リビーははなから泣いている。泣きながら目を覚ましたそうだ。わたしはそんなことはなかったが、そもそも眠ったかどうかよくわからない。

三度めにハッと覚醒したときには、オンラインでセラピストと睡眠専門クリニックの両方に予約を入れ、そのうえで〝このような［わたしみたいな］状況にある何百万人を救った！〟と謳う本を四冊、注文した。

考えようによっては、真夜中にほかに意識を向けられることがあってよかった。

「しょっちゅう話をしようね」リビーが提案する。「姉さんがあたしの声を聞きたくなくなるくらい」風がひんやりと感じられ、わたしは冷たいリビーの手を取って、暖かな息を指先に吹きかけてやる。

リビーは目をくるりとまわし、涙まじりに笑う。「相変わらず徹底してママだね」

「あなたも同じじゃないの」わたしはかがんでリビーのお腹にキスする。「元気でね、ナンバー・スリー。ノーノ伯母ちゃんがお土産を持ってくから。オートバイにしようか、ううん、脱法ドラッグがいいかな？」

「どう答えたものやら」リビーの声がかすれる。

わたしは妹を引きよせて抱きしめる。「サイテー」

リビーが腕のなかでこわばりを解く。「ほんと、サイテー」

「それでもやっぱり最高よ」わたしは指摘する。「あなたはとびきり大きな家に住み、その家の窓の向こうにはあの下着をはかないおじいちゃんはもういない。庭があるし、ディナーパーティを開くときは、あのばか高い開拓時代風のワンピースをまとい、あらゆる場所に摘みたての花を飾って、子どもたちは夜更かしし、近所の子たちと蛍をつかまえる。ブレンダンはきっと、そうね、薪割りができるようになって、酔っぱらったあげくにロマンス小説みたいにあなたを抱きあげて歩きまわるわ」

「で、姉さんが訪ねてくるんだよ」リビーが口をはさむ。「ふたりでひと晩じゅう語り明かす。ジントニックをがぶがぶ飲んであたしは姉さんを説得して〈ポッパ・スクワット〉のカラオケナイトでシェリル・クロウをいっしょに歌う。それから本物のクリスマスツリー農園へも行く。テントを張った路地の店じゃなくて。あとは、子どもたちに『フィラデルフィア物語』を観せて、あの子たちはこう言うの。〝ねえ、あたしの勘違いかな。ケーリー・グラントってくそったれじゃない？　なんであの女の人は最後にジミー・スチュワートと結ばれないの？〟」

「で、世の中には趣味の悪い人がいるんだって、わたしたちが教えてやるわけよ」わたしはまじめくさって答える。

「じゃなきゃ、ときにはふたりのいい男があなたの心を射止めようと張りあうことがある。あなたはぐるぐるまわって適当にひとりを選び、もうひとりを同僚と結婚させるのよってね」

「ベイブ？」トラックのブレンダンが声をあげ、すまなさそうに顔をしかめる。

リビーがわかったとうなずき、わたしたちは離れるが、互いの腕をつかんでいる。放したら全速力でぐるぐるまわりだして、遠心力で引き離されてしまいそうだ。そして実際、離ればなれになる。

「さよなら、じゃないからね」リビーが言う。

「もちろんよ」わたしは答える。「ナディーン・ウィンターズは会ったときも別れるときもあいさつを忘れるの」

「しかも、あたしたちは姉妹だから」とリビー。「くっついて離れない」

「それもある」

リビーはわたしを放して、トラックに乗り込む。

トラックが走りだし、わたしの目に涙があふれる。なんとかここまで泣かずにすんだ。もう涙をこぼしても許されるはず。

ユーホールのトラックの白とオレンジが溶けあい、雨のなかに置きっぱなしにされた水彩画を見ているようだ。家族が解体されて色鮮やかな縞(しま)模様になる。ぼやけて縮んで消えるまで、それを見送る。一ブロック。二ブロック。三ブロック。そして角を曲がって消え、わたしは自分がまっぷたつに割れたばかりのコンクリート板のように感じる。割れてみたら、内側が固まっていなかったのがわかる。

ぼろぼろだ。

いまや泣きじゃくっている。すすり泣きなんていうかわいいものじゃない。みっともなく泣き崩れている。歩道を人が行き交う。わたしを大きく避ける人もいれば、気の毒そうにちらりと見る人もいる。通りかかった同年代の女性が、足取りもろくにゆるめずにティッシュペーパーを差しだし、わたしは赤ちゃんがブランケットにすがるようにそれを受け取る。それでも、さらに激しく泣きながら笑うことしかできず、腹部が号泣と笑いで跳ねまわっている。

そういえば、よく母が言っていた。感情をさらけだせるようにならなければ、本物のニューヨーカーとは言えない、と。ようやくいま、ここに残ると決心をすることで、その最後の関門を越えたのだ。わたしはリビーの家の——もとの家の——前の階段に座り込み、もはやどちらだかわからないぐらい、激しく泣き、また笑った。鳴りだした携帯電話のおかげで、ようやく自分を取り戻す。

はなをすすり、涙をいくらかぬぐうと、ポケットから携帯電話を取りだして画面を見る。「リブ?」電話に出る。「なにも問題ない?」

「どうしてる?」リビーが尋ねる。

「どうもしないけど?」わたしは手の甲で目をこする。「そっちは?」

「べつにとくには」リビーがため息をつく。「ただ姉さんが恋しい。だから電話してみようかなと思って」

温かいものが胸を満たす。それは手の指からつま先まで広がり、最後には痛いほどいっぱいになる。あふれそうだ。一度にこれほどの愛を受け取れる人なんかいるわけない。

「いまのニューヨークはどんな感じ？」リビーが尋ねる。

出発したのは八分前だ。「ブレンダンはアクセルを踏み込んで走り去ったとか？」

「いいから」リビーが言う。「姉さんが見た街が知りたいの」

わたしはあたりを見まわす。にぎやかな雑踏。赤や黄色に色づきはじめた木々。通りの向かいではヒスパニック系食料品店の男性が果物の木箱をトラックからおろしている。ラインストーンの飾りがついた白いカウボーイハットをかぶった真っ黒な髪の年配女性が、男性が折りたたみテーブルにならべたDVDのセール品を物色している（リビーとわたしは別れる前にそこをちらっとのぞいてみたが、八十五パーセントがキアヌ・リーブス主演作品だったので、こんな疑問が湧いてきた。この男の人はそれまで大の仲良しだったキアヌ・リーブスと大ゲンカでもしたの？）。

通りの先からケバブを焼く匂いがする。遠くで車のクラクションが鳴り響き、『LAW ＆ ORDER：性犯罪特捜班』のドラマに出ている俳優かもしれない女性が、大きなサングラスをかけて、跳ねまわる小さなボストン・テリアを散歩させながら足早に通りすぎる。

「で？」リビーが尋ねる。

まさに家という感じだ。「いつもと同じ。相変わらずよ」

「だよね」わたしはその声にリビーのほほ笑みを聞く。

わたしを連れていきたがったリビーだけれど、わたしが欲しいものを手に入れようとしているのを喜んでくれている。

わたしはリビーに残ってほしかったけれど、リビーには探し求めているものを見つけてほしい。さらにそれ以上のものを。

妥協の上に愛を築くのはまちがっているのだろうが、妥協なしには存在できないものなのかもしれない。

その妥協は、自分と相手を合わない形に無理に押し込めようとするものではなく、つかんだ手をゆるめて、つねに成長する余地を残しておくものだ。妥協することによって、わたしの心のなかには相手の形の空間が生まれ、相手の形が変わったときは、わたしがそれに合わせる。

どこにいようと、お互いの愛が広がってふたりを支えてくれる。そう考えたら……なんでもこいという気分になる。

37

十二月十二日十一時二十分に、わたしはフリーマン・ブックスへ向かう。エージェントの仕事をしているころ、決まって年に一度の休暇を取っていた日だ。ロッジアで働きはじめると、やはりそこでもわたしはすぐに十二日の休暇を申請した。

仕事の習得は至難の業だが、長年の経験から具体的な仕事の内容はわかっているし、刺激的でやり甲斐がある。新しく引き継いだ作家ひとりひとりの原稿を、発掘現場で新たな発見をした考古学者のように綿密にチェックしている。本の編集に熱狂する奇特な人なんて、いるだろうか？

いるとしたら、わたしぐらいなものだ。

きょうは仕事を休みたくないとさえ思ったが、職場の外に出るにしても、少なくとも言葉に囲まれていることができる。わたしは時間をかけて歩き、気まぐれな太陽の日射しを楽しむ。雪は溶けて歩道はぬかるみ、うっすらとした暖かさがお気に入りのへリンボーンのコートに染み入ってくる。

母が働いていた食堂でコーヒーとデニッシュを買う。わたしを知る店員がいなくなって久しいけれど、レジ係は去年の十二月十二日にリビーとわたしの会計をしてくれた人だったので、それだけで居場所があるうれしさが胸にあふれる。

そして鋭い痛みに襲われる。心の水ぶくれをこすったような痛みだ。**なぜチャーリーがここにいないのか。**わたしは彼のことを考えずにいられない。ジェイコブのときと同じだ。たとえつらくても、ちらりとチャーリーの姿が脳裏をよぎるのは、大好きな本を思いだすのに似ている。はらわたをえぐられるような、けれど、だからこそ不可逆的に人を変えてしまう、そんな本を。

生花店の前を通りかかり、店先を囲む冬季限定のビニール温室に入って、銀緑色の葉と白い小花をあしらった真っ赤な花のブーケを買う。花の種類には詳しくないけれど、冬に咲く花なのだからじょうぶにちがいなく、そのことに敬意を感じる。

十一時四十五分、あと二ブロックと迫ったところで、コートのポケットで携帯電話が振動する。花束を肘の内側にはさんでポケットを探り、手袋を歯でくわえて外してから、携帯電話のロックを解除して、リビーのメッセージを読む。

誕生日おめでとう！　母に宛てて送ったかのように、そう書いてある。

誕生日おめでとう。わたしは返信しながら胸に鋭い痛みを覚える。きょうはさすがに離れているのがつらい。リビー抜きでこの儀式を行うのははじめてだ。

あとでビデオ通話する？　リビーが書いてよこす。

もちろん。わたしは答える。

リビーが返信を打っているあいだに最後の一ブロックを足早に進む。あたしからのプレゼントはもう受け取った？　リビーが送ってくる。

いつから、母さんの誕生日に、プレゼントを贈りあうようになったのよ？

あたしたちがこの日に離れてなきゃならなくなってから。

あら、あなたのは買ってないんだけど。

お気遣いなく、とリビーが答える。貸しにしといたげる。でも、あたしからのをまだ受け取ってないんだね？

まだだけど。切るわよ。

ねえ、フリーマンに着いた？

あと三秒くらい。わたしは肩でドアを押して、おなじみの少しほこりっぽくて暖かな空気のなかへ足を踏み入れる。

じゃあね、とリビーが言う。でも、プレゼントが届いたら写真を送ってよ、わかった？

わたしは親指を立てた絵文字とハートマークを送り、携帯電話と手袋をポケットにしまって、本を見てまわるために手を空ける。なにを選ぶとしても、今年は同じ本を二冊買い、一冊をリビーに送るつもりだ。いや、それより第三子の誕生祝いと休暇を兼ねてリビーの家を訪ねるときに持っていこう。

何百という新品の背表紙の前を歩いているうちに、時間感覚がゆるんで、流れがゆったりになる。どこかへ行くこともなければ、なにかをすることもなく、ただほこりっぽい表紙に書かれた概要や抜粋を読み、ほかは読まずに最後のページにざっと目を走らせる。そして、くり返し母に問いかける。**これはどう？　気に入るかな？**

そのあと自分にも問いかける。**わたしはどう？**　それも大事。

ならんだ本の前に立つと、母の大きくて朗らかな笑い声や温かなラベンダーの香りがよみがえるようだ。そういえばある年の十二月十二日、リビーとわたしはこの儀式に没頭するあまり、隣にいるトレンチコートの男が決死の思いで下半身を露出しているのに十分ぐらい気づかなかった。

（ようやく気づいたわたしは、手に本を持ったまま、冷めた口調で淡々と言った――

いらない。そのときの男の表情ほど、力をみなぎらせてくれるものは過去になかった。リビーとわたしはその後何週間も笑いころげながら、それ以外にトラウマになりうる経験にはどんなものがあるかを言いあった)。

だから周囲に人が何人かいるのは気配で感じていたけれど、はっきりとは認識しておらず、ジャニュアリー・アンドリュースの『気むずかしい人』に手を伸ばしたとき、同時に同じ本に手を伸ばした人がいるのに気づく。

たぶんたいていの人は、**すみません!** と言うだろう。わたしの口から出たのは「あー!」

どちらも本から手を離さないから——典型的なニューヨーカーだ——わたしは引きさがろうとせずにライバルのほうを向く。

心臓が止まる。

いや、もちろん本当には止まらない。

わたしはいまも生きている。

けれどこれが彼らの言いたかったこと、何千人という作家たち全員が描きだそうとしてきたもの、人生をたどってきた果てに受けた衝撃なのだ。それに出くわしたが最後、人生は一変して永遠にもとには戻らない。

その衝撃は中心から外に向かって、体全体に広がっていく。口のなかとつま先で同時に感じるその感覚は、小さな爆発がいくつも起きているようだ。そして温かいものが鎖骨から肋骨、腿、手のひらへと広がっていく。彼を目にしただけで、なにかのサナギが孵化するよう。

わたしの体は冬から春へと移行し、雪に押し込められていた不揃いな小さな芽が一斉に顔を出す。血流のなかで春が生き生きと目を覚ます。

「スティーブンズ」チャーリーが小声で言う。誓いか、祈りか、マントラのように。

「ここでなにをしてるの？」わたしはため息をつくように尋ねる。

「どこから答えたものか」

「リビーね」答えが閃く。「あなたが――あなたがプレゼントなの？」

チャーリーの唇がゆがんで、からかうような顔になる。けれど目のほうはやさしいまま、ためらいすら感じられる。「ある意味では」

「どういう意味で？」

「グッディ・ブックスの」彼は慎重に言葉を選ぶ。「経営が変わってね」

わたしは首を振り、頭のなかの霧を払おうとする。「妹さんが戻ってきてくれたの？」

チャーリーが首を振る。「きみの妹だよ」

わたしは口を開くが声が出ず、口を閉じると目に涙が湧く。「わけがわからないんだけど」

でも、どこかで理解している。

いや、その答えが事実であると思いたい。

希望。その希望は、黄金色に輝くより糸の結び目に火がついたようになって心に浮かんだ。こんがらがりすぎて、意味を理解することができない。

チャーリーがふたりでつかんでいる本を棚に戻し、近づいてきて、わたしの手を両手で取る。

「三週間前」彼は話しはじめる。「店番をしてたら、ぼくの家族がやってきた」

「あなたの家族?」

「サリーとクリントとリビーが」チャーリーが答える。「彼らはパワーポイントで作った資料を持ってきていた」

「パワーポイント?」わたしの眉間にしわが寄る。

チャーリーの口角がゆがむ。「よく整理されたみごとなものだった。きみもきっと気に入る。たぶんデータをメールで送ってくれるよ」

「どういうことだかさっぱり」わたしは言う。「どうしてあなたはここに？」

「彼らはリストを持参した」チャーリーが答える。「〝ソウルメイトを再会させる十二ステップ〟――そういえば、その資料にはジェイン・オースティンが複数引用されていてね。リビーの案なのか父の案なのか。だが、意味がわかってみると、引用された言葉には説得力があった」

わたしの目、鼻、胸に涙があふれる。「たとえば？」

彼の顔には明るく晴れやかな笑み。目の奥に嵐の稲光が見える。「たとえば、ぼくはきみが漕いでるペロトンの実物を見たくてたまらないとか」チャーリーは言う。「きみのマットレスが誇張でなく、ほんとにいいかどうかを確認しなければならないとか。そしてなによりも重要なのは、ぼくがきみをぞっこん愛していることだ、ノーラ」

「でも――でも、あなたのお父さんは……」

「思ったより早く理学療法を卒業した」チャーリーが答える。「そのパワーポイントには〝優秀な成績で〟と書いてあったが、八十八パーセントあやしいもんだ。そして書店はリビーが引き継ぐ。子どもたちは毎日あそこを駆けまわり、タラはなにも買わずに帰ろうとする客に腕相撲を挑んでいる。うるわしい光景だよ。そういえば、リビーから伝言がある。彼女とブレンダンは〝マンハッタンでは極貧、ノースカロライナでは豊か〟だと伝えてくれと。赤ん坊が生まれたら、リビーが育児休暇のあいだ、シュローダー校長が店を手伝ってくれることになっている。リビーが仕事に戻れるようになったら、子守を雇うから、きみは先走って心配しないようにとのことだ」

　わたしは涙ながらに笑い、また首を振る。「あなたのお母さんは絶対に、家族以外の人に店を任せないと言ってたのに」

　チャーリーがわたしの顔をひたと見つめ、真剣な表情になる。「たぶん母はリビーが永久に家族以外にならないことを望んでいるんだろう」

　そういうことか。ダムが決壊して、わたしは泣きじゃくる。喜びの涙を流すわたしの顔をチャーリーが両手で包む。「ぼくは、必要とされているのなら立ち去るわけにはいかないと両親に言った。そうしたら、なんて言われたと思う？」

「なんて？」そのひとことを発するだけで、声が四度はかすれる。

「親はこちらだぞ、と」彼は声を湿らせ、喉を詰まらせている。「ぼくにはただ幸せになってもらいたいだけで、〝つまらないことをあれこれ〟言わせたくなかったんだろう。それと、義理の娘がホットでセクシーでもかまわないそうだ」

　笑えばいいのか、もう少し泣けばいいのか、わからない。それとも、ただ声をかぎりに叫べばいいのか。恐怖の叫びではなく、興奮の叫びだ（こういうときこそ、〝スパァーーー〟と叫ぶべき？）。

「そっくりそのまま、サリーの言葉なの？」わたしは尋ねる。

チャーリーはにやりとする。「多少変えてある」

わたしのなかで、結ばれた糸がほどけ、からまりが解きほぐされ、喉から上に伸びる一方で、お腹のなかに根を張る。チャーリーが続ける。

「ノーラ・スティーブンズ、頭を絞っても、これが精いっぱいの結果だからね、気に入ってもらえることを願っている」

チャーリーの視線が上がる。その動き、顔、表情、鋭い刃やごつごつした部分や影からできている彼という人間、そのすべてになじみがあり、すべてが完璧だ。ほかの人にはどうか知らないけれど、わたしにとっては。

「ニューヨークに戻る」チャーリーは言う。「新たに編集の仕事を見つけるか、エージェントになるか、また小説を書くかもしれない。きみはロッジアで努力して出世の道を進み、ふたりとも年がら年じゅう忙しく過ごす。サンシャインフォールズではリビーがみずからが救った地元の書店を経営し、ぼくの両親はきみの姪っ子たちを欲しくてたまらない孫だと思って甘やかす。ブレンダンは、釣りはたいして上達しないまでもリラックスすることを覚え、有給休暇まで取ってきみの妹や子どもたちと過ごす。そしてきみとぼくは——食事に出かけよう」

「いつでも好きなときに、好きなところへ。ニューヨーカーとして楽しいことがたくさんあって、わたしたちは幸せよ。わたしはできるだけいっぱい、できるだけ長いあいだ、あなたを愛させてもらう。あなたはなにもかも手に入れるの。そういうこと。これが、わたしが思いつく精いっぱい。あなたがどう言ってくれるか楽しみにしてるんだけど——」

わたしはそこでチャーリーにキスする。一メートル半ほど先で〈ブリジャートン家〉シリーズの小説を読んでいる人などいないみたいに。無人島で何カ月も離ればなれになっていたふたりが再会したみたいに。わたしは手を彼の髪に差し入れ、舌で彼の歯に触れる。彼は背中に手をまわして抱きよせてくれる。ふたりがここまで公然といちゃついたのははじめてだ。

「愛してる、ノーラ」息継ぎのため数センチ顔を離したとき、チャーリーが言う。

「きみのすべてを愛してる」

「わたしのペロトンも？」

「すばらしいトレーニング機器だ」

「勤務時間後にメールチェックしても？」

「部屋を行き来せずに、ビッグフット・エロティカをシェアできるな」

「ときどき強烈に非実用的な靴をはくわよ」わたしはなおも言い募る。

「セクシーに見えるのなら、非実用的とは言えない」

「わたしが血に飢えてることは？」

物憂げな目つきでチャーリーがほほ笑む。「それこそいちばんのお気に入りの点かもしれない。ぼくのサメになってくれ、スティーブンズ」

「もうそうなってる」わたしは言う。「ずっとそうだった」

「愛してる」チャーリーがまた言う。

「わたしも愛してる」喉のこわばりから無理やり押しだす必要も、締めつけられた喉から絞りだす必要もない。ありのままの真実だから、息を吐くように、口から出てくる。たなびく煙のように、ため息のように、流れに乗って無数に運ばれる花のように。

「わかってる」チャーリーが言う。「ぼくには本を読むようにきみが読めるからね」

六カ月後

エピローグ

窓辺に風船が飾られ、外に黒板の店頭看板が置かれている。やわらかく反射するガラス越しに、うろつく人の群れが見える。シャンパン用のグラスで乾杯したり、おしゃべりしたり、笑いあったり、見てまわったりしている。

よく知らない人が見たら、誕生パーティだと思うかもしれない。なにしろ、波打つストロベリーブロンドの小さな女の子――四歳になったばかり――が店の奥に積みあげられたカップケーキをくすね、口元に紫色のアイシングをくっつけた状態で、目がまわりそうな8の字を描いて大人の脚のあいだを走り抜け、椅子にぶつかったり、棚に衝突したりしているのだから。

あるいは、その子の姉さんのお祝いをするために人が集まったのかもしれない。痩せてひょろりとしたその子は、髪はストレートのアッシュブラウン、まっすぐに切った前髪をしていて、苦労の末、ついに字を読めるようになった(いまやほぼ毎日、子ども向けの本の部屋で膝に本をのせて緑のビーンバッグ・チェアに座っている)。もしくは、ピンク色の髪の女性が腰に抱いている赤ちゃんのためかもしれない。この女の子はほんの九日前に、はじめてはいはいをしたから(後ろ向きに、しかもほんの一秒だったが)。ビデオ通話する母親と伯母の叫び声を聞いたら、その子がノーベル賞を受賞したと思ったかもしれない(〝もう一回、やって、キティちゃん! ノーノ伯母ちゃんに、史上最高の機敏で運動神経がいい子だってところを見せてちょうだい!〟)。

ピンク髪の女性の夫を祝う理由もある。地元のキャッチ・アンド・リリース・クラブの仲間と何週間も歩きまわった末に、まだ霧が深く立ち込める今朝早く、ついに川で釣りあげることができたのだ――たとえそれが、ただの大きなブラジャーだったとしても。

カップケーキをくすねた四歳は、勢いよく彼の脚のあいだを走り抜け、杖をついた背の高い年配の男性にぶつかる。女の子は年配男性に髪を撫でられてくすくす笑う。誰かがその男性の腕に触れ、ようやく引退できておめでとうと言う。「これで家で雨樋を掃除する時間ができるよ」男性は答える。

もしかするとここにいる人たちは、目尻にしわの寄ったやさしい目の女性を称えるために集まったのかもしれない。彼女はマリファナの匂いが混じるジャスミンの雲をまとって歩いている——最近、彼女の描いた絵二枚がグループ展に展示されることになった。

あるいは、パーティを主催するこの店が、ここ八年で最高の利益を上げたお祝いなのかもしれない。

いや、唇を尖らせて笑う濃い眉の男性が数カ月のフリーランス生活ののち〈ウォートン・ハウス・ブックス〉に復帰し、しかも以前そこで働いていたときより数段高い役職についたからかもしれない。あるいは、彼がジャケットのポケットのなかでしきりにいじりまわしているベルベットの小箱と関係があるのだろうか(なかは空っぽだ。かつて彼女が、結婚するとしたら自分で指輪を選ぶと言っていたから)。もしくは、彼にもたれかかるアイスブロンドの女性には自分がどう答えるつもりか、もう何週間も前からわかっているからかもしれない(彼女はプラスとマイナスのリストを作ったが、結局、プラスの欄の下に彼の名前、マイナスの欄の下には、一生、自分で選んでいない宝石を身につけることになるの??? と書いただけだった)。

そしてこのパーティは、瓶の底みたいな眼鏡をかけた女性のためのものでもあるかもしれない。彼女はシャンパングラスを手に書店の中央に置かれたマイクに近づく。

隣のテーブルには青みがかった濃い灰色の本がきれいに積みあげられ、読者が集まる部屋は静まり返り、うっとりした表情で待ち望んできたこの新しい物語について彼女が語りだすのを待っている。

「すべてを望むみなさんにとって」彼女が口を開く。「この本が満足いただけるものでありますように」

次作が期待に添うものになるだろうか、と彼女は思う。

それはわからない。誰にもわからないことだ。

それでも心機一転、彼女は新たなページを開く。

謝辞

作品を生みだすたびに感謝しなければならない方が増えて、すべての方に真心をこめた言葉をお伝えできる見込みが低くなってしまいます。でも、つべこべ言わずにやってみましょう。実際問題として、たくさんの方々のありがたい助けがなかったら、あなたが手にしておられる本のここに、わたしはいなかったのですから。

まず真っ先に、親愛なるバークリー社のみなさんに感謝を捧げます。アマンダ、サリア、ダッチェ、ダニエル、ジェシカ、クレイグ、クリスティーン、ジーン・マリー、クレア、アイバン、シンディ、そのほかのみなさん。このチームの一員となれて、どんなにうれしいか。聡明かつ才能にあふれ、情熱的に本を愛するやる気に満ちた人たちのなかに舞い降りることができて、わたしは世界一幸せな作家だと心から感じています。サンドラ・チウ、アリソン・ノッカート、ニコル・ウェイランド、マーサ・シポラ、ジェシカ・マクドネル、リンジー・トゥロックにも深く感謝いたします。

また、イギリス・チームのすばらしきバイキング・プレスのみなさん、とくにビッキー、ジョージア、ロージー、ポピーにお礼を申しあげなくてはなりません。

テイラーとルート・リテラリーのみなさん――ホリー、メラニー、ジャスミン、モリーだけではありませんよ——に多大な感謝を。これほど機能的で、情報通で、わたしの頭脳の実用的な片割れとなってくださった方々はいません。みなさんがいなければ、執筆中に途方に暮れていたことでしょう。また、この作品を世界じゅうの読者の手に届けてくれた、ヘザーを筆頭とするバラー・インターナショナルのみなさん、そして疲れ知らずのわがエージェント、ユナイテッド・タレント・エージェンシー（UTA）のメアリー、オーリー、ニア、そしてそれ以外のみなさんに感謝します。

出版業界にはたくさんのお助け妖精がいます。ここ五年ほどわたしを助けてくださるロビン・カール、ビルマ・アイリス、ジビー・オーエンズ、アシュリー・スパイビー、ベッカ・フリーマン、グレイス・アトウッド、サラ・トゥルー、どうもありがとう。

加えて、こんにちのわたしがあるのはブック・オブ・ザ・マンス・クラブと地元独立系書店ジョセフ＝ベス・ブックセラーズのおかげです。国じゅうにあるそれ以外の独立系書店にも、この奇妙な二年のあいだ熱心にわたしを支えて、バーチャルイベントを主催してくださった方々にも、やはり感謝を申しあげます。感染症が世界規模で流行するさなかに著者と読者を結びつけるべく努力してくださったことには、どれほど感謝をしても感謝しきれません。

この世界に本を出版するなによりの喜びは、親切で、寛大で、愉快で、頭が切れて、親身になってくださるたくさんの方々と出会えることです。そのうちの何人かを申しあげましょう（もちろん全員ではありません）。ブリタニー・キャバレロ、ジェフ・ゼントナー、パーカー・ピーブハウス、ライリー・レッドゲイト、ケリー・クレッター、デビッド・アーノルド、イザベル・アイバニーズ、ジャスティン・レイノルズ、テイラー・ケイ・メジア、キャム・モンゴメリー、ジョディ・ピコー、コリーン・フーヴァー、サラ・マクリーン、ジェニファー・ニーブン、ラナ・ポポビィッチ・ハーパー、メグ・レダー、オースティン・シグムンド・ブロカ、エミリー・ウィバリー、ソフィ・カウセンス、ローラ・ハンキン、ケネディ・ライアン、ジェイン・L・ローゼン、イービー・ダンモア、ロシャニー・チャクシー、サリー・ソーン、クリスティーナとローレン、ローラ・ジェイン・ウィリアムズ、ジャスミン・ギロリー、ジョシー・シルバー、ソナリ・デブ、ケイシー・マクイストン、リジー・デント、エイミー・ライヘルト、アビー・ヒメネス、デビー・マッコーマー、ローラ・ジグマン、ベサニー・モロー、アドリアナ・メイザー、ケイティ・コトゥグノ、ヘザー・コックス、ジェシカ・モーガン、ビクトリア・シュワブ、エリック・スミス、アドリアナ・トリジアニ、そして（正真正銘の完璧なオーディオブックのナレーターであり、友人であり、作家仲間の）ジュリア・ウェラン。

あとは友人と家族です。誰のことか、わかりますよね。心から愛しています。みなさんの愛と支えと忍耐力に感謝します。隔離されるなら、あなたがたといっしょがいいわ。

最後に、わたしの本を読み、レビューを書き、購入し、借り、貸し、この本について投稿してくださったみなさんに心からお礼を申しあげます。みなさんから、かけがえのないものをいただきました。感謝にたえません。どうもありがとう。

『本と私と恋人と』の読書案内人
エミリー・ヘンリー

裏話

わたしは誰もが太鼓判を押す映画が大好きです。巧みでおもしろい設定が大好きです。驚くほどたくさん登場するセーターやニーハイブーツが好きです。あらゆる家に四季折々の装飾を施そうとする熱意が好きです。そしてなにより、ハッピーエンドが大好きです。

これまでそのような、心理的動揺を引き起こす心配がない、楽しめるテレビ番組(家族向けテレビ映画やミニシリーズを放映するホールマーク・チャンネルなど)をたくさん観てきたので、いつしか田舎町ロマンス小説のよくある設定に魅了されていました。たとえばこんなものです。主人公はおもしろみのない、神経過敏な仕事の鬼。その鬼がわが家と考えていた大都会を離れて、アメリカ中部で仕事をすることになる。でも、行きたくない! だいたいそんな場所ではく靴なんか持ってない! でも、行ってみたら、田舎町のすてきな住民と恋に落ちるばかりか、人生の真の意味(ネタバレ注意:大都市で高い地位につくことではありません)まで学べるのです。

そして誰もがハッピーエンドを迎えます。いえ、元の恋人は例外ですね。都会に残された彼女(もしくは彼)の役割はたいてい、電話で主役にがみがみ言い、あなたが田舎町に出張したのは、仕事のため——大量の一時解雇を実施するため、もしくは地元の玩具店をたたきつぶして、その地域に六百六十七番めの〈大規模玩具店〉を開くこと、そのために東屋のひとつふたつを、ブルドーザーでぺしゃんこにすること——だと念を押すことに尽きます。

元カノは、真の恋物語の、運命の絆の、障害物です。地元のすてきな女性のほうがずっと主役を理解しているということを示すための、引き立て役にすぎません。もしくは、悪意はないけれど状況に疎い、主役を新たなよりよい人生の道から外れさせようとする、肩に乗った小悪魔です。

けれども、ここであえて申しあげたい。わたしはこういう映画が大好きだし、そっくりこのままの展開にならないことも多いのだけれど、それでも、この女は誰なの？と自問したくなる程度にはよくある展開なのです。

ここから彼女の物語はどのように展開するの？

彼女のほうも田舎町で人生を変える経験をするの？

ぴりぴりした都会人は、誰もがハッピーエンドを迎えるために、都会を出て大工さんと恋に落ちなければならないの？

彼女にとってのハッピーエンドは元カレと同じなの？　彼女が心から求めているも

のはなに？

そして、たぶん、なによりも刺激的な問いは、そもそも彼女は、なぜ恋人に対して、自分のやるべきことをやり、本来の役目をはたしてもらいたいと躍起となって求めるのだろう？

このような問いから『本と私と恋人と』は生まれました。じつはこの本の執筆中の仮題は『都会人』でした。

わたしは場違いな人の物語が大好きです。この作品はそんな物語に対するたんなるオマージュではなく、場違いだと感じている女性、自分がハッピーエンドに向かう列にならんでいると確信を持てない女性に向けたものです。

『プラダを着た悪魔』のミランダ・プリーストリー

『ファミリー・ゲーム：双子の天使』のメレディス・ブレイク

『ユー・ガット・メール』のパトリシア・イーデン

デザイナー・ブランドの服を身につけ、ピンヒールの靴をはき、赤ペンを振りかざし、ランニングマシンを使い、サラダを食べる女性。パンやケーキを焼いたり、キャンプをしたり、朝日を眺めたりする時間がない、あるいは興味がない女性。

この作品で、そんな女性の真の姿はどんなものなのか、どのようなハッピーエンドがあるのか、掘りさげてみました。完璧なものではなく、その人らしいエンディングです。『本と私と恋人と』に登場する、都会暮らしで、デザイナー・ブランドを身に着け、ペロトンを漕ぎ、赤ペンを振るう主人公にはふさわしい、ややこしくて、とっちらかっていて、けれどこうなるしかない究極の〝めでたしめでたし〟なのです。

ということで、あなたが田舎町の恋人であれ、野心的な職業人であれ、はたまた、まったくちがう人物であれ、チャーリーとノーラを好きになってもらえることを願っています。このふたりの物語によって、人生の正しい道はひとつではないこと、誰にでも通用する唯一無二のハッピーエンドなどないこと、そして誰もあなたという人間の代わりにはなれないことを思いだしもらえますように。

読書会のための論題

1　ノーラは、自分が人の恋路を邪魔する悪役のように感じています。あなたには、まぎれもなく大好きな、もしくは、嫌いだけれど憎めない、お気に入りの悪役がいますか？

2　ノーラは本の最後のページを最初に読みます。リビーはできるかぎり先を知らないほうがいいと思っています。あなたが読書をするときは、どちらですか？

3　あなたが読書を大好きになった（もしくは、ふたたび大好きになった）きっかけとなった本はなんですか？

4　ひと月あるとします。サンシャインフォールズで過ごすのとニューヨークでノーラの生活をするのと、どちらがいいですか？　その理由は？

5　場所が変わったことで、自分の異なる面が引きだされたと感じたことはありますか？

6　リビーとノーラは成長するにつれ、別々の道を歩きだしたことを受け入れざるを得なくなりました。あなたは友人や家族とのあいだで、そのような体験はありますか？

7　ノーラとリビーはともに育ちながら、まったく別の子ども時代を過ごしました。なぜだと思いますか？　あなたは家族や友人と、そのようなことはありましたか？

8　チャーリーは当初は作家を目指していましたが、結局、編集の仕事をすることになりました。ノーラは編集者になりたかったけれど、文芸エージェントになりました。あなたはなにかを目指していて、ほかの方面に導かれたことはありますか？

9 子どものころのノーラとリビーは、物語の気に入らない結末を変えていました。もし、結末を変えることができるとしたら、あなたはどんな本をどのように変えますか？

10 ノーラの元カレは全員、どうやら当人とはまったく異なるタイプのパートナーと結ばれることになりました。それに対してノーラとチャーリーは、ひとつの鞘のなかの豆のようによく似ています。あなたのお気に入りのフィクションに登場するカップルは同じ部類でしょうか、別の部類でしょうか？　現実世界の恋愛関係でも同じですか？

11 ノーラが人生においてもっとも苦心しているのは、愛する人のためにどの程度、妥協したらよいのか、その見きわめにあります。愛する人とのあいだで、妥協にはどんな意味があると思いますか？　あなたにとって、妥協できないことはなんでしょうか？

12 あなたにとってハッピーエンドとはなんですか？

ノーラとリビーの究極の読書リスト

『*Incense and Sensibility*（芳香と多感）』ソナリ・デブ
『*The Roughest Draft*（粗雑な下書き）』エミリー・ウィバーバーリーとオースティン・シグムンド・ブロカ
『*Yinka, Where Is Your Huzband?*（インカ、あなたの夫はどこ？）』リジー・ダミロラ・ブラックバーン
『*Arsenic and Adobo*（ヒ素とアドボ）』ミア・P・マナンサラ
『*A Special Place for Women*（女のための特別な場所）』ローラ・ハンキン
『*A Thorn in the Saddle*（鞍と苦悩）』レベッカ・ウェザースプーン
『*Just Last Night*（昨日の夜）』マイリ・マクファーレン
『*An Extraordinary Union*（驚くべき同盟）』アリッサ・コール
『*The Editor*（編集者）』スティーブン・ロウリー
『*The Siren*（サイレン）』キャサリン・セント・ジョン
『*A Lot Like Adiós*（さよならに似て）』アレクシス・ダリア
『秘めた情事が終わるとき』コリーン・フーヴァー（二見文庫、相山夏奏訳）

『*The Kiss Quotient*（キス指数）』ヘレン・ホアン
『*Portrait of a Scotsman*（スコットランド人の肖像）』イービー・ダンモア
『*The Fastest Way to Fall*（恋の近道）』デニース・ウィリアムズ
『*So We Meet Again*（ふたたび会えたら）』スザンヌ・パーク
『*By the Book*（本のとおりに）』ジャスミン・ギロリー
『*Payback's A Witch*（魔女の仕返し）』ラナ・ハーパー
『駆け落ちは子爵とともに』テッサ・デア（幻冬舎ラベンダーブックス、五十嵐とも子訳）

訳者あとがき

ヘンリー・エミリーの『本と私と恋人と』(原題*Book Lovers*)をお届けします。彼女の作品が日本で刊行されるのはこれがはじめてですが、すでに本国アメリカでは、*Beach Read*、*People We Meet on Vacation*、*Book Lovers*の三作で人気ロマンス作家の仲間入りを果たし、さらにはGoodreads Choice Awardsのロマンス部門において二〇二一年に*People We Meet on Vacation*で、二〇二二年に*Book Lovers*でベストブックに選ばれているという、いまたいへんに勢いのある作家のひとりです。また三月の段階でタンゴ・エンターテイメントという製作会社が本作品の映画化権を購入しており、追々詳しい情報が入ってくると思われます。

さて、本のご紹介を。これは本好きさんが書いた、本好きさんを主たる登場人物とする、本好きさんのための愛の物語です。ここで扱われている愛は、ロマンス小説の主軸となる性的な欲望をはらむ他者への愛（恋愛）だけではありません。本に対する愛や、仕事への愛、ニューヨークなど土地や場所への愛、姉妹の愛、夫婦の愛、親子の愛（さらにはペロトンへの愛まで！）など、さまざまな物や人に対する愛情や愛着がときに喜びをもって、ときに悲しみとともに語られています。ジャンルとしてはロマンス小説に分類され（つまりハッピーエンドが約束されていますので、途中、どんなに感情が揺れてもだいじょうぶ、最後は幸福感に包まれます）、登場人物たちのやりとりが軽妙なコメディタッチの作品です。また、ロマンス小説の一類型——都会の仕事人間が、なんらかの事情で地方に出かけ、そこで新たな出会いを得て恋をし、真の人生を見つけるという、自然主義的なロマンス小説とでもいいましょうか——をパロディとして作品に組み込むことで、コミカルさに厚みを持たせてあるのもしゃれているし、出版業界に籍を置く職業人として状況把握能力に長けたヒーロー、ヒロインが相手を好きになっているのがあきらかでも、自分の恋愛感情にやすやすと身を任せないもどかしさも読み応えになっています。お互いに頭のなかで理屈をこねくりまわして、ブレーキをかけまくり。しかも初対面の印象が最悪だったので、スタートはマイナス地点から。三歩進んで二歩下がるどころか、一歩進んで三歩下がるような展開です。

一人称の語り手「わたし」ことノーラ・キャサリン・スティーブンズ、三十二歳は、ニューヨーク在住の文芸エージェントです。日本ではあまり聞きなじみのないこの仕事ですが、ひとことで言い表すと、作家の代理人――作品に対する助言を行ったり、出版社に作品を売り込んだり、販促活動を展開したり、出版社との条件交渉を行ったりします。作家にとっては頼もしい味方であり、本書のなかでも、パニックを起こした作家が文芸エージェントであるノーラに依存してひっきりなしに電話をかけてくるようすが描かれています。ノーラにとっては本来めざしていた職種ではなかったのですが、本にかかわる仕事という意味では希望にかなっており、優秀な文芸エージェントとして働いています。

そんなノーラ、妹を含む周囲の人の目に映っているのは、時間厳守、ルールにうるさく、あいさつを省いていきなり本題に入りがちで、上司からは仕事のしかたが〝ナイフを携えたほほ笑み〟アプローチだと言われていて、抱えている作家を優先するあまりニューヨークを離れることすらまれという超絶仕事人間です。ブロンドに染めた髪、かなりの長身に靴はピンヒール、すてきなランジェリーとブランドの服を好み、スキンケアに時間をかけ、原稿を読みながらペロトン社製のフィットネスバイクを漕ぐというコントロールフリーク。なんと本人が知らないところでつけられたあだ名は〝サメ〟

これだけでも並大抵の男では太刀打ちできない女だとおわかりいただけると思います。実際、彼女は四人連続で男に捨てられていて、その理由がまた四人連続で同じ、男どもがニューヨークを離れた先の田舎でふつうの女と恋に落ち、その地での暮らしに新たな人生の意義を見いだすという、田舎町ロマンス小説を地でいく――あえて言わせてもらいます――〝安直な〟流れに乗ったから！　ロマンスの神さまに呪われているのではないかと腐したくなるのもわかります。

そんなノーラが誰よりも大切にしているのが妹のリビーで、妹のほうも〝人生のない〟姉を心配しています。シングルマザーに育てられた姉妹は、その母も早くに失い、ふたりで支えあってきました。生き方は対照的。リビーは若くして結婚して子持ちになり、いまは第三子を妊娠中です。

そのリビーがある夏の日、出産前の気分転換として姉妹で長期の休暇旅行に出かけたいとノーラに持ちかけます。かわいい妹に頼まれたら、ノーラにはいやと言えません。滞在先はノーラが担当する作家のベストセラー小説『人生に一度きり』の舞台となったノースカロライナの田舎町サンシャインフォールズ。リビーは旅立ちにあたって、自分と姉のために『人生を変える休暇リスト』を準備してきています。

そう、映画『最高の人生の見つけ方』をご覧になった方なら、ぴんと来るはず。リビーのチェックリストには、フランネルのシャツを着るとか、馬に乗るとか、なにかを造るとか、十二の項目がならんでいて、なかには地元の誰かとデートをすることなんていう、はなはだめんどくさそうなものまであります。しかも、いざサンシャインフォールズにたどり着いてみると、『人生に一度きり』で描かれていたおもむきのある田舎町とはずいぶんちがい、はっきり言って、活気のない古ぼけた町です。さらに悪いことに、数年前に一度だけ仕事で会ったことがあり、以来、天敵のごとく嫌っているやり手の編集者チャーリー・ラストラを町のカフェで見かけます。業界内で〝嵐雲〟の異名をとる、いつも不機嫌で有名な都会人チャーリーが、なぜこんなしけた田舎町にいるの？

思わぬ場所で再会した彼に急速に惹かれていくノーラですが、ノーラ自身が恋愛に対して及び腰なだけでなく、彼のほうもなにやら事情を抱えているようす。さらになにより深刻な問題は、休暇旅行で絆を確認するはずだった妹のこと。妹はなにかを隠しているようで、いっしょに過ごしてもなかなかむかしのような関係になれません。どうなる、サンシャインフォールズの日々⁉

最初に愛の物語と書きました。もろもろの愛のなかで柱は二本。チャーリーとノーラの愛とならんで、大切に扱われているのがノーラとリビーの愛です。優秀な職業人ふたりの恋愛のもどかしさに身悶えしつつも、開けっぴろげのようでいて隠密行動の目立つ妹との関係から目が離せません。なにせリビーはノーラにとって人間関係における命綱のような存在ですから、その妹との仲が悪化したらどうなってしまうのか、想像するだに恐ろしいものがあります。だいたい世の中には胸が悪くなるほど険悪な姉妹を描いた小説がけっこうあります。仲良しだと思っていたのは一方だけで、じつはもう一方はまったくちがうことを考えていた、という例も少なくありません。この姉妹の本当の仲はどうなのか？　今後どうなっていくのか？　いま三十歳前後でお互いの人生に距離が出てきている姉妹が、どう関係を立てなおし、どのような選択をしていくのか、そこも恋愛とあわせて楽しみに見守っていただけたらと思います。

本に対する愛についても少しだけ。ノーラもチャーリーもリビーも、それぞれの形で本に救われ、本を頼りにしてきた人たちです。いまこれを読んでくださっているなかにも、そんな方がおられるでしょう。本のなかにはいま自分のいる現実とは別の世界があり、その世界に遊ぶことで現実をいったん遠ざけることができます。匍匐前進のようにじわじわとその世界に入っていくこともあれば、目の前にいきなり世界が広がって心をつかまれ、引き込まれることもあります。作品世界に溺れて、湧きあがってくる気持ちのままに泣き笑いして体までぐったりすることもあれば、全景を視野に入れておきたくて感嘆しつつ距離を取って読むこともあります。そしてロマンス小説は没入して読むのが醍醐味。ちなみにノーラは結末から本を読む派、リビーはなるべく事前情報を排除していきなり頭から飛び込む派です。ノーラがこの本を読んだら、ハッピーエンドと知っていても心を動かされるでしょうか？ その点、なにも知らずにこの本を手に取ったリビーはきっと目を輝かせて熱中してくれるはず。そしてこの本を読んでくださるみなさんおひとりずつの心のなかには、どんな景色、どんな体感、どんな感情が広がるでしょう？ どんな思い出がよみがえり、なにを望むでしょうか？ 人を好きになるのは楽しくも苦しいこと。でも、やっぱりすてきなこと——と、この本を読んで思っていただけたら最高です。

著者エミリー・ヘンリーはオハイオ州シンシナティ在住。ロマンス小説の前はファンタジーなどを書いていました。次作*Happy Place*は刊行されたばかり、別れたカップルが友人たちの前で恋人のふりを続けるお話だとか。今後も注目の作家です。

二〇二三年四月

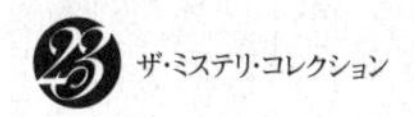

本と私と恋人と

2023年 6月20日　初版発行

著者　エミリー・ヘンリー

訳者　林　啓恵

発行所　株式会社 二見書房
東京都千代田区神田三崎町2-18-11
電話 03(3515)2311［営業］
03(3515)2313［編集］
振替 00170-4-2639

印刷　株式会社 堀内印刷所
製本　株式会社 村上製本所

落丁・乱丁本はお取り替えいたします。
定価は、カバーに表示してあります。

ISBN978-4-576-23064-1
https://www.futami.co.jp/

＊の作品は電子書籍もあります。

ふたりの愛をたしかめて
クリスティン・アシュリー
高里ひろ［訳］〔ドリームマンシリーズ〕
心に傷を持つテスを優しく包む「元・麻取り官」のブロック。ストーカー、銃撃事件……二人の周りにはあまりにも問題が山積みで…。超人気〈ドリームマン〉第3弾

愛の夜明けを二人で＊
クリスティン・アシュリー
高里ひろ［訳］〔ドリームマンシリーズ〕
マーラは隣人のローソン刑事に片思いしている。でもマーラの自己評価が2・5なのに対して、彼は10点満点で…。〝アルファメールの女王〟によるシリーズ第2弾！

恋の予感に身を焦がして＊
クリスティン・アシュリー
高里ひろ［訳］〔ドリームマンシリーズ〕
グエンが出会った〝運命の男〟は謎に満ちていて…。読み出したら止まらないジェットコースターロマンス！超人気作家による〈ドリームマン〉シリーズ第1弾

口づけは復讐の香り＊
L・J・シェン
藤堂知春［訳］
シカゴ・マフィアの一人娘フランチェスカは社交界デビューの仮面舞踏会で初めて会った男ウルフにキスを奪われ、婚約することになる。彼にはある企みがあり…

愛は闇のかなたに＊
L・J・シェン
水野涼子［訳］
父の恩人の遺言で政略結婚をしたスパロウ。十も年上で裏社会にさえ顔がきくという男との結婚など青天の霹靂だったが、いつしか夫を愛してしまい…。全米ベストセラー！

カリブの潮風にさらわれて
アイリス・ジョハンセン
青山陽子［訳］
ちょっぴりおてんばな純情娘ジェーンが、映画監督ジェイクの豪華クルージングに同行することになり…!? 大海原を舞台に描かれる船上のシンデレラ・ストーリー！

女神たちの嵐（上・下）
アイリス・ジョハンセン
酒井裕美［訳］
少女たちは見た。血と狂気と憎悪、そして残された真実を…。十八世紀末、激動のフランス革命を舞台に、幻の至宝をめぐる謀略と壮大な愛のドラマが始まる！

光の旅路（上・下）
アイリス・ジョハンセン
酒井裕美［訳］

宿命の愛は、あの日悲劇によって復讐へと名を変えた…インドからスコットランド、そして絶海の孤島へ！ゴールドラッシュに沸く十九世紀を描いた感動巨篇！

鏡のなかの予感
アイリス・ジョハンセン／ケイ・フーパー／フェイリン・プレストン
阿尾正子［訳］

ディレイニィ家に代々受け継がれてきた過去、現在、未来を映す魔法の鏡……。三人のベストセラー作家が紡ぎあげる三つの時代に生きる女性に起きた愛と奇跡の物語！

虹の彼方に
アイリス・ジョハンセン
酒井裕美［訳］

ナポレオンの猛威吹き荒れる十九世紀ヨーロッパ。幻のステンドグラスに秘められた謎が、恐るべき死の罠と宿命の愛を呼ぶ…！　魅惑のアドベンチャーロマンス！

いま炎のように
アイリス・ジョハンセン
阿尾正子［訳］

ミシシッピ流域でロシア青年貴族と奔放な十九歳の美少女によってくり広げられる殺人の謎をめぐるロマンスの旅路…全米の女性が夢中になったディレイニィ・シリーズ！

氷の宮殿
アイリス・ジョハンセン
阿尾正子［訳］

公爵ニコラスとの愛の結晶を宿したシルヴァー。だが白夜の都サンクトペテルブルクで誰も予想しえなかった悲運が彼女を襲う。恋愛と陰謀渦巻くディレイニィ・シリーズ続刊

星に永遠の願いを
アイリス・ジョハンセン
酒井裕美［訳］

戦乱続くイングランドに攻め入ったノルウェー王の庶子で勇猛な戦士ゲージと、奴隷の身分ながら優れた医術を持つブリンとの愛を描くヒストリカルロマンスの最高傑作！

黄金の翼
アイリス・ジョハンセン
酒井裕美［訳］

バルカン半島小国の国王の姪として生まれた少女テスは、砂漠の国セディカーンの族長ガレンに命を救われる。運命の出会いを果たしたふたりを待ち受ける結末とは…？

＊の作品は電子書籍もあります。

ふるえる砂漠の夜に
アイリス・ジョハンセン
坂本あおい［訳］

セディカーンへアメリカからの帰途、ハイジャックの人質となったジラ。救出に現われた元警護官ダニエルとまたたくまに恋に落ちるが…好評のセディカーン・シリーズ

波間のエメラルド
アイリス・ジョハンセン
青山陽子［訳］

うぶな女私立探偵と芸術家肌の王子様。プレイボーイの彼から依頼されたのは、つきっきりのボディガードで…!? ユーモアあふれるラブロマンス。セディカーン・シリーズ

あの虹を見た日から
アイリス・ジョハンセン
坂本あおい［訳］

美貌のスタントウーマン・ケンドラと大物映画監督。華やかなハリウッドの世界で、誤解から始まった不器用なふたりの恋のゆくえは……!? セディカーン・シリーズ

砂漠の花に焦がれて
アイリス・ジョハンセン
石原まどか［訳］

映画撮影で訪れた中東の国セディカーンでドライブしていた新人女優ビリー。突然の砂嵐から彼女を救ったのは黒馬に乗った〝砂漠のプリンス〟。エキゾチック・ラブストーリー

燃えるサファイアの瞳
アイリス・ジョハンセン
青山陽子［訳］

恋に臆病な小国の王女キアラは、信頼する乳母の窮地を救うため、米国人実業家ザックの元へ向う。ふたりは出逢ってすぐさま惹かれあい、不思議と強い絆を感じるが……

澄んだブルーに魅せられて
アイリス・ジョハンセン
石原まどか［訳］

カリブ海の小さな島国に暮らすケイト。仲間を助け出そうと向かった酒場でひょんなことから財閥御曹司と出逢い、ふたりは危険な逃亡劇を繰り広げることに…!?

悲しみは蜜にとけて
アイリス・ジョハンセン
坂本あおい［訳］

セディカーンの保安を担当するクランシーは、密輸人を捕らえるため、その元妻リーサを囮にする計画を立てる。だがバーで歌う彼女の姿に一瞬で魅了されてしまい……?

きらめく愛の結晶＊
アイリス・ジョハンセン
石原まどか［訳］

ダニーはフィギュア・スケートのオリンピック選手。両親を亡くした自分を育ててくれた後見人アンソニーに密かに恋心を募らせていた。が、ある晩ふたりの関係が一変し!?

あなたとめぐり逢う予感＊
ジュリー・ジェームズ
村岡 栞［訳］

殺人事件の容疑者を目撃したことから、FBI捜査官のジャックと再会したキャメロン。因縁ある相手だが、ボディガードとして彼がキャメロンの自宅に寝泊まりすることに……

恋が始まるウィークエンド
ジュリー・ジェームズ
屋代やよい［訳］

弟を救うため、潜入捜査官ニックとパーティに出席した大富豪の娘ジョーダン。偽の恋人同士を演じることに…キュートなラブコメ〈FBIと弁護士〉シリーズ第2弾！

いつわりの夜をあなたと＊
カイリー・スコット
門呉茉莉［訳］

ベティはハンサムだが退屈な婚約者トムと別れようと決心したとたん、何者かに誘拐され…!? 2017年アウディ賞受賞作家が贈る映画のような洒落たロマンス！

この夜を終わらせない＊
テイジャン
阿尾正子［訳］

女子大生ベイリーの平穏な日々は、ある夜を境に一変した。誘拐されかけた彼女の前に予期せず屈強なボディガードが…NYタイムズベストセラーの新感覚ロマンス！

時のかなたの恋人＊
ジュード・デヴロー
久賀美緒［訳］

イギリス旅行中、十六世紀から来た騎士ニコラスと恋に落ちたダグラス。時を超えて愛し合う恋人たちを描く、タイムトラベル・ロマンス永遠の名作、待望の新訳！

この夏を忘れない
ジュード・デヴロー
阿尾正子［訳］

高級リゾートの邸宅で一年を過ごすことになったアリックス。憧れの有名建築家ジャレッドが同居人になると知るが、彼の態度はつれない。実は彼には秘密があり…

＊の作品は電子書籍もあります。

誘惑は夜明けまで
ジュード・デヴロー
阿尾正子［訳］

小国の皇太子グレイドンはいとこの結婚式で出会ったトビーに惹かれるが、自分の身分を明かせず…。『この夏を忘れない』につづく〈ナンタケットの花嫁〉第2弾！

あの日を探して
リンダ・ハワード
林 啓恵［訳］

叶わぬ恋と知りながら想いを寄せた男に町を追われたフェイス。12年後、引き金となった失踪事件の真相を追う彼女の行く手には、甘く危険な駆け引きと予想外の結末が…

見知らぬあなた
リンダ・ハワード
林 啓恵［訳］

一夜の恋で運命が一転するとしたら…。平穏な生活を〝見知らぬあなた〟に一変させられた女性たちを華麗な筆致で紡ぐ心酔わす三篇のスリリングな傑作オムニバス

心閉ざされて
リンダ・ハワード
林 啓恵［訳］

名家の末裔ロアンナは、殺人容疑をかけられ屋敷を追われた又従兄弟に想いを寄せていた。10年後、歪んだ殺意が忍び寄っているとも知らず彼と再会するが…

夜を忘れたい
リンダ・ハワード
林 啓恵［訳］

かつて他人の心を感知する特殊能力を持っていたマーリーの脳裏に何者かが女性を殺している場面が映る。警察に協力を申し出たマーリーは一人の刑事に心を翻弄され…

夢のなかの騎士
リンダ・ハワード
林 啓恵［訳］

古文書の専門家グレースの夫と兄が殺された。犯人は彼女が翻訳中の14世紀古文書を狙う考古学財団の理事長。古文書の秘密とは!? 現代と中世を結ぶ華麗な愛と復讐の物語

赤と白とロイヤルブルー＊
ケイシー・マクイストン
林 啓恵［訳］

アメリカ大統領の息子と英国の王子が恋に落ちるLGNBYロマンス。誰にも知られてはならない二人の恋は切なく燃え上がるが…。全米ベストセラー！